U0543926

自由的悬想：
浪漫主义与20世纪中国文学

陈国恩 — 著

陕西新华出版　陕西人民出版社

图书在版编目（CIP）数据

自由的悬想：浪漫主义与20世纪中国文学／陈国恩著. —西安：陕西人民出版社，2024.7
 ISBN 978-7-224-15226-5

Ⅰ.①自… Ⅱ.①陈… Ⅲ.①中国文学—文学研究—20世纪 Ⅳ.①I206.6

中国国家版本馆CIP数据核字（2023）第254402号

出 品 人：	赵小峰
总 策 划：	关　宁
出版统筹：	韩　琳　王　倩
策划编辑：	王　凌　晏　藜
责任编辑：	武晓雨
封面设计：	白　剑

自由的悬想：浪漫主义与20世纪中国文学
ZIYOU DE XUANXIANG: LANGMAN ZHUYI YU 20 SHIJI ZHONGGUO WENXUE

作　　者	陈国恩
出版发行	陕西人民出版社
	（西安市北大街147号　邮编：710003）
印　　刷	西安市建明工贸有限责任公司
开　　本	787毫米×1092毫米　1/32
印　　张	13.125
字　　数	269千字
版　　次	2024年7月第1版
印　　次	2024年7月第1次印刷
书　　号	ISBN 978-7-224-15226-5
定　　价	79.80元

如有印装质量问题，请与本社联系调换。电话：029-87205094

目 录

引 言 / 1

呼唤摩罗诗人 / 21
    世纪之交的思想启蒙 / 21
    现代浪漫主义文艺观的先声 / 26
    "情僧"苏曼殊的浪漫小说 / 37

五四浪漫主义思潮 / 46
    在新文化运动中 / 47
    作家个性与浪漫主义 / 50
    接受西方文艺影响的特点 / 53
    "自我表现"的风格 / 63
    从苏曼殊到郁达夫 / 82
    局限与新变 / 89

浪漫抒情的乐章 /111

"男性的音调":郭沫若的《女神》 /111

"感伤的行旅":浪漫抒情小说 /126

清纯的恋情:"湖畔"与"新月" /150

建构浪漫主义的新形态 /170

社会革命与浪漫主义的调适 /173

30年代:从中心走向边缘 /187

寻找精神家园 /209

禅意与佛性 /210

自然与道心 /226

沈从文:30年代的"最后一个浪漫派" /251

在烽火岁月里"归来" /268

40年代浪漫主义的回归与泛化 /268

郭沫若历史剧　/ 282

　　新浪漫派小说　/ 294

闪光的流星　/ 306

　　新时期与浪漫主义文学思潮　/ 307

与中国现代浪漫主义相关的几个问题　/ 334

　　浪漫主义与宗教　/ 335

　　浪漫主义与现代派　/ 345

　　浪漫主义与民族传统文化　/ 360

结语：浪漫主义在现代中国的命运　/ 373

主要参考书目　/ 393

附　录　/ 397

后　记　/ 399

人、偶然性与文学经典——重版后记与文学观问题　/ 404

引　言

　　浪漫主义作为一种创作方法，在中外文学史上早就有人运用了。但是现代浪漫主义思潮却是人类文明史上特定阶段的产物，具体地说，它发端于18世纪末的西欧，在西欧各国流行近半个世纪，又影响到世界其他地方，其中就包括中国。现代浪漫主义的性质，它的艺术特点，人们根据对现代浪漫主义的认识反过来研究古代浪漫主义作品所得出的关于浪漫主义的一般观点，都是跟现代浪漫主义兴起的特定历史背景联系在一起的。

　　这个背景，就是从文艺复兴以后，经过启蒙运动和浪漫主义运动而被推向深入的人类争取自由和解放的曲折历程。文艺复兴运动标志着西方开始告别黑暗的中世纪，但紧接而来的是古典主义时期。在这一时期，曾在文艺复兴运动中受到打击的一些中世纪原则又借尸还魂，重新支配了文艺理论和创作实践。古典主义崇尚理性，贬低情感；强调个人对社会的责任，反对个人自由；标榜精神圣洁，抵制纵欲主义；推崇形式的规范化和风格典雅，反对在高雅艺术中打破清规戒律的束缚；凡此种种，在精神上是与中世纪神学的禁欲主义和宗教禁忌有相通之处的，确切地说，它意味着人的情感经过文艺复兴运动而从神学的束缚中解放出来，但又重新被纳入与人文主义精神相抵触的理性框架中去，这种理性对人的自由施加了种种限制，以适应君主专制的政治需要。启蒙运动的一个重要贡献，就是在文艺领域扬弃了古典主义的原则。启蒙运动反映了资产阶级的力量已经壮大，贵族阶级日益没落，资产阶级要求结束古典主义时期与封建贵族的妥协局面。适应这种形势，启蒙主义以资产阶级的理性精神否定了体现宫廷观点和趣味的古典主义理性原则。它标榜民主、平等，肯定个人欲望，从而为个人的自由和情感解放开辟了道路。在艺术上，启蒙文学家反对把美的标准绝对化，那种要把合乎宫廷需要的艺术趣味置于君临一切的地位的理论，遭到了启蒙文学家的批判。尤其是激进的卢梭，对古典主义更是采取了轻蔑的态度。这一切打破了对古典主义的迷信，为确立新的艺术标准扫清了障碍。

但是应该看到，启蒙主义所包含的自由精神只涉及思想方面，主要是在理性精神指引下追求思想的自由，还没有深入到情感的领域，因而它对古典主义原则的批判又是不够彻底的。真正彻底地否定了古典主义的是浪漫主义思潮，这就构成了浪漫主义思潮与启蒙运动的奇特关系。从渊源上说，浪漫主义思潮直接产生于启蒙运动，因为只有经过思想启蒙，人文主义的价值观被重新确认，人才能获得解放，从而促成浪漫主义思潮的兴起。但启蒙主义的"理性"强调正义、平等，用一种新的道德和法律义务规范人的权利，它所肯定的个人权利和欲望就有了作为一个公民所必须承担的义务为其前提，因而它以解放人为出发点，却又包含了把人重新限定在新的理性框子里、从而限制了人的自由的可能性(在启蒙主义者中，卢梭是一个例外，他代表了启蒙运动向浪漫主义运动过渡的阶段，他本人就是浪漫精神的生动体现)。这样，浪漫主义思潮兴起时，它事实上又是把启蒙主义当作超越对象的。超越，主要表现为它放弃了启蒙主义的理性精神，而在强烈的个性意识的基础上确立起个人化的、情感化的艺术原则。因此可以说，浪漫主义的兴起标志着人的自由达到了一个新的阶段。在这一阶段，"自由"不再停留在思想的层次，而且深入到了情感世界，于是浪漫主义者眼中的世界不再是一个客观自在的世界，而是一个可以任主观情思纵横驰骋的所在，一切外在的界限都已不复存在，主体精神成了宇宙的主宰，人获得了全身心的解放。

浪漫主义运动的先驱关于浪漫主义的论述，几乎都涉及这种自由本质。席勒指出："现实总是落后于理想；凡是存在的东西总是有界限的，只有思想才是没有界限的。素朴诗人要遭受一切感性东西所必须受到的限制，相反地，观念的自由力量必然要帮助感伤诗人。诚然，素朴诗人可以彻底完成他的任务，但是这个任务是有限的，感伤诗人固然不能彻底完成他的任务，但是他的任务却是无限的。"[①]史雷格尔认为："浪漫主义的诗却仍旧处在

[①] 席勒：《论素朴的诗与感伤的诗》，《欧美古典作家论现实主义和浪漫主义》(二)，中国社会科学出版社1981年版，第321页。

形成过程中；况且它的实质就在于：它将始终在形成中，永远不会臻于完成。它不可能被任何理论彻底阐明，只有眼光敏锐的批评才能着手描述它的理想。唯有它是无限和自由的，它承认诗人的任凭兴之所至是自己的基本规律，诗人不应当受到任何规律的约束。"①连反对德国早期浪漫派的倾向的海涅也说："浪漫主义艺术表现的，或者不如说暗示的，乃是无限的事物。"②让·保尔同样认为："那想象起来十分容易与浪漫精神融为一体的特征，都不是崇高，而是广阔。因此浪漫主义就是无边际的美，或者说是美的无限犹如有一种崇高的无限。"③上述论述都包含一个"无限"的概念。无限，其实就是自由精神在审美经验中的体现，它是以主体超越了客体，心灵摆脱了外在关系的束缚、获得了高度的自由为前提的。

不仅浪漫主义者意识到了浪漫主义的自由本质，哲学家和文学史家在总结浪漫主义时也多注意到了这一点。黑格尔说："浪漫型艺术的真正内容是绝对的内心生活，相应的形式是精神的主体性，亦即主体对自己的独立自由的认识。"④朗松在他的名著《法国文学史》中写道："浪漫主义首先就是文学领域的一个扩张或一种变更；其次，是文学形式的一次改造，这改造首先是一阵

---

① 弗·史雷格尔：《片断》，《欧美古典作家论现实主义和浪漫主义》（二），中国社会科学出版社1981年版，第382页。
② 海涅：《论浪漫派》，《欧美古典作家论现实主义和浪漫主义》（二），中国社会科学出版社1981年版，第401页。
③ 让·保尔：《美学入门》，《欧美古典作家论现实主义和浪漫主义》（二），中国社会科学出版社1981年版，第354页。
④ 黑格尔：《美学》第2卷，《朱光潜全集》第14卷，安徽教育出版社1992年版，第274页。

混乱，但从这混乱中很快就产生了一种新的组织。它将给予我们一种抒情诗，一种诗情画意的文学，一种生动具体的历史。它会打碎一切过于停滞、凝固、艺术家不再使用的形式，也就是那些文体和结构方面的专制的惯例——它们滤除灵感，排斥独创性。在粉碎这些类别、规律、趣味、语言和诗句的时候，浪漫主义把文学引到一种可喜的自由状态中，在其中，艺术家的天才和时代的精神可以自由地追求类别、规律、趣味、语言、诗句的再建法则。"[1]丹麦著名的文学史家勃兰兑斯在论述欧洲浪漫主义兴起时也指出："绝对的自我由于包括一切真实，它要求它所对立的非我同它本身相和谐，而无限的奋斗过程就是克服它的限制。正是这种认识论的结论，鼓舞了年轻的一代。所谓绝对的自我，人们认为不是神性的观念，而是人的观念，是思维着的人，是新的自由冲动，是自我的独裁和独立，而自我则以一个不受限制的君主的专横，使他所面对的整个外在世界化为乌有，这种自由狂热在一群非常任性的、讽嘲而又幻想的青年天才中发作开来了。在狂飙时期，人们所沉湎的自由是18世纪的启蒙，现在那种狂飙精神以更精致、更抽象的形式重复着，而人们所沉湎的自由则是19世纪的这种随心所欲，为所欲为了。""这一切有一个共同点，即任意的自我肯定，或者说根本上信口开河，这就是他们在同日益狭隘的散文的斗争中，在对于诗与自由的迫切呼喊中所有的出发

---

[1] 转引自《欧美古典作家论现实主义和浪漫主义》（二），中国社会科学出版社1981年版，第241页。

点。"①这些人都看到了一个事实：浪漫主义是紧接着启蒙运动而面世的，它的面世宣告了人在自在自为的意义上被认为是绝对的、自由的、无限的，人对于独立自由有了比启蒙主义时期更高的要求。这种要求实际上反映了近代资本主义社会中日益发展的个性主义趋势。它表明，浪漫主义是与人类文明史上个性解放、情感自由的历史阶段紧紧地连接在一起的；它在这个阶段面世，也只有在这个阶段才能达到辉煌。正是在这一意义上，浪漫主义注定具有彻底反封建的性质。

把浪漫主义与特定的历史背景联系起来，以最简明的语言指出浪漫主义的自由本质的是雨果。雨果在《欧那尼·序》中引述他早些时候一篇文章的话说："如果只从战斗性这一个方面来考察，那么总起来讲，浪漫主义，其真正的定义不过是文学上的自由主义而已。……在不久的将来，文学的自由主义一定和政治的自由主义能够同样地普遍伸张。艺术创作上的自由和社会领域里的自由，是所有一切富有理性、合乎逻辑的精神应该亦步亦趋的双重目的，是召集今天这一代如此坚强有力而且强自忍耐的青年人的两面旗帜，和这些青年人在一起，并且站在最前列的，还有老一代的杰出人物，这些明智的老人经过一段怀疑和观望的时期，承认了他们的儿辈今天所干的事正是他们当年之所为的一种后果，承认了文学自由正是政治自由的新生儿女。"他进一步指出："既然我们从古老的社会形式中解放出来了，那么我们为什么不从古

---

① 勃兰兑斯：《19世纪文学主流》第二分册，人民文学出版社1984年版，第26—27页。

老的诗歌形式中解放出来？新的人民应该有新的艺术。现代的法兰西，19世纪的法兰西，米拉波为它缔造过自由，拿破仑为它创建过强权的法兰西，在赞赏着路易十四时代的文学和当时专制主义如此合拍的时候，一定会明白要有自己的、个人的、民族的文学。"①雨果凭他诗人的敏锐直觉，指出了浪漫主义具有反对专制、争取人的自由解放的战斗意义。他意识到经过启蒙运动，新的思想已经广为流传，在社会领域结出了丰硕的成果；但由于随后的王政复辟，也由于旧的文学观念根深蒂固，在法兰西文学界古典主义法规仍占主导地位。于是，在欧洲其他国家叨法国启蒙运动和大革命之光而掀起了浪漫主义运动以后20多年，他受莎士比亚等的影响，在法国倡导了一场迟来的然而却声势浩大的浪漫主义运动。

在这场运动中，雨果打出的艺术旗号是："丑就在美的旁边，畸形靠近着优美，粗俗藏在崇高的背后，恶与善并存，黑暗与光明相共。""换句话说，就是把肉体赋予灵魂，把兽性赋予灵智。"②这种美丑对照的原则，对于讲究和谐、匀称、高雅并由此走向矫揉造作的古典主义，无疑是一颗致命的炸弹。依据这一原则，"他可以让法官说：'判处死刑。现在我们大家吃饭吧！'他可以让伊丽莎白赌咒，而同时又说拉丁文。他可以让克伦威尔说：'我把议会装在我的提包里，我把国王装在我的口袋里。'坐在凯

---

① 雨果：《欧那尼·序》，《欧美古典作家论现实主义和浪漫主义》（二），中国社会科学出版社1981年版，第134—135页。
② 雨果：《克伦威尔·序言》，《欧美古典作家论现实主义和浪漫主义》（二），中国社会科学出版社1981年版，第124—125页。

旋车上的凯撒却可能怕翻车。拿破仑慨叹着：'从崇高庄严到滑稽可笑，相差不过一步之遥。'"①这一切，在他仅是为了造成滑稽丑怪的喜剧效果，突破死板生硬、不近情理的古典主义规范，使文艺接近"自然"。这种意图，体现的也正是自由的精神。他的理论并不高明，论证存在破绽，还有一些极端的因而显得荒谬的论断，但这一理论是反对古典主义的一场革命，其余的一切就显得无关紧要了。

中国现代浪漫主义思潮深受西方浪漫主义的影响，并且拥有一个与西方浪漫主义思潮相似的文化背景，这就是中国20世纪初兴起的思想启蒙运动。以梁启超为首的资产阶级改良派在变法维新失败后，开始在思想领域进行启蒙宣传，而在20世纪初的出国留学生群体中，出现了比改良派更为激进的启蒙主义者。这从一个侧面反映了中国社会开始从封建时代向现代过渡的深刻变动，它的性质是与西方告别中世纪的最初历史阶段一致的，只是所经历的时间要比西方从文艺复兴到启蒙运动的历史短得多。就在这股世纪初的启蒙潮流中，中国现代浪漫主义萌芽了，并在随后更为深入、更为波澜壮阔的五四启蒙运动中迅猛成长，发展成蔚为壮观的浪漫主义大潮。

由于受共同的历史规律性的制约，中国浪漫主义的先驱从他们所处的环境变动中，感受到历史发展的动向，对投身于其中的浪漫主义潮流的自由本质也有清醒的认识。鲁迅在《文化偏至论》

---

① 勃兰兑斯：《19世纪文学主流》第五分册，人民文学出版社1984年版，第22—23页。

中写道:"19世纪末之重个人,则吊诡殊恒,尤不能与往者比论。试案尔时人性,莫不绝异其前,入于自识,趣于我执,刚愎主己,于庸俗无所顾忌。如诗歌、说部之所记述,每以骄蹇不逊者为全局之主人。"他注意到西方19世纪文学的主人公多为桀骜不驯的个性主义者,认为这不是作家凭空杜撰,而是社会情势使然:"盖自法朗西大革命以来,平等自由,为凡事首,继而普通教育及国民教育,无不基是以遍施。久浴文化,则渐悟人类之尊严;既知自我,则顿识个性之价值;加以往之习惯坠地,崇信荡摇,则其自觉之精神,自一转而之极端之主我。"①他还在《摩罗诗力说》中特别点出拜伦作为例子,称拜伦的诗歌"超脱古范,直抒所信","无不函刚健抗拒破坏挑战之声",而拜伦为人"怀抱不平,突突上发,则倨傲纵逸,不恤人言,破坏复仇,无所顾忌,而义侠之性,亦即伏此烈火之中,重独立而爱自繇,苟奴隶立其前,必衷悲而疾视,衷悲所以哀其不幸,疾视所以怒其不争,此诗人所为援希腊之独立,而终死于其军中者也"。因此断言:"盖裴伦者,自繇主义之人耳。"②他把拜伦视为一个自由主义者。鲁迅基于他对中国历史和社会现实的洞识,在向西方寻找"精神界之战士"的时候,准确地把握了西方摩罗诗人——浪漫主义者的性格特点,吃透了西方浪漫主义文学的精神实质就在自由。这其实就是他对未来新人的理想人格的期望,也是他对正在萌生的中国新文学所应采取的方向的期望。

---

① 以上引自《鲁迅全集》第1卷,人民文学出版社1981年版,第50页。
② 以上引自《鲁迅全集》第1卷,人民文学出版社1981年版,第79—80页。

到了五四，以创造社为代表的浪漫主义"异军突起"。郭沫若宣布："我们的主义，我们的理想，并不相同，也不必强求相同。我们所同的，只是本着我们内心的要求，从事于文艺的活动罢了。"①这"内心的要求"，就是以个性解放为前提的人的主观精神对客观现实的超越，是主体精神的自由高扬。郁达夫在《文学概说》里更直接地指出，青年由于生命力的旺盛，"对于过去，取的是遗忘的态度，对于现在，取的是破坏的态度，对于将来，取的是猛进的态度。这一种倾向的内容，大抵是热情的、空想的、传奇的、破坏的。这一种倾向在文学上的表现，就是浪漫主义"②。把浪漫主义与"热情""空想""传奇""破坏"联系起来，这在精神上又是与西方浪漫派认为浪漫主义的本质是自由的观点相通的。

中西浪漫主义者的上述观点表明，在表达自由精神、追求自由的境界的意义上，浪漫主义就是自由的精灵、生命的舞蹈、情绪的体操！

当然，"自由"的含义是有差异的，这种差异可以大到造成事物性质上的改变。拿破仑法典贯穿了自由的精神，可反拿破仑的神圣同盟打起的旗帜也是"为自由而战"。拿破仑给欧洲带来个人自由的同时，剥夺了其他民族的独立和自由；神圣同盟在争得民族独立和自由时，却给个人套上了枷锁，恢复了最反动的专制制度。而在浪漫主义者当中，古代浪漫主义作家与现代浪漫派对于自由的理解和体悟同样有着重大的差别。以中国为例，屈原和李

---

① 郭沫若：《编辑余谈》，1922 年 8 月，《创造》季刊第 1 卷，第 2 期。
② 郁达夫：《文学概说》，《郁达夫全集》第 5 卷，浙江文艺出版社 1992 年版，第 363 页。

白堪称古代浪漫主义诗人的杰出代表,他们在周围一片对君王的阿谀之声中,遗世独立,捍卫自己的人格尊严。当身遭群小诽谤陷害时,或梦游湖山,写下飘逸豪放的浪漫诗章,或披肝沥胆,发为忧愤满腔的千古绝唱。但在深层意识上,他们其实仍然有很强的依附性。他们梦寐以求的不是自我的实现,而是获得"贤君"的赏识,以图重展其安邦治国的"雄才大略"。所以君主的疏远带给他们的不是身心解放的欢乐,而是不被重用的悲哀和无奈。屈原写下"岂余身之惮殃兮,恐皇舆之败绩!忽奔走以先后兮,及前皇之踵武",李白一生把"事君""荣亲"当作最高的目标,都说明他们理解和追求的自由仅仅是个人在封建秩序中安身立命、忠君爱国、光宗耀祖的自由。这种自由观带有鲜明的封建烙印,束缚了人的情感,因而他们的诗作虽然文采斐然,却终究缺少彻底反抗和挑战的精神内质,不时地要流露出对君王的依恋或者逃避现实的消沉情绪。这不足为奇。古代浪漫主义者的飘逸洒脱不可能获得现代意义上的个性主义人生哲学的支持,没有这个思想基础,再浪漫洒脱的个性到头来也会表现出软弱的一面。再则,古代浪漫主义者的出现很大程度上依赖于个人的才华,带有偶然性。因而在漫长的封建时代,浪漫主义者人数不多。他们虽然写了一些经典之作,但从未曾形成一个声势浩大的浪漫主义潮流。

现代浪漫主义者的信仰和处境则完全不同。他们从个性主义的社会思潮中获得了强有力的支持,把人格独立、个性自由看得高于一切,就像郁达夫说的:"五四运动的最大成功,第一要算'个人'的发现。从前的人,是为君而存在,为道而存在,为父母而存在，现在的人才晓得为自我而存在了。"①"为自我而存在"，成了现代人，尤其是现代浪漫主义者最高的人生信条。这不是说他们放逐了社会责任，而是指一切外在的义务和责任在他们看来，不能强加，而必须经由自我的认可。赋予自我以自由地选择义务和责任的权力，也就打破了一切封建道德律条的束缚，从而扫除了人性解放的一大思想障碍。因此，现代浪漫主义作品充满了叛逆反抗的声音和对新生活的大胆幻想，不再有偶像崇拜、人格依附，有的只是一个昂首挺立的"自我"。现代浪漫主义者也会流露出悲伤和忧愁，但那不是由于无人赏识，而是世道不公、社会黑暗、自我难以实现造成的。总之，古今浪漫主义者理解和追求自由的这种态度上的重大差别，决定了古今浪漫主义作品总体风格的差异，从而把古代具有浪漫主义色彩的作品与现代充满浪漫主义反叛精神的作品区别开来，也把古代某一时期孤立的浪漫主义文学现象与现代带有历史必然性的浪漫主义思潮区别开来了。

追求思想和情感的自由，其实也决定了现代浪漫主义的艺术特点。迄今为止，关于浪漫主义还没有一个能被普遍认可的标准定义。罗成琰在考察西方美学史上关于浪漫主义的定义时，发现了五花八门的观点，他写道："史达尔夫人说，浪漫主义指的是骑士精神，在雨果看来，浪漫主义是文学中的自由主义，海涅指出浪漫主义是对于中世纪的思索，朗松认为它是个性的富有诗意

---

① 郁达夫：《良友版新文学大系散文选集导言》，《郁达夫全集》第6卷，浙江文艺出版社1992年版，第194页。

的发展，依默瓦尔认为是一种想象的文学过程，卢卡斯从中看到的是令人如痴如醉的梦幻，费尔普斯强调的是感伤情调，如此等等。"①其实还有歌德、席勒、史雷格尔兄弟、蒂克、夏多布里昂以及后来的高尔基等，都对浪漫主义发表过他们的观点，列举起来会是一份很长的名单，这当真应验了福斯特的一句话——"谁试图为浪漫主义下定义，谁就在做一件冒险的事，它已使许多人碰了壁"。但这又丝毫不影响研究者对浪漫主义的性质和特点作出某种概括。以国内为例，朱光潜在总结西方浪漫主义流派时，指出它有三个特征：

> 第一，浪漫主义最突出的而且也是最本质的特征是它的主观性。……浪漫主义派感到新古典主义派所宣扬的理性对文艺是一种束缚，于是把感情和想象提到首要的地位。他们的成就主要在抒情诗方面，就是小说和戏剧也带有浓厚的抒情色彩。……由于主观性强，在题材方面，内心生活的描述往往超过客观世界的反映，以爱情为主题的作品特别多，自传式的写法也比较流行。……个人与社会对立往往使浪漫派作家们在幻想里讨生活，所以这时期的作品比起过去其他时代，都较富于主观幻想性。
> 其次，浪漫运动中有一个"回到中世纪"的口号，这说明浪漫主义在接受传统方面，特别重视中世纪民间文学。……中世纪民间文学不受古典主义的清规戒律的束缚，其特点在

---

① 罗成琰：《现代中国的浪漫文学思潮》，湖南教育出版社1992年版，第1—2页。

想象的丰富，情感的深挚，表达方式的自由以及语言的通俗。这正是浪漫主义派所悬的理想。

第三，浪漫运动中还有一个"回到自然"的口号。这个口号是卢梭早已提出的。卢梭的"回到自然"有回到原始社会"自然状态"的涵义，也有回到大自然的涵义。浪漫主义派继承了这个口号。①

许子东据此考察郁达夫的小说，认为郁达夫小说的浪漫主义风格，主要表现为"强烈的主观色彩"，"感伤的抒情倾向"，"清新、绮丽、自然的文笔"。②

罗成琰的专著旨在建立浪漫的诗学体系，他也认为浪漫主义有三大特征，即"主观性""个人性""自然性"。这与朱光潜所作的归纳没有实质的区别。他的贡献是指出了中西浪漫主义思潮性质上的差异，即现代中国浪漫文学思潮舍弃了西方浪漫主义的宗教色彩、西方浪漫主义"回到中世纪"的情绪和西方浪漫主义的反资本主义性质，因此，"现代中国浪漫文学思潮简化和缩小了西方浪漫主义的内涵。但另一方面，现代中国浪漫文学思潮又引进了一些为西方浪漫主义所没有的因素，从这个意义上说，现代中国浪漫文学思潮又丰富和拓宽了浪漫主义的疆域，更具开放性与包容性"。这"引进"的，是"现实主义的因素""现代主义的成分"

---

① 朱光潜：《西方美学史》下卷，《朱光潜全集》第7卷，安徽教育出版社1991年版，第396—397页。
② 许子东：《郁达夫新论·郁达夫创作风格论》，浙江文艺出版社1984年版，第3—25页。

和"从本土的文化传统中汲取了养料",这使"现代中国浪漫文学思潮呈现出某种不同于西方浪漫主义的风貌,而具有了自己的民族性和中国特色"。①

关于浪漫主义的特征,同样众说纷纭,但谁都注意到了它的鲜明的主观性和情绪化的特点。主观性、情绪化,是人强烈地意识到了自我,从主观内面体验客观对象,从而使客体融入内心,化为情绪激流的结果,它是主体超越客体、个人获得了"对自己的独立自由的认识"的产物,因而也是自由精神贯穿于知、情、意相统一的完整人格的产物。不仅如此,浪漫主义的奇特幻想,追求无限的事物,向往中世纪,喜欢妖魔和精灵,倾心大自然,偏爱原始和荒芜,要求形式的绝对自由,乃至浪漫主义者的装疯卖傻、招摇过市的种种滑稽举动,都是跟建立在个性主义基础上的自由精神密切相关的。因为只有自由精神发展到了浪漫主义的阶段,个人摆脱了一切外在的束缚,人才能心驰神往,感情激荡,才会渴望无限,要在大自然中体验自我扩张的喜悦,才会想找妖魔和精灵来获得新奇的刺激,才会要求到中世纪的神秘回忆里一展幻想,觉得与社会对抗、破坏规矩和习俗是一件乐事,而这一切所带来的澎湃激情,再难容纳在僵化的形式里了,所以他又必然地要求彻底打破形式的镣铐,让诗情自由地流泻。

浪漫主义凭着这些特点与古典主义对立,也与现实主义和现代主义划清了界限。紧随浪漫主义思潮而出现的批判现实主义也

---

① 以上引自罗成琰的《现代中国的浪漫文学思潮》,湖南教育出版社1992年版,第3—13页。

包含了自由精神和个性意识,但它的自由精神和个性意识是在资本主义社会矛盾加剧、人与人之间的关系变得十分冷漠,一度鼓舞人心的关于自由的神话行将破灭的背景中,已升华为带有批判意向的理性准则,批判现实主义用它来审视社会,解剖世相,揭露矛盾,因此批判现实主义贯彻自由精神的结果,是以客观描写、冷静剖析见长,而不像浪漫主义以抒情取胜。现代主义也浸透自由的精神,但现代主义所争的自由已不是具体的自由,而是抽象的自由,它从社会领域转而指向人的存在本身,并且揭开了人的潜意识。现代主义的艺术特点是跟这些内容密切相关的,因而它与浪漫主义风格也有显著不同。

考察中国现代浪漫主义文学思潮的流变,会发现一个重要的现象:它的力度与规模难与西方浪漫主义思潮相比,可它持续了近一个世纪,历史远比西方浪漫主义思潮长久。具体地说,它在20世纪初的启蒙运动中萌芽,到五四新启蒙运动时期获得发展,成为与现实主义流派并驾齐驱的一大潮流。20年代中期,社会革命蓬勃发展,缩小了浪漫主义的生存空间,它的队伍急剧分化。其中一小部分浪漫主义者如郁达夫、沈从文等,在探索中退向社会边缘,通过疏远政治来保持乃至扩大心理自由的空间,从而坚持他们的浪漫主义创作道路,到30年代开创了一种田园牧歌型的浪漫主义。三四十年代之交的特殊环境,使浪漫主义的反封建功能再次受到重视。郭沫若从20年代中期开始彻底否定浪漫主义,到这时他又重新肯定了浪漫主义的积极意义,并且接连写出了与他早期的浪漫主义诗剧精神相通、风格带有时代特点的浪漫主义历史剧,充分发挥了文艺的现实战斗作用。同时,浪漫主义精神还渗透在解放区的孙犁、国统区的路翎等作家的创作中。在十里洋场,则出现了以徐訏、无名氏为代表的新浪漫派。新中国成立后,文艺界一度由现实主义独统天下。但不久,"革命浪漫主义"再度受到重视。1958年提出了以"革命浪漫主义"为主导的"两结合"创作方法,"革命浪漫主义"声势日隆,而它本身存在的问题也逐渐暴露,到"文革"时期,它最终蜕变成伪浪漫主义。粉碎"四人帮"后,封建主义的枷锁被打碎,人们心中长期受压抑的痛苦、忧伤和对未来的热切憧憬,化为一篇篇感人泪下、催人奋发的抒情乐章,构成了新时期的一个浪漫主义潮头。在这个潮头里,又可耳闻五四浪漫主义的悠远回声。但到80年代中期,这一潮头便消失在新起的现代主义波涛里了。

中国现代浪漫主义文学思潮经历了曲折漫长的过程,这是由于中国20世纪社会的状况能够容纳浪漫主义思潮,却又不具备让它充分发展的条件,归结到一点,就是因为中国人民争取自由解放的斗争面临着个性解放和民族解放的双重任务。在西方,争取个人自由与资产阶级革命是相辅相成的,所以浪漫主义思潮在反对君主专制的社会革命时期迅猛发展起来。在中国,为了争取民族独立,推翻独裁统治,则需要人民组织起来,在先进思想指导下进行长期、艰苦的斗争。在这一过程中,以个性主义为思想基础,以争取个性解放、人格独立为宗旨的浪漫主义运动就没有太大的存在空间,一些教条主义者甚至把它视为洪水猛兽而必欲置之死地而后已。这是浪漫主义思潮在中国不能充分发展的根本原因。但是,"自由"是一个永恒的话题,是人类梦寐以求的终极理想。个人的自由归根到底是跟社会解放、民族独立连在一起的，两者缺一就会损害自由的完整性。中国20世纪历史的特殊性就在于，争取自由的斗争虽然遇到了重重阻力，包括帝国主义、封建主义和封建残余势力设置的各种障碍，但这一斗争一刻也没有停止过。人民不仅要求民族独立，当家作主，而且也要求思想和幻想的自由，充分发挥主观能动性的自由，要求有人的尊严和个性的自由。他们为此付出了沉重的代价，但自由的声音始终在心底回荡，终于在粉碎"四人帮"的斗争中汇集成惊天动地的雷霆。中国人民长期、艰苦卓绝的争取自由的斗争，是浪漫主义思潮生存的土壤，这一斗争的波澜起伏又决定了浪漫主义思潮的时强时弱，不绝如缕。

"自由"又是一个抽象的、没有边际的概念。从思想自由、情感自由，到回头追问自由本身的意义和人的存在价值，这是"自由"不断深化的过程，这一过程制约了文学从启蒙主义、浪漫主义到现代主义的发展。中国进入80年代中期，随着改革开放的深入，社会结构、生活方式和人的心理状态发生了深刻变化，禁锢思想、压抑情感的教条主义已没有多大市场，向自由提问的方式也就与从前大不相同了。与此同时，西方现代主义思潮蜂拥而入，文学界便在现实主义潮流之外涌起了一个现代主义的潮头，它压过甚而淹没了刚复兴不久的浪漫主义思潮。从20世纪初萌芽的中国现代浪漫主义文学思潮几经曲折，至此画上了一个句号。

综观近一个世纪的历程，可以发现中国现代浪漫主义文学思潮的发展有明显的中国特点。首先，浪漫主义在中国很多时候是寂寞的，从充满反叛精神的五四浪漫主义蜕变为30年代的田园牧歌型的浪漫主义，这不仅反映了社会情势的变动，浪漫主义的社会影响力下降，而且意味着它的生存空间缩小，也预示了后来政治化的浪漫主义的走红。随着社会变动的加剧，浪漫主义文学思潮不断地转换形态，后来又由政治化的浪漫主义蜕变成伪浪漫主义，这是中国特有的文学现象。

其次，由于受到西方自文艺复兴以来除古典主义外的各种文艺思潮的共时性的影响，中国20世纪文坛一开始就形成了各种思潮交错并列、相互渗透的发展局面，没有西方文艺流变中不同思潮相继而起的那种明显的阶段性。因此，中国现代浪漫主义文学思潮虽然贯穿整个20世纪，却很少成为某一个文学时期的基本标志；而且它事实上还融合吸收了诸如现代主义、现实主义的一些因素，因而呈现出某种程度的开放性。五四浪漫主义不仅包含了现代主义成分，而且基于浪漫主义与现代主义的亲缘关系，它后来还多次向现代主义分流，乃至最终整体性地汇入了现代主义。

总的看，中国现代浪漫主义文学思潮缺少理论总结。与其他思潮相比，对浪漫主义思潮的研究显得比较冷清。这既是浪漫主义思潮长期受歧视的结果，也是它未能充分发展的一个不可忽视的原因。本书希望在前人研究的基础上，打破现当代文学分割的流行思路，对中国现代浪漫主义文学思潮贯穿整个20世纪这个事实作一回顾和总结，力求从它与西方文学思潮的联系中，从它与别的诸如现代主义思潮的相互渗透的关系中，从它与启蒙思想、宗教观念等意识形态的相互作用中，描述它的发展过程，探讨其发展的规律，提出一些关于文学发展的值得注意的问题。

中国现代浪漫主义文学思潮是一个与特定的历史背景连在一起的文学现象，它与西方文学思潮又存在着深刻的联系，本书将力求把历史评价与艺术分析结合起来，宏观研究与微观剖析结合起来，并把对象放到中西文学交流的大背景下进行比较研究。这是由于非如此则难以达到预期的目标。

呼唤摩罗诗人

中国现代浪漫主义思潮萌芽于20世纪初。其时拜伦的《哀希腊》有三个汉语译本(译者是苏曼殊、马君武、胡适)相继问世,鲁迅发表《摩罗诗力说》,介绍"恶魔"派诗人的叛逆精神及其文学观。在历来崇尚儒家伦理和诗教传统的中国,现在忽有人要为"恶魔"诗人公开地评功摆好,认为他们是中国当下所期待的"精神界之战士",热情阐发他们表现主观激情、包含强烈反抗精神的浪漫主义文学思想,这不能不说具有划时代的意义。它表明,中国一部分先进的知识分子正在背离传统的价值观,一种新的文学潮流正在酝酿之中。不过深究起来,这一切都起源于世纪之交的思想启蒙运动。

世纪之交的思想启蒙

单独地列出一节来谈20世纪初的思想启蒙问题,主要是因为迄今为止人们对这场启蒙运动所取得的成就常常估计不足，这跟人们忽视中国现代浪漫主义思潮萌芽于20世纪初这一事实是密切相关的。造成这种情况的原因，主要是这一时期的启蒙思想常与民族主义思想交织在一起，人们首先注意到的是推翻清王朝的斗争和民族主义的口号；而专门考察思想启蒙的，又往往把目光投向以梁启超为代表的改良派，却忽视了这一运动的更为激进的方面。

维新运动失败后，梁启超带头转向文化领域，思考起国民性的问题，从而拉开了20世纪初思想启蒙运动的序幕。这是资产阶级改良派对政治制度改良已经失败这一事实的无奈承认，又是总结失败教训后思想认识上的一次飞跃。

梁启超在这场运动中扮演了至关重要的角色。但应该注意的是，他这时其实并没有放弃君主立宪的立场，因而在启蒙问题上也表现出改良主义的倾向。他说："我国民所最缺者，公德其一端也"，"人群之所以为群，国家之所以为国，赖此德焉以成立者也"。[1] 他从"利群"和"公益"的角度思考国民性的改造，强调的重点是"团体之自由"，而非"个人之自由"，是"义务"，而非"权利"[2]，可知他的"新民"，只是君主立宪制下的国民。国民意识虽比封建的臣民意识前进了一大步，但它反对主情主义，要求"节欲"，这在封建观念还根深蒂固的时代，很容易被顽固势力所

---

[1] 梁启超：《新民说·论公德》，《饮冰室文集类编》（上），日本东京帝国印刷株式会社明治37年版。
[2] 参见梁启超的《新民说·论自由·论义务思想》，《饮冰室文集类编》（上），日本东京帝国印刷株式会社明治37年版。

利用，成为阻挡新的潮流的一大思想障碍。历史表明，梁启超想用他的吸收了西方启蒙思想成果的新民学说来改造中国社会，难以取得预期的效果。这不仅是因为西方的以个人权利为核心的启蒙思想经过他的阐释，失去了它固有的锐利锋芒，而且还由于这时已有新的力量崛起，走到他的前面去了。

代表20世纪初启蒙思想更为激进一面的，主要是一群当时还名不见经传的留学生。这些人超过梁启超的地方，在于把梁启超注重"利群"和"公益"的启蒙思想引向了个人本位的方向，从而加强了反封建的力度。比如，《教育泛论》提出了"贵我"说，认为"一人之行为，必由一人之意志决之；一人之意志，必由一人之智识定之"；不然，"则失其独立之精神，丧其判断之能力，而一人之权利遂以摧残剥落而莫能自保"。[1]《说国民》表示："无自由之精神者，非国民也。"[2]这样的"自由"观，显然与梁启超的不同，已纯粹是取决于个人的自由意志，因而大大削弱了个人对义务的承诺。另一方面，这些青年也不讳言人的利己本性，认为自强御侮之士，"岂有他哉，亦由于自私自利之一念，磅礴郁积于人人之脑灵，之心胸，宁为自由死，而必不肯生息于异种人压制之下为之力也"[3]。把英雄豪杰建功立业的动机归结为"自私自利之一念"，这不能不说是一种惊世骇俗的个人本位的伦理观点。它虽有偏颇，但对于根深蒂固的封建观念和专制制度无疑是一个

---

[1]《游学译编》第9期，1903年8月出版。（本节这类文章均见《民声——辛亥时论选》，辽宁人民出版社1994年版。）
[2]《国民报》第2期，1901年6月10日出版。
[3]《公私篇》，《浙江潮》第1期，1903年2月出版。

严重的挑战,就像《公私篇》接着指出的,"人人有自私自利之心,于专制君主则不便甚","人人有尤心,忿心,思想心,担任心,于专制君主尤不便甚"。

令人大为惊异的是,这些有点不知天高地厚的青年在20世纪初已经揭起了"三纲革命"的旗帜,认为"三纲之伪德,有损无益","纲常之义,不外乎利于暴夫而已"①,而且列举祖宗迷信有四大罪恶,为首者是"反背真理,颠倒是非","肆行迷信之专制,侵犯子孙自有之人权"。② 家族制度是中国宗法社会的基础,现在继维新派动摇了绝对的君权之后,历来以神圣不可侵犯的孝道支撑的父权也受到了公然挑战。这表明启蒙思想在一些留学生中间,已经触及了人们心中最为敏感的领域,也意味着"自由"在这些人手里已不仅仅是一种政治哲学,而是一种解放自我的人生哲学了。

在这一支启蒙主义思潮中,鲁迅处于十分重要的地位。他的《文化偏至论》《摩罗诗力说》《破恶声论》等,是启蒙主义的重要文献。他当时所关注的是"立人"——"人立而后凡事举"。立人的要旨是"有己":"人各有己,而群之大觉近矣。"③他特别引述施蒂纳的话发挥这一思想:"人必发挥自性,而脱观念世界之执持。惟此自性,即造物主。"这是受施蒂纳的影响,把"自性",即意志看作是世界的本源。从意志自由出发,他进一步指出:"故苟有

---

① 真(李石曾):《三纲革命》,《新世纪》第11期,1907年8月31日出版。
② 真(李石曾):《祖宗革命》,《新世纪》第2、3期,1907年6月29日、7月6日出版。
③ 鲁迅:《破恶声论》,《鲁迅全集》第8卷,人民文学出版社1981年版,第24页。

外力来被，则无间出于寡人，或出于众庶，皆专制也。国家谓吾当与国民合其意志，亦一专制也。众意表现为法律，吾即受其束缚，虽曰为我之舆台，顾同是舆台耳。去之奈何？曰：在绝义务。义务废绝，而法律与偕亡矣。意盖谓凡一个人，其思想行为，必以己为中枢暨其终极：即立我性为绝对之自由者也。"①这就是说，受制于"众庶"或是"寡人"，都是专制，甚而法律也因体现了众人意志而成了妨碍个人自由的工具，必欲"去之"，而去除的方法就是"绝义务"。这种以"我性为绝对自由"的"立人"之说，包含了历史辩证法的精神，鲁迅称为"偏至"，实质就是要通过张扬精神来矫正 19 世纪以来物欲横流、性灵之光黯然所产生的种种弊端。这种思想，毫无疑问，是与上举留学生群体的强调人格独立、意志自由的观点相一致的。这说明在留学生中间，启蒙思想已经具有较为坚实的群众基础和相当可观的声势②。鲁迅的突出之处在于，他受尼采、叔本华等人的影响，主张"掊物质而张灵明，任个人而排众数"，把个人和精神的作用强调到极端，表现出远比一般人强烈的个性主义精神。因此，鲁迅当时倾向浪漫主义是十分自然的。

20 世纪初的启蒙运动，由于一批青年留学生的参与而超越了改良派的水平。年少气盛，身处异域而能够广泛接触西方文化，是他们能够赶上历史潮头的有利条件。但这些人与国内联系不

---

① 以上引自鲁迅的《文化偏至论》。
② 鲁迅发表《摩罗诗力说》等文章的《河南》杂志，在其发刊词中写道："因目睹外患之迫于烧眉，遂不能不赴汤蹈火，摩顶断脰，以谋于将死未死之时。"接着又说："为生为死，即在今日！为奴为主，即在今日！"这很能反映当时留日学生及一般青年的爱国热情和革命思想。

多，又没有《新民丛报》这样影响巨大的舆论阵地的支持，加上时代还没有提供进一步进行社会变革所需的条件，因而他们的思想所达到的水平与其在国内的实际影响是有较大距离的。这一距离的缩小，正有待于规模更大、更为彻底的新的思想启蒙运动来推动。

现代浪漫主义文艺观的先声

就启蒙运动与浪漫主义思潮的关系而言，梁启超所起的作用接近于西方的伏尔泰、狄德罗。伏尔泰、狄德罗用资产阶级的理性摧毁了中世纪宗教神学的僵化信条，在思想领域确立起了人文主义原则的主导地位，从而为个人情感的解放和新的文学思潮的兴起开辟了道路。但他们自身受到理性精神的制约，在文学方面只能停留在启蒙主义文学的阶段，还不具备相应的性格力量来引领一场浪漫主义的文学运动。梁启超所起的作用与此近似。他在20世纪初把"新民"思想用于文学领域，提出"欲新一国之民，不可不先新一国之小说"，认为小说对政治、宗教、道德、风俗、学艺、人心，皆有"不可思议"的影响力，把小说尊为"文学之最上乘"，这对传统的尊诗文而贬小说的文学观念是一场革命。然而，他的理性意识和对政治的热衷，又决定了他的文学观具有很强的政治功利色彩，在强调小说影响世道人心的社会功能方面与传统的"文以载道"派没有多少实质性区别，在忽视文学的审美特性方面甚至比载道派走得更远。因而他在开风气的同时，不仅与包含个性解放精神的浪漫主义萌芽无缘，还给后来的文艺发展带来了功利化的负面影响。

20世纪初参与启蒙运动的留学生群体,则更像卢梭。卢梭以其平民的立场倡导自由精神,把启蒙主义引向了情感解放的方向。他的"回归自然",不仅是指返回自然界,而且还要反对一切矫揉造作、滑稽可笑的行为,把美德规定为一种自然状态。这样,人的天性摆脱了世俗清规戒律的束缚,而且很大程度上也挣断了理性的锁链。真诚的情感不但无罪,而且成了品性高贵的标志。这就为现代浪漫主义的兴起提供了适宜的文化土壤。与卢梭相似,中国20世纪初的留学生群体所倡导的启蒙主义达到了张扬个性、崇尚主观的阶段,它直接催生了浪漫主义文艺思想的萌芽。

当时最具有浪漫主义精神素质的是鲁迅。他在《摩罗诗力说》中写道:"由纯文学上言之,则以一切美术之本质,皆在使观听之人,为之兴感怡悦。文章为美术之一,质当亦然,与个人暨邦国之存,无所系属,实利离尽,究理弗存。故其为效,益智不如史乘,诚人不如格言,致富不如工商,弋功名不如卒业之券。"意思是文艺的本质与个人实利、国家存亡没有直接联系,但它"能涵养吾人之神思","使闻其声者,灵府朗然,与人生即会",即在于影响人的精神,使之免于"生其躯壳,死其精魂"。从这样的意义上,他又认为文艺的重要性"决不次于衣食,宫室,宗教,道德",因为作为理想的人生,物质和精神两者不能偏废,涵养精神,正是文艺的"不用之用"。[①] 鲁迅关于文艺本质的这一看

[①] 以上引自鲁迅的《摩罗诗力说》。

法，既顾及了文艺自身的特点，又强调了文艺的社会功能，这与中国传统的纯粹以抒发个人情怀为宗旨的"言志"派和看重文艺的教化功能的"载道"派文艺观性质有别，与梁启超的偏重社会功利价值的文艺观也大异其趣，因而在当时具有先锋性。

鲁迅之所以能站在先锋的位置，主要是由于他受到了西方现代文艺思潮的深刻影响，尤其是大量地吸收了西方浪漫派乃至现代派的哲学和文学营养。就在上面引的一段话中，他说的"文章"，即文学；"美术"，即艺术。这种概念以及文学为艺术之一种的观点，是来自西方的。"纯文学"一词，原是法语"bellesletters"（英语 fineletters）的意译，有的则译为"美文"。当然，鲁迅吸收西方现代文化，尤其是西方浪漫派哲学、文学思想是融会贯通的，主要是取其内在的精神。这种精神体现了世界近代文明发展的一个趋势，即思维的重点和出发点从客观世界转向了主观内面世界，但它更主要的是反映了鲁迅基于他对中国社会面临的严重问题的思考而得出的一条启蒙主义思路，其中的一个积极成果，便是使他接近了浪漫主义。就在《文化偏至论》中，他说19世纪文明之通弊在于重物质而轻精神，所以后来有"新神思宗徒出，或崇奉主观，或张皇意力，匡纠流俗，厉如电霆，使天下群伦，为闻声而摇荡"。这所谓"主观"，他认为"其趣凡二：一谓惟以主观为准则，用律诸物；一谓视主观之心灵界，当较客观之物质界为尊。……以是之故，则思虑动作，咸离外物，独往来于自心之天地，确信在是，满足亦在是，谓之渐自省其内曜之成果可也"。这里，他着眼的虽是"新神思宗"——现代主义哲学，但他又认为"新神思宗"的根柢，"乃远在19世纪初叶神思一派"，即与18世纪末、19世纪初以康德、黑格尔为代表的与浪漫主义文学思潮渊源很深的哲学派别是一脉相承的。事实上,鲁迅这里对崇尚主观所造成的精神及心理状态的描述,完全符合浪漫派的看法,那就是由主观为客观立法,主体精神处于高度自在和自由的状态,正如他所说的"独往来于自心之天地"。

鲁迅认为,西方现代文明的崇尚主观,是为了矫正物欲横流的弊端,注定具有反抗破坏的精神。他写道:"盖五十年来,人智弥进,渐乃返观前此,得其通弊,察其黤暗,于是浡焉兴作,会为大潮,以反动、破坏充其精神,以获新生为其希望,专向旧有之文明,而加之掊击扫荡焉。"①他对代表"恶的"反抗破坏的精神心仪神往,这又反映了浪漫派的立场,同时也是他介绍和宣扬西方摩罗诗人业绩和精神的一个思想基础。

"摩罗诗派",本意"恶魔派",是19世纪英国桂冠诗人骚塞攻击拜伦、雪莱等浪漫派诗人的一个充满恶意的用语。鲁迅把这一诗派称为"新声",表明他采取了完全与传统对立的态度。他说:"新声之别,不可详究;至力足以振人,且语之较有深趣者,实莫如摩罗诗派。"他的《摩罗诗力说》,便是"凡立意在反抗,指归在动作,而为世所不甚愉悦者悉入之,为传其言行思维,流别影响,始宗主裴伦,终以摩迦(匈牙利)文士"。鲁迅早期文学观的浪漫主义倾向,主要就体现在《摩罗诗力说》对这一派诗人的介绍、评价中,他们除了拜伦、雪莱之外,还有普希金、莱蒙托夫、密茨凯维支、斯洛伐茨基、克拉辛斯基和裴多菲,其中包括

---

① 以上引自鲁迅的《文化偏至论》。

"摩罗诗人""复仇诗人""爱国诗人""异族压迫之下的时代的诗人",这些"无不刚健不挠,抱诚守真,不取媚于群,以随顺旧俗"的杰出的诗人们。

鲁迅关注的重点,是这一派诗的精神内质。他认为浪漫诗人的作品各有民族特点,"而要其大归,则趣于一:大都不为顺世和乐之音,动吭一呼,闻者兴起,争天抗俗,而精神复深感后世人心,绵延至于无已"。就是说,这些诗大都不是随波逐流、和平欢乐之声,而是与天争斗、反抗世俗的振奋人心的呐喊。

鲁迅心仪摩罗诗人那种决绝的反抗精神,以致他对中国古代杰出的浪漫主义诗人屈原虽然作了肯定,但也略有微词。他称赞屈原投水前,"返顾高丘,哀其无女,则抽写哀怨,郁为奇文。茫洋在前,顾忌皆去,怼世俗之浑浊,颂己身之修能,怀疑自遂古之初,直至百物之琐末,放言无惮,为前人所不敢言"。欣赏的是屈原面对江水,抛弃了一切顾虑,言人不敢言,对世道人心表现出前所未有的怀疑精神。但鲁迅又认为屈原的诗,"多芳菲凄恻之音,而反抗挑战,则终其篇未能见,感动后世,为力非强",对屈原的诗缺乏反抗挑战的精神、缺少对后世的强烈的激励力量,深感遗憾。

从反叛传统的立场出发,鲁迅又特别强调文艺要"撄人心",即触犯人的心灵,使其"污浊之平和,以之将破。平和之破,人道蒸也"。在他看来,中国之患在于"不撄":"有人撄人,或有人得撄者,为帝大禁,其意在保位"。就是说,统治者最害怕打破死气沉沉的"平和"局面,而一般百姓也总是安于现状,有天才要打破它，民众也"必竭全力死之"①。因而他认为，只有"撄人心"，打破人心的麻木状态，使其内在的热情得以激发，民族才有希望。

破坏、反抗的精神本是战斗的浪漫主义的基本要素。鲁迅的这一倾向自然有"天才论"和"超人"哲学的影响在内。这种影响的发生有其现实的依据和历史的必然性，就像学术界公认的那样，鲁迅基于他的激进民主主义的立场主要从"天才论"和"超人"哲学中吸收了个性主义和反抗、破坏的精神，他的目的是要打破民众麻木不仁的精神状态，使其觉悟，获得做人的起码的自主意识。如果说这有局限，那也是历史的局限。因为当时中国民众的确普遍地处于不觉悟状态中，认识到这一点，并以强烈的历史责任感指出这一问题的严重性，正是他那个时代所能达到的对现实最清醒的认识和具有彻底反封建精神的突出标志。"天才论"和"超人"哲学影响的一个积极方面，是充实了鲁迅前期浪漫主义的文学观。因为重天才、重主观表现，不仅是"天才论""超人"哲学的特点，而且也是现代浪漫主义的基本特性。前者正是后者的哲学基础。

鲁迅很早就注意到了歌德文艺观中的"理想"因素。他在《人之历史》中，称歌德"凭理想以立言，不尽根于事实，而识见既博，思力复丰"，这是很中肯的见解。歌德创作从浪漫主义起步，到古典时期趋于博大深邃，使人难以再用"浪漫主义"一词对他加以定性，但他又始终保持了浪漫主义的精神。鲁迅说他"凭理想

---

① 以上引自鲁迅的《摩罗诗力说》。

以立言，不尽根于事实"，指出的正是歌德文艺思想的浪漫主义一面。鲁迅还注意到了浪漫主义者与自然的特殊关系。他在《摩罗诗力说》中论及雪莱时说："独慰诗人之心者，则尚有天然在焉。人生不可知，社会不可恃，则对天物之不伪，遂寄之无限之温情。"就是说，人在社会中受到压抑排挤后，就会把无限的温情寄托到纯朴的自然风物之中。他特别指出雪莱从小就喜爱大自然："方在稚齿，已盘桓于密林幽谷之中，晨瞻晓日，夕观繁星，俯则瞰大都市中人事之盛衰，或思前此压制抗拒之陈迹。"不言而喻，亲近自然，也正是浪漫主义者的性格的特点。

鲁迅前期文艺思想与他同一时期的政治观、社会观、伦理观一样，还没有形成一个完整严谨的体系，不同的思想成分存在于他对西方学说和文艺观点的广泛介绍中。这其中，大多是他自觉接受了的，已转化成他自己的思想，有一些则是他客观的介绍，很难说能完全代表他自己的立场或倾向。不过，在这种不成熟的错综复杂的状况中，明显地贯穿了一条基本的脉络，文学观念上的倾向于浪漫主义，就是这条脉络的一个重要组成部分。如果说，注意到歌德"凭理想以立言，不尽根于事实"和雪莱的亲近自然，是他对浪漫主义诗歌和浪漫派诗人的一般特点的发现，那么，他认为文艺的本质在"使观听之人，为之兴感怡悦"，认为文艺的作用是"撄人心"，影响人的精神，尤其是竭力推崇摩罗诗人的反抗破坏的精神，首肯他们的重"主观"和崇"天才"，这些方面无疑就是他自己当时的文艺见解了。这些思想在 20 世纪初的中国具有划时代的意义，代表了一种刚处于萌芽阶段而与此前的传统的文艺思想迥然异质的新的文艺思潮，即浪漫主义的思潮。

当然，即使是伟大的"天才"，他们的思想和对历史进程的影响，也是跟历史进程本身连在一起的，只能是历史的产物。在鲁迅早期文艺思想的背后，隐藏着世纪初中国社会结构的深刻变动，这一变动引起了整个思想界的微妙、然而是意义深远的反响。因而这一时期文艺思想上的新动向不仅仅是通过鲁迅得到体现，而且还反映在别的人物身上，包括王无生、黄摩西、徐念慈及闻名遐迩的王国维等。

王无生撰有《论小说与改良社会之关系》《中国历代小说史论》。前者基本是演绎梁启超的观点，后者则从梁启超的观点出发，提出小说创作应从当时已成流风的借鉴西洋而转向从民族古典小说中吸取养料和从现实中择取材料，他特别把古典优秀小说的创作动机归结为三个方面："愤政治之压制"，"痛社会之混浊"，"哀婚姻之不自由"。① 这是承接"言志"派传统的，但也受到了西方文艺思潮中"自我表现"观点的影响。黄摩西在《〈小说林〉发刊词》中与梁启超唱反调，说过去把小说看得太轻——"言不齿于缙绅，名不列于四部"，现在则把小说看得太重——"出一小说，必自尸国民进化之功；评一小说，必大倡谣俗改良之旨"。他对此深表怀疑，认为小说虽有"即物穷理之助"，但其作用不及"哲学、专科书"；虽"固足收振耻立懦之效"，可效果也比不上"法律、经训原文"。小说只是"文学之倾于美的方面之一种"，"属于审美之情操，尚不暇求真际而择法语也"。如果"一秉立诚明善之宗旨，则不过一无价值之讲义、不规则之格言而已。恐阅

---

① 王无生：《中国历代小说史论》，《月月小说》第 1 年第 11 号(1907 年)。

者不免如听古乐,即作者亦未能歌舞其笔墨也"。① 黄摩西在把"真"的原则引进小说的同时,更把"美"的原则置于首位,认为小说就是小说。这对于矫正梁启超小说观的理论偏颇具有积极的意义,在强调小说的文艺特性方面又与鲁迅这一时期的文艺观有相通之处。但他丢掉了梁启超小说观的启蒙主义内容,又没能像鲁迅那样兼顾小说的社会功能,这似乎又是后来清末民初小说转向趣味化的预兆。徐念慈同样强调小说的审美特性:"余不敏,尝以臆见论断之:则所谓小说者,殆合乎理想美学、感情美学,而居其上乘者乎?"他依据黑格尔的"理想美学",指出艺术的首要任务是"满足吾人美之欲望,而使无遗憾",其次是通过表现事物的个性达到"具象理想",这两者实际是黑格尔的"美是理念的感性显现"和他关于浪漫主义艺术注重内心生活的论述的翻版。徐念慈又依据"邱希孟氏(Kirchmann)感情美学"所强调的美的快感和理想化原则,指出小说具有情感性、形象性和理想化的审美品格。② 这就比王无生、黄摩西在理论上又深入了一步。这些人在影响上不敌梁启超,但其主张明显地是有鉴于梁启超的小说观忽视审美特性所导致的粗制滥造的创作风尚而提出来的,虽然不能说它们就是浪漫主义的文学观点,但就其强调感情、理想等方面而言,大致也反映了20世纪初整个文艺思潮在启蒙主义的总主题下有一个向重主观、重情感的浪漫主义方面转移的趋势。

至于王国维,众所周知,是近代借用西方批评理论和方法来

---

① 黄摩西:《〈小说林〉发刊词》,《小说林》第1期(1907年)。
② 徐念慈:《〈小说林〉缘起》,《小说林》第1期(1907年)。

研究中国古典文学的先驱,他受康德尤其是叔本华的影响,强调文艺的特性与价值在于能使人"忘物我之关系",从"生活之欲"所导致的痛苦中得到解脱。① 他的成就远远超出了一个思潮、一个领域的范围,但在文艺思想上显然也存在着和上述趋势相一致的方面。

这些人的成就及影响相差悬殊,但都处在一个剧烈变动的历史阶段,处在一个新的思想潮流和文学潮流正在形成的过程中。在这一过程中,西方文化的影响发挥了重要的作用。如果说鲁迅当时的浪漫主义文学观是在留学生的文化圈子里、在浓厚的个性主义思想氛围中孕育的,那么无论王国维,还是徐念慈等,他们文艺思想上的重主观和重视审美功能,主要也是得益于他们谙熟外语,得以广泛地吸收西方现代文明的缘故。在这些人中,鲁迅当时还只是个初出茅庐者,但从20世纪初尚处于萌芽阶段的浪漫主义这面看,他显然处于十分先锋的位置,这不仅因为他的文艺思想中的英雄主义、反传统精神和个性解放的意识在同时代人中是最鲜明、最强烈的,而且还因为这些思想所包含的启蒙主义内容预示了后来五四文艺思潮的性质和方向。

总而言之,20世纪初包含浪漫主义因素的文艺观点,其意义不在于它们在当时产生了多大的实际影响,而在于它们代表了一种植根于深刻的历史变动中的文艺发展的趋势,一种关于未来新文艺的激动人心的前景。它是报春的蜡梅,向人们预告着一个新

---

① 王国维:《〈红楼梦〉评论》,《新世纪万有文库·静庵文集》,辽宁教育出版社1997年版。

的文学时代即将到来。但就它本身所达到的规模、深度和实际的影响力而言，它显然还不足以构成一个浪漫主义的潮流。这主要有三方面的原因：一、集中体现了20世纪初浪漫主义文艺观点的《摩罗诗力说》，若作为一个文学思想体系的表述来看，还有待充实和完善，其他人的一些文艺观点至多能说含有一点浪漫主义的因素；二、还没有出现真正具备了现代浪漫主义性质的作品；三、即使是处于最先锋位置的鲁迅，他在思想上表现出惊世骇俗的叛逆性的同时，在情感方面也还不曾完全摆脱封建观念的束缚，比如为了让母亲满意，他违心地做了旧式婚姻的牺牲品。这并不奇怪，受封建意识的长期束缚，人的情感趋于萎缩，人格受到摧残，在新世纪的曙光刚刚降临之际，有人从理性上意识到了自由的价值，可是要他把自由的原则贯彻到情感生活中去，还有待时日。当时的启蒙主义者，大多处于这种理性与情感相互脱节的状态中。理性走在前面，情感拖着后腿；一面写非圣无法的文章，可一涉及情感上的敏感问题马上就表现出犹豫和妥协的意向，终究缺乏拜伦式的勇气。因而可以这样说：这时已有人在大声呼唤摩罗诗人了，但他是寄希望于西方的，他身后的中国大地上这样的摩罗诗人，真正能从思想和情感相结合的完整人格上贯注了自由精神的人物还没有登上历史舞台。可是，萌芽蕴藏着无限的生机，时代之舟已扬起了风帆，自由的旗帜将要在随后到来的五四浪漫主义大潮中高高飘扬。

"情僧"苏曼殊的浪漫小说

　　文艺的理论倡导与创作实践之间有着密切的关系，但彼此又隔着相当的距离。一般地说，从理性上意识到的东西，未必就能被情感所接受而在行动上反映出来。理性认识，到感情上认可这些价值观，再到一个人的行动，是实践中人的认识深化并转化为自觉行动的过程。这一过程包含着迄今为止还未被完全揭开的关于人的主观能动性的全部奥秘。文艺创作是作家完整人格的显现，是需要作家知、情、意诸种心理要素相互协调地参与进来的一项创造性活动。如果个性解放还只停留在理性认识上，自由的精神还未深入到情感世界，也就是说，人格还未获得完全解放，那么这样的人也许高举着个性解放的旗帜，但要他写出充满浪漫精神的作品来，却是勉为其难的。20世纪初的中国，先驱者呼唤着摩罗诗人，可真正具有现代浪漫主义性质的作品却几乎没有，根本的原因就在于人们从渴望自由到在行动和创作中充分地表现出自由解放的浪漫精神这一过程需要时间。人们要消化对自由的认识，把它内化为自己的价值观，这才能够从心灵深处喷发出强烈的反封建的激情，只有那时，才会产生真正的浪漫主义作品。

　　但是，也不能因此认为，20世纪初在文学创作上就没有出现一点浪漫主义的迹象。一种文学思潮，即使在它的萌芽阶段，也总要在创作上有所表现，尽管它的色彩只是淡淡一抹，不易引起人们的注意。

20世纪初,率先在创作中表现出浪漫主义倾向的,也是鲁迅。鲁迅1903年译述《斯巴达之魂》,作品写的是斯巴达三百将士在温泉关抗击数倍于己的波斯侵略军,最后壮烈牺牲的故事。其中一个斯巴达妇女,认为她丈夫因病没有战死沙场是个奇耻大辱,于是吻剑自杀,她丈夫猛然悔悟,后来在另一场激战中戴罪杀敌,壮烈殉国。这表现的是斯巴达式的荣誉观,他们把公民的责任置于个人的生命之上,充满了强烈的爱国主义精神。但鲁迅的立足点显然是放在中国的,他激动地发问:"世有不甘自下于巾帼之男子乎?必有掷笔而起者矣。"这既是面向读者的发问,又是他发自内心的自勉之辞,反映了他早期的爱国主义和英雄主义的人生观。整篇作品气势磅礴,充满神奇色彩,语言饱含激情,这一切构成了它内在的浪漫主义气息。

但《斯巴达之魂》毕竟不是独创的作品。创作小说并在20世纪初到五四这一过渡时代表现出浪漫主义精神的则是一个奇人——人称"情僧"的苏曼殊。新文化运动的老将钱玄同曾表示苏曼殊与新文学有着割不断的关系,他说:"曼殊上人思想高洁,所为小说,描写人生真处,是为新文学之始基乎?"①创造社成员陶晶孙也认为:"以老的形式始创中国近代罗漫主义文艺者,就是苏曼殊;而曼殊的文艺,跳了一个大的间隔,接上创造社罗漫主义运动。"②

苏曼殊身世复杂,有难言之隐,生性又敏慧,这造成了他愤

---

① 转引自杨义的《中国现代小说史》第1卷,人民文学出版社1986年版,第61页。
② 陶晶孙:《急忙谈三句曼殊》,《牛骨集》,太平书局1944年版。

世嫉俗的个性,时而多愁善感,时而狂放不羁。柳亚子在《燕子龛遗诗序》中这样写道:"君工愁善病,顾健饮啖,日食摩尔登糖三袋,谓是茶花女酷嗜之物。余尝以苎头饼二十枚饷之,一夕都尽,明日腹痛弗能起。又嗜吕宋雪茄烟,偶囊中金尽,无所得资,则碎所饰义齿金质者,持以易烟。其他行事都类此。人目为痴,然谈言微中,君实不痴也。"嗜食至腹痛,囊空则拆下金牙"持以易烟",这般行状已悖常情,所以人说他"痴",他的朋友辈则给了他一个"情僧"的雅号。这正反两面的评价,都表明他由于独特的人生经历而养成了落拓不羁、浪漫潇洒的个性。他的小说的浪漫气息,归根到底就是这种个性的表现。

苏曼殊写小说始于民国初年,处女作是《断鸿零雁记》。这部数万言的小说写一个名叫三郎的青年当了和尚,却运交华盖。先是未婚妻雪雁不满她父亲嫌贫赖婚,暗地里资助他东渡日本寻找生母。到日本后,又有聪明美丽的表姐静子爱上了他。只因为他已遁入空门,只得一一割断情丝。可说空未必空,一听说雪雁为他殉情,他又五内俱裂,历尽艰险去凭吊雪雁坟墓。这写的纯粹是主人公三郎的感情磨难,究其根源,全是因为他恨世而欲求解脱,想出世而又过于多情。说穿了,这其实也是苏曼殊自己的苦处。他身披袈裟,似乎一本正经地在宣扬四大皆空的佛理,可他把姑娘写得太可爱,爱情写得太缠绵,三郎写得太伤心,反而暴露了他自己情根难断的苦衷。可以理解,像苏曼殊这样连生母是谁都搞不清楚、身世有"难言之恫"的人,迫切需要感情上的慰藉。失之于生活,得之于玄想,周作人说静子和雪雁都是和尚自作多情、一厢情愿的虚构,的确是一种精当的见解。

从《断鸿零雁记》发表至1918年逝世，苏曼殊一共写了五篇小说。这些作品大致有一个共同的主题，那就是爱情的缠绵和幻灭。《碎簪记》写庄湜与灵芳、莲佩间的爱情关系，由于庄湜叔父反对自由恋爱，三个青年全部殉情。《绛纱记》中的梦珠，先是不理会女友秋云的火热爱情，不告而别当了和尚，看似无情，可他在无量寺坐化时，怀中还藏着秋云所赠的一角绛纱。《非梦记》写海琴自小跟薇香定亲，后来婶娘嫌薇香家贫，离间他俩感情，最后薇香投水，海琴出家。有情人难成眷属，写尽了苏曼殊内心对爱的向往和拘于佛教戒律、宣扬虚无哲理之间的矛盾，象征着他人生观中出世和入世的两个方面。对于他来说，这也不失为一种调和内心矛盾的巧妙办法：既能陶醉于姑娘的倾心之爱，又装作超离了红尘。当了和尚，还能做情种，难为他煞费苦心，想得周全。

由于苏曼殊写的全是儿女私情，且有一个大致相同的故事模式，即两个痴情美女追求一个多愁善感的公子，几经缠绵，最终是一个悲剧的结尾，因而很容易被人归入鸳鸯蝴蝶派小说一类。其实这是一个误会。早期的鸳鸯蝴蝶派小说，或以"发乎情，止乎礼"为美德，表现了很浓的封建色彩，或苦于没有新的人生观和审美理想作基础，结果从反传统开始而坠入了庸俗媚世的趣味。苏曼殊则有所不同。他在日本出生，后来又多次东渡求学，懂得多种外语，翻译过歌德、拜伦、雪莱等西方浪漫主义诗人的作品，在清末民初的文人中，他是较早地接受了西方文化熏染的。因而他既突破了传统观念的束缚，敢于大胆披露内心的苦闷，又把爱情视为一种美好的情操加以咏叹，所以作品的格调比较清新优美，不像鸳鸯蝴蝶派小说那样俗气。这表明他并没有走鸳鸯蝴蝶派的创作道路。

苏曼殊青年时代是个很有抱负的志士。他在编译小说《惨世界》中表示，要"破坏了这旧世界，另造一个公道的新世界"（《惨世界》，与陈独秀合作的小说，根据雨果的《悲惨世界》编译而成，有一些自己添加的情节），还参加过留学生的拒俄义勇队和以推翻清王朝为宗旨的革命运动，甚至打算暗杀保皇党人康有为，后来一直与革命党人保持着密切关系。如此血气方刚的人，为何后来忽然要悲悼起自己的身世，写起伤心的恨事来？这其中的原因，除了他个人的身世之外，显然还与他既失望于辛亥革命，又受到佛教的影响有关。辛亥革命爆发时，苏曼殊正滞留新加坡，他闻讯大喜，苦于没有旅费，甚至想典当衣物赶回国内。但他期望过大，失望也特别沉重。袁世凯篡权后，他愤而发表《讨袁宣言》，可总的看，这前后是理想成为泡影后对社会和人生的日益失望。在《绛纱记》《焚剑记》里，他开始赞美起世外桃源式的生活，这与他早年在编译小说《惨世界》中所表达的豪情相比，判若两人。

苏曼殊是因个人生活的不如意，愤而当和尚的。"愤"，使他难成虔诚的信徒。所以他有时披披袈裟，行动上却不受佛门戒律的束缚。他一生中不乏风流的传闻，因而获得了"情僧"的美名。但他后来把佛学视为一种人生哲学，对此深有研究也是事实。1908年他与章太炎一起发表《儆告十方佛弟子启》和《告宰官白衣启》，一面怒斥"附会豪家，佞谀权势"的佛门败类，一面竭力为佛教辩护，反对"新学暴徒"焚烧寺庙，宗教热情显得尤为强烈。

如此长期熏陶，人生观上难免受到佛学的影响。他小说中的青年男女，除了情死以外，最后都是出家为僧为尼，便是佛教的影响造成的。不过苏曼殊入世太深，只能得佛教虚无思想的皮毛，为自己悬想一条出世的逃路。所谓"悟得生死大事"，如同他的披袈裟，很大程度上只是一种刻意追求的姿态，也是一种愤世嫉俗的变相牢骚。因而在实际生活中，他常是放浪形骸的，或吟诗作画以示高雅，或讽世骂人借以泄愤。这种日渐失望于社会，而又难入涅槃境界的精神状态，最终使他自哀自怜，咀嚼起个人的悲欢，醉心到虚幻的爱情故事中去了。

因此，苏曼殊的小说大致是倾向于自叹身世，或写他个人胸襟的。在梦珠的洒脱不羁，三郎的多愁善感，海琴的缠绵悱恻，独孤公子的孤洁清高，以及他们浪迹江湖、出家为僧的经历中，都可看出苏曼殊的影子。他们一步三回头地走向空门，也是苏曼殊既有意于宗教，但又无法完全超脱尘世的内心写照。从少女的娇美姿色和惊人才情中，同样可以看出他刻意美化的痕迹。这种美化，很大程度上是他自己多情和为了寻求心理补偿的表现，她们的凄凉命运又往往透露出他的伤心和自怜来。正是这种偏于写自己身世和心情的艺术倾向，缠绵的爱情故事、哀婉伤感的情调，以及作为一个情僧对待爱情若即若离的态度，构成了苏曼殊小说的浪漫风格。中国自古有抒情的散文、诗词，但受制于礼法，很少有涉及作者隐私的抒写个人身世怀抱的叙事文学。苏曼殊率先把自己的身世引入文学，肯定爱情的美好，倾向感伤的情调，给清末民初文坛吹进了一缕以个性意识为核心的浪漫清风。这种对于浪漫小说的初步开发之功是不应抹杀的。事实上，他的小说正是凭着这种浪漫风格在比较开明的读者中觅得了知音。《断鸿零雁记》很快被译成英文，又被改编为戏剧，有些新文学作家把自己的创作与他联系起来，连并不怎样赏识其小说的郁达夫也说："他的浪漫气质，由这一种浪漫气质而来的行动风度，比他的一切都要好。"①

但是，不能因此认为苏曼殊开创了现代浪漫抒情小说的新纪元。尽管他凭借得天独厚的条件，具有比一般人强的个性意识和民主思想，可是他也处在时代的局限之中。在他的时代，文化领域还没有形成广泛深入的启蒙运动，儒家思想在社会上还很有势力，在这样的背景下，要他完全摆脱传统的影响是不可能的。他的思想实际上既有西方的，又有传统的，还有宗教的。这些思想因素尚未混成一体，不能不影响到他创作中的伦理判断和审美评价。比如《碎簪记》中的爱情悲剧，本是封建势力横加干涉和男主人公性格软弱造成的，可是苏曼殊另有看法。他同情庄湜和灵芳自由恋爱，可是觉得莲佩学贯中西、温良端庄，包办婚姻也不错，因而要规劝庄湜把爱灵芳之心移诸莲佩，以求情理两合。庄湜夹在两个姑娘间犹豫动摇，似乎苏曼殊也很难抉择。他最后的结论是"天下女子，皆祸水也"，在无法调和新旧伦理矛盾时，便简单地把悲剧的责任推诿给无辜的女子。显然，这是由于他思想上对妇女还持有封建的偏见，但也不能否认佛教色空观的某些影响。其实何止伦理意识，就连他的审美理想也是既新又旧的。且

---

① 郁达夫：《杂评曼殊的作品》，《郁达夫全集》第 5 卷，浙江文艺出版社 1992 年版，第 307 页。

看他心目中的理想女性，既要有西洋女子的热情才识，又得有东方女性的深沉含蓄，似乎非中西融合不可：时髦女郎太野，传统女性又太呆。至于行文落墨，处处讲究情感的节制修饰，务求文笔典雅，风格含蓄，给人的感觉不是刺激，而是惆怅，则又显然是跟诗教的传统连在一起的。

　　总之，无论是从思想意识还是审美特征看，苏曼殊的小说只能算作是现代浪漫抒情小说的萌芽。它有反封建的民主因素和浪漫抒情的艺术风味，对以情节取胜而以"载道"为旨归的传统小说是一次突破，艺术上的成就超过此前鲁迅的译述之作《斯巴达之魂》。可它的反封建不彻底，写意又过于含蓄，浪漫抒情仅是有节制地体现为主人公的生活情趣和气质，没有充分地转化为作品的叙述原则，情调有新意，可还没有找到相应的新而有力的表现手段。这一切表明，它只是一种过渡性的文学，在对传统的背离中，又有某种向传统复归的潜在倾向。美籍华裔学者李欧梵曾指出："苏曼殊通过他的作风和艺术，不仅'体现了旧时代的中国文学传统和西方的新鲜的鼓舞人心的浪漫主义的巧妙融合'，而且体现了他那个过渡时代，整个情绪的无精打采、动荡不安和张皇失措。"①这是切中肯綮的。而从另一方面看，由于个性意识尚未广泛地深入大众，许多读者的小说观念还是陈旧的，习惯于用传统的眼光看待苏曼殊那些抒写个人身世和内心矛盾的小说。他们虽不至于像封建卫道者那样责之以诲淫之罪，但往往也把它视为

---

① 参看李欧梵的《中国现代作家的浪漫一代》，*The Romantic Generation of Modern Chinese Writers*，哈佛大学出版社 1973 年版，第 4 章。

消愁解闷的闲书。这就从作家主观条件和读者素质两方面决定了苏曼殊的小说不可能在文学界掀起一个彻底反传统的浪漫主义文学潮流。他是一个过渡人物，而真正的浪漫主义者是一批浑身充满生气、精力过人的新人。这是些不好对付、随时准备捣乱而又受到新时代欢迎的"恶魔"，他们想用"摩罗"诗人的伎俩把文坛掀个底朝天，而这样的日子已经为时不远了。

五四浪漫主义思潮

1921年夏秋之交,创造社成立。其成员流派意识很强,活动刚一开展,就把矛头对准半年前成立的文学研究会,指责它"爱以死板的主义规范活体的人心,甚么自然主义啦,甚么人道主义啦,要拿一种主义来整齐天下的作家,简直可以说是狂妄了"①。他们自称:"我们的主义,我们的思想,并不相同,也不强求相同。我们所同的,只是本着我们内心的要求,从事于文艺的活动罢了。"②本着"内心的要求"创作,即是一种注重自我表现的典型的浪漫主义文学观,加上他们强调"天才""灵感""直觉"等,这就在文艺思想上与文学研究会的注重客观描写泾渭分明。文艺思想上的分歧,夹杂着一些门户意气,引发了一场在五四文坛上受到广泛关注的文艺论争。创造社的成立,它所挑起的文艺论争,加上它拥有一支成员稳定的创作队伍,出版了《创造》季刊、《创

---

① 郭沫若:《海外归鸿》,1922年5月《创造》季刊第1卷,第1期。
② 郭沫若:《编辑余谈》,1922年8月《创造》季刊第1卷,第2期。

造周报》、《创造日》、《创造月刊》，发行创造丛书，发表的诗歌、小说引起热烈的反响，这一切表明中国现代浪漫主义思潮已从萌芽阶段进入了迅猛成长发展的时期，按郭沫若的说法，它是"异军突起"。

五四浪漫主义文学是中国现代浪漫主义文学思潮的一座高峰，其规模、气势和影响都是中国现代浪漫主义思潮的其他发展阶段无法相比的。本章从整体上考察这一思潮，隶属于它的作品则留待下一章讨论。

在新文化运动中

新文化运动是 20 世纪初启蒙运动在新的历史条件下的深入。新文化运动的先驱，如陈独秀、鲁迅、吴虞，都程度不同地参与了世纪初的启蒙运动①。他们思想的前后变化，从一个侧面反映了新文化运动相对于世纪初启蒙思潮的飞跃。

新文化运动在思想文化领域展开了一场"铲孔孟、覆伦常"的斗争。与 20 世纪初的启蒙相比，它的社会基础已大为扩展，主要是由于国内新式学堂培养出来的学生逐年增多，他们接受了近代自然科学知识和西方的民主思想，成了新文化运动的积极响应者。新文化运动不同于此前启蒙运动的一个重要标志，是它一开

---

① 陈独秀 1904 年 3 月在芜湖创办半月刊《安徽白话报》，用"三爱"等笔名撰写了大量文章，如《瓜分中国》(第 1 期)、《恶俗篇》(第 3 期)、《说国家》(第 5 期)等，用通俗文字宣传爱国、反封建的思想。吴虞则在 1910 年 10 月出版的《蜀报》第 4 期发表《辨孟子辟杨墨之非》，可以说是五四时期反孔言论的先声。

始就确立了"科学"与"民主"的指导思想。科学，不只是自然科学知识，还包括注重实证、追求真理的科学精神。它对相沿成俗的盲从迷信是一个致命的打击。民主，则集中体现了对权威的彻底反叛。科学与民主结合，使新文化有了一个现代的价值体系。它不仅在广度上涉及了思想领域的几乎所有方面，如陈独秀概括的："破坏孔教，破坏礼法，破坏国粹，破坏贞节，破坏旧伦理（忠孝节），破坏旧艺术（中国戏），破坏旧宗教（鬼神），破坏旧文学，破坏旧政治（特权人治）"①，而且在深度上，用一套科学主义的话语，与儒家的民本思想完全区别开来。因而，它不再像改良派那样有时不得不求助于早期儒学的某些概念来为变法维新张目，也避免了后来无政府主义者在伦理革命中的乌托邦倾向。它用理性精神抨击封建礼教，视"伦理的觉悟，为吾人最后觉悟之最后觉悟"②，认为只有达到了"伦理的觉悟"，才能够把人从封建道德的桎梏中完全解放出来，这最终导致了个性解放和人格独立。

　　重要的是，新文化运动的理性精神是建立在"立人"原则基础上的。先驱者为了反对封建实用理性，提出了新的理性原则，要给人的情感、个性、欲望等一切以前被认为是邪恶的东西一个正面的评价，证明它们是合理的。它不像古典主义的"理性"仍要压抑个性和情感，相反是为个性解放、情感自由开辟道路的。因此，新文化运动在推动一场文学革命的同时，也促成了一个浪漫

---

① 陈独秀：《〈新青年〉罪案之答辩书》，1919年1月15日《新青年》第6卷，第1号。
② 陈独秀：《吾人最后之觉悟》，1916年2月5日《青年杂志》第1卷，第6号。

主义运动的兴起。一个具有象征意义的例子，便是李大钊的《晨钟之使命》。这篇文章写于1916年，提出新文学应敢于"犯当世之不韪，发挥其理想，振其自我之权威，为自我觉醒之绝叫"，并且明确表示："记者不敏，未擅海聂（海涅）诸子之文才，窃慕青年德意志之运动，海内青年，其有闻风兴起者乎？甚愿执鞭以从之矣。"作为一个思想启蒙的先驱，李大钊在陈独秀《文学革命论》一文表示愿为写实文学"拖炮前驱"的前半年，就已鼓吹"自我之权威"，表示愿意为浪漫主义"执鞭以从"了。从这里很能看出五四启蒙主义与浪漫主义思潮的内在联系。

新文化运动激发了空前规模的个性解放、情感自由的社会思潮。这不仅为充满反叛精神的现代浪漫主义者充分发挥他们的个性和创造才能提供了广阔的空间，而且也为他们在文学上取得的成就准备了合适的读者群。浪漫主义文学打动读者的方式有自己的特点。一般地说，现实主义是通过塑造典型形象和提出重大的社会问题激发读者思考的，因而作品的读者范围比较广泛，可以引起不同阶层、不同价值观的读者的阅读兴趣。浪漫主义则是以激情打动人，而且现代浪漫主义的激情一般都是有悖于传统伦理观念的，因此它只能寻找"振动数相同的人""燃烧点相等的人"[1]，在"同党"中才能觅得知音，这比起现实主义作品来也就更需要读者的理解和支持。新文化运动无疑造就了这样的读者。经过新文化运动的洗礼，许多青年确立起了人文主义的信仰，他们能够理解五四浪漫主义者的追求和苦闷，乐于接受他们主观性

---

[1] 郭沫若：《女神·序诗》，上海泰东图书局1921年版。

很强的艺术表达方式，并且与之产生强烈的共鸣。作家的成长和读者队伍的形成，这两方面结合起来，最终促成了一个充满时代精神而又深深植根于民族历史文化土壤中的浪漫主义文学潮流"异军突起"，从而翻开了 20 世纪中国文学的崭新一页。

作家个性与浪漫主义

五四浪漫主义思潮的崛起，还有作家主观方面的依据。郑伯奇在《中国新文学大系·小说三集》的导言里有这么一段话："创造社的作家倾向到浪漫主义和这一系统的思想并不是没有原故的。第一，他们都是在外国住得很久，对于外国的(资本主义)缺点，和中国的(次殖民地)病痛都看得比较清楚；他们感受到两重失望、两重痛苦，对于现社会发生厌倦憎恶。而国内国外所加给他们的重重压迫只坚强了他们的反抗的心情。第二，因为他们在外国住得很久，对于祖国便常生起一种怀乡病；而回国以后的种种失望，更使他们感到空虚。未回国以前，他们是悲哀怀念；既回国以后，他们又变成悲愤激越，便是这个道理。第三，因为他们在外国住得长久，当时外国流行的思想自然会影响到他们。哲学上，理智主义的破产；文学上，自然主义的失败，这也使他们走上了反理智主义的浪漫主义的道路上去。"郑伯奇指出了个人经历和外国文艺思想对浪漫主义者的影响。这两方面的影响最终都落实到了浪漫主义者的个性气质里。

郭沫若自称是个冲动型的人物："我回顾我走过了的半生行路，都是一任我自己的冲动在那里奔驰；我便作起诗来，也任我一己的冲动在那里跳跃，我在一有冲动的时候，就像一匹奔马，我在冲动窒息了的时候，又好像一只死了的河豚。所以我这种人意志是薄弱的，要叫我胜劳耐剧，做些伟大的事业出来，我没有那种野心，我也没有那种能力。"①又说："我所著的一些东西，只不过尽我一时的冲动，随便地乱跳乱舞的罢了。所以当其才成的时候，总觉得满腔高兴，及到过了两日，自家反复读看时，又不禁夹背汗流了。"②他在回顾1919年与1920年之交他的新诗创作爆发期的情景时又强调："那个时候每当诗的灵感袭来，就像发疟疾一样时冷时热，激动得手都颤抖，有时抖得连字也写不下去。那种灵感的强烈冲动，以后就很少有了。"③郁达夫的个性也是冲动型的，他听说自己花了大量心血办起来的《创造》季刊居然还有剩余的摆在书店里，就觉得自家是天底下最不幸的人了，当即去酒家喝了个醉饱。其实《创造》季刊的印数和销售情况在当时要算好的。郁达夫觉得委屈，很大程度上只是一种被他主观夸大了的感受。具有这类冲动型性格的人，渴望的是在情绪奔涌中体验一种临风登仙般的快感，通过情绪的发泄，获得心理的满足。他们常常有一种自我中心主义和主观幻想狂的倾向，喜欢冒险，寻找刺激，或干脆自己虚构种种能激发情绪的幻景，哪怕要把自己想象成世界上最可怜的人也罢。这种性格在合适的条件下很容易使人走上浪漫主义的创作道路。

---

① 郭沫若：《文艺论集·论国内的评坛及我对于创作上的态度》，人民文学出版社1979年版，第110—111页。
② 郭沫若等：《三叶集》，亚东图书馆1920年版，第45页。
③ 《郭沫若同志答青年问》，《文学知识》1959年5月号。

性格形成过程中的天赋因素和个人经历总是呈现为互为因果的关系，很难说哪一方面居于绝对的支配地位，而且这当中还有诸如机遇等许多偶然因素起着作用，但这一过程也往往能够看出时代的重大影响。郭沫若、郁达夫如果从小循规蹈矩，即使到日本也会安分守己，不致走上浪漫主义的创作道路。如果他们始终处在闭塞的环境中，呼吸不到一点民主的空气，即使有反抗精神也可能被扼杀在萌芽之中。然而，他们的童年碰上了"王纲解纽"的时代，传统观念的控制力已大为削弱，家庭条件又允许他们在学校里调皮捣蛋，被一个学校开除就转到另一个学校去。在这样的条件下，他们的浪漫禀赋才得以发展起来。后来他们又奔赴异国他乡，"读的是西洋书，受的是东洋气"，那种因弱国子民的身份而来的屈辱感和对祖国的怀想，正因为这浪漫谛克的个性而表现得格外强烈，反过来又使这种个性朝着反抗和感伤的方向发展了。

　　一个浪漫主义诗人的气质与他接受外国文艺思潮影响的关系同样是微妙的。以郭沫若为例，他到日本留学时，正是日本经过明治维新后，现代文化空气日渐浓厚的时代。各种西方思潮广泛流行于中国留学生就读的帝国大学和高等预备学校。学生使用的专业参考书多是德文原著，德文的文学名著，如《浮士德》之类，常被教师选作第一外语课的教材。通过这些德语课，郭沫若接触并迷上了歌德。他计划邀集同伴组织歌德研究会，翻译歌德的作品，他自己还动手译了《浮士德》的部分章节。可是郭沫若所理解的歌德，仅仅是体现在《浮士德》和《少年维特之烦恼》中的作为浪漫主义者的歌德，那是充满了反抗和叛逆精神的歌德，而歌德的另一面，如他的贵族气派，主张节制，反对痛苦绝望之类的极端情绪出现在诗中来破坏诗的形式完美，以及他文艺观上的现实主义成分，都被郭沫若轻轻放过，或者说根本没有引起他的注意。这除了郭沫若对歌德的了解不够全面充分以外，主要还是由于他以自己的趣味对歌德加以取舍的缘故。他先后迷上泰戈尔、惠特曼，情形也与此类似，都是从自己的主观出发来接受影响的。不过，接连变换崇拜的对象，既反映了郭沫若的心态和审美趣味在快速变化，也丰富了他的浪漫主义创作风格的色彩。

创造社成员性格相近，艺术追求一致，在国内新文化运动开展后有利于个性发展的环境中，他们顺理成章地成了浪漫主义文学运动的中坚。

接受西方文艺影响的特点

五四浪漫主义作家和诗人深受西方文艺思潮的影响。他们在接受西方人道主义观念的同时，与整个世界文学的潮流，即由再现外部世界的构成到探究人的心灵秘密这一向内转的趋势采取了同一步调。

郭沫若有一个关于诗的著名公式，即"诗＝(直觉+情调+想象)+(适当的文字)"。郭沫若解释说："诗人底心境譬如一湾清澄的海水，没有风的时候，便静止着如像一张明镜，宇宙万汇底印象都涵养在里面；一有风的时候，便要翻波涌浪起来，宇宙万汇底印象都活动着在里面。这风便是所谓的直觉、灵感(Inspiration)，这起了的波浪便是高涨着的情调，这活动着的印象便是徂徕着的想象。"①用"风"来比喻直觉、灵感,是受英国浪漫主义诗人雪莱的影响。雪莱在《为诗辩护》中说过:"自有人类便有诗。人是一个工具,一连串外来的和内在的印象掠过它,有如一阵阵不断变化的风,掠过埃奥罗斯的竖琴,吹动琴弦,奏出不断变化的曲调。"②郭沫若显然同意雪莱的观点,所以在《〈雪莱的诗〉小引》中,他写道:"风不是从天外来的,诗不是从心外来的。"

关于"直觉"和"灵感"的说法,还有其他方面的影响来源。郭沫若引歌德诗兴来临时甚至来不及摆正稿子,便站着在桌子边从头到尾急急忙忙写下来的例子,证明"诗不是'做'出来的,只是'写'出来的"③。"做",郭沫若认为相当于 Compose。Compose 有组合、构成的意义,也有"作文"的意义。可见在英语里,"作文"一般被认为是用一定的技巧来把文意表达清楚,这正好与浪漫主义的观点相反。浪漫主义者认为"诗是强烈感情的自然流露"④。拜伦甚至向人抱怨:"我怎么也不能叫人懂得诗是汹涌的激情的表现……"⑤艾布拉姆斯在考察浪漫主义者关于"感情"的看法时,发现他们都有把感情理解为一种类似液体的东西的倾向,认为它由于某种外力的作用从人的心里被挤出来。"流露""表现"等词就有被挤出来的意思。郭沫若认为诗是"写"出来的,本意正与此相同,即写的内容已经在心里存着,诗人的任务只是把它挤出来,不需要额外的技巧,就像他说的"大波大浪的洪涛便成为'雄浑'

---

① 郭沫若等:《三叶集》,亚东图书馆 1920 年版,第 7 页。
② 转引自艾布拉姆斯的《镜与灯》,北京大学出版社 1992 年版,第 74 页。
③ 郭沫若等:《三叶集》,亚东图书馆 1920 年版,第 7 页。
④ 华兹华斯:《抒情歌谣集》序言。
⑤ 转引自艾布拉姆斯的《镜与灯》,北京大学出版社 1992 年版,第 71 页。

的诗","小波小浪的涟漪便成为'冲淡'的诗","这种诗底波澜,有它自然的周期和振幅,不容你写诗的人有一毫的造作,一刹那的犹豫"。①

郭沫若把灵感与直觉等同起来,说明他那时所理解的灵感不仅仅是指一种富有创造性的、意识高度集中的心灵状态,还包含着整体直观对象的意思。他说:"诗人的利器只有纯粹的直观,哲学家的利器更多一种精密的推理。"②又说:"柏格森的思想,很有些是从歌德脱胎来的。凡为艺术家的人,我看最容易倾向到他那'生之哲学'方面去。"③柏格森是个非理性主义哲学家。在柏格森看来,理智只把事物分割开来,无法理解作为整体存在的生命的意义。生命不仅整体地存在,而且还力图克服物质的阻碍不断地向上升腾,生命的"注流必定不断地喷涌出来,每股注流落回去都是一个世界"④。要理解生命的意义,就只能靠直觉。而他说的直觉,"是指那种已经成为无私的、有意识的、能够静思自己的对象并能将该对象无限扩大的本能"⑤。这说明他是把知觉与知觉的对象看成是能够达成同一的,也就是"在纯粹知觉中,我们实际上被安置在自身以外,我们在直接的直觉中接触到对象的实在性"⑥。这意味着在"直接的直觉"中,人把生命力扩展到知觉的对象,并从对象中体验到了生命力张扬的那种喜悦,这种喜

---

① 郭沫若等:《三叶集》,亚东图书馆1920年版,第7—8页。
② 郭沫若等:《三叶集》,亚东图书馆1920年版,第16页。
③ 郭沫若等:《三叶集》,亚东图书馆1920年版,第57页。
④ 转引自罗素的《西方哲学史》下册,商务印书馆1981年版,第356页。
⑤ 转引自罗素的《西方哲学史》下册,商务印书馆1981年版,第349页。
⑥ 转引自罗素的《西方哲学史》下册,商务印书馆1981年版,第353页。

悦是理智无法获取的。可以认为，这是一种不很高明的哲学，却是一种很有魅力的美学，它非常符合郭沫若的口味。郭沫若要从直观中整体地把握对象，从对象中体验生命的力和美，就像他说的，"命泉里流出来的 strain（旋律——笔者），心琴上弹出来的 melody（曲调——笔者），生底颤动，灵底喊叫"，都是"真诗""好诗"。① 这无疑就是他喜欢生命哲学，并深受它影响的一个明显证据。

郭沫若关于诗的公式中，情调与想象是密切相关的。情调是涌动着的"宇宙万汇底印象"，想象则使这涌动的情调合乎美的规律。想象并非把"印象"简单地叠加起来，而是为了获得更加完美的效果而要从中激发出一些新的东西来。这种内在的力量不是别的，正是作家"神会"来临时的那种难以自持的激情。重视激情在艺术创作中的作用，原是浪漫主义者的共同特点。柯勒律治认为："激情初现之时曾伴有种种的景观音响，诗歌于复现之时，又通过激情而使这种种景观音响孕育出一种它们原本没有的情致。"他又用包含生命的植物来比喻心灵的创造力："看！——伴随着初升的太阳，它开始生长，进入了与一切元素的直接交往状态，既同化了它们，也彼此同化。与此同时它开始扎根长叶，吮吸养分，吐纳气息，散发出凉爽的露气和甜密的芳香，呼出调精养神之气，既是大气的食物，也是它的姿色，送入到滋养它的大气之中。看！——阳光初照之下，它也作出与阳光相象的气度，但又以同样的心跳节律在悄然无息地成长，仍然与阳光为伴，以

---

① 郭沫若等：《三叶集》，亚东图书馆1920年版，第6页。

使它所净化过的生长固定下来。"①植物吸收阳光雨露,把它们转化成生命的元素而成长起来,就像充满激情的心灵能创造出一种独特的"情致",把印象材料熔铸成动人的诗篇一样,都体现了生命的神奇之处。这种"植物"的比喻,歌德喜欢用,郭沫若也用过:"艺术家总要先打破一切客观束缚,在自己的内心找寻出一个纯粹的自我来,再由这一点出发出去,如象一株大木从种子的胎芽发现出来以至于摩天,如象一场大火由一株星火燃烧起来以至于燎原,要这样才能成个伟大的艺术家,要这样才能有真正的艺术出现。"②这样的观点,很能表明浪漫主义者把创作理解为一个自足的生命过程,认为心灵能创造出原本没有的东西加到艺术中去,使之更为动人。

西方文论从古希腊的模仿说发展到现代浪漫主义的表现说,强调灵感和直觉在艺术创作中的作用,这反映了艺术创作的关注重点从外部世界转向了人的心灵。这一发展是以人对自身了解的深入和唯心主义认识论对人的主观能动性的极度张扬为背景的。郭沫若也许不很清楚西方浪漫主义文论发展的全貌和它的背景,但他通过西方浪漫主义作家感受到了这一趋势,并在自己的文艺观和创作中反映出来。这种偏于感性直观的接受方式,是五四浪漫主义者接受西方文艺思潮影响的第一个特点。

五四现实主义作家一般具有较强的理性精神。他们重视文学的社会功利价值,把借鉴的目光投向俄国和北欧民族的文学,后

---

① 转引自艾布拉姆斯的《镜与灯》,北京大学出版社 1992 年版,第 78 页。
② 郭沫若:《印象与表现》,1923 年 12 月 30 日《时事新报》副刊《艺术》第 33 期,《沫若文集》未收。

来又逐渐转向苏联文学。因为俄罗斯和北欧民族所处的历史时期和它们的遭遇与中国当时的情形比较相近，它们的文学所揭示的问题和包含的精神对中国具有现实的意义。相比之下，五四浪漫主义作家和诗人强调的是文学的非功利性。郭沫若说："文艺也如春日的花草，乃艺术家内心之智慧的表现。诗人写出一篇诗，音乐家谱出一支曲子，画家绘成一幅画，都是他们感情的自然流露；如一阵春风吹过池面所生的微波，应该说没有所谓目的。"① 郁达夫认为："文艺是天才的创造物，不可以规矩来测量的"②，"小说在艺术上的价值，可以以真和美的两条件来决定……至于社会的价值，及伦理的价值，作者在创作的时候，尽可以不管"。③ 成仿吾也表示："文学上的创作，本来只要是出自内心的要求，原不必有什么预定的目的"，因而"除去一切功利的打算，专求文学的全与美，有值得我们终身从事的价值"。④ 他们并没有一概抹杀文学的社会功利性，只是认为这必须通过审美的中介来完成⑤。这种非功利化的观点，使他们在接受外来文学影响的时候，侧重于西方，而且主要是受个人兴趣和机遇的支配，常带有

---

① 郭沫若：《文艺之社会的使命》，1925年5月《民国日报·文学》第3期。
② 郁达夫：《文艺私见》，1922年5月《创造》季刊第1卷，第1期。
③ 郁达夫：《小说论》，《郁达夫全集》第5卷，浙江文艺出版社1992年版，第160页。
④ 成仿吾：《新文学之使命》，1923年5月《创造周报》第2号。
⑤ 郭沫若认为文艺的功利作用是在欣赏时自然发生的，因而他坚持"就创作方面主张时，当求唯美主义；就鉴赏方面言时，当持功利主义"（《文艺论集·儿童文学之管见》，人民文学出版社1979年版）。郁达夫也持有类似的观点，认为"真正的艺术品，既具备了美、真两条件，它的结果也必会影响到善上去，关心世道人心的人，大可不必岌岌顾虑"（《小说论》，《郁达夫全集》第5卷，浙江文艺出版社1992年版）。

很大的随意性。

郁达夫在日本高等学校的几年中所读的俄英日法小说，总计在一千部内外。他所欣赏的是屠格涅夫小说的零余者情怀，卢梭的忏悔和自我暴露的抒情方式，日本私小说的以诗意笔调写身边琐事的艺术格局，还有所谓的新浪漫主义（郁达夫在《怎样叫做世纪末文学思潮？》一文中，为19世纪末兴起的新浪漫主义作了辩护。所谓的"世纪末文学思潮"，在他的创作中留下了痕迹。如《银灰色的死》描写道生式的爱情，用惨白的月色，迷乱的灯影，萧瑟的夜风衬托主人公失恋后的绝望心情，洋溢着阴冷的情调。《十三夜》写人鬼之恋的故事，充满怪异的色彩）。郁达夫广泛地吸收从浪漫主义到新浪漫主义的艺术养分，并不是出于某种明确的社会使命，而是为了表现主观的感伤情绪和意向的需要。他没有计划和步骤，往往是随着个人兴趣的转移读什么就喜欢上什么，而且潜移默化地受到它们的影响。

郭沫若、田汉的情形也与此类似。郭沫若因为在德语课中接触了歌德而迷上了歌德的浪漫主义。可当1919年日本文坛为纪念惠特曼一百周年诞辰而掀起了一股"惠特曼热"时，他得见《草叶集》，便很快转向惠特曼，开始他诗歌创作的惠特曼时期，产生了"惠特曼式"的奔放雄浑的风格。田汉在这阵"惠特曼热"中，写了《平民诗人惠特曼的百年祭》，并在戏剧创作中贯彻惠特曼的平民主义精神。后来当1921年日本文坛为纪念波德莱尔一百周年诞辰刮起了"波德莱尔热"，田汉便很快由惠特曼转向波德莱尔，开始在创作中尝试象征主义。田汉前期的剧作，如《灵魂》《乡愁》《落花时节》《湖上的悲剧》《古潭的声音》《南归》等，多是通过诗意的渲染表达某种心境，展现人物"灵"与"肉"的冲突，不太重视剧情的曲折复杂，在浪漫主义的主色调中混合了象征主义和神秘主义的因素，这就跟他此时受到波德莱尔的影响有关。

五四浪漫主义者兴之所至地择取"异城营养"，接受得快，丢弃得也快，在快速频繁的变换中拓展了他们与西方文艺的联系，这是他们接受西方文艺思潮影响的第二个特点。

五四现实主义作家对于外国文艺思潮一般采取理性分析的态度，尽量从它本来意义上来接受其影响，对不符合中国情势、与他们的艺术宗旨有出入的内容加以扬弃。虽然有时也会发生"误读"的现象，如把"自然主义"与"现实主义"等量齐观，但是他们对"自然主义"的具体阐释，还是符合现实主义精神的。五四浪漫主义者则不同。五四浪漫主义作家和诗人对外国文艺思想的理解和接受往往具有较大的主观性，导致各种思想观点互相干扰渗透，模糊了它们本来的意义。如郭沫若，他自称由歌德认识了斯宾诺莎，由泰戈尔认识了印度古代诗人伽毕尔，并受到《奥义书》的影响，再回过头来把他从小喜欢的《庄子》再发现了。在这错综复杂的接受过程中，郭沫若实际上改画了几位泛神论鼻祖的脸谱。

斯宾诺莎认为，一切事物都是神的一部分，世界的统一性在于神，"神即自然"。这是对外在于自然的上帝的反抗，是对传统神学的公然挑战，但它本身并没有赋予人以自由的意志，就像罗素简洁地指出的，在斯宾诺莎那里，"一切事物都受着一种绝对的逻辑必然性支配。在精神领域中既没有所谓的自由意志，在物质界也没有什么偶然。一切发生的事俱是神的不可思议的本性的显现，所以各种事件照逻辑讲就不可能异于现实状况"①。在这种情形下，自由就是对必然的认识。只有先成为整体的一部分，并且借助理解力把握了整体的唯一实在，人才自由。由于"炽情"会妨碍这种"理解力"，危及"对神的理智的爱"，斯宾诺莎甚至反对炽情。因而，当郭沫若把主体的"我"与客体万物等同起来，一同视为神的本体的显现，说"我即神"时，当他肯定精神的绝对自由和激情的价值时，他事实上歪曲了斯宾诺莎的哲学。这种歪曲，或者"误读"，主要是因为受到了歌德的影响。歌德认为，"我就是自己的一切，因为我只有通过自己才了解一切；每个有所体会的人都这样喊着，他（高视）阔步走过这个人生，为（踏上）彼岸尽头的路作好准备"②。歌德首先将斯宾诺莎的"神即自然"引申为"我即神"。当自然神过渡到"我即神"时，斯宾诺莎的客观唯心主义哲学便转化成主观唯心主义哲学了——"我"居于绝对支配的地位，主观精神的能动性被无限地夸大。这正好投合郭沫若的口味，因而他把歌德看成是受斯宾诺莎影响的泛神论者，并且断言泛神论是诗人最适宜的宇宙观。问题的复杂性在于，郭沫若作出这一判断时，他心里其实早已有了庄子的"天地与我并生，万物与我为一"的观念，又先于此从古代印度哲学中吸收了"梵我一如"的思想。这些思想成了郭沫若与歌德改造过的泛神论发生共鸣的内在依据，可回过头来他又用这种被歌德改造过的泛神论观照庄子哲学，把庄子现代化——庄子的淡泊，在他眼中也俨然有

---

① 罗素：《西方哲学史》下册，商务印书馆1981年版，第95页。
② 歌德：《莎士比亚纪念日的讲话》，《西方文论选》上卷，上海文艺出版社1979年版，第345页。

了现代人的进取和自由精神。其实岂但庄子，连孔子也被他现代化了。他说孔子是个泛神论者，因为他"把三代思想的人格神之观念改造一下，使泛神论的宇宙观复活了"①。在五四新文化运动一片"打倒孔家店"的呼喊声中，郭沫若不但没有随声附和，反而竭力替孔子辩诬，认为孔子是个"主张自由恋爱""实行自由离婚"的人②。这些都是他把古人现代化的思维习惯的表现。在这种多方面的影响相互干扰、相互修正的过程中，郭沫若建立起来的泛神论与其鼻祖的思想体系已有了不小的差异。浪漫主义者由于他们的思维活动容易受情绪的支配，在接受影响的过程中其主观倾向和心理预期所起的作用，要比现实主义者大得多，因而所谓接受影响，常常成了心理预期得以实现的一种替换说法。其结果，便是使接受影响的过程带有某种程度的模糊性，而不是努力精确地去把握对象的本来意义。模糊性，是浪漫主义者接受中外文艺思想影响的第三个特点。

上述三个特点，说到底原是浪漫主义者的浪漫个性和气质的表现形式。他们对外来文艺思潮的"误读"，不能算是严谨的学术成果，但实践中却使他们富于理论的创造性，因而促进了五四浪漫主义思潮的发展壮大。

当然，所谓"感性直观""快速变换""模糊性"等只是相对的说法。如果换一个角度看，在广泛的接受中，五四浪漫主义者听从"内心的要求"这一点却是始终如一、毫不含糊的；不仅如此，

---

① 郭沫若：《文艺论集·中国文化之传统精神》，人民文学出版社1979年版。
② 郭沫若等：《三叶集》，亚东图书馆1920年版，第15页。

他们在更深的心理层面上其实还受到时代风尚和民族传统文化的潜在影响。在德国浪漫派中，他们看中歌德、席勒、海涅，对早期的蒂克、史雷格尔兄弟则很少问津，原因就是后者逃避现实、回归中世纪的倾向，有悖于五四反封建的时代精神。郁达夫小说的大胆描写，对于封建士大夫的虚伪是一次暴风雨般的闪击，可他的《沉沦》写主人公在窥浴后产生了难以自拔的犯罪感，又分明是儒家的禁欲主义道德观还留在作者意识深处的缘故。这是富有启示意义的：在接受外来文艺思想影响的过程中，叛逆反抗的态度之坚决如五四浪漫主义者，仍然不可能割断与民族传统文化的内在联系，因而今天摆在人们面前的一个课题，应是探索如何更好地实现中外文化传统的良性对话，而不是一味盲目地走向某一个极端。

"自我表现"的风格

五四浪漫主义文学的核心风格要素，是"自我表现"。这是个性意识觉醒在文学中的反映。"五四运动，在文学上促生的新意义，是自我的发现。"[1]中国的"自我发现"虽比欧美各国晚了半个多世纪，但这一时间差对中国五四浪漫主义却有着不小的意义。因为比起欧洲浪漫主义思潮，中国五四浪漫主义者心目中的"自我"，由于受到西方现代哲学和现代主义文学思潮的影响而有了

---

[1] 郁达夫：《五四文学运动之历史的意义》，《郁达夫全集》第6卷，浙江文艺出版社1992年版，第89页。

新的特点，那就是更侧重于"自我"内面世界的表现。郁达夫在《文学概说》中这样写道："'生'这个力量是如此的表现在我们的存在之中。组成人类社会的我们个人，以'生'的力量的原因，得保持我们的存在，所以我们的存在，就是'生'的力量的具体化。……'生'是如此的具象的表现在我们身上，而表现就是创造。"因此他认为，"真正的艺术家，是非忠于艺术冲动的人不可的。若有阻碍这艺术的冲动，不能使它完全表现的时候，不问在前头的是几千年传来的道德，或几万人遵守的法则，艺术家应该勇往直前，一一打破，才能说尽了他的天职。所以人家说：艺术家是灵魂的冒险者，是偶像的破坏者，是开路的前驱者。"①郁达夫把人生的本质理解为生之欲望的满足，艺术的本质又在于表现追求欲望满足的内在冲动，这明显是受到柏格森的生命哲学、弗洛伊德的精神分析学和尼采的超人哲学等现代哲学的影响，而他接受这种影响的中介，就是《苦闷的象征》等著作。在《文学概说》"书后"中，他还开着这方面的参考书目。五四浪漫主义者受西方现代哲学和现代美学影响的大有人在。郭沫若、成仿吾等，都发表过文学是生命的表现这类意见。这决定了五四浪漫主义文学更注重表现"自我"的内心欲望和灵肉冲突，具有比西方19世纪浪漫主义文学更浓的主观色彩和感伤情调。

一

"自我表现"，主要是表现自我的情绪。五四浪漫主义者非常

---

① 郁达夫：《文学概说》，《郁达夫全集》第5卷，浙江文艺出版社1992年版，第344—348页。

看重情绪在创作中的作用,郭沫若称:"艺术的本质是主观的","艺术的根底,是立在感情上的"。① 成仿吾表示:"文学始终以情感为生命的,情感便是它的始终","没有真挚的热情,便已经没有了文学的生命"。② 郁达夫也认为:"思想或诗想,根底必须建筑在感情上,才能生动","诗的实质,全在情感,情感之中,尤重情绪"。③ 他们说的情感,显然不属于阶级的、社会集团的情感,而是个人的情感和一己的体验。把个人情感摆在创作中至关重要的位置上,这实际上涉及了创作中处于激情状态的"自我"——心灵的功能问题。

在现实主义者看来,心灵是一面镜子,客观事物映现在这面镜子里。18 世纪以前,模仿说的哲学工具还很粗糙,到洛克才把流行的关于心灵的反映论观点系统化,提出了"白板说"。不过,后来发现这块"白板"其实也已贮存有信息,要对事物的映像起某种干扰、修正的作用,因而心灵的镜子并不是对事物作原样不动的反映,而是要加以概括、提炼和典型化。但这一以能动反映论为哲学基础的现实主义观点,并没有从根本上改变艺术是对现实的反映这一基本结论,所以现实主义对生活的艺术概括是以不歪曲生活的真实为追求目标的。相比之下,作为浪漫主义者的郭沫若却把心灵比作"一湾海水":风平浪静时,海水如一面明镜涵映着宇宙万汇的影像,一有风来,那影像便在涌动的波浪里变幻无

---

① 郭沫若:《文学的本质》与《文艺之社会的使命》,收入 1930 年版《文艺论集》。
② 成仿吾:《批评与同情》与《诗的防御战》,收入创造社出版社 1928 年版《使命》。
③ 郁达夫:《诗的内容》,1925 年 5 月 30 日《晨报副刊》。

穷了①。他没有否认艺术的最终根源在"宇宙万汇底印象",但认为它不是艺术创作的直接源泉。创作的直接源泉只能是处于激情状态的心灵。心灵波翻浪涌,显然不再是一面冷冰冰的镜子,而是一个专把它所摄取的"宇宙万汇底印象"加以熔炼的反应炉了。这个心灵的反应炉接纳一切感觉材料,按灵感的指引,合成一种新的东西,那就是"美化"了的感情,"感情的自然流露"便成了真诗、好诗。对此,郭沫若曾作过这样的表述:"对于艺术上的见解,终觉不当是反射的(Reflective),应当是创造的(Creative)。前者是纯由感官的接受,经脑神经的作用,反射地直接表现出来。就譬如照相的一样。后者是由无数的感官的材料,储积在脑中,更经过一道过滤作用,酝酿作用,综合地表现出来。就譬如蜜蜂采取无数的花汁酿成蜂蜜的一样。我以为真正的艺术,应得是属于后的一种。所以锻炼客观性的结果,也还是归于培养主观,真正的艺术作品应当是充实了的主观的产品。"②浪漫主义在艺术上的全部特点,包括强烈的主观性、奔涌的激情、神奇的想象,等等,都与这一把心灵看作是由感觉材料酿造感情的反应炉的看法密切相关。

值得注意的是,西方也有一个大意与此类似的比喻:心灵像一盏灯。心灵发出的光照亮世界,同时也给世界增添了光彩。比如华兹华斯的"神来之光",使落日披上新的光辉,使鸟之欢歌、

---

① 郭沫若等:《三叶集》,亚东图书馆1920年版,第7页。
② 郭沫若:《文艺论集·论国内的评坛及我对于创作上的态度》,人民文学出版社1979年版。

水之潺潺更为高扬悦耳①。郭沫若引用过这一比喻，他称歌德"对于宇宙万汇，不是用理智去分析，去宰割，他是用他的心情去综合，去创造。他的心情在他身之周围随处可以创造出一个乐园；他在微虫细草中，随时可以看出'全能者底存在''兼爱无私者底彷徨'。没有爱情的世界，便是没有光亮的神灯。他的心情便是这神灯中的光亮，在白壁上立地可以生出种种画图，在死灭中立地可以生出有情的宇宙"②。说心灵像一个反应炉，或像一盏神灯，都是在强调艺术创作中心灵改造客观、在对象中加入它原本所没有的东西的能力，也就是说强调艺术要表现主观感情，"表现自我"："艺术是自我的表现，是艺术家的一种内在冲动的不得不尔的表现。"③

由于感情的"神来之光"具有变幻性、自主性和超越客体的特性，一旦基于心灵万能的观点认为创作的直接源泉在于激情状态中的心灵，在于感情，那么任何大胆的幻想、奇异的神思都不在话下，都有了产生的可能和存在的依据了："自然界中的桃花是红的，杨柳是绿的。人事界中桃花会变成碧绿，杨柳会变成猩红。"虽然郭沫若认为艺术的这种神奇想象有它最终的限度，"不怕你千变万化，桃还是桃，柳还是柳"④，但那桃柳显然已迁离泥土，成了艺术王国中的神树了。对于这类表现主观的浪漫主义作品，衡量其成就高低，所用的标准就不能再是客观的"真实"，而

---

① 艾布拉姆斯：《镜与灯》，北京大学出版社1992年版，第90页。
② 郭沫若：《文艺论集·〈少年维特之烦恼〉序引》，人民文学出版社1979年版。
③ 郭沫若：《印象与表现》，1923年12月30日《时事新报》副刊《艺术》第33期。
④ 郭沫若：《曼衍言之六》，1923年2月《创造》季刊第1卷，第4期。

必须易之以主观的"真诚"，就像郭沫若自己在《印象与表现》中说的："艺术家的求真，不能在忠于自然上讲，只能在忠于自我上讲。"

二

五四浪漫派文学的主观性特点，在郭沫若的《女神》里表现得最为突出。早在1920年12月写的诗剧《湘累》中，郭沫若就借屈原的口说："我效法造化底精神，我自由创造，自由的表现自己。我创造尊严的山岳、宏伟的海洋，我创造日月星辰，我驰骋风云雷电，我萃之虽仅限于我一身，放之则可泛滥于宇宙。"这种把自我当成宇宙精神，自由创造、自由表现的胸怀，这种带有主观狂想性质的胸怀，正是郭沫若创作《女神》时的真实心态。他后来明确肯定，《湘累》"里面的屈原所说的话，完全是自己的实感"[1]。因此，《女神》里，凤凰可以死而复生(《凤凰涅槃》)；天狗可以把全宇宙来吞了，还能食自己的肉，吸自己的血，啮自己的心肝，在自己的神经上飞跑(《天狗》)；无限的太平洋可以提起全身的力量把地球推倒(《立在地球边上放号》)。非凡的想象源于诗情的强烈激荡。《女神》的魅力在这里，《女神》追求个性解放和民族新生的精神也从这里淋漓尽致地表现出来了。

要容纳如此粗暴狂放的激情，就非突破既成的形式不可。中国旧体诗从律诗到词再到曲的演进，不啻是形式的自由化，更反映了一种精神自由的向度，但这一过程远没达到一任感情自由流

---

[1] 郭沫若：《创造十年》，《沫若文集》第7卷，人民文学出版社1958年版，第69页。

泻的地步。要做到这一步，就只有让诗情自然地外化为诗的形式，即"情绪的律吕，情绪的色彩便是诗。诗的文字便是情绪自身的表现（不是用人力去表示情绪的）"①。情绪的节奏取代了诗的外在格律，不加人为修饰的情绪流露，使"大波大浪的洪涛便成为'雄浑'的诗"，"小波小浪的涟漪便成为'冲淡'的诗"②。郭沫若正是凭着他的过人才气，按照这样的诗学主张而开一代浪漫主义诗风的。

当然，主张诗形的"绝端的自由，绝端的自主"，并不是说可以随便写诗。郭沫若认为，"诗的创造是要创造'人'，换一句话说，便是在感情的美化（refine）"。为了不因袭他人已成的形式，他认为艺术的训练是必要的，但"训练的价值只可许在美化感情上成立"，意思是说写诗不必考虑形式，而要先美化感情；感情美化了，诗形自然便美。这原是为了与浪漫主义者把心灵看成是酿造诗情的反应炉的观点取得一致，以建立他情感一元论的诗学体系的，但它也清楚地表明了，新诗的形式自由，只在结果上成立，创作的过程却也少不了艺术的加工。按照这一"美化感情"的理论，郭沫若为自己一些不太成功的诗找到了失败的原因："我的诗形不美事实正是由于我的感情不曾美化的缘故。"于是，他宣布："我今后要努力造'人'，不再乱做诗了。"③"美化感情"的诗学主张很有价值，它实际上触及了诗情提炼的问题。但郭沫若出于他当时主情主义的诗学思想，不曾从诗情与诗的形式的相互关

---

① 郭沫若等：《三叶集》，亚东图书馆1920年版，第47页。
② 郭沫若等：《三叶集》，亚东图书馆1920年版，第7页。
③ 郭沫若等：《三叶集》，亚东图书馆1920年版，第49—50页。

系上进一步思考情绪的美化，即如何通过两方面的反复调适使诗情的节奏合乎美的规律，同时使诗情的质地更加纯粹。诗学思想上的这一欠缺，带有时代的烙印，显然也导致了郭沫若后来在创作上没能取得更大的成就。

"自我表现"的原则运用于浪漫主义小说，首先表现为作品取材的切近自我。郁达夫信奉"一切文学都是作家的自叙传"，侧重于描写个人的身边琐事。他作品里的主人公无论叫"质夫""文朴""我"或者"他"，其实都是他自我形象的写照。郭沫若早期小说常以爱牟为主人公。爱牟在《漂流三部曲》经历离乱之苦，到《行路难》已随全家来到日本。因为他是一个弱国子民，受尽了日本人的歧视。这个爱牟的经历、举止言行和他的内心生活，也分明是郭沫若自己的投影。取材的切近自我，可谓浪漫派小说的第一个风格特征。

浪漫派小说注重"自我"，得以由事及人，把笔触伸向人物的内心。由于作者大多处于苦闷的状态，感伤抒情便成了这派小说的第二个显著特点。众所周知，郭沫若的诗以雄浑的音调取胜，可他的小说却专注于展现内心的哀痛。郁达夫小说的"自我"形象更显得感情纤弱，稍遭冷遇和挫折便会引发他们要死要活的情绪冲动。作者用这感伤的情绪串联起日常生活琐事，展现了主人公内心的苦闷，比较典型的有《茑萝行》等。《茑萝行》写"我"不爱妻子可不得不爱，经常迁怒于妻子，过后又总是想起她的种种好处和可怜，后悔不已，实际上是作者自我心灵陷于个人自由与道德责任之间的矛盾中而苦苦挣扎的记录。当然，若认真地把郁达夫小说当作他的自叙传来读是要上当的。因为郁达夫早期的小说，主人公大多以死结局，如《沉沦》的主人公蹈海自尽，《银灰色的死》那个无家可归而又神经质的"他"横死在月夜的空地上，可郁达夫还好好地活着。这说明，浪漫主义者的郁达夫有时也会基于自己的情绪而虚构情节，以表达他对黑暗社会的抗议。他的这些虚构往往具有主观随意性，主人公都死得很突兀。这从现实主义的原则看去是明显的败笔，然而正好体现出了浪漫主义小说的特点：作者的目的是要强调悲愤之深，归根到底，还是自我的愤慨和伤感心境的一种表现。

由于以抒情为主，浪漫派小说的笔法非常灵活，随意挥洒，不受限制，在文体上缩小了与散文和诗的距离。如成仿吾的《一个流浪人的新年》，写一个旅居海外的青年在新年前后的寂寞无聊，终至怀疑起人生的目的。作者有意淡化情节，主要写一种心绪和感想：无论身处闹市还是与朋友一起守岁，流浪人只感到孤冷。因其行文洒脱自如，郁达夫曾赞誉它是"一篇散文诗，是一篇美丽的 Essay(随笔，小品文)"[1]。创造社的小说和散文有时的确难分彼此界限，一篇作品既能入小说集，又可进散文选。杨义说它们"不讲情节，不设高潮，随意着笔，甚至几无剪裁，想发议论便发议论，想作抒情便作抒情，想写风景不妨写风景，想写心情且来写心情"[2]，总之，相当程度上是用写散文的笔法来写小说。当然，小说的散文化并不是说写小说可以随意着笔。相反，它格外地需要发掘诗意来弥补内容上可能出现的空疏。所幸浪漫

---

[1] 郁达夫：《一个流浪人的新年·跋》，1922 年 5 月《创造》季刊第 1 卷，第 1 期。
[2] 杨义：《中国现代小说史》第 1 卷，人民文学出版社 1986 年版，第 542 页。

派小说家不重视情节的一个积极成果，便是有了空余的心力来追求诗意的美，使小说单纯而不单薄。如郁达夫的小说《青烟》，主人公对灯冥想，眼前幻化出 20 年后的一幕家破人亡的悲剧，表达了人生如青烟的感受，就很有蕴藉的诗味。陶晶孙是创造社早期成员，他的小说对话精巧，语调别致，善于展现微妙的心态。代表作《木犀》以神秘醉人的木犀香潮为暗线，串起了一个少年素威与年轻漂亮的女先生脱俗而凄凉的恋爱故事。他们俩相见时脸热心跳，分别时惆怅若失，关系还未明朗，就遭到舆论的反对。最后女先生没等到相约再见时就死了，让素威年年闻着木犀的香潮，作他"怪美的时候的回想"。这显然也具有简约含蓄的诗的素质。浪漫派小说的情节简单，生活容量不大，但由于包含了诗的因素，就显得醇厚而有了余味。散文化和诗意的美，正是浪漫派小说的第三个风格特征。

题材的切近自我，主观抒情为主的写法，散文化结构及诗的意味，构成了浪漫派小说的新鲜风格。这些特点与现实主义小说的客观叙述、典型塑造、强调性格冲突及布局严谨相区别，表明经过五四浪漫主义作家的努力，一种新的小说体式诞生了。

三

需要指出的是，五四浪漫主义思潮紧随现实主义思潮而起，两股大潮互相激荡，形成了五四文坛的壮观景象。在这一过程中，双方互有影响，但总的看，浪漫主义者的流派意识更强，浪漫主义思潮的来势更猛，其影响超出了创造社的范围，波及了整个文坛，甚至渗透到了现实主义的创作群体。郑伯奇说："在五四运动以后，浪漫主义风潮的确有点风靡全国青年的形势，狂风暴雨差不多成了一般青年日常口号。当时簇生的文学社团多少都带有这种倾向。"①这的确是一个浪漫主义思潮发展的黄金时代。

具体地说，五四浪漫主义思潮以创造社为核心，主要辐射到了以下几个创作群体。

一是女性作家。庐隐从问题小说起步，很快就转向自叙传的写法，这与浪漫主义思潮风靡文坛的情形是相吻合的。庐隐是文学研究会成员，她的文学主张却与创造社相近。她认为"文学创作是重感情，富主观，凭借于刹那间的直觉，而描写事物，创造境地；不模仿，不造作，情之所至，意之所极，然后发为文章"②。又说："创作者当时的感情的冲动，异常神秘，此时即就其本色描写出来，因感情的调节，而成一种和谐的美，这种作品，虽说是为艺术的艺术，但其价值是万不容否认的了。"③庐隐喜欢用书信体，长于展现女性的内心苦闷和憧憬，那种主观抒情的写法，原是与她的文艺观一致的。另一个受到浪漫主义思潮影响的女作家是沅君。沅君最初的作品发表在《创造》季刊和《创造周报》上，她还热烈称赞郭沫若《漂流三部曲》里的《十字架》一节："觉得作者的热情，直像正在爆发时节的火山，凡在他左近的东西，都要被融化了。"④她的前期小说，也充满了这种炽热的情感。鲁迅解释《卷葹》的题名说："卷葹是一种小草，拔了心也

---

① 郑伯奇：《中国新文学大系·小说三集导言》，上海良友公司 1935 年版。
② 庐隐：《著作家应有的修养》，《东京小品》，北新书局 1935 年版。
③ 庐隐：《创作的我见》，1921 年 7 月《小说月报》第 12 卷，第 7 号。
④ 淦女士：《淘沙》，1924 年 3 月 5 日《晨报副刊》。

不死。"①沅君自己在书名下的题记是"捣麝成尘香不灭，拗莲作寸丝难绝"，都点出了《卷葹》的主题，那就是用生命作赌注反抗封建势力对婚姻的干涉和阻拦。在五四作家中，描写女性恋爱心理之细腻清澈，表达女性个性解放、恋爱自由的要求之强烈，沅君首屈一指。她要比庐隐少些悲哀，多些抗争的精神。正是这些方面，再加上她采用的便于抒发主观激情的第一人称或书信体的写法，构成了她前期小说的浪漫抒情的倾向。杨义因此认为《卷葹》虽被鲁迅编入"乌合丛书"，"但从它的浪漫主义抒情倾向来说，也许作为'创造社丛书'更为谐调一些"。②

女性作家在五四时期卷入浪漫主义的潮流，除了受到个性主义的时代风尚和创造社的影响外，当然还与女性的角色和地位有关。女性的感情细腻，对于爱情婚姻问题特别敏感，而几千年来压在女性身上的枷锁又特别沉重，所以她们争取个性解放的困难更大，内心的悲哀也往往格外沉重。当悲哀袭来，哪还顾得了冷静的思索，所以庐隐等用泪水或愤火写成主观色彩很浓、感情显露的浪漫小说，是毫不足怪的。

第二个群体是文学研究会的一些成员。王以仁参加文学研究会，但他承认自己受郁达夫的影响很深："你说我的小说很受达夫的影响；这不但你是这般说，我的一切朋友都这般说，就是我自己也觉得带有郁达夫的色彩的。"③郁达夫也很赏识他的才华，

---

① 鲁迅：《中国新文学大系·小说二集导言》，上海良友公司1935年版。
② 杨义：《中国现代小说史》第1卷，人民文学出版社1986年版，第278页。
③ 王以仁：《我的供状——致不识面的友人的一封信》，1926年2月10日《文学周报》第212期，收入《孤雁》作为"代序"。

在王以仁失踪后,还特地撰文《打听诗人的消息》。王以仁的作品不多,《孤雁》是由6封书信连缀成的中篇,内中的漂泊身世和苦闷心境的展露,都可看出郁达夫的影响来。如果以发展的眼光看,连文学研究会的一些主要作家也是先以浪漫的风格在文坛上崭露头角,然后才转向现实主义的。叶圣陶早期的创作方法较为杂驳,但一个明显的主题是借艺术的直觉来表达"爱"和"美"的理想。他说,文艺家"以直觉、情感、想象为其生命的源泉","柏格森以为唯直觉可以认识生命之真际,我以为唯直觉方是文艺家观察一切的法子"。① 这一时期他的作品写生活的观感和印象,蒙上了一层虚幻的轻纱,带有用主观理想掩饰现实矛盾的浪漫倾向。当然,他的严谨作风和平民主义立场,使他很快走上"为人生"的现实主义道路。王统照转向现实主义的过程更为曲折一些。他早期的小说与其说是反映人生世相,还不如说是借人生的"材料"来表现自我。《沉思》写女模特的真和美难见容于现实人生中的丑恶和伪善,《雪后》写军阀战争毁坏了孩子心中的美的殿堂,《微笑》歌颂爱拯救了堕落的灵魂。这些作品,用现实主义的原则衡量,都是肤浅甚至缺乏真实性的,但从自我表现的角度看,它们写出了作者对人生的真切感受和内心的美好理想,在新文学初创期具有不可抹杀的意义和价值。

第三个群体,是一些稍为后起的文学社团。它们多少受到创造社的影响,成了浪漫主义思潮的重要一翼。如浅草—沉钟社的林如稷,他的《将过去》被鲁迅收入《中国新文学大系·小说二

---

① 圣陶:《文艺谈·九》,《文艺谈·十》,1921年3月25日、26日《晨报副刊》。

集》,但主人公天南地北寻找梦境而不可得,充满悲苦彷徨的情绪,更接近创造社的风格。他的作品大多运用时空交错、意绪纷呈的手法,在自我表现的基调中加进了一些现代派的色彩。沉钟社写小说成就较大的是陈翔鹤。他的小说多以 C 君为主人公,带有明显的自叙传性质,显然是受了郁达夫的影响,只不过他描绘内心苦闷没有郁达夫那样大胆。宣称"我乃艺术之神"的胡山源,原是弥洒社的骨干,他的作品致力于优美,鲁迅批评他"要舞得'翩翩回翔',唱得'宛转抑扬',然而所感觉的范围却颇为狭窄,不免咀嚼着身边的小小悲欢,而且就看这小悲欢为全世界"①。他的《睡》写得很别致,把几种不同的睡态速写连缀起来,简约而富有诗意。"湖畔"诗人写优美的自然景观、可爱的少女和纯真的恋情,也洋溢着清新的浪漫气息。他们与创造社没有直接关系,倒是受周作人等人的大力支持。不过周作人为《蕙的风》辩诬,是基于人道主义的观念来肯定情诗的正当地位,其性质与他为《沉沦》辩护是相同的,都具有打破陈腐之见的意义。

比较特殊的是新月诗派。就新月诗派的主导倾向而言,也具有从主观内面来表现人生体验的特点,尤其是在前期,可以说与浪漫主义思潮有很深的关系。闻一多诗的沉郁热烈的感情,徐志摩诗的浪漫柔情,朱湘诗的优雅感情和婉转音调,以及他们强调美、理想、情感、想象在诗歌创作中的作用,与浪漫主义是一致的。就连后来大反浪漫主义、提倡古典主义的梁实秋,在他的青年时代也不乏浪漫的情思。他的诗《荷花池畔》发表在《创造》季刊

---

① 鲁迅:《中国新文学大系·小说二集导言》,上海良友公司 1935 年版。

第1卷第4期，表达了青年人的浪漫忧郁。他的《草儿评论》比较全面地反映了他当时对新诗的看法，即"艺术品所祈求的是美"，"诗的主要职务是在抒情"。这种情感至上、为艺术而艺术的观点，深得郭沫若的赞许。郭沫若看到《草儿评论》后还特地从东京写信给他和闻一多，说读了文章像是在盛夏喝了一杯冰淇淋。当然，新月诗派影响之大，使人很难用"浪漫主义"加以定性。事实上，它代表了新诗从直抒胸臆到重视形式规范的发展趋势，在新诗史上独树一帜，作出了特殊的贡献。

上述情形表明，五四浪漫主义文学思潮远远超出了创造社的范围，各文学流派或多或少受到了它的影响。这种影响与各流派的倾向和作家诗人的主观条件结合起来，又表现为各具个性的创作风格，由此构成了五四浪漫主义思潮的丰富内涵。这种影响的广泛性是时代造成的，但也跟青年的心理特点有关。五四是青年自我意识较为普遍地觉醒的时代。尤其是文艺青年，他们充满浪漫谛克的幻想，可又常常因幻想破灭而陷于痛苦和失望的深渊。他们心中正有苦闷和憧憬需要表达，浪漫主义的"自我表现"很自然地成了他们喜欢的艺术表现方式。事实上，"自我表现"不仅顺应了这些人单纯的情绪冲动，掩盖了他们入世不深、阅历不广、难以用客观写实的方法展现人生世相的弱点，而且也成了他们体验主观自由、在想象中实现自我价值的一条方便途径。时代因素和青年的心态产生共鸣，使"自我表现"和带有"自我表现"倾向的创作风格在五四文坛风靡一时，成为一种文学的时尚。

四

在这一文学时尚中，鲁迅处于十分独特的地位。鲁迅的文学道路是从浪漫主义开始的，后来随着思想的成熟，他明白单凭热情不足以从根本上改造社会，于是便转向了现实主义。但他转向现实主义后，并没有否定和抛弃浪漫主义的精神，相反，他将重主观、重个性、重自我表现的浪漫主义精神融进了现实主义，使他的现实主义具有鲜明的个性特色。

《故乡》和《社戏》取材于鲁迅个人的经历。前者在刻画闰土性格变化、控诉社会黑暗的同时，抒发了鲁迅自己离乡的落寞情怀，对闰土的深厚同情和对未来的希望。《社戏》则写鲁迅记忆深处的童年乐事，在孩子气的游戏里表现了未被扭曲的童心，寄托着他对健康人性的向往。这两篇从取材到主要人物的内心感受都是鲁迅自己的。

《在酒楼上》《孤独者》《伤逝》，描写知识分子梦醒后无路可走的悲剧。鲁迅批评主人公身上的种种弱点，可他们内心的那种沉重感，那种奋斗后得不到理解的寂寞，为坚持理想而体验到的痛苦，也是鲁迅自己的。鲁迅经常谈到"寂寞""无聊""彷徨"，就说明他是痛苦地经历了这种人生后才来创作，在这些人物身上，注入了他个人的情感体验。

《狂人日记》属于另一种类型。它代表了鲁迅从早年的倾向于浪漫主义转向后来的现实主义这一过渡时期的艺术特点，即自我表现色彩很浓，但表现的主要不是自我的情感，而是鲁迅对历史和现实的理性思考。作品揭露礼教吃人，呼吁"救救孩子"，这些精辟的思想、深刻的批判，通过变形和伪装的技巧，转化为狂人的语言，而彼此又保持了定向暗示的关系，使人可以由此及彼，从狂人的话语中领会到鲁迅的意思。因而狂人绝不是某类疯子的典型，而是鲁迅自我思想的艺术表述。

鲁迅以落后群众为描写对象的小说，如《阿Q正传》《药》《风波》等，完全是写实的。鲁迅用犀利的手术刀解剖这些人物，"意思是在揭出病苦，引起疗救的注意"，作者自我表现的因素很少。但必须注意，鲁迅这里所凭借的理性武器不是外加于他的现成思想，而是他从自己的感性人生中凝聚起来的真理。他是先沉痛地感受到中国封建文化的腐朽和民众思想的麻木，然后才从西方文化中吸取了个性主义思想和反抗精神，通过艺术实践，开启了中国启蒙主义文学的先河。这意味着，鲁迅的创作活动虽然受到了西方文化的重大影响，但归根到底是从他对中国现状的深刻感受出发的。这使《阿Q正传》等作品虽然具有很强的理性批判精神，但是理性的背后有深沉的情感，有鲁迅的知、情、意相统一的完整人格。基于个人对自我人格的充分自信，由情感引导理性探索的方向，这是自我表现因素存在于五四现实主义文学中的一种特殊方式，也是鲁迅现实主义的力量所在。这里，鲁迅主观情感因素分量很小，却发挥了非常关键的作用：由于感情对旧的理性观念和封建社会秩序是一种最活跃的否定力量，它不断地变化发展，总在寻找新的理性原则来证明自己的合理性，因而包含这种感情内核的鲁迅的理性精神，便有了批判旧文化、否定封建秩序的倾向，他的现实主义也就表现出批判现实主义的性质。由于情感是完全个人化的，因而鲁迅的理性精神和批判现实主义方法具有鲜明的个性特征。他的作品毫无说教的弊端，读来能体验到浓烈的人生况味。事实上，真正的现实主义都有作者得自生活的新鲜的情感体验注入其中，而且内在的情感与理念处于水乳交融的状态，由此形成作品的思想倾向，实现文艺的社会使命。可见真正的现实主义是不否定浪漫主义精神的，相反，它可以包容浪漫主义的个性、情感原则，使自己更有个性，更具艺术魅力。

现实主义中包含着自我表现的因素，这在五四文学中是一种相当普遍的现象。冰心致力于宣扬她的三位一体的爱的哲学，许地山的小说显示了宗教化的人生观，叶绍钧描写小学教员的艰难处境等等，无不体现了作者的思想倾向和人生追求，无不包含着他们夫子自道的成分。正因为如此，五四文学才呈现出各种流派和风格争奇斗艳的繁荣局面。

最后需要说明的是，直到20世纪80年代还常在"自我表现"问题上引发争议，可"自我表现"是五四浪漫主义思潮最基本的风格要素却是不容置疑的事实。看来关键还是如何认识"自我表现"对于五四文学的意义。一般地说，"自我表现"不仅是一种处理艺术与现实关系的原则，而且也是一种人生态度。当从人生态度意义上来理解它时，当然须要求它与进步的历史观协调起来，否则就有可能走向极端个人主义和历史虚无主义。如果从极端个人主义出发，把自我与社会隔绝，与历史的方向对立起来，只一味地向内发掘自我的潜意识，自然会给文艺带来负面的影响。五四文学并非毫无这种消极的现象，但总体上它却是与历史的发展取了同一步调的。这里的原因，主要是五四是一个特殊的历史时期，而五四作家大都又采取了进步的立场。

五四时期的新旧过渡的性质，使先驱者以矫枉过正的态度对传统文化加以全面抨击。这是由封建礼教对人的思想长期禁锢所造成的一个反弹，是思想解放运动所必须采取的一种激进形式。很明显，那时必须先打倒封建的权威，才能从时代的高度科学地评价和吸收传统文化的精华。在封建势力还相当强大、封建观念还根深蒂固之际，就来提倡客观地对待传统，那只能步清末洋务派"中体西用"的后尘，回到复旧的老路上去。正是由于这个原因，鲁迅才主张青年多读西洋书，少读甚至不读中国书，而胡适带头整理古典文化遗产，当时却被视为倒退的行为。在这样特殊的历史条件下，五四作家表现自我，肯定情感的价值，打破形式的束缚，哪怕出于最狭隘的争取个人自由的动机，也是合乎历史要求的进步行为，有利于清除重理抑情的封建意识。哪怕是他们在某些问题上采取了虚无主义的态度，也因为那些东西理该被历史地否定而具有了某种合理性。事实上，大部分五四作家并非完全如此。他们生活在光明与黑暗的交战中，其个性解放的要求已经延伸到了社会的领域。他们主张破坏一切偶像，目的是为了"创造一个光明的世界"，否定中包含着肯定，批判中蕴藏着理想。他们崇尚自我、张扬个性，可并没有因此忘记国家前途和民族命运，相反，在他们的意识深处是把"自我""个性"与国家、民族的未来连在一起的。郭沫若说："人生的苦闷，社会的苦闷，全人类的苦闷，都是血泪的源泉，三者可以说是一根直线的三个分段，由个人的苦闷可以反射出社会的苦闷来，可以反射出全人类的苦闷来。"①这段话虽是有感而发，但却清楚地表明了郭沫若那时的创作虽然专在个人的抒情，但他的苦闷是与社会乃至人类相通的。就连被不少人认为是颓废派的郁达夫，1927 年在接受日本记者采访时也表示："我的消沉也是对国家、对社会的。现在世上的国家是什么？社会是什么？尤其是我们的中国？"这一连串的反问，表明他个人的伤感情绪中包含了忧国伤时的内容。他的一些优秀之作，也确是从感伤的抒情转向对黑暗社会的批判，表达对民族未来的期望。其实，浪漫主义者所理解的"个人"，还没有达到与社会群体绝对地隔绝甚至对立的程度；强调"个人"，只是要求在群体中保持自己的鲜明个性，争取个人的自由和自主权利的意思。因此，浪漫主义者的自我表现，注定有它的社会性一面，包含着一定的社会内容，只是他们的艺术出发点与现实主义者有所不同乃至相反罢了。但最终的目标却是一致的，那就是追求人类充满希望的未来。因此，浪漫主义"自我表现"的积极意义是不能轻易否定的，尤其是对于五四浪漫主义。

从苏曼殊到郁达夫

五四浪漫主义思潮对于 20 世纪初萌芽状态的浪漫主义是一个突破，一次质的飞跃。这从一个侧面，即从郁达夫的浪漫抒情小说对于苏曼殊小说的超越，即能窥见一斑。

---

① 郭沫若：《文艺论集·论国内的评坛及我对于创作上的态度》，人民文学出版社 1979 年版。

郁达夫的小说并非师承苏曼殊。他主要是受时代的洗礼，把五四精神融注进小说，使这些小说在思想内容和浪漫风格方面都表现出不同于苏曼殊小说的特点，显示了浪漫主义文学的重大发展。

就思想内容而言，从苏曼殊到郁达夫，浪漫抒情小说的发展可以概括为加强了反封建的力度。这最集中地体现在郁达夫对自我的大胆暴露上。苏曼殊总是把男女恋情纯化到诗意的境界，倾向于逃避现实，讳饰情欲，或干脆以遁入空门来标榜自己的高洁，充满了和尚气。郁达夫则丝毫不考虑感情的节制、情欲的掩饰，总是毫无顾忌地展示灵肉冲突，把心灵中最隐秘、最卑微的欲念公之于众，甚至夸张颓废，硬是想象出种种变态的念头和举动。其中最惊世骇俗、最易引起争议的，是他关于性意识、性体验的描述。

性，在封建时代原是个最肮脏、最禁忌的字眼，人们历来讳莫如深。道学家们，如鲁迅《肥皂》里的四铭之流，对此采取了极为虚伪的态度：表面上道貌岸然，骨子里卑鄙无耻。这种表里不一的风尚反映了封建道德观念蔑视人性的虚伪本质。可是郁达夫从人文主义的思想观念出发，把性视为人的一种天性，通过其被扭曲的故事，表达对黑暗社会、习俗偏见的控诉。于是性意识的描写，在郁达夫的笔下，便成了一种文学因素，升华为精神的东西。只要是心理健全的人，也即周作人所谓的"受戒者"去读《沉沦》，感到的必定是主人公内心的创痛和我们民族的悲剧。按周作人的意见，《沉沦》最多算不端方的文学，而绝不是不道德的文学。① 人文主义思想使郁达夫确立了新的道德观，使他对自我暴露的方式充满道德上的自信，因此他不怕敞开自己的心灵，丝毫没有想对某些欲念加以掩饰的企图。

当然，仅仅具备了一种新的道德观念，在与强大的封建势力对阵中还是会败北的。因为这种道德观念本身就很可能被侵蚀，慢慢地蜕化变质，就像魏连殳最终只能随俗，躬行以前他所反对的一切，变成了一个操在乡邻手里的木偶。郁达夫之所以能我行我素，置一切人格诬蔑与道德责难于不顾，坚持自我暴露的写法，一个很重要的原因是他有个性意识作为心理支撑。个性意识是人文主义思想的现代化，它主张自我扩张，承认人有弱点和缺陷，因而只求活得真诚，不指望压抑自我而成为合乎某种道德教条的完人。这样，它就有效地削弱了腐朽的道德原则对人的束缚。郁达夫在"世纪末的思想中"发现了"自我"，明白要把自我"守住扩张下去，与环境对抗着"②。这种强烈的个性主义精神，使他只注重自我价值的实现，而有勇气置道学家的陈词滥调于不顾。

郁达夫的自我暴露还与他"唯真唯美"的文艺思想有关。如果说在真实性的问题上，现实主义强调的是艺术地再现生活的真实，要求对素材进行提炼，使之典型化，那么，浪漫主义追求的则是表现内心的真诚。所以当郁达夫说"艺术的价值，完全在一

---

① 周作人：《自己的园地·〈沉沦〉》，岳麓书社 1987 年影印本。
② 郁达夫：《蜃楼》，《郁达夫全集》第 2 卷，浙江文艺出版社 1992 年版。

个真字上"时，他主要是指艺术家要将自然"天真赤裸裸的提示到我们的五官前头来"，"没有丝毫虚伪假作在内"①，因而他特别声明："世人若骂我以死作招牌，我肯承认的，世人若骂我意志薄弱，我也肯承认的，骂我无耻，骂我发牢骚都不要紧，我只求世人不说我对自家的思想采取虚伪的态度就对了。"他把感情的真实当作艺术的最高准则和美的前提，因而"心境是如此，我若要辞绝虚伪的罪恶，我只好赤裸裸地把我的心境写出来"②。

总而言之，郁达夫敢于自我暴露，是因为他有人文主义思想、个性意识和反传统诗教的美学原则的支持。这些思想武器在苏曼殊的时代已开始引进，但还来不及产生广泛的影响。只有经过五四思想启蒙以后，它们才能被像郁达夫这样首先从传统里比较彻底地解放出来的知识分子所自觉运用。因而，虽说郁达夫小说笔触过于浮露，有时情调也过于颓废，但毫无疑问，他表现了不加掩饰的情感真实和反封建的彻底性，这是苏曼殊所望尘莫及的。更进一步说，这些缺点，在五四这个自由解放的时代，一定程度上反而成了反封建的优点，成了郁达夫抒情风格不可或缺的因素。众所周知，正是在反封建的意义上，郭沫若曾大声地赞扬郁达夫的小说："他那大胆的自我暴露，对于深藏在千百万年的背甲里面的士大夫的虚伪，完全是一种暴风雨式的闪击。"

然而历史总是在曲折中前进的。新文化运动唤醒了青年，让他们有了个性解放、恋爱自由的要求，也让他们尝到了觉醒后无

---

① 郁达夫：《艺术与国家》，1923年6月23日《创造周报》。
② 郁达夫：《写完了〈茑萝集〉的最后一篇》，1923年10月18日《中华新报·创造日》第86期。

路可走的苦处。庐隐、沉君等人笔下的人物,那种大胆追求自由、爱情的精神和追求过程中的焦躁不安、痛苦烦闷的情绪,就是这一新旧交替时代中青年们复杂情感的流露。郁达夫除了受这种时代因素的影响外,还有他个人的特殊情况。他家里有旧式妻子,成了他追求自由的潜在的心理负担。他东渡日本留学,正当人生的"浪漫抒情的时代",但为弱国子民的身份所累,哪里去寻找爱情?再加上他感情纤敏,使他在大胆叛逆的同时尝到了更浓烈的苦味。用他自己的话说:"眼看到故国的陆沉,身受到异乡的屈辱,与夫所感所思,所经所历的一切,剔括起来没有一点不是失望,没有一处不是忧伤,同初丧了夫主的少妇一般,毫无气力,毫无勇毅,哀哀切切,悲鸣出来的,就是那一卷当时很惹起了许多非难的《沉沦》。"①因而,感伤情调成了郁达夫早期小说一个非常重要的风格要素。这些小说基本上就是写情感的失落、幻美的破灭。比如《南迁》,主人公从小就忧郁厌世,在医院里爱上了一个日本少女,可感情尚未明朗,便遭到情敌的中伤,而死神也很快降临到他的身边。比较起来,苏曼殊的小说也是感伤的,但同是感伤,苏曼殊是在虚幻美丽的爱情之梦中徘徊,以遁入空门来标榜自己超脱了尘世,而郁达夫直诉得不到爱情的苦闷,感伤中自有人的精神活着,表达的是五四青年追求爱情的执着和因追求艰难而生的幻灭之感。

郁达夫写凄迷的月色,朦胧的树影,萧瑟的秋风,断魂的游

---

① 郁达夫:《忏余独白》,《郁达夫全集》第5卷,浙江文艺出版社1992年版,第542页。

子。但他没有像苏曼殊那样，囿于个人狭小的天地，把自己封闭起来，而总是把个人的哀愁与家国之思相调和，使个人的情感有了较为充实的社会内容，也使家国之思染上了个人哀伤的色彩。《沉沦》里有郁达夫作为弱国子民的痛切体验。作品写了一个悲剧性的故事，但作者把个人命运和祖国的命运联结起来，暗示了由于祖国贫弱而使其儿女受苦的主题，在个人伤感的调子中写出了我们民族的不幸。《茫茫夜》更为粗俗些：于质夫从日本回国，目睹军阀当道，政治黑暗，觉得"茫茫的长夜，耿耿的秋星，都是伤心的种子"，意志脆弱的他便采取了自暴自弃的态度，去妓女那里寻求同情和麻醉。作品的情调过于颓废，但颓废中又包含着对黑暗社会的含泪控诉。郁达夫在论及现代散文时曾说："作者处处不忘自我，也处处不忘自然与社会。就是最纯粹的诗人的抒情散文里，写到了风花雪月，也总要点出人与人的关系，或人与社会的关系来，以抒怀抱；一粒沙里见世界，半瓣花上说人情，就是现代的散文的特征之一。"[1]这里说的虽是散文，然而也可以拿来当他自己主张人性、社会性与大自然相调和的创作宣言来读。很明显，从苏曼殊慨叹身世，一般地诅咒人间不平和人心险恶，到郁达夫由个人悲哀引向对社会的控诉，表达对祖国命运的关注，这反映了五四作家内在情感世界的扩大和他们与人生的接近，因而作品的社会意义也就增强了。

若从艺术方面看，郁达夫对于苏曼殊小说的发展在于进一步趋向主观化的表现，这是与他上述大胆地自我暴露这一创作态度

---

[1] 郁达夫：《中国新文学大系·散文二集导言》，上海良友公司1935年版。

密切相关的。在新旧交替的时代，人们摆脱了礼教的束缚，精神处于昂奋之中，一般都有表现自我的强烈欲望。而人的价值一旦得到尊重，这种自我表现也就有了可能。因此，从近代到现代，文学发展的一大趋势便是顺应社会心理的这一变化，把描写的重点从外部世界移到了人的自我和心灵。郁达夫由他的浪漫气质和重主观的美学思想所决定，小说的主观色彩也就比同时代的作家更为强烈。

郁达夫信奉"文学作品，都是作家的自叙传"，他笔下的人物不论冠以什么名字，其实都是他自我形象的写照。这些人物一以贯之的孤独内省、忧郁敏感的性格气质与他简直同出于一个模子，甚至连一副清瘦的外貌也彼此酷似。但同样是取材于自我经历，苏曼殊的小说情节性强，多表现青年男女的情感纠葛，侧重于写人物的遭际命运；而郁达夫的小说则是更为贴近心灵的，一味地表现自我的心境。这种写法，显然已经不是苏曼殊小说那种传奇的形式所能胜任的了，它要求采用新的结构方式。郁达夫的方法是通过"我"主观地把握人生，注重内省，以情绪之流组织篇章，让零碎的事件在主人公的情绪流上连接起来。主人公的内心苦闷和自卑胆怯虽然是由环境的压迫所致，但环境的压力并不体现为具体的冲突，只是作为一种氛围存在于人物的心理感觉中。因此，读郁达夫的小说，几乎很难读出错综的人物关系、曲折的情节和复杂的场面描写。使人乐于回味的，一般只是"自我"心灵律动和情绪起伏所构成的节奏和韵味，以及染上了情绪色彩的优美的写景片段。有些小说甚至彻底打破了与散文的界限，用散文笔法写小说，没有情节，只有悠远的情思和深沉的慨叹。如《怀乡病者》仅记下于质夫在黄昏残照当中独坐于小楼时的遐想，一丝怀乡的愁绪，几声无奈的叹息，写尽了天涯游子孤独的心境。此类作品调子是低沉的，但郁达夫通过淡化情节，直接地切入了"自我"的心灵，其浓郁的抒情味是苏曼殊小说的写实结构所难以容纳的。

苏曼殊1917年写出最后一篇小说《非梦记》，郁达夫1921年发表《沉沦》，前后不过四年，但他们实际上是两个时代的人物。从苏曼殊到郁达夫，抒情小说已经沿着更为彻底的反封建和更为鲜明地倾向于主观表现的轨迹发展到了一个崭新的阶段。如果说苏曼殊的小说在思想和艺术上还与古典小说和传统文化保持着较多的联系，那么郁达夫的小说在思想意识上则完全采取了反传统的姿态，他的浪漫抒情不仅表现为人物气度，而且成了作品的叙述原则、结构方法和语气基调，成了艺术表现的灵魂，因而形式和内容、情调和表现手法之间取得了协调统一。这是一种真正浸透浪漫精神、富有时代特色的崭新的抒情小说。这种小说广受读者欢迎，反过来又可见出整个社会的思想观念和审美趣味相对于20世纪初已发生了极为深刻的变化，浪漫主义思潮的影响达到了前所未有的规模和力度。

局限与新变

一

五四浪漫主义思潮"异军突起"，辉煌一时。可没过几年，郭沫若就宣布:"对于反革命的浪漫主义文艺","要取一种彻底反抗的态度"。① 以创造社的"转变方向"为标志,五四浪漫主义思潮迅速分化,不再能布成阵势了。与西方19世纪浪漫主义思潮相比,它只能算是一个来不及充分发育的孩子。这有两层意思,一是它的范围仅限于文学,而西方浪漫主义思潮几乎波及文学艺术的所有领域,包括音乐、绘画、建筑等,都取得了划时代的成就;二是不像西方浪漫派那样拥有一批经典之作。西方浪漫主义文学,随便检视,就有歌德的《少年维特之烦恼》,拜伦的《唐璜》,雪莱的《西风颂》,济慈的《夜莺歌》和雨果的长篇巨著,都是具有典范意义的不朽名作。五四浪漫主义文学的成就,以郭沫若的诗、郁达夫的小说为最。郭沫若凭他的才气,达到了他那个时代诗歌创作的最高水平,并且产生了深远的影响,但他的诗只有作为五四时代的象征才能最为充分地体现出它的价值,却经不起时间的淘洗。今天重读,虽能感受到这些诗的气势,却再难引发当年那种强烈的共鸣。郁达夫的小说文笔圆熟,善于展现内心冲突和描写景物,是浪漫抒情小说的佳作,可是格局太小,气魄不大,缺少震撼人心的力度,显然也算不上具有世界意义的名著。郭沫若后来总结说:"他们所'创造'出来的结果,依然不外是一些具体而微的侏儒,划时代的作品在他们的一群人中也终竟没有产出!"②这虽是他转变方向后的看法,带有彻底否定五四浪漫主义文学乃至整个五四文学的倾向,但创造社没有创造出具有

---

① 郭沫若:《革命与文学》,1926年《创造月刊》第1卷,第3期。
② 郭沫若:《文学革命之回顾》,《沫若文集》第16卷,人民文学出版社1962年版,第99页。

世界意义的文学作品却是事实。

二

中西浪漫主义思潮的成就悬殊,其原因首先是中西浪漫主义者由于处在不同的文化背景和历史发展阶段而对创作采取了不尽相同的态度。西方有悠久的人文主义传统,经过启蒙运动,人文主义的传统发扬光大,并且孕育了浪漫主义思潮。因而,西方浪漫主义者的个性解放乃至情感自由有一个理性精神的先导,他们在表现自我时一般都比较从容,比较重视情感的自然流露要合乎美的规律,比较重视艺术的技巧问题。歌德写《浮士德》前后经历了数十年,雨果的小说具有宏伟的结构,非常讲究滑稽和崇高的对比与调和,这些都是苦心经营的结果,绝不是单靠主观激情的自主喷发所能做到的。中国五四浪漫主义者则大多没有直接参与国内的新文化运动。他们是在国外接受西方现代文明,包括世纪末思潮的影响,解放了"自我",才借五四启蒙运动所开辟的文化园地来培植现代浪漫主义之花的。由于缺少了现代理性精神洗礼这一重要环节,他们的个性解放显得十分峻急,优点是具有彻底反封建的精神,缺点是少了点从容自如的气度,有时甚至过于浮躁,失了分寸,显得离谱。这好像一个人长期受到束缚,一朝获得自由,因缺乏思想准备和适应过程,反而会行动过火,举止失措。反映在文艺观上,就是五四浪漫主义者极端地崇尚主观,极端的主情主义,放逐了一切形式规范,蔑视任何艺术技巧。这使他们富有创新精神,在小说、诗歌、散文等文体上都有开风气的功绩,但最终还是妨碍了他们在艺术上取得更高的成就。

中西浪漫主义者创作态度上的这一差异及相应的影响，在抒情诗中表现得尤为明显。这可以通过雪莱的《西风颂》和郭沫若的《天狗》《凤凰涅槃》的比较来加以说明。在西方浪漫派诗人中，歌德太博大精深，济慈又太忧郁，郭沫若不便与他们比较。夏多布里昂有从政经历，华兹华斯反对法国大革命，两人的思想倾向与诗风也与郭沫若相去甚远。思想和艺术与郭沫若比较接近的是拜伦、雪莱、海涅和惠特曼。郭沫若曾说："顺序说来，我那时最先读着泰戈尔，其次是海涅，第三是惠特曼，第四是雪莱，第五是歌德。"①他没有提及拜伦。海涅的影响则主要限于爱情诗中感伤委婉的情调，海涅后期政治性很强的诗歌，如《西里西亚织工》《德国——一个冬天的童话》，他都没有读到。惠特曼的诗风是雄浑豪迈的，但它正好助长了郭沫若忽视形式、技巧的倾向。而雪莱的诗是豪放的，又是精美的，他的《西风颂》堪称千古绝唱。因此拿它与郭沫若的《天狗》《凤凰涅槃》比较，可以看出诗歌创作中一些带有规律性的问题，发现五四浪漫主义诗人在艺术态度上的偏颇。

《西风颂》共五节，第一节如下：

> 狂放的西风啊，你是秋天的浩气
> 你并不露面，把死叶横扫个满天空，
> 像鬼魂在法师面前纷纷逃避，
> 焦黄，黝黑，苍白，发烧样绯红

---

① 郭沫若：《诗作谈》，《郭沫若论创作》，上海文艺出版社1983年版，第218页。

遭瘟染疫的一大群：你把飞荚
车载到它们幽暗的床笫去过冬。

让它们在那里低低冷冷的躺下，
每一片都像尸首在坟里发僵，
等你的春风青姊妹出来吹喇叭
唤醒沉沉的大地，成片成行，
把花蕾赶出来像放羊去吃草尝新，
叫漫山遍野弥满了活色生香：
你刮遍了四处八方，豪放的精灵，
摧毁者又是保存者；听啊，你听！①

诗的第二节写西风在高空搅得云朵飞飘，"从凝固结实的气流里就会飞迸／黑雨同火花同冰雹"。第三节写西风把地中海从它的夏梦里搅醒，大西洋的万顷波涛也为它开道，沟底的苔藻认出了西风的声音，它们胆战心惊。第四节是对前三节的综合，又转为"我"对西风的仰慕和申诉。最后一节是诗情的升华——"冬天来了，春天难道会太远？"

整首诗把狂放的西风、自由的精灵，那种惊天动地的磅礴气势写得淋漓尽致。西风一面摧枯拉朽，一面又催促新生，可以说是雪莱反抗压迫、争取自由的精神的生动写照。以自由的名义，雪莱祈求西风吹起他，像吹起树叶，像云，像海浪，甚至甘愿

---

① 卞之琳译：《英国诗选》，湖南人民出版社1983年版。

"倒在人生的荆棘上！我遍体血污！"这种豪迈的气概和西风狂放的形象互为表里，其内在的激情自然地汇集到结尾的名句："冬天来了，春天难道会太远？"这是基于深刻的人生体验，从血泪中孕育出来的诗篇，是寒冬降临之际对于春天的怀想，是漫漫长夜中对东方一抹黎明的焦心期待，人的信念和坚毅精神包含在里面，它的艺术生命是与人类生存必然会遇到的挑战相伴随始终的。

《女神》里论气势堪与之相比的要数《天狗》。天狗鲸吞日月星辰，其狂放甚至超过西风。但《天狗》艺术上显然难与《西风颂》媲美。《西风颂》想象瑰丽，色彩丰富，旋律激昂而富于变化，实际上它还是一首格律诗："原诗格律每大节为十四行，易令人误认为变体十四行诗，其实每大节都是道地的三行联环体（terzarima，但丁《神曲》全部即用此体），韵式是 aba，bcb，cdc，ded，ee……每行抑扬格五音步。"① 可见它格律的讲究。相比之下，《天狗》则粗糙多了。

《女神》里论内容的丰富和结构的宏伟与《西风颂》相称的是《凤凰涅槃》。但不免令人遗憾，《凤凰涅槃》也欠精练。作者后来把"凤凰和鸣"十五节删成五节，就表明它原本就相当枝蔓，而删定的版本也不见得能说已到了不能再增删字句的精练程度。它常以前后左右、东南西北等外在方位作为结构的基础，未能打破内外界限而使诗情呈现更为活泼的旋律。尤其是它停留于现实感受的层面上，向黑暗的社会发出愤怒的诅咒，却没有充分展示凤凰

---

① 见卞之琳译《英国诗选·西风颂》注①，湖南人民出版社 1983 年版。

面临生死选择时的内心冲突。因而所谓的涅槃，成了一种预定的仪式，是凤凰乐于接受的且注定会使它们获得新生的一个过渡，这其实不包含多少真正惊心动魄的痛苦和恐惧，读者也就无从真正体会凤凰超越了痛苦和恐惧时的那种大喜悦。于是，"凤凰更生歌"所展现的美妙景象终究缺少严冬过尽闻春雷的那种能净化人的心灵的艺术力量。它的感染力其实还比不上《女神之再生》里天崩地裂之后女神们唱出的"丁当，丁当，丁当"的和平之音，那悦耳单纯的歌声，是劫难之后带给人类的"新鲜的暖意"和永恒的祝福。总之，《凤凰涅槃》是一首划时代的诗，但它艺术上并不完美。朱自清没有把它选入《中国新文学大系·诗歌集》，不是因为他缺少眼力。

  问题出在哪里？出在郭沫若太依赖才气和感情的冲动来写诗。他没有用意志力把诗情蓄积起来，在诗情与形式的反复激荡调适中，把诗情提炼得更为醇厚，也使形式变得更能体现出诗的内美来。他说让激情自主喷发，结果失去了艺术上更趋完美的机会，也损害了诗情的内质。雪莱则有所不同。《西风颂》的构思和基本写成，是在佛罗伦萨附近阿诺河沿岸的一个树林里。雪莱回忆道："当日气温和煦，清新，而这场暴风正集聚水气，倾泻下秋雨。如我所预料，在日落时分，狂风大作，雨雹如注，伴随了西萨尔滨地区特有的那种壮观的雷电。"[1]他目睹雷电交加，狂风大作，体验到了生命力的飞扬。他把这种激情转化成西风的形

---

[1] 雪莱：《西风颂》自注，见卞之琳译《英国诗选·西风颂》注①，湖南人民出版社1983年版。

象,把这一形象锤炼得异常鲜明,省去了一切多余的细节,突出了它的狂放豪迈的性格,从而使诗情与形式取得高度协调。这一切,除了才气外,显然还需要在反复涵咏中寻找最佳的喷发口,绝不是让诗情自由喷发所能做到的。

其实,郭沫若的《女神之再生》,包括另外两个诗剧《湘累》和《棠棣之花》,是在他刚刚译完《浮士德》第一部以后创作的。除了诗剧的形式是受《浮士德》的影响以外,诗歌的风格也因翻译《浮士德》而起了变化。他自己说:"假如说惠特曼解放了我,那便是歌德又把我软禁了起来,我在民八的暑间曾经翻译了《浮士德》,使我刚解除镣铐的心灵,又带上了新的枷锁。"①又说:"翻译了《浮士德》对我却还留下了一个很不好的影响。我的短短做诗的经过,并有三四段的变化。第一段泰戈尔式……第二段是惠特曼式……第三段便是歌德式了,不知怎的把第二时期的热情失掉了,而成为韵文的游戏者。我开始做诗剧便是受了歌德的影响。"②他对这种影响持保留态度,可读者不应该抹杀它的正面意义。歌德从狂飙时期转向古典时期,既保留了先前的激情和幻想,又开始重视形式的重要性。他认为"材料是每个人面前可以见到的,意蕴只有在实践中须和它打交道的人才能找到,而形式对于多数人却是一个秘密"③。歌德提倡的古典主义完全不同于新古典主义,它是指内容的充实健康,形式的"通体完善"。他特别指出:"如

---

① 郭沫若:《序我的诗》,《郭沫若论创作》,上海文艺出版社1983年版,第214页。
② 郭沫若:《创造十年》,《沫若文集》第7卷,人民文学出版社1958年版,第67—68页。
③ 歌德:《关于艺术和格言的感想》,转引自《朱光潜全集》第7卷,安徽教育出版社1991年版,第83页。

果形式特别是天才的事,它就须是经过认识和思考的;这就要求灵心妙运,使形式、材料和意蕴互相适合,互相结合,互相渗透。"①他写作《浮士德》,为了一个韵脚,一个场景的安排,长期地反复思考,不断修改,直到满意为止。《浮士德》这种形式上的严谨给予郭沫若的影响,就是一定程度上纠正了郭沫若早期创作完全忽视形式的毛病。因此,《女神之再生》中那悦耳的晨钟、含蓄的激情所拥有的艺术感染力,原有歌德的一份功劳在内。郭沫若从他自己的浪漫主义立场出发,忽视了这种积极作用,说明他接受歌德的影响还没有完全自觉,因而没能沿着这一方向继续不懈地努力,这时加上他的诗情开始冷却,创作的成绩和水准反而下降了。

至于郁达夫等人的抒情小说气魄不大,则另有原因,主要是与日本文坛的影响有关。创造社成员主要是在日本接触西方文化的。当时日本"大正"文坛正流行西方的浪漫主义、象征主义、表现主义、唯美主义、未来主义等多种文艺思想,而且通过创作对这些思潮作了改造。如"大正"文坛流行的唯美主义在理论上与西方的唯美主义相当接近,但日本的唯美主义文学却与西方的不尽相同。在西方,唯美主义是以反自然主义的姿态出现的,当这两种思潮相继进入日本,对日本作家同时产生影响时,日本的唯美主义文学就染上自然主义的色彩。像永井荷风、谷崎润一郎等日本唯美主义作家,在理论上接受了王尔德等"艺术至上"的观点,

---

① 歌德:《〈东西合集〉的注释》,转引自《朱光潜全集》第7卷,安徽教育出版社1991年版,第83页。

创作却表现出自然主义的倾向，醉心于感官刺激和女性官能美的琐细描绘。这也就是郁达夫所说的："那时自然主义的流行虽已经过去，人道主义正在文坛上泛滥，但是短篇小说的取材与式样，总还是引自然主义的末流，如写身边杂事，或一时的感想者为最多。"①创造社成员与日本的唯美主义作家交情不浅，如郁达夫与佐藤春夫，张资平与永井荷风，又处在这样的文学氛围中，所以他们在接受西方浪漫主义的影响时，也感染上了日本唯美主义的色彩。他们的作品缺少西方浪漫主义所具有的开阔视野、阳刚之气，却喜欢去写身边琐事，甚而颓废的冲动、幻美的追寻、灵的喊叫、肉的沉溺，艺术天地比较狭小，这正是受日本唯美主义影响的表现。

三

如果把五四浪漫主义思潮没能取得更大成绩的责任只简单地推给作家诗人，当然是有失公允的。文学的发展是一个逐步累积的过程。西方19世纪浪漫主义思潮前后延续了半个世纪，经历了两代作家。浪漫主义文学的成就除了依靠文学巨匠个人的杰出才能外，还得益于整个思潮在发展过程中所积累起来的艺术经验。要说颓废的色彩，德国早期浪漫派如蒂克、霍夫曼等人的作品更为颓废，可它马上遭到歌德等人的反对，从而削弱了它的影响。因此不妨说，如果让五四浪漫主义思潮延续更长的时间，使之有机会总结经验，它的创作倾向上的偏颇未必不能克服，它的

---

① 郁达夫：《林道的短篇小说》，1935年4月10日《新中华》月刊第3卷，第7期。

技巧也同样会日渐成熟起来，甚至会波及音乐、绘画、建筑等艺术领域，与西方一样成为一个时代的突出标志。因而，关键的问题又回到了五四浪漫主义思潮为什么就这么快分化了。

简单地说，这是中国社会急剧变化，五四浪漫主义难以适应新的时代要求的缘故。

浪漫主义文艺观以个性主义为思想基础，主张自我扩张，表现内心的要求，反对一切外加的束缚。浪漫主义的理想，是对于美好前景的永不止歇的憧憬，是追求完美人生的内在冲动，可以说它是一种无边的理想主义。它的另一面就是对现实的不满和否定，是理想无法实现而引起的痛苦、伤感甚至愤怒。它破坏得多，建设得少。浪漫主义的极端主情的性质，有利于作家诗人展开自由联想，给创作增添活力和色彩，却无助于他们面对严峻的现实，用坚实的行动从黑暗中开辟出一条光明的道路来。因此，当社会处于新旧交替时期，需要革新僵化的传统，而社会的压制暂时松动，为个人自由和主观精神的高扬提供了契机时，浪漫主义文学便获得了最为适宜的生长环境。一旦社会的发展转向重建某种稳定的秩序，需要用集体的力量去共同奋斗，浪漫主义文学便难以充分发挥它的优势了，甚至它的优势反而成了新时代的异己因素，要遭到被压制的命运。

中国进入20世纪后的社会特点是，反帝斗争与反封建的斗争相互纠结在一起，思想革命与社会革命交替地进行。世纪初的启蒙运动，起因于帝国主义大炮打开中国国门后封建制度落后腐朽本质的充分暴露。五四新文化运动把反封建的思想斗争推向了新的阶段，但思想革命的最终目标仍是为了推进社会变革，只是它的具体方式是试图通过人的解放来达到这一目的。这时，思想启蒙成了时代的主旋律，个性主义价值观得到广泛传播，沉重打击了纲常名教，同时也促成了浪漫主义文学思潮的迅猛崛起。可是由于启蒙运动自身的局限，再加上"五卅"以后反帝运动的再次高涨、马克思主义的广泛传播，整个时代潮流很快就从思想启蒙转向了社会革命。这一转变，从根本上改变了浪漫主义思潮的生存环境。

一般认为启蒙的中断是由于被"救亡"的任务所压倒，但其实很大程度上是它自身的局限所致。因为启蒙的根本目标——唤起民众觉悟，一开始就注定不可能仅仅凭借文艺宣传的启蒙方式来实现。别无缘故，就因为阿Q读不懂鲁迅的小说，启蒙对他犹如隔靴搔痒，使鲁迅等先驱者改造沉默的国民灵魂的理想终成画饼。这也说明，在当时中国教育远没有普及、群众普遍不觉悟、封建势力还根深蒂固的条件下，只要是真正坚守"立人"这一启蒙目标的思想家，他迟早要从思想启蒙转向社会革命的立场。因为这样的革命既是历史发展的必然，又是他最终实现启蒙目标不可缺少的关键环节。难以理喻的阿Q一看到赵太爷之流因为辛亥革命爆发而胆战心惊，就立刻得意起来，要求革命，这说明在社会革命中，思想麻木而又渴望改变自己命运的落后群众只有看到这场革命能给自己带来实际的好处才能被动员起来，从而迈出思想觉悟的第一步。

然而，这场社会革命有自己的特点。它由中国共产党领导，以马克思主义为指导思想，以工农联盟为基础，以武装斗争为手段，以打倒帝国主义、封建主义，建立人民的政权为目标。受这场革命的目的、性质、任务和手段的规定，它必然要提倡集体主义，反对个人主义；要求有统一的指导思想，反对个人的自由意志；号召为理想而奋斗，反对停留在充满诗意的憧憬和感伤主义上。它要求文艺发挥战斗的作用。因此，如果有人简单从事，他必然要对包含了个性意识、自由意志、感伤情调的浪漫主义文学进行清算。郭沫若改变对浪漫主义的态度，就因为他以简单的方式承担了这一使命。他说，"主张个人主义自由主义的浪漫主义"已经过去，因为现在"讲甚么个性，讲甚么自由的人，可以说就是在替第三阶级说话"①。现在，"凡是同情于无产阶级而且是反抗浪漫主义的便是革命文学"②，这样的文学要"暂时当一个留声机器"，要"无我"，假若你以为因此而受了侮辱，"那没有同你说话的余地，只好敦请你们上断头台！"③因为那正好证明你的意识是"唯心的偏重主观的个人主义"，"不把这种意识形态克服了，中国文艺青年们是走不到革命文艺这条道路上来的"。④ 很显然，郭沫若以革命的名义，反对的正是浪漫主义里面的"个人主义自由主义"精神。但是，克服了"偏重主观的个人主义"，浪漫主义也就成了没有灵魂的躯壳，差不多寿终正寝了。

郭沫若的观点不是个别的现象。他周围有一批激进的青年，主要是刚从日本回国的后期创造社成员李初梨、冯乃超、彭康等，文艺观点与他一致，另有太阳社的蒋光慈、钱杏邨等，文艺

---

① 郭沫若：《文艺家的觉悟》，1926年5月《洪水》半月刊第2卷，第16号。
② 郭沫若：《革命与文学》，1926年5月《创造月刊》第1卷，第3期。
③ 郭沫若：《英雄树》，1928年1月《创造月刊》第1卷，第8期，署名麦克昂。
④ 郭沫若：《留声机的回音》，1928年3月15日《文化批判》第3期。

观点也与他大致相同。他们倡导"革命文学",标志着文学潮流已从五四文学革命前进到了"革命文学"的阶段。在这一新的阶段,浪漫主义文学观点被清算,浪漫主义的创作队伍发生了急剧的分化。郭沫若向左转变到"革命文学"的立场,张资平向右堕落到"三角"恋爱"四角"恋爱的庸俗趣味里,郁达夫则有些手足无措地在夹缝中摸索。此外,庐隐早逝,王以仁夭亡,周全平搁笔,沅君转行搞古典文学研究,倪贻德从日本回国后去从事美术研究和教学,"湖畔"诗人大多去做革命工作,新月派在意识形态上与左翼处于对立的地位。由此可见,浪漫主义作为一种思潮,这时已四分五裂,它的辉煌已成了昨天的记忆。

这样的结局,虽有其历史的必然性,但中间也确有一些值得认真反思的问题。

首先,"革命文学"的倡导者粗暴地割断了"革命文学"与五四文学的内在联系,简单地否定了五四文学的个性主义和人道主义精神,以致鲁迅也成了"封建余孽""二重反革命"。这是因为他们对人的自觉和独立思考精神缺乏完整正确的认识,把它简单地与无产阶级意识对立起来。而事实恰好相反,这种意识同样是革命过程中所需要的。比如,阿Q这样的落后群众一旦参加社会革命,他们身上的革命潜力会被充分地调动起来,而他们没有经过人的启蒙阶段的弱点也会逐渐暴露出来。他们的阶级意识由于没有人的自觉精神做基础,往往比较空洞抽象,甚至会扭曲变形,他们对革命的理解是肤浅片面的,很容易导致封建性的专断与盲从。革命队伍内部经常出现的教条主义、宗派主义和封建残余意识,社会心理基础就是这种阿Q式的精神弱点。要克服这些消极的现象，必须科学地继承五四遗产，把阶级的启蒙与人的启蒙有机地结合起来，使更多的人能在个人自觉的基础上能动地掌握马克思主义的理论。鲁迅的过人之处，便是从反封建的意义上吸收了五四思想启蒙的积极成果，把人的自觉精神与阶级斗争学说结合起来，因而马克思主义在他手里成了指导行动的活的灵魂。"革命文学"的倡导者，由于时代的限制和个人思想上的局限未能意识到这一点，一笔勾销了个性主义精神在新的时代条件下仍然存在的积极意义，从而对高扬主体自由精神的浪漫主义采取了彻底否定的态度。

其次，他们混淆了政治学说中的"个人主义"与作为一般人文思想的"个性主义"概念的区别。如果说，政治学说中的个人主义是与集体主义对立的，那么，作为一种人文思想的个性主义则与集体主义不在同一个概念层次上，彼此不构成矛盾对立的关系，而在文学领域它却可以转化为个人的视角，主观的激情、奇丽的想象是文学具有内在活力的重要的思想资源。文学需要心灵自由，浪漫主义尤其需要主观精神的高扬。文学家，包括浪漫主义者，只要他真诚地热爱生活，懂得生命的意义，憎恶伪善和丑陋，那么他以个人的独特体验写出来的作品就必然有激发正义、美化人类心灵的价值。在中国的那个时代，它也完全可以用自己的方式为人民大众反帝反封建的斗争作出特殊的贡献。对于文学领域里的不同倾向和流派，本应该像张闻天所主张的那样用统一战线的方针加以引导[①]，不能因为要反对政治意义上的个人主义

[①] 歌特(张闻天)：《文艺战线上的关门主义》，1932年11月3日《斗争》第30期。

和自由主义，就用政治斗争的方式宣判浪漫主义是反革命的文学，把它一刀斩于马下。

第三，简单地否定浪漫主义，反映了传统功利主义文学观的潜在影响。中国虽然有过魏晋文学这样文学的自觉时代，但长期占主导地位的还是"文以载道"的思想。这一观念到五四时代受到巨大冲击，创造社提出"为艺术而艺术"，就是对它的彻底反叛。可是它的影响并没有因此消失，相反，它与中国知识分子传统的实用理性精神和甘为天下先的使命感结合在一起，还不时地发挥着重要的作用。比如，郭沫若知道一旦放逐自由的精神，他的诗也就死了，但他表示："这是没有法子的，我希望它早些死吧"，因为"现在而谈纯文艺是只有在年青人的春梦里，有钱人的饱暖里，吗啡中毒者的迷魂阵里，酒精中毒者的酩酊里，饿得快要断气者的幻觉里了！"[①]他情愿放逐纯文艺而来提倡"为第四阶级说话的文艺"，这既是知识分子历史使命感的体现，也是因为他把传统的"文以载道"文学观复活在自己的身上了。处在这样的文化背景中，中国现代知识分子很容易接受经过各种包装的"工具论"文学观。事实上，左翼文坛一度流行的把文艺当作"政治的留声机器"的观点，正是"文以载道"的传统观念与来自"拉普""纳普"的"左"倾文艺思想相互结合的产物。这一观点的错误，就在于它把文学简单地政治化，当作了政治斗争的武器，否认文学有自身的规律和独立的审美价值，否定文学对现实所取的审美态度。当文学的功能缩小到只剩政治的"工具"时，自然会得出这样极端荒

[①] 郭沫若：《孤鸿——致成仿吾的一封信》，1926年《创造月刊》第1卷，第2期。

谬的结论：一部天才的作品，比如是托尔斯泰或陀思妥耶夫斯基现在写的，倘若它在政治上和我们隔阂，那么对不起，也只好把它挥泪斩杀。① 天才的作品尚且如此下场，"反革命的浪漫主义的文学"当然更不在话下。其实，西方浪漫主义者中也有很强的政治参与意识，如拜伦直接参与了希腊人民争取民族解放的武装斗争，歌德是魏玛公国的显贵，雨果为抗议王政复辟而号召公民起义，最后在国外避难近20年，他们的政治热情并不淡薄。可政治归政治，从事文学创作还得遵循艺术的规律。西方浪漫主义者的作风和中国五四浪漫主义者的中途转向，反映了中西文化传统的差异和两者所处社会发展阶段的不同。

第四，五四浪漫主义思潮的迅速分化，表明了中国现代浪漫主义者处境的尴尬和他们个性力量的单薄，而这又是中国人文主义思想传统薄弱的缘故。西方浪漫主义兴起时，它已经处于一个比较普遍地尊重个性和人的价值的文化氛围中，浪漫主义者对保守势力和古典主义规则的挑战能得到相当广泛的社会支持，围绕《欧娜尼》的上演所展开的斗争和最后以雨果为代表的浪漫派取得胜利的结局，就是一个例证。在那场斗争中，巴黎的青年穿着花花绿绿的奇装异服，招摇过市，占领剧场，以充满激情的群众运动的方式宣告了古典主义的终结，并且预示着复辟王朝的即将垮台。同时，西方浪漫主义者具有很坚定的性格力量，拜伦、雪莱顶着"恶魔诗人"的骂名，仍然笑骂由人，我行我素。中国五四浪

---

① 卢那察尔斯基：《文艺领域内的党的政策》，郭沫若《桌子的跳舞》一文转引这段文字，认为"这可以说是最公平的态度"，说明他完全赞同卢氏的观点。

漫主义者并不缺少那种个性意识,但他们所处的文化环境大为不同。新文化运动后,人道主义和个性主义的思想虽得以传播,可仅限于知识分子中间,远没有深入社会底层,成为大众的意识形态。所以,中国浪漫主义者文化上的反封建斗争,无法取得西方浪漫派那样广泛的社会支持,他们相对来说要孤独得多,也脆弱得多。当时代的潮流转向社会革命,浪漫主义似乎真的成了"反革命文学"的时候,他们中的许多人就不能像拜伦、雪莱那样敢于坚守自己的立场,尊重艺术的规律,用贯穿反封建精神的文学作品来配合社会革命斗争,而是通过降低原先那种自我表现的调门来适应潮流的转变,从随俗的行为中获得个人的心理安全。这在客观上又加速了五四浪漫主义思潮的分化。

由于五四浪漫主义自身难以适应新的时代要求,也由于中国特殊的文化背景和时代转换过程中主流话语的一些失误,五四浪漫主义思潮迅速分化,转入低谷。但分化和低潮并不等于寂灭。现代浪漫主义思潮正是在低潮中探索新的发展方向,并以新的形态出现于30年代初的文坛上。代表这一趋势的,就是郁达夫。

四

郁达夫小说风格的转变开始于1927年初的《过去》。周作人读了《过去》后写信给郁达夫,称赞他作风的改变,而郁达夫也以此自勉。① 其实《薄奠》的风格更为明朗,欲情净化的主题也先于它在《春风沉醉的晚上》里得到表现。《过去》所以被如此看重,主

---

① 郁达夫1927年2月15日日记,《日记九种·穷冬日记》,北新书局1927年版。

要是因为它标志着郁达夫在处理灵肉冲突这类他写惯了的题材时，态度发生了变化。同是欲情净化，在《春风沉醉的晚上》表现为面对纯洁的女性时灵魂的升华，而《过去》则更多地带有自我忏悔的意味。主人公一句"我们的时期的确已经过去了"，道尽了他们人到中年，感叹青春早逝，追悔岁月蹉跎的复杂情怀。郁达夫一向喜欢夸饰颓废，可这里却注意起情感的节制，让李白时面对有情的寡妇，依靠自己的力量超越了狭隘的情欲，达到灵魂净化的境界，使作品风格由直露趋向蕴藉含蓄，这的确是他创作的重大转变，而转变的突出标志是忏悔意识的出现。

忏悔意识是郁达夫这一时期抒情风格的重要特征。《清凉的午后》写小市民的庸俗生活，但在聚芳号老板身上显然有郁达夫自己的影子。从风格演变的角度看，它显示了作者评价人生的标准发生了微妙变化。以前郁达夫总是强调风尘女子的忠厚深情，她们大多成了主人公的情感依托，而《清凉的午后》第一次描写了妓女的轻薄负心，以及主人公受骗后的自愧自悔。这意味着郁达夫在艺术上抛弃了把秦楼楚馆写成人生逍遥宫的态度。《祈愿》的情节与以前的《寒宵》《街灯》相连，但稍加比较，也可以发现它减弱了后者的颓废气息，主人公在沉溺中萌生了寻找新的人生出路的念头。

郁达夫这一时期风格的变化，是由于受到了新潮流的鼓动。他一向采取个人反抗的方式，但1926年春他为南方革命形势所鼓舞，与郭沫若同赴广州。虽然他年底即返回上海，对广州的革命深感失望，还因此与郭沫若发生了冲突，可他毕竟受到了全国革命热潮的影响，他说："我觉得走消极的路，是走不通了，我想一改从前的退避的计划,走上前路去。"①"以后如有机会,也不妨去做实际的革命工作。"②与此同时,他的文艺观也发生了变化,认为"我们在这个时代里所要求的,是烈风暴雨般的粗暴伟大、力量很足、感人很深的文学,就是我在前面所说的跃动的、有新生命的文学。"③随后他积极提倡农民文学,宣传无产阶级艺术。郁达夫的这些言行难免有情感冲动之嫌,可他的精神面貌在变也是事实。

个人生活上的变化对他的创作也有重要影响。此时他与王映霞女士从相恋到结婚,这从根本上改变了他浮躁孤苦的心情。郁达夫一向抱怨"金钱、女人、名誉"的压迫,其实金钱他不缺少,名誉也不甚看重,唯有得不到倾心之爱才是一大心病。他作品中的许多灵肉描写,一般都是他内心苦闷的象征。而现在他心满意足,就像他自己所说:"这前后却得到了一种外来的助力,把我的灵魂,把我的肉体,全部都救度了。"④这被救度的灵魂便成了他忏悔过去的情感力量。

大革命失败后,社会斗争日趋尖锐激烈。1928 年,由于跟郭沫若等人有了分歧,又与创造社的"小伙计"产生了矛盾,郁达夫宣布退出创造社。30 年代初,他又疏远了左联,开始接近林语堂

---

① 郁达夫:《公开状答日本山口君》,《郁达夫全集》第 5 卷,浙江文艺出版社 1992 年版,第 302 页。
② 郁达夫 1927 年 4 月 22 日日记,《日记九种·闲情日记》,北新书局 1927 年版。
③ 郁达夫:《〈鸭绿江〉读后感》,《郁达夫全集》第 5 卷,浙江文艺出版社 1992 年版,第 298 页。
④ 郁达夫:《〈鸡肋集〉题辞》,《郁达夫全集》第 5 卷,浙江文艺出版社 1992 年版,第 330 页。

的圈子。他的文艺观和创作作风也随之受到左翼的批判。从写《迷羊》后两年，他很少有作品问世。有人说他为新的生活沉默了，其实他是在努力寻找新的方向。此后数年，他尝试用写实手法表现民生疾苦，展现时代风貌。《出奔》等作品就体现了这方面的努力。但是一者，郁达夫纤敏的情感和注重内心体验的浪漫气质，注定他能成为一名出色的抒情高手，却拙于表现社会、刻画人物，再者，他虽有弄潮之意，但总是浅尝辄止，始终与社会运动保持一段距离，因而他的写实小说没能 20 年代末 30 年代初的文坛上形成独立风格，而在抒情小说里也没能如他所自勉的那样发出"粗暴伟大、力量很足、感人很深"的声音，真正能体现他后期创作特色的还是那些优美闲适之作。在这些作品里，郁达夫调整风格，颓废情调不见了，忧伤开始淡化，其中成就最高的当推《迟桂花》。

郁达夫此前不少名篇都有写景妙笔，令人回味无穷，但全然陶醉在湖光山色间，则是他后期小说独有的。《迟桂花》写"我"应邀赴翁家山参加同学婚礼，与翁则生的寡妹莲同游五云山。我一时冲动，想拥抱莲，可又旋即被大自然净化了欲念，心情复归宁静，由此表现了作者寻求纯真、返归自然的生活态度和审美理想。

《迟桂花》对山水的陶醉，又表现为对意境的追求。作品的魅力主要还在于翁家山那独特的生活情调。他写山居幽暝，高秋时节晚钟的余音，朦胧的月色，晃动的树影，白墙青瓦，碧湖薄雾，以及随处飘漾、"闻了好像是宿梦也能摇醒"的晚桂香气，境界清新宜人。生活在这里的人与世无争，自有乐趣，情景交融，实在是一首极好的略带忧郁的田园牧歌。它虽不能激发人的豪情，但能够安抚受伤的灵魂。

可以看出，后期郁达夫小说的抒情风格趋向清丽隽永，说明他的审美趣味在向传统靠拢。本来，古典文学根基非常深厚的郁达夫，在律诗里早就表现了他过人的才气和蕴藉含蓄的风格，只是由于他自觉地反传统，抑制了他在小说里对和谐美的追求。可是到30年代初，随着他意气趋向平和，减弱了对传统的敌视，于是晚唐风度、明末小品的意境开始渗入他小说的基调。这些作品自然没能体现昂扬热烈的时代精神，社会影响也不及他早期作品强烈，但那深远含蓄的风格，因为符合大多数中国人的审美趣味，反而具有更为久远的艺术生命力。

郁达夫是在剧烈的社会变动中，在左右两翼社会力量的夹缝中，在中西文化的持续碰撞中探索着创作的新方向。他的小说风格的变化，是创作心态变化的结果，但归根结底是时代的发展使然。其间的张皇失措、无所适从以及怀着破釜沉舟的决心"勇往直前"的举动，包含了一个浪漫主义者在新的时代里必然会遇到的艰难和尴尬。他在左右碰撞中通过自我调适所选择的创作道路，体现了五四浪漫主义思潮在低谷中的发展动向。这一发展直接接上了30年代前期沈从文等人的创作，共同构成了一种新的浪漫主义形态。

浪漫抒情的乐章

五四浪漫主义文学是一个自足的生命宇宙,它的"自我表现"是多姿多彩的:有高音部,低音部,悦耳的和声,像一曲气度不凡、旋律丰富的交响乐。这些丰富多彩的形态根据其所包含的情感的性质,可以概括为三个类型,即"男性的音调""感伤的行旅""清纯的恋情"。

"男性的音调":郭沫若的《女神》

郭沫若在《浴海》里有这样的诗句:"无限的太平洋鼓奏着男性的音调!""男性的音调",适足以概括郭沫若自己的诗——《女神》的主导风格。郭沫若正是以他雄壮的旋律、激越的音调歌唱,像黄钟大吕,给五四浪漫主义乐章注入了恢宏的气势。

人们都注意到了这样一个事实:郭沫若不是最早发表新诗的诗人,《女神》也不是新诗史上第一部诗集。在郭沫若发表新诗之前,《新青年》已于 1917 年 2 月发表了胡适的《白话诗八首》。1918 年后,《新青年》推出了更多的新诗,作者有沈尹默、胡适、刘半农、周作人、俞平伯等。在《女神》之前,新诗个人专集也已有《尝试集》出版,若算选集,还有 1920 年 1 月出版的《新诗集·第一编》、1920 年 9 月出版的《分类白话诗选》,《女神》只能位居第四。可是随着 1920 年 1 月郭沫若接连发表了《晨安》《立在地球边上放号》《三个泛神论者》等十首诗,1 月 30 日又发表《凤凰涅槃》,他立即成了诗坛瞩目的焦点,到 1921 年 8 月《女神》一出版,他成了天之骄子——《女神》光芒四射,使此前的一切新诗都黯然失色了。

  郭沫若说:"五四运动发动的那一年,个人的郁积,民族的郁积,在这时找出了喷火口,也找出了喷火的方式,我在那时差不多是狂了。民七民八之交,将近三四个月的期间差不多每天都有诗兴来猛袭,我抓着也就把它们写在纸上。"①时代唤起了郭沫若的"个人的郁积,民族的郁积",把他的热情、智慧、才气鼓励起来,如火山爆发一样猛烈地喷薄而出;也是时代成就了郭沫若,因为那时文学革命刚开始没几年,新诗才挣脱旧诗束缚不久,初期白话诗人还正在为新诗该如何发展苦苦探索,他们的作品或留着旧诗词的痕迹,或存在过于散文化的倾向,普遍缺乏真正的诗质,就在这新诗还很幼稚的时候,郭沫若以他过人的敏锐、非凡的才气向诗坛奉献了一批从思想内容到艺术形式都全新

---

① 郭沫若:《序我的诗》,《沸羹集》,群益出版社 1950 年版。按之《女神》,"民七民八之交"应为"民八民九之交"。

的诗歌。这不仅使新诗的总体水平跃上了一个新的台阶，而且确立了新诗发展的真正起点。正是从这样的意义上，《女神》堪称中国"第一部伟大的新诗集"①。

郭沫若的敏锐性和他拥有的惊人的创作爆发力，可以从一个不太为人所注意的方面感觉到。他最早在《时事新报·学灯》上发表的新诗是写于1919年夏秋间的《路鹚》和《抱和儿浴博多湾中》，发表日期是1919年9月11日。《路鹚》后来编入《女神》第三辑，它的构思和格调与胡适发表于1918年1月《新青年》第4卷第1号的《鸽子》相去不远。郭沫若紧接着发表的《死的诱惑》，带有海涅式的忧郁，《新月与白云》是泰戈尔式的抒写爱情的短章，它们都还没有什么过人之处。可就在这些诗作发表的9月份写的《浴海》《立在地球边上放号》等篇什，便爆发出了郭沫若式的狂放的豪情。仅仅因为自己写的诗变成了铅字所引起的激动就带来了一个"诗的创作爆发期"，而且刹那间一改委婉抒情的风格，用高腔大调唱出了"男性的音调"，说明这位诗人拥有常人难以企及的天赋——他可以忧郁，可以彷徨，可连他自己或许也不曾感觉到，事实上他早就在等待诗情爆发的那一刻到来了。他的才能使他不甘平凡，他能轻易地跑在时代的前列，做到出类拔萃、与众不同，哪怕这要否定自己，把生命燃烧了也罢。正是凭着这种强大的才能，郭沫若在短短的几个月里迅捷地解决了曾困扰着人们的新诗发展的方向问题。可以说，他是后来居上，成了中国新诗的奠基者。

---

① 周扬：《郭沫若和他的〈女神〉》，1941年11月16日延安《解放日报》。

郭沫若说："生命是文学底本质。文学是生命底反映。离了生命，没有文学。"①这种受生命哲学影响的文学观，在五四时期并不是郭沫若独有的。郭沫若的突出之处，他高出同时代诗人的地方，在于他的诗所表现的"生命"拥有无以复加的强力。他以生命的强力彻底否定旧世界，坚决反抗传统，憧憬着一个光明、芬芳、华美的未来。

《凤凰涅槃》通过凤凰死而复生，象征旧世界、旧我的毁灭，象征祖国、民族和自我的新生。在《女神之再生》里，女神们唱道：

>   ——破了的天体怎么处置呀！
>   ——再去炼些五色彩石来补好他罢？
>   ——那样五色的东西此后莫中用了！
>   我们尽他破坏不用再补他了！
>   待我们新造的太阳出来，
>   要照彻天内的世界，天外的世界！

郭沫若反对在旧的基础上做修修补补的工作，主张推倒重来，彻底破坏，创造一个新的太阳。这种破坏、创造的歌声，对于正陷于苦闷彷徨的青年不啻是一声振聋发聩的惊雷，而且是一种激励人心的力量。因为郭沫若虽然自己也不清楚未来世界的模样，但他用诗的语言向人们预告了那个光明的世界：

---

① 郭沫若：《生命底文学》，1920年2月23日《时事新报·学灯》。

> 太阳虽还在远方,
> 太阳虽还在远方,
> 海水中早听着晨钟在响:
> 丁当,丁当,丁当。

太阳,象征着希望、温暖和光明的太阳,虽还在远方,可报告它即将降临的晨钟已经敲响了,人们浴着刺骨的寒风,可以期待黑暗将要过去,还有比这更令人心焦、更让人激动的时刻吗?

郭沫若主张破坏旧世界之坚决已达到了倾向于暴力革命的程度。在《匪徒颂》里,他向"一切社会革命的匪徒们"三呼"万岁"。在《巨炮之教训》里,正当托尔斯泰宣讲他的不抵抗主义时,列宁打断了他的迂腐说教,在一旁高叫:"为自由而战哟!为人道而战哟!为正义而战哟!至高的理想只在农劳!最终的胜利总在吾曹!同胞!同胞!同胞!"虽然郭沫若这时并不真正了解列宁的思想,但他向"社会革命的匪徒"致礼,否定不抵抗主义,呼吁为自由、人道、正义而战,这种激烈的倾向不仅标志着他的思想居于时代青年的前列,而且也预示了他后来在人生道路上所做的关键选择。

这种彻底否定旧世界的精神,是前无古人的,它是"力的绘画,力的舞蹈,力的音乐,力的诗歌"(《立在地球边上放号》)。《女神》打动无数青年的心,奥秘就在这里。它以这种气势宣泄了青年心中的苦闷,正如闻一多说的:"'五四'后之中国青年,他们的烦恼悲哀真像火一样烧着,潮一样涌着,他们觉得这'冷酷如铁''黑暗如漆''腥秽如血'的宇宙真一秒钟也羁留不得了。他们厌这世界，也厌他们自己。于是急躁者归于自杀，忍耐者力图革新。革新者又觉得意志总敌不住冲动，则抖擞起来，又跌倒下去了。……他们的心里只塞满了叫不出的苦，喊不尽的哀。他们的心快塞破了，忽地一个人用海涛底音调，雷霆底声响替他们全盘唱出来了。这个人便是郭沫若，他所唱的就是《女神》。"闻一多据此断言："若讲新诗，郭沫若与旧诗词相去最远，最要紧的是他的精神完全是时代的精神——20世纪底时代的精神。"20世纪的时代精神，就是"动"的精神，"反抗"的精神。①

与这种摧枯拉朽的气势相辅相成的，是《女神》诗中矗立着的一个巨大的"自我"。这个"自我"顶天立地，甚至昂首天外，能"立在地球边上放号"（《立在地球边上放号》），能"把全宇宙来吞了"（《天狗》）；他威力无边——"天上的太阳也在向我低头"（《金字塔》），变幻无穷——"全身的血液滴出律吕的幽音，同那海涛相和，松涛相和，雪涛相和"（《雪朝》），更不用说凤凰在自焚的余烬里更生了。

这个"自我"突破了一切既成的道德规范，打碎了一切精神枷锁，从心灵深处，迸着血泪喊出了反叛的声音："一切的偶像都在我面前毁破"（《梅花树下醉歌》），"我崇拜炸弹，崇拜悲哀，崇拜破坏；我崇拜偶像破坏者，崇拜我！我又是个偶像破坏者哟！"（《我是个偶像破坏者》），其狂暴、强悍，真如一颗炸弹，震撼了五四诗坛。

---

① 闻一多：《〈女神〉之时代精神》，1923年6月3日《创造周报》第4号。

这个"自我"敢于否定自己,从否定中获得新生:"我剥我的皮,我食我的肉,我吸我的血,我啮我的心肝","我的我要爆了"。(《天狗》)

这个"自我"表达爱情时也挟带着雷霆:

> 我这瘟颈子上的头颅
> 好像那火葬场里的火炉;
> 我的灵魂呀,早已被你烧死了!
> 哦,你是哪儿来的凉风?
> 你在这火葬场中
> 也吹出了一株——春草。(《火葬场》)

这首向恋人表达灵魂获救的感激和喜悦的情诗,为了加强感情色彩的对比居然用了"火葬场"的比喻,似乎非如此不足以传达他内心的激动。天底下这样的情诗能有几首?

这个"自我"的内心世界又是博大的,他爱祖国,爱劳动者,要求正义、人道、自由。他偶尔也发出轻轻的叹息,但那是觉醒者的叹息;偶尔也消沉,那也是觉醒者的消沉。

这是个立志与旧世界彻底决裂,向光明的未来奋进的新人。他在《女神》的诗句里喧嚣着,"从它,发生音调,生出色彩,涌出新鲜的形象","这个我应当用最大号的字来写,最高的声音来歌唱"。[①] "它"就以这种无所顾忌的气概、乐观的信念、博大的

[①] 周扬:《郭沫若和他的〈女神〉》,1941年11月16日延安《解放日报》。

胸怀、率真的灵魂，成了五四青年所向往的理想人格的象征。而且，"它"事实上还标志着鲁迅在20世纪初所呼唤的摩罗诗人出场了，表明"人的解放"达到了崭新的阶段，在这一阶段，不仅实现了思想的解放，而且宣告了情感的解放、心灵的解放、整个人格的解放。换言之，束缚人性的礼法习俗已失去了往日的威严，诗人可以一任自我的情绪冲动，拉开心灵的闸门，抒写胸中自然涌起的激情，哪管它是悲是喜，是苦是甜，是感激是反叛，因而诗情呈现出狂放恣意的姿态。这是真正人的声音。

　　五四是个性解放、自我觉醒的时代。表现自我，歌唱自我，是五四文学的一个基本主题，但是谁也没有像郭沫若那样把"自我"作了如此夸张有力的表现。在这种夸张的背后，隐藏着诗人郭沫若的独特个性。就在创作《凤凰涅槃》的前两天，郭沫若致信宗白华说："我现在很想能如 Phoenix 一般，采集些香木来，把我现有的形骸烧毁了去，唱着哀哀切切挽歌把他烧毁了去，从那冷净了的灰里再生出一个'我'来！"[①]这种渴望新生的真切心愿成了《女神》的情感基调，而它所指明的激烈、奇特的新生方式，植根于诗人冲动性的浪漫个性中，预示着《女神》将会采用一种"男性的音调"来抒写。

　　《女神》的表现自我与讴歌大自然是互为表里的。热爱大自然是浪漫派的本性，郭沫若的特点表现在偏爱大自然雄伟壮丽的一面。《女神》中虽有一些描写春光和新月之类的片段，使人觉得郭沫若并不缺少浪漫的柔情和对冲淡宁静之美的感受力，但他写得

---

① 郭沫若等：《三叶集》，亚东图书馆1920年版，第11页。

最有激情的是巍峨的金字塔、笔立的山头、一望无际的太平洋、金光四射的太阳、到处洋溢着生命欢笑的光海。这都是些大家伙，他要在这些宏伟的景观面前充分体验生命力激扬所带来的强烈快感，体验生命自由的真谛。而在这种忘情的陶醉中，他又把自己的主观激情投入对象，使这些自然风光凸现出壮丽、明朗的色调。这种色调构成了他的浪漫主义风格的重要特点。

郭沫若是一个偏于主观的诗人。他认为"只有在最高潮时候的生命是最够味的"，"像产生《女神》时代的那种火山爆发式的内发情感"才是最可宝贵的。[①] 所以他一开始就坚决主张打破诗的一切外在形式的束缚，让诗情自然流露，以情绪的律吕构成诗的内在节奏。不过，作为一个豪放型的浪漫诗人，他的让诗情自然流露的观点，在绝大多数时候的真正含义是，让诗情在它最高潮时猛烈地喷发。他的创作情形足以提供相关的证据。他后来曾回忆说，在诗情袭来时，"就好像生了热病一样，使我作寒作冷，使我提起笔来战颤着有时候写不成字"[②]。他特别举出写《地球，我的母亲！》的例子，说那时把木屐脱了，赤脚踱来踱去，不时躺在地面上，想真切地与"地球母亲"亲昵，去感受她的拥抱。而《凤凰涅槃》的写作也有类似的情形："上半天在学校的课堂里听讲的时候，突然有诗意袭来，便在抄本上东鳞西爪地写出了那诗的前半。在晚上行将就寝的时候，诗的后半的意趣又袭来了，伏在枕上用着铅笔只是火速的写，全身都有点作寒作冷，连牙关都在打

[①] 郭沫若：《序我的诗》，《沸羹集》，群益出版社1950年版。
[②] 郭沫若：《创造十年》，《沫若文集》第7卷，人民文学出版社1958年版，第59页。

战。就那样把那首奇怪的诗也写了出来。"①他说的是诗人灵感产生时的情形。可以想象,他两天前在致宗白华的信中已经有了集香木自焚以求新生的想法,这以后他一直沉浸在这种激动人心的幻景里,直至课堂上突然爆发了不可遏止的创作冲动。浪漫主义诗人总是在等待这种灵感降临的时刻,他们为此可以采取诸如亲昵地球母亲之类的浪漫姿态。这类姿态的真正意义,就是为了解除一切外在的束缚,使生命呈现自由、奔放、鲜活的原色,让灵魂赤裸裸地显露出来。郭沫若坚持把诗情激发到最高潮,到白热化的时候让它电闪雷鸣般地释放出来,他说这是"尽我一时的冲动,随便地乱跳乱舞",但这是天才的舞蹈,给人的感觉是气势逼人,也使他的诗形如天马行空,一无傍依,真正做到了"绝端的自由,绝端的自主"。

郭沫若高出同时代诗人的地方,是他在这"绝端的自由,绝端的自主"的诗形中贯注了真正的诗情。所以《女神》中有不少诗在形式上是粗粝的、狂放的,有时可以说是单调的,乃至有败笔,称不上精美,但那也是有意味的形式。因为它不仅容纳了它这种形式才能容纳的狂放的暴烈的诗情,而且它就是这种诗情的象征,因而也成了自由、解放的时代精神的象征。五四时期,社会剧变,人的精神世界发生着深刻的变化,传统的偶像都在打倒之列,一切陈规都要破除,多数青年喜欢新奇,他们钟情于粗暴有力的声音、高昂嘹亮的歌声,连披肝沥胆的哀伤抒情也行,就

---

① 郭沫若:《我的作诗经过》,《沫若文集》第11卷,人民文学出版社1962年版,第144页。

是不喜欢"杨柳岸，晓风残月"那种精美然而软绵绵的浅斟低唱。因为在特定的时代，精美意味着束缚和生命力的萎缩。在这样一个大时代，郭沫若的自由诗不仅突破了古典诗词的僵化格律，而且也超越了初期白话新诗的散文化局限，从诗的形式方面充分地表现出自由粗犷的精神，这就使无数青年感到惊异，兴奋不已。茅盾后来说："《女神》里的诗剧和诗，真可以说神思飚举，游心物外，或惊采绝艳，或豪放雄奇，或幽闲澹远。这样的思想内容和艺术风格，在当时未见可与对垒者。"①无人堪与对垒的"艺术风格"，显然也包括形式的突破和创新在内。

　　不过《女神》诗形上的突破是以诗情的超越为基础的，是诗情的性质决定了诗形的特点，两者的统一性在于诗情。这体现了郭沫若的情感一元论的诗学观点。如前所述，这种诗学不是最高明的诗学，它忽视形式的相对独立性事实上也给《女神》带来了负面的影响。因为诗情的缺陷不能单纯凭这诗情本身去克服。郭沫若虽然又有"美化感情"之说，认为真正的好诗必须做到"体相一如"，但这仍不能解决创作中所面临的困惑，因为感情如何美化，体相如何一致，依然是一个超出了诗情本身的问题。但是，郭沫若的贡献在于，他的情感一元论的诗学观中包含着"诗的本职专在抒情"这样的真知灼见②。中国诗歌拥有源远流长的抒情传统，"诗言志"一直是占主导地位的美学思想。新诗初创时期，先驱者为了打破旧诗的格律，强调诗歌应遵循现代语言的自然节律，

---

① 茅盾：《我走过的道路》（上），人民文学出版社1981年版，第201页。
② 郭沫若等：《三叶集》，亚东图书馆1920年版，第46—47页。

"有什么话,说什么话;话怎么说,就怎么说"①,这种侧重于形式解放的理论在突破旧诗藩篱的同时,却也模糊了诗的基本特性。郭沫若提出"诗的本职专在抒情",重新确认了符合诗歌本质的诗的抒情的功能。虽然他的理论还欠完善,但他抓住了关键,方向是对的。这不仅使他自己得益,有了一本诗情横溢的《女神》,而且也有助于纠正新诗初创期只提出形式问题的偏颇,为后来者发展以抒情为核心的新的诗学理论开辟了道路。

《女神》的主旋律高昂、激越、粗暴、狂放,这除了时代和个性的因素以外,显然还与郭沫若受到惠特曼的影响有关。郭沫若最早迷上的外国诗人是泰戈尔。泰戈尔的人道、博爱精神,泛神论思想,以及充满东方气息的温柔清新的抒情调子曾使他感动得泪水涟涟。但五四运动一爆发,鼓荡的时代氛围,燃烧的个人感情,使郭沫若再难安心于泰戈尔的精神世界。由于日本当时流行"惠特曼"热,郭沫若立即迷上了惠特曼。郁达夫在论述包括惠特曼在内的"新浪漫派"的特点时指出,这些人毅然决然有了他们个性的力量,在那里战斗,想征服大地,他认为"这一种表现的倾向,给人生的好处,至少有两三点可以说得出来。第一,人生内在的当为的能力,因而觉醒了。被宿命观压倒了的人类的自由意志,因而解放了。第二,因为主张自己的尊严和自由的结果,对于他人的个性的自由和尊严,也容忍起来了。第三,对于人类生活的见解,因而非常流动了"②。郁达夫对新浪漫派人物的归类和

---

① 胡适:《尝试集·自序》,亚东图书馆1920年版。
② 郁达夫:《文学概说》,《郁达夫全集》第5卷,浙江文艺出版社1992年版,第376页。

论述未必正确，但他的这段话用到惠特曼头上是大致合适的。惠特曼站在民主、正义的立场上，猛烈抨击宗教禁欲主义，讴歌劳动者，赞美大海、森林、城市、工厂、烟囱、船舶。读他的诗，给人以"听军歌军号军鼓时的感觉"①。这种豪放雄浑的浪漫主义风格为郭沫若提供了一种狂放不羁的抒情方式，为他激荡于胸中的炽热感情找到了一个火山喷发口。虽然郭沫若不久又对惠特曼感到不满，说"海涅底诗丽而不雄，惠特曼底诗雄而不丽"②，但这只表明浪漫主义者郭沫若的情绪变化和兴趣转移的迅捷，而《女神》中的一些最重要的作品，代表了《女神》的"男性的音调"的，如《凤凰涅槃》《天狗》《匪徒颂》《晨安》，包括歌颂现代物质文明的《日出》，无疑都是惠特曼影响的产物。

郭沫若认为"诗人底宇宙观以泛神论为最适宜"③。他从西方的歌德、斯宾诺莎，我国的庄子，印度的泰戈尔及《奥义书》里各取一些思想成分，形成了他自己的以"我即是神"为核心的泛神论思想，作为他的浪漫主义诗学的哲学基础。《女神》的浪漫主义风格是与这种泛神论密切联系在一起的。本来，在我国古代丰富的山水诗遗产中，早就存在着基于"天人合一"的思想而对大自然怀有特殊的敏感，乃至可以轻易地进行物我交流的那种传统。郭沫若确立了泛神论宇宙观后，把这一传统建立在一个新的思想基础上，即认为"我"是万物的主宰，从而把传统的物我双向交流变成了单向的由"我"向对象投射我之主观情绪的模式。这一改变符合

---

① 郭沫若：《论节奏》，1926年3月16日《创造月刊》第1卷，第1期。
② 郭沫若等：《三叶集》，亚东图书馆1920年版，第143—144页。
③ 郭沫若等：《三叶集》，亚东图书馆1920年版，第16页。

时代的精神，也体现了郭沫若要求自我扩张的浪漫个性。它的一个积极成果，就是大大拓展了郭沫若的心灵所能涉及的领域。从广袤的天宇到辽阔的大海，从风云雷电到日月星辰，一切自然现象，在他都是有了灵性的能倾听他诉说的生灵，都改变了它们原本外在于心的客观属性，成了他心灵世界的有机部分，成了他个人情感的象征，从而被赋予了强烈的主观色彩，仿佛它们能与他一起在那里怒吼、咆哮、哭泣、欢笑。换言之，泛神论为郭沫若插上了一对自由翱翔于主观与客观世界之间的幻想的翅膀，使他能上穷碧落下黄泉，从大自然的春秋代序、光色变幻中汲取丰富的灵感，发为浪漫的华章。这使他得以一改传统山水诗由强调"天人合一"、物我和谐而来的宁静淡远之美，确立起与五四时代精神相匹配的描写山水风光的新风格，扩大了新诗的表现天地。

　　泛神论对郭沫若的另一个积极影响，是使他的诗具有哲理的内涵。泛神论本是披着神学外衣而反对神学的一种哲学，这无形中引导着郭沫若的想象方向，使哲学的一些基本问题在《女神》中有所反映，比如"一切的一，一的一切"所包含的个别与一般、现象与本质、部分与整体、万汇与本体的关系，凤凰死而复生所暗示的否定之否定的辩证发展观和涉及伦理领域的生死观，"凤歌"对宇宙本源和生命存在的意义的追问等，其中最重要的，无疑是诗人的幻想翅膀得以充分展开的那个"我即是神"的基本哲学命题。对于郭沫若诗的哲理内涵，宗白华早在它们发表的当时就指了出来，在致郭沫若的信中他说："你的凤歌真雄丽，你的诗是以哲理做骨子，所以意味浓深，不像现在许多新诗——读过后便索然无味了。"①这些"哲理"在五四时期颇为新鲜，从而增加了诗的内涵。但现在看来，它们自然已相当平淡了，比如宗白华认为"意味浓深"的凤歌，对宇宙本源和生命存在意义的追问都是浅尝辄止，没有达到堪称"意味浓深"的形而上的层次，也没有产生与这一层次相称的深刻的人生感受。但是，幸亏没有到形而上的层次，否则《女神》的风格必定超出了浪漫主义的范畴。

《女神》以其高亢嘹亮的"男性的音调"，鼓舞了整整一代人，而且影响深远。《女神》之后，郭沫若的诗情开始冷却。随着他从思想上清算了浪漫主义，他的浪漫的个性受到了规范，"像产生《女神》时代的那种火山爆发式的内发情感是没有了"②。因而，《女神》是他的成名之作，也是他新诗创作的一个顶峰。

《女神》是五四时代的一个象征——它在那个时代发出最为灿烂的光彩，但随着岁月的流逝，背景的转移，它自身过于直露、缺乏余味的弱点暴露出来，因而再难在今天的读者中引发当年的那种强烈反响。今天的读者所关心的问题，他们的心智结构、审美趣味已与五四青年迥然有别，而《女神》不是那种历久弥新的艺术品，它不能适应这种变化，它的光荣是跟一个伟大的时代连在一起的。但也正因为如此，它作为中国新诗的源头，泽被后世，在新诗史上是一座巍峨的丰碑。

---

① 郭沫若等：《三叶集》，亚东图书馆1920年版，第25页。
② 郭沫若：《序我的诗》，《沸羹集》，群益出版社1950年版。

"感伤的行旅"：浪漫抒情小说

一

五四浪漫派小说家大多在"感伤的行旅"中留下了深深的足印①。连在新诗中充满反叛精神的郭沫若，他写小说也专去表现幻美的追寻、异乡的情调和怀古的幽思。可以说，感伤几乎成了五四浪漫派小说的文体特点。

作为一种文化现象，浪漫主义中的感伤也是自我意识觉醒的产物。席勒就曾把浪漫主义与"感伤"联系起来，他认为近代诗人由于文明熏陶的结果，他的感觉和思想的一致只能作为一个观念存在着，而这样的观念远远超出了现实的界限。所以近代诗人要实现感觉和思想的统一，就必须"以自己内在的努力使带有缺陷的对象完善起来，并且依靠自己的力量使自己从有限的状态转移到绝对自由的状态"，但是这又势必导致他"对现实生活感到厌恶"。② 歌德也以他青年时代带有感伤色彩的《少年维特之烦恼》奠定了其在文坛的地位。不过，由于中西文化背景的差异，中西浪漫主义小说的主题类型是有所不同的。尽管歌德的《少年维特之烦恼》经郭沫若翻译，在中国青年中引起了强烈反响，可是五四浪漫抒情小说毕竟缺少歌德这部作品所包含的壮烈情怀，它们

---

① 郁达夫有散文题为《感伤的行旅》，这里取其篇名一用。
② 席勒：《论素朴的诗和感伤的诗》，《欧美古典作家论现实主义和浪漫主义》（二），中国社会科学出版社 1981 年版。

更多的是倾诉作者内心的苦闷和矛盾，而且这些苦闷和矛盾带有中国的特点。

在中国，封建礼教长期压抑人的感情和欲望，恋爱婚姻的自由根本无从谈起。五四青年对此感触最深，于是他们首先是从争取婚姻自主和恋爱自由开始反封建的。但正因为如此，他们恰恰在这一问题上最先感受到了理想难以实现的苦闷。五四浪漫抒情小说大量涉及了青年婚恋的题材。这些作品大多以悲剧告终，从一个侧面反映了中国社会转型时期新旧势力的彼此消长和相互搏击的复杂情形。如若进一步分析，这类悲剧又大致可以分为三种类型：

第一种是主人公受旧式婚姻的束缚，挣扎在夹缝中，身心遭受了巨大的创伤。比如，陈翔鹤的《西风吹到枕边》，C先生觉得旧式婚姻是一种"长期的酷刑"，可又不得不同情那个身不由己的女子，颇有郁达夫《茑萝行》的情调。林如稷的《流霰》，主人公内受累于旧式婚姻，外不见容于专制的学校，觉得世途暗昧，心境无宁，追慕起"自沉湘江的屈原"和"狂歌醉没的谪仙"。这些青年不满于旧式婚姻，是由于旧式婚姻成了落伍的象征和他们追求浪漫爱情的心理负担，与他们配偶的个人德性没有多大的关系，所以尽管妻子很贤惠，他们也心有不甘。可真要离婚，他们又必须面对这些善良无辜的弱女子离婚后的黯淡前景，这不能不招致家庭的、社会的严厉责难，不能不使他们背上沉重的良心的十字架，所以实际上他们又不可能轻举妄动。大多数的情形是，他们家里留着原配，外面追寻情人，而这种婚姻与爱情两相分离、相互矛盾的状况又转化为他们内心的激烈的情理冲突，使他们加倍地经受了精神的痛苦，更有甚者心理变态。可以说，这是时代的苦闷，是旧时代遗留下来的孽债，是新时代诞生时不可避免的阵痛。

第二种是受门第观念的限制，造成有情人难成眷属。叶灵凤的《浪淘沙》写的就是这样的悲剧：文艺青年陈西琼与表姊淑华相爱，但淑华的母亲为了门第和声誉，淑华的哥哥为了权势和金钱，棒打鸳鸯，替淑华另择高门，陈西琼只得"到没有幸福的地方去"，了却残生。倪贻德的《花影》情调委婉得多，但主题与此相同：一对青梅竹马的情人，由于当母亲的为女儿择定了家财丰厚的婆家，他们无法抗拒命运，只能忍泪吞声，心系远人。

第三种是受社会舆论的牵制，主人公孤掌难鸣，徒增伤悲。倪贻德的《玄武湖之秋》写"我"与三个女学生在玄武湖荡舟作画，相互体贴关怀，脉脉含情，他们的行止不过比较浪漫罢了，但这一不失纯洁的举动在风气尚未开化的地方招来了众人的嫉妒与嘲骂，"我"走投无路，感叹道："境遇的困苦，生世的孤零，社会的仇视，便把我这美好的青春时代，完全沦落在愁云惨雾的里面。"

上述种种，从不同侧面折射出青年一代对爱情的渴求和封建势力及其观念对这种追求的束缚。这比之歌德笔下的维特主要碍于友情和荣誉而使爱情归于无望的那种悲剧，无疑更能见出中国的特点。但是，时代毕竟发生了变化，五四浪漫派作家也开始津津有味地抒写内心对幻美的追寻，从而透露了封建势力和封建观念正在走向瓦解的历史趋势。郭沫若的《喀尔美罗姑娘》，写一个留学日本的中国青年因偶然的机缘与街头卖糖饼的日本姑娘相识，从此陷入了单相思。他尊重妻子，情感上却摆脱不了那个美丽的影子。为了与她见上一面，几乎荒废了学业和职务。可直至那姑娘成为富商的外室，他还不敢向对方表白自己的心思。这种浪漫谛克的单相思很能说明五四青年追求爱情的大胆勇敢，而主人公性格中畏缩的一面又显示了中国学生在日本受到民族歧视时的那种心理负担。滕固的《石像的复活》也写单恋之情，所不同的是主人公原先潜心研究宗教，似乎早已忘了尘缘。"牧师的女儿老是喝白开水，到头来总会成为一个酒鬼"，在参加美术展览会后，他突然厌弃了宗教，发疯似的寻找心中单恋的情人。直至最后看见橱窗里的蜡像酷似情人，破窗而入，被警察扭送疯人院。这个悲剧故事显示了人性在美的感化下从宗教的压抑中解放出来的艰难的心路历程。但"美"毕竟战胜了"理"，这一人性解放的主题是富有时代色彩的。

五四时期，一方面是现代意识开始在青年中流传，另一方面是封建观念在社会上依然根深蒂固，所以五四浪漫主义者常由爱入"性"，大胆展现性的苦闷，以这种极端的方式向封建观念挑战。这类作品有一些写得出色，具有时代意义，但也有一些存在较多的问题。如郁达夫的《沉沦》在性苦闷的描写中寄寓了希望祖国快快强大起来的爱国主义主题，可到了他后来的《秋柳》《寒宵》《街灯》，主人公越来越频繁地出入秦楼楚馆，与风尘女子相恋相悦，把那一点颓废的姿态无节制地放大了。虽然这反映了他20年代中期心境的焦躁和对现实的失望，但这毕竟不是艺术的正道，连他自己也承认在描写上是失败了。[1]

五四作家无论是写恋爱悲剧还是表现性的苦闷，所根据的都是现代人的性爱观念，那就是追求灵肉一致的爱情。主人公的苦闷起因于灵肉的分离，他们所追求的就是使两者得以统一。但片面性也是存在的：由于封建观念是妨碍个性解放的主要因素，所以作者的同情很自然地在要求自由解放者的一边，有时失去了分寸就难免模糊了情与性的界限。张资平的"△"小说姑且不论，叶灵凤的一些作品某种程度上也存在这种毛病。如《女娲氏之遗孽》，有夫之妇惠与一个青年学生偷情三年，被人察觉后忍辱负重，一病不起，绝望中她曾想为保全小情人的面子去死。这种牺牲精神表明她的爱情观是现代人的，但又是苍白病态的。作者对她的同情只能说是一种带有时代特点的激进态度。

五四浪漫小说所表现的另一大主题是"生"的苦闷，这主要与社会不公、金钱支配人的命运、知识分子生计维艰等问题连在一起。王以仁的《孤雁》以书信体的形式告白"我"漂泊无定，挨饿受冻的人生景况：住旅馆付不起食宿费，只能窘极而逃；从城里逃到家乡，也难逃世人白眼，终至精神崩溃，一病不起。作者痛切地感到"金钱制度是万恶的根源"，因而不无悲愤地宣称"以后有点机会，我定要把全世界的银行炸得粉碎"。陈翔鹤的《茫然》写C先生在穷厄中"看不出前途，更望不着归路"，迷惘悲伤之情充塞于心中。叶鼎洛的中篇《前梦》，写主人公毕业即是失业，备受

---

[1] 郁达夫：《我承认是"失败了"》，《郁达夫全集》第5卷，浙江文艺出版社1992年版。

嘲弄，流落街头，最后动了自杀的念头。这些小说都是写人生的艰难，是对社会黑暗、世道不公的悲愤抗议。

写"生"的苦闷，引人注目的是庐隐。庐隐从小缺乏温暖，童年的厄运给她留下的是一颗"残破的心"和易感多愁的性格，成年以后，又四处漂泊。她的创作从问题小说入手，很快转向以抒写内心感受的方式来叩问"人生究竟"。她所看到的人生大都像演戏一般，名利的代价只是"愁苦劳碌"，神圣的爱情到头来靠不住，人们都戴着假面具互相猜忌倾轧。《海滨故人》是她的代表作，主人公露莎和一群女友对生活充满憧憬，而冷酷的现实把她们的理想撞得粉碎，不仅事业成了泡影，而且爱情在结婚后也变了味。个人与社会、理想与现实、感情与理智的矛盾纠缠在一起，使这些人不堪重负。几千年来女性深受纲常名教的压迫，连表达苦闷的权利也没有。庐隐冲破封建观念的藩篱，以一个女流之辈大胆宣布女性对社会、对人生、对自我的思考，表达了女性在婚姻恋爱问题上要求拥有与男子平等权利的愿望，这从一个侧面反映出社会的深刻变化，象征着一个新时代已经到来。

但是不能忽视这样一个事实：五四浪漫主义作家大多数固然经济穷困，可是他们在小说里哭穷叹苦，动辄寻死觅活，这更主要的还是一种刻意追求的浪漫姿态，不能说没有一点古代名士的放浪形骸的作风在内。尤其是郁达夫，越"穷"心中越烦躁，越烦躁越要去买一个醉饱："横竖是不够的，节省这几个钱，有什么意思，还是吃吧！"于是左脚下的一张钞票变成了一顿西餐，右脚下的一张钞票也因为要了啤酒、汽水而被茶房撕去一半。(《还乡记》)他的小说里常写到这类自暴自弃的念头，真正的原因与其说是穷，还不如说是因为发现了自我的价值，对读了多年书还得受资本家的奴役盘剥这种人生际遇愤愤不平，要借此向这不公正的社会表达他心中的强烈不满。郁达夫说："碰壁，碰壁，再碰壁，刚从流放地点遇赦回来的一位旅客，却永远地踏入了一个并无铁窗的故国囚牢。"①这既道出了他刚从日本回国时的失望心情，也颇能代表一般浪漫主义者的真实心态，即主观上恃才傲物，可现实逼得他们处处低头，由此形成的内心郁积也就只有借直抒胸臆的浪漫小说来宣泄。

但同样是写"生"的苦闷，五四浪漫主义者各人的风格又是大有差异的，这反映了他们不同的创作个性、文化修养和审美趣味。陶晶孙学医出身，有很好的音乐造诣，他的小说有较多的音乐成分，如语言的节奏鲜明，结构上采用标题音乐的章法，他的日语比汉语好，这在一定程度上又助成了他的寓巧于拙的语言风格。《音乐会小曲》是他早期的代表作，小说分三节，各以"春""秋""冬"命名。"春"是伤感的：担任乐队演奏的"他"，在音乐会上发现听众中有一位姑娘与他的女友非常相像。女友对他一往情深，三年前在东京大地震中遇难了。他急切地想与这位姑娘谈一谈，跟着她来到咖啡馆，一诉心中的落寞惆怅。"秋"是萧瑟的："他"收到一张不知来历的音乐会门票，正好与从前认识的音乐家 A 女士联座。送门票的是他从前的情人，为的是要看看他现在的光景。但她陪着丈夫远远地看到"他"正在与 A 女士热情交

---

① 郁达夫：《忏余独白》，《郁达夫全集》第 5 卷，浙江文艺出版社 1992 年版，第 543 页。

谈，便嫉从中来，拂袖而去。临了，"他"还不知送门票的究竟是谁。"冬"是尴尬的："他"把爱情看作诗，误以为身边同行的女学生对自己有意，可是女学生的热情原来全是冲着要他代为转递情书的，这不免使他怅然若失。陶晶孙笔下的主人公一般就像这位"他"，浪漫而温文尔雅，擅长在女学生和舞女中周旋，可又不流于轻薄，常在浪漫谛克的际遇中让人觉得有淡淡的哀愁在心头。

倪贻德则有所不同，他的特点是在感伤抒情中流露出古典的趣味。《江边》写一个学美术的青年由于生活窘迫、环境平庸，感到悲从中来，想去凭吊屈原遗迹。《下弦月》里贫寒的画家在夏夜幻想着初恋时的女友用血汗换来工钱为他置办蚊帐。《寒士》中的艺术青年在穷困和寂寞中梦见故乡的情人有信来嘘寒问暖。倪贻德的小说里主要就是这类寒士的形象。他们薄命多才，追求的是典雅温馨的情调。倪贻德明确地说："晴湖不如雨湖，昼湖不如夜湖，这两句话确含有几分真理。美术家常常说，模糊比清晰更美，雨湖夜湖之所以美者，大约也是因为模糊的缘故吧。"[1]又说："在我个人理想中的绘画，是应当在一种梦里的境，如真而若幻，如幻而又若真，是一种恍惚的，憧憬的，朦胧的东西，我们看到了这张画，要如同听到一个提琴名手在那里幽诉阳春的哀调一样。"[2]这些话切中他的小说那种哀而不怒、怨而不伤的风格，从中颇能窥见他美术上的修养和衰败的大家庭出身的背景。

陶晶孙、倪贻德是浪漫抒情小说家中风格较为温和的两位，

---

[1] 倪贻德：《道村通信》，《东海之滨》，上海光华书局1925年版。
[2] 倪贻德：《看了万国美术展览会之后的感想》，《艺术漫谈》，上海光华书局1928年版。

而滕固却显示了感伤抒情向怪诞的一面发展。《石像的复活》，这篇名就有些怪诞。《壁画》《葬礼》则更甚，前者是一个赴日本学美术的青年不满于旧式婚姻，先后单恋上业师的女儿和模特姑娘，可她们都看不上他，这使他的性格更趋于怪僻。一次狂饮之后，他用呕出的血在壁上昏乱地涂了幅画：一个女子站在一个僵卧者的腹上跳舞，这是他一生中唯一完成的生命之作。《葬礼》则写了一个大学教员在贫病交加之中，用书籍摆成一个死人模样，外加两大包女人的情书折成纸锭，举火自焚。作者对社会的控诉是严厉的，但他显然吸收了现代派的因素，这跟他受唯美派的影响是有关系的。滕固著有《唯美派的文学》一书，他认为唯美运动是浪漫运动"惊异之再生"。这表明他在创作上自觉借鉴了唯美主义大师王尔德等人的表现技巧，采用了"妖魔式的夸张"的手法。

在五四浪漫抒情小说家中，影响最大的无疑是郁达夫，这是因为郁达夫把当时年轻人最为关心的人生两大问题，即爱情和金钱，以惊世骇俗的方式在小说里提了出来。沈从文这样评论道："郁达夫在他作品中，提出的是当前一个重要问题。'名誉、金钱、女人取联盟样子，攻击我这零落孤独的人……'这一句话把年青人心说软了。"因而，"郁达夫，这个名字在《创造周报》上出现，不久以后，成为一切年青人最熟习的名字了。人人都觉得郁达夫是个值得同情的人，是个朋友，因为人人皆可从他作品中发现自己的模样"。① 这表明，郁达夫的名声源于他的才气，但更主

---

① 沈从文：《论中国创作小说》，《沈从文文集》第11卷，花城出版社1984年版，第172页。

要的是因为他以自我表现的方式抒发了时代的苦闷,喊出了一代青年的共同心声。

五四浪漫抒情小说的感伤色彩虽由多种因素所致(其中包括世纪末思潮、俄罗斯文学的"多余人"形象、西方和日本的唯美主义等外国文学思潮的影响),但郁达夫等浪漫主义先驱所起的作用不可低估,尤其是一些新进作家和创造社外的文艺青年,他们都不同程度地受到了郁达夫等人的直接影响。王以仁完全是学郁达夫的,且不说他怀才不遇的感伤情怀和剖白内心的手法与郁达夫小说有直接的渊源关系,就连表现主人公落魄命运和颓放作风的某些细节也与郁达夫惊人一致。郁达夫《还乡记》有这样一段:"被他催迫不过,我就提起笔来写了一个假名,填上异乡人三字,在职业栏下写了一个无字,不知不觉我的眼泪竟濮嗒濮嗒的滴了两滴在那张纸上。茶房也看得奇怪,向纸上看了一看,又问我说:'先生府上是哪里,请你写上了吧。职业也要写的。'我没有方法,就把异乡人三个字圈了,写上了'朝鲜'两字,在职业下也圈了一圈,填了'浮浪'两字进去,茶房出去之后,我就关了房门,倒在床上尽情的暗泣起来了。"过了八个月,王以仁发表《流浪》,写到了住旅馆时的类似境遇:"我虽然在上面写了一个假姓名和籍贯,当他们要我在那张表上填写着我的职业和来杭的目的时,我真是目瞪口呆住了。径三!我想在职业的下面填上了失业,在来杭目的之下填上刨饭两字,但是我的手无论如何也不肯写下去的。经了茶房的再三催促,我终忍泪写上了流浪的名目;

在名士眼中看来，或者以为我的职业和目的都是含有丰富的诗趣的。"①很明显，除了郁达夫的语言比王以仁的更流畅、情感更为浪漫外，这两段文字的相似是一目了然的。难怪王以仁自称是郁达夫的崇拜者，说他对郁达夫的小说有"嗜痂之病"②。在浅草社、沉钟社的成员中长期致力于小说创作的是陈翔鹤，他也说过在创造社和郁达夫的作品中，"可以听见那青春热情，和对旧社会旧制度的反抗，以及自我觉醒后的苦恼烦闷的叫号"，他认为许多青年"在郁郭诸人影响下，各各叫出了自己对旧社会、旧家庭、旧婚姻、旧学校种种不同的愤懑的反抗的呼声。从他们的'形式'上，似乎很脆弱的、退让的，而其实其本质是硬朗的，积极的"。③ 绿波社的赵景深也表示："我常因别人的作品引起我写小说的灵感"，"我在看过郭沫若的《橄榄》以后，便接连的写了《漂泊》部分四个连续而又可独立的短篇"。④ 总的看，郁达夫及前期创造社成员在抒写感伤情绪的方面对新进作家的影响是基于共同的时代氛围，这又具体地表现在两个方面，一是内容上围绕"爱情"与"金钱"两大问题而产生的种种烦闷、反抗乃至自暴自弃、放浪形骸的姿态；二是写法上的"自我表现"乃至"自我暴露"。中国传统小说历来看重故事情节，郁达夫受西方小说的影

---

① 郁达夫的《还乡记》原载于1923年7月23日至8月2日《中华新报·创造日》，后收入《达夫散文集》，浙江文艺出版社1992年版的《郁达夫全集》把它编入《小说集》第1卷。王以仁的《流浪》写于1924年3月12日。
② 王以仁：《我的供状——致不识面的友人的一封信》，载1926年2月10日《文学周报》第212期，收入《孤雁》为"代序"。
③ 陈翔鹤：《郁达夫回忆琐记》，1947年《文艺春秋副刊》第1卷，第1期。
④ 赵景深：《栀子花球·序》，上海北新书局1928年版。

响最初写出《沉沦》时，还有友人怀疑这是否可以叫作小说。待到《沉沦》一炮打响，引起许多青年的强烈共鸣，一种浪漫抒情小说的文体也就随之被接受了，而这又反过来进一步推动了感伤抒情的浪漫小说的发展，使之成为五四文坛的一道独特风景线。

二

五四浪漫小说的感伤情调与"零余人"的形象大有关系。许多作品的主人公以零余人自居，如叶鼎洛自叙传小说的主人公自叹是"最弱最弱的弱者"，林如稷《流霰》的主人公称自己是"一只迷途的鸟"，陈翔鹤《不安定的灵魂》的主人公说："我只觉得我这条生命是多余着!"倪贻德则直接告诉读者，他是"一个一无可取的世界上所无用的人"[①]。写"零余人"最为著名的，当然是郁达夫。郁达夫小说的主人公自称是"零余者""畸零人""庸奴"，很明显地传达出一种共同的时代病，然而从渊源上说，又不能不看到这是他受到了俄罗斯文学中"多余人"形象的重大影响的缘故。

谈起郁达夫与俄罗斯文学的影响关系，人们首先会想到屠格涅夫。因为屠格涅夫是俄罗斯作家中写"多余人"形象最有成就的一位，郁达夫自己又特别强调在他与西方文学极为广泛的联系中，屠格涅夫的影响占着举足轻重的位置。他说过，他从屠格涅夫的《初恋》和《春潮》开始阅读西洋文学，此后还多次写文章论及屠格涅夫及其作品，1928年又翻译屠格涅夫的论文《〈哈姆雷特〉和〈堂吉诃德〉》，并写传记两篇。在他所有谈及屠格涅夫的文字

[①] 倪贻德：《玄武湖之秋·致读者诸君》，上海泰东图书局1924年版。

中，下面这一段话尤其值得注意："在许许多多古今大小的外国作家里面，我觉得最可爱、最熟悉，同他的作品交往得最久而不会生厌的，便是屠格涅夫。这在我也许是和人不同的一种特别的偏嗜，因为我的开始读小说，开始想写小说，受的完全是这一位相貌柔和，眼睛有点忧郁，绕腮胡子长得满满的北国巨人的影响。"①

研究屠格涅夫对郁达夫的影响，有助于弄清楚中国五四文学中"零余人"形象的一个重要来源。但一般考察两者的关系，往往只注意他们笔下"多余人"系列形象的相似性。屠格涅夫写过不同类型的多余人性格，与郁达夫的多余人相似的是那些善良温和而又自卑怯弱的人生失意者。我们尽可以从两个作家所写人物个性和命运的相似中去揣摩他们的影响关系，但更为重要的是确切把握这种影响产生的途径和实质。古今中外优秀之作，由于深刻地反映了各自时代和民族生活的某些本质方面，不自觉地采用了某些相似的手法，甚至表现出近似的风格，使人们有可能进行类比，但这未必意味着彼此有直接的影响关系。而且从本质上说，屠格涅夫和郁达夫所塑造的多余人形象其实也是颇不相同的。大致而言，屠格涅夫概括的是19世纪中叶俄罗斯贵族先进知识分子的特点，他们大多有进步的思想、敏感的头脑，其可悲之处在于需要他们行动的时候他们却习惯于主观反省，白白地错失了良机。郁达夫写的是20世纪初中国平民知识

---

① 郁达夫：《屠格涅夫的〈罗亭〉问世以前》，《郁达夫全集》第6卷，浙江文艺出版社1992年版，第96页。

分子,同是觉醒的一群,但他们身受异族歧视,心存时代苦闷,个性更为卑微。屠格涅夫的多余人,大多能在爱情与义务相矛盾时,因卑怯或善良而倾向于自我克制;而郁达夫的多余人则具有更为强烈的个性意识,几乎完全摆脱了传统道德的束缚,热烈地追求着理想和爱情,虽然他们同样受到环境压迫,悲叹着自己的不幸。无须再举例子,可以肯定,这两个作家写的各是自己时代和民族的多余人。因此,我们考察屠格涅夫对郁达夫的影响,不能仅凭多余人的血统而简单地通过类比得出结论,而应该深入到作家的创作过程中去,到他们的创造性思维活动中去寻找内在影响关系。

从创作心理过程的角度看,屠格涅夫对郁达夫的影响首要之点是一种情感上的触动以及由此而产生的如何认识自我的思想启迪。

屠格涅夫塑造的多余人,性格各不相同,但有一个共同点,就是性格的贫血和在生活中显得"多余"的命运。比如罗亭以惊人的辩才、深刻的思想和潇洒的风度打动了娜塔莉娅的心,可是当姑娘因母亲反对勇敢地跑来找他商量对策时,他却怯懦地表示:"当然是服从!"罗亭不会毫无考虑就行动,可在碰到第一个障碍时,他就完全垮了,一事无成便是他的命运。这些多余人尽管善良,也不乏才智,可他们缺乏行动力量,在生活急流中被冲得晕头转向。对于这些人的不幸遭遇,屠格涅夫满怀同情,但他也巧妙而尖锐地批评了他们严重的性格弱点。屠格涅夫以出色的才能通过这些人爱情和事业上的破产表现了他们在社会上的软弱地位,实际上宣告了一个真理:贵族阶级中的先进代表人物无力推动历史前进，也无力解决重要的社会问题，他们注定要被历史淘汰。

　　一个作家受外来影响，总是基于自身的条件。情感纤敏、富有诗人气质的郁达夫，显然没有也不可能采取屠格涅夫式的批判态度，他还缺乏相应的理性力量。他更多的是从自身受人歧视、聊无寄托的感受出发，同情屠氏笔下多余人零余无用的遭遇，并由同情他者发展为对自我的怜悯。他的散文《零余者》叙述的便是这种联想的情形，"我在城郊漫步，忽然感觉得天寒岁暮，好像一个人漂泊在俄国的乡下"——俄国的乡下不是罗亭们的故乡？正是在这种类似俄国乡下的环境中——"我的脑里忽而起了一个霹雳"，那些毫无系统的思想都集中在一个中心点上，即"我是一个真正的零余者！""生在这里，世界和世界上的人类，也不能受一点益处；反之，我死了，世界和社会也没有一点损害。"很显然，这是基于相似命运而产生的情感触动，由情感触动所导致的一种思想启迪，一种对于自己的多余人身份的恍然大悟——如果以前郁达夫只是朦胧地感到苦闷，那么现在他才明确知道了："我是一个真正的零余者！"

　　创作中，作家对自我的"恍然大悟"是至关重要的。它会像一道闪光，刹那间照亮自我本来朦胧的内心世界，使他明了自己，从而能自觉地调动起全部的生活积累和艺术经验把他所自觉意识到的情绪意向或者人生感观表达出来。所谓作家找到了"自我"，发现了"自我"，大致就是这种情形。不难理解，对于诗人气质极浓的郁达夫来说，恍然意识到自己的"零余者"的身份，无异于给一缸混浊的水下了一大剂明矾，使他从小就有的然而原本处于朦胧状态的忧郁情绪朝"多余人"这个明确的中心凝聚,因凝聚而加强了情绪的能量;那也等于给他的创作暗示了一个主题和一种宣泄内心情感的方式,使他得以从自我的忧郁情绪出发,描绘、甚至夸饰多余人的种种病态心理,写出一篇篇充满感伤情调的作品。郁达夫的多余人,无论是"质夫""文朴""伊人",还是"我"或"他",其思想和感情都是中国人的,不是屠格涅夫的翻版,但启发他以多余人的眼光审视自己,让自己的情绪向多余人这个情感中心涌动,由此进入创作过程的则确是屠格涅夫。而且在耳染目濡中,他也难免受了屠氏笔下多余人的消沉意气的感染,正如他自己所说的:"在高等学校的神经病时代,说不定因为读俄国小说过多,经受了一点坏的影响。"[1]从这样的角度看,屠格涅夫对郁达夫的影响就具有深层次的总体性的意义:他唤醒了郁达夫的忧郁诗情和文学创作的才能,影响着郁达夫创作过程中情感活动的方式,因而规定了郁达夫创作的始发方向和情感基调。郁达夫真诚地奉屠格涅夫为自己走上文学道路的宗师,原因大概就在这里。

毫无疑问,引起感情共鸣,性格是一个重要的因素,但最根本的原因还是中国社会和俄国社会的相似性,以及由此造成的两国知识分子的命运的类似。俄罗斯农奴制趋向崩溃时的黑暗现实,使受过良好教育的罗亭们首先醒悟过来,而贵族生活并没有培养他们的意志,结果他们被抛出了生活常轨,陷于思想和行动

---

[1] 郁达夫:《五六年来创作生活的回顾》,《郁达夫全集》第 5 卷,浙江文艺出版社 1992 年版,第 338—339 页。

的尖锐矛盾中。五四时期的中国，同样面临着历史性巨变，新的社会力量在日渐壮大，但保守的传统势力仍很顽固。郁达夫从西方思想库中获取了个性主义的武器，碰到的却是社会黑暗和守旧势力的围攻："恶人的世界塞尽了我的去路，有名的伟人、有钱的富商和美貌的女郎，结了三角同盟，摈我斥我，使我不得不在空想的楼阁里寄托我的残生。"[1]这里，性格因素和特定的社会条件互相作用，规范了郁达夫的人生态度和感情倾向，使他在罗亭们身上照出了自己的影子，体验到了自己的悲哀。

既是总体性的影响，就势必会在创作的其他方面体现出来。其中，首先是刻画人物的方法。要写出多余人复杂的内心世界，关键自然在心理描写。屠格涅夫和郁达夫的心理描写各有千秋，但由于他们面临着相似的表现对象，所用的手法仍能让人悟出某种内在的联系。屠格涅夫善于写人物的孤独内省，如描写青年的热恋，他喜欢让小伙子在一个明月之夜只身来到花园或河边扪心自问："我爱上她了吗？"这时周围的景色是神秘缥缈的，似乎小草在细语，微风在低吟，大自然的生命气息激发着人的感情，在这样的氛围里，他终于肯定："我爱上了她。"于是一幕悲剧拉开了序幕。这样的写法，好处在于能充分展示多余人性格的犹豫多疑。屠格涅夫小说的精彩之处，也往往是在这类描写主人公在富有诗意的环境中内心自省的部分。这种方法，在郁达夫手里显然贯彻到了绝大多数作品中。他写的几乎全是主人公内心的自省，

---

[1] 郁达夫：《〈茑萝集〉自序》，《郁达夫全集》第5卷，浙江文艺出版社1992年版，第75页。

外部事件只有作为引起主人公情感活动的刺激源时才具有意义。因此，郁达夫小说的一个显著特点便是情节淡化，支撑作品结构的基本上是主人公流动的情感和思绪。

但是，屠格涅夫也善于通过外部冲突来表现主人公内心情绪和意向之间错综复杂的矛盾，借以暴露多余人意志的软弱。他出色地把人物的外部选择转化为内在的冲突，写出主人公为他们的个性所拖累，越是反抗某种情势，越是朝这种情势加速前进，明知前面再跨一步便是悬崖，却身不由己地往深渊跳。而就在这纵身一跳之间，情节发展过程中积累起来的张力刹那间释放出来，化为惊心动魄的艺术光彩。类似的手法，我们也可在郁达夫的小说里看到，比如《沉沦》着意表现主人公清醒的理智和卑微的情感之间的冲突：他凭理智谴责自己的无耻、堕落，可情感又拖着他向最不愿去的方向滑去，最后在酒家妓院买醉求笑，毁掉了自己纯洁的情操。此外，《茑萝行》里"我"对妻子不能爱然而不得不爱，《茫茫夜》《秋柳》中的质夫沉溺于酒色而不能自拔等，写的都是多余人内心的情理冲突和他们的悲剧性格的破产，从中都可看出郁达夫对于屠格涅夫组织错综复杂心理矛盾的手法的独到运用。

若从作品风格的角度看，屠格涅夫和郁达夫是颇为不同的。屠格涅夫是讲故事的能手，郁达夫喜欢写自我的忧郁；屠格涅夫刻画多余人时，擅长于让他们进行自我分析，作品有较强的理性色彩，郁达夫则一泻无余地抒写主人公的内心哀怨，情味很浓；屠格涅夫力求概括整整一代多余人的性格和命运，郁达夫则只在悲叹自我的不幸。一句话，屠格涅夫重在模仿生活，郁达夫则偏于表现主观,但这绝非说他们风格上毫无相通之处。决定风格的因素非常复杂,其中题材的特点和作者处理题材时的态度对风格的形成有着不可低估的影响。赫拉普钦科说:"创作对象本身的性质,那些成为作家作品的推动因素的矛盾冲突的独特性,同艺术家对待周围世界的态度一起,在风格形成中起着重要的作用。"①既然屠格涅夫和郁达夫都写多余人的题材,而且都倾向于通过心理冲突表现他们性格的破产,那么他们的风格也必定会在某个侧面相重合,这个侧面就是他们风格的抒情性。屠格涅夫是一个现实主义作家,但他的现实主义跟果戈理的冷峻和契诃夫的简练有明显区别,而比较接近普希金和莱蒙托夫的抒情风格。特别是他的中篇和短篇,如《三次相遇》《阿霞》《春潮》《初恋》等,写男女青年的爱情故事,充满了忧郁的情调。可以说,这种柔和的抒情风格正是使郁达夫产生兴味的重要因素,并使他在喜爱中受到感染,进而影响到自己的审美追求和抒情风格的形成。

当然,郁达夫对屠格涅夫风格的理解很大程度上带有主观性,多了点感伤诗人的夸张,而缺少学者式的冷静。他曾这样评论屠格涅夫的早期小说:"因离别(引者按:指与费雅度夫人的分别)而产生的那一种无可奈何之情,因贫困而来的那一种忧郁哀伤之感,更因孤独而起的那一种离奇幻妙之思,竟把屠格涅夫炼

---

① 米·赫拉普钦科:《作家的创作个性和文学的发展》,上海人民出版社1977年版,第122页。

成了一个深切哀伤、幽婉美妙的大诗人。"①如果把"深切哀伤、幽婉美妙"的评语移用到屠格涅夫1860年以后的作品上，也许更妥帖些，但重要的是这向我们提示了郁达夫自己偏于"深切哀伤"的情感倾向和赏识"幽婉美妙"的审美态度。郁达夫曾译过屠格涅夫《零余者日记》中的诗："柔心，问我柔心，为什么忧愁似海深？如此牵怀，何物最关情？即使身流异域，却是江山绚美好居停——柔心，问我柔心，——此处复何云？"②这与其说是翻译，还不如说是充分体现了他的出众才情和忧郁心怀的再创作。这些都表明，郁达夫不太重视屠格涅夫小说描写的客观性，而格外偏爱他的抒情性；不去体味屠格涅夫对俄罗斯前途的乐观信念，而特别强调他因去国怀乡和个人生活的不如意而产生的悲哀之感。不用说，这种偏爱与郁达夫的气质和他所处的环境密切相关。郁达夫敏感纤弱，生活在动乱的时代，又受到世纪末思潮的影响，因而容易对屠格涅夫作品的哀怨情调产生共鸣。但也正因为有所偏爱，他才能既有所感染，又自成一家。结果他的忧郁发展为哀痛，而屠格涅夫的不少中篇是在暮年时节对于往昔的回忆，能以从容宽徐的笔调写出惆怅若失的心情，他因此可以像普希金那样自信地说："我的悲哀是明媚的。"

抒情格调的相近，还能说明另一个涉及创作过程的重要问题，即意味着两位作家采用了大致相似的酝酿诗情的办法。1851年屠格涅夫写成中篇《三次相遇》，作品没有正面展开故事情节，

---

① 郁达夫：《屠格涅夫的〈罗亭〉问世以前》，《郁达夫全集》第6卷，浙江文艺出版社1992年版，第102页。
② 郁达夫：《水明楼日记》，《郁达夫全集》第12卷，浙江文艺出版社1992年版。

只是截取"我"与一个年轻漂亮的贵族女子三次偶然相遇时的情形,用虚笔暗示了一个悲剧,以此揭露上流社会司空见惯的道德沦丧,而它的成功则主要在于借助极为巧妙的构思渲染了一种扑朔迷离的氛围和忧郁动人的诗情。涅克拉索夫读后深为感动,特意写信要屠格涅夫继续并深化这种抒情中篇的写法,建议他再把这部作品看一遍,重温"自己的青年时代,自己的爱情,以及那飘忽不定、如醉如痴的青春激情和那没有烦恼的愁闷",写出与这种情绪相吻合的作品来。他感叹说:"你自己不知道,只要能用爱情、痛苦和任何一种理想去拨动那根同你那颗心儿一样跳动着的心弦,它就会发出怎样的声音啊……"屠格涅夫采纳了这一宝贵的建议,写出了同样充满诗情美的中篇《阿霞》。用不着再分析《阿霞》和格调类似的《初恋》《春潮》《烟》等,已经可以发现,屠格涅夫的诀窍就在于他善于"用爱情、痛苦和任何一种理想"去拨动那根敏感的心弦,酝酿出忧伤而甜蜜的诗情。一般地说,文艺创作都伴随着作家的情感活动,但情感的性质、强度和介入创作过程的方式,每个作家都有自己的特点。郁达夫酝酿创作激情的方法以及它介入创作过程的方式,看来与屠格涅夫颇为相似。他总是喜欢回味自己的可怜情状,让自己沉入最忧郁、最卑微的心态,甚至用幻想的痛苦折磨自己,然后直接记录心灵的每一次颤动。郁达夫没有特别点明这方法取自屠格涅夫,但是对这两个作家来说,既然屠格涅夫在总体上和其他重要方面对郁达夫的创作有着深刻影响,而且郁达夫对屠氏的诗情来源心领神会,那么他为了完成自己的抒情风格而采取的类似方法中存在着屠氏的影响是不可否认的。因为艺术创作是一个复杂的心理过程,作家间的相互影响是微妙的，往往由某一点启示就会导致其他方面的领悟，有时甚至在不知不觉中使你受到感染，影响到你的风格形成。

屠格涅夫和郁达夫都是描写大自然的高手，大自然的美在他们的抒情风格中占有极为重要的位置，而且总是跟多余人的心境连在一起。可以设想，如果没有这些优美的写景文字，他们作品里的感伤情调就会缺乏诗意的美。对自然美的永不消逝的敏感和表现自然美的高超手法，正是屠格涅夫和郁达夫影响关系的另一个不容忽视的重要方面。当然，喜欢大自然是郁达夫从小就有的一种天性。还在读小学时，他就爱上江边置身于绿树浓荫中，眺望江中的白帆和隔江的烟树青山，做"大半日白日之梦"[①]。而情景交融的写法也是中国古代山水诗的传统，古典文学修养很好的郁达夫深受其影响。不过，这些方面最终并不妨碍他自觉地向外国文学，尤其是向屠格涅夫学习欣赏自然的态度和表现自然美的技巧。

屠格涅夫对于大自然的生命、大自然中的丰富多彩的美具有一种令人惊叹的敏感。他非常善于分辨最细微的差异，在和谐的画面中，表现出极难捉摸的细节。这种描写的才能，苏联学者早有定评："屠格涅夫继承了普希金的那种善于从普通现象的事实中抽出诗歌的惊人才能，因此，那些初看起来可能是平淡无奇的一切，在屠格涅夫的笔下却获得抒情诗的色调和浮雕般的美丽画

---

① 郁达夫：《忏余独白》，《郁达夫全集》第 5 卷，浙江文艺出版社 1992 年版，第 541 页。

面。不管是什么样的平庸乏味的老菩提树,只要一遇到这位艺术大师的巧妙画笔,就会变为永远成荫的树木,长着各种普通蔬菜的菜园就会呈现出一种津津有味的丰盛的景象。"[1]屠格涅夫描写大自然的美基本有两种情形,一种是把它当作俄罗斯的象征来讴歌,寄托他对祖国未来的理想。如《猎人笔记·森林和原野》以优美的笔调写出祖国大地上的四时景物及其晦明变化,你读后会觉得心胸舒展,心里充满喜悦和希望,情不自禁地向俄罗斯致以热烈的敬意。另一种是以自然景象来渲染气氛、衬托人物,使之达到情景交融的境界。

郁达夫由衷叹服屠格涅夫的写景笔墨。他在《小说论》里把文艺作品中景与人的关系归纳为"调和"与"反衬"两种:写恋人在春景里漫游,是调和;写穷人在欢笑的人群旁垂泪,是反衬。他认为"俄国的杜葛纳夫,最善用这两种方法,我们若欲修得这两种描写的秘诀,最好取杜葛纳夫的《罗亭》和《烟》来一读"[2]。这满怀敬意的会心之论再好不过地道出了他写景笔法的一个重要艺术渊源。

在郁达夫的小说里,能显示他对自然美的敏锐感受力和富有诗意的描写技巧的例子俯拾皆是。且不说他的几处写景妙笔,如《薄奠》写北京的晴空远山,《小春天气》写陶然亭的芦荡残照,久为人们所称道,我们只引他《南迁》里的一段:

---

[1] 普斯托沃依特:《屠格涅夫评传》,人民文学出版社1959年版,第45页。
[2] 郁达夫:《小说论》,《郁达夫全集》第5卷,浙江文艺出版社1992年版,第181—182页。

她那尾声悠扬的游丝似的哀寂的清音,与太阳的残照,都在薄暮的空气里消散了。西天的落日正挂在远远的地平线上,反射一天红软的浮云,长空高岭,带起银蓝的颜色来,平波如镜的海面,也加了一层橙黄的色彩,与周围的紫色溶作了一团。

歌声如同游丝,这是听觉与视觉的打通,"丝"前用一"游"字,写歌声的缥缈;浮云之为"软",这是视觉与触觉的融合,著一"浮"字,强调其质地之轻。这里颜色的调配也是极为高明的:在西天残照映射下,浮云的红、海面的橙黄和流动的紫气融成一种暖色调,与长空高岭带起的银蓝相映成趣,构成了一幅五彩缤纷但是含着一种凄凉情调的画面,而"银蓝"之为长空高岭所带起,显然又是以主观感觉写画面的动势。可见郁达夫不是冷冰冰地描摹山水景物,而是像屠格涅夫那样用整个心灵拥抱自然,融情入景,在情景相互激荡感应中提炼诗意,写出大自然的光色变幻和生命质感,以此反衬"零余者"落寞惆怅的情怀。与屠格涅夫有所不同,郁达夫很少赋予大自然以某种象征性的意义,大自然对他来说永远是寄托情感的处所,但他善于用景物来"调和"或"反衬"抒情主人公,其精神是与屠格涅夫相通的。

总而言之,屠格涅夫主要是使郁达夫强烈地意识到了自己的"零余者"的身份和命运,激发了他内心的感伤情绪,并且启示他借鉴屠格涅夫的某些表现手法和技巧来抒写胸中的悲伤,这无疑大大丰富了五四浪漫感伤小说的内涵和色彩。

清纯的恋情:"湖畔"与"新月"

由于自我意识的觉醒,五四青年首先在婚姻爱情问题上提出了自主自决的要求。这反映到创作中,主要表现为两种倾向,一是在浪漫抒情小说中描述爱情与婚姻两相分离的痛苦,二是在抒情诗里讴歌清纯的恋情。这种区别,一定程度上显示了小说和诗歌两种文体在抒情功能上存在的差异。一般说来,小说长于展现内心冲突的过程,抒情诗则宜于摄取瞬间的感受,表现刹那的情感火花和对理想的憧憬。当年轻人受单纯的人生阅历的限制,满怀纯真的感情需要抒发时,他们是不容易把这种感情铺排成小说的,而比较喜欢选择诗的形式。正是在与作者的艺术气质、文化修养、人生阅历等因素相互作用形成作品的情感基调的过程中,文体的意义显示出来了。

爱情是人类的天性,然而在封建社会中,由于人的价值得不到尊重,爱情被道德家认为卑劣有害,人类的这一天性长期遭到压抑和扭曲。朱自清说:"中国缺少情诗,有的只是'忆内'、'寄内'或曲喻隐指之作,坦率的告白恋爱者绝少,为爱情而歌咏爱情的没有。"[1]他指出的就是爱情被贬低扭曲所造成的一个后果。新文学运动初期,情况有所改观,出现了一些情诗,如胡适的《应该》、郭沫若的《Venus》、鲁迅的《爱之神》、刘半农的《教我如何不想她》、俞平伯的《怨你》、刘大白的《邮吻》、康白情的

---

[1] 朱自清:《中国新文学大系·诗集导言》,上海良友公司1935年版。

《窗外》等，传达出文化变革的信息。但总的看，这些诗数量少，又缺少火辣辣的激情，而且被作者其他方面的成就所掩盖，因而影响有限。这反映出过渡时期的特点，即人们虽已意识到爱情是美好的，是人性的正常表现，不能压制它，否则只会导致病态的虚伪，可是要把理性上确立的这一认识自觉贯彻到情感的领域，在历来最能检验人性解放程度的婚恋题材中表现出彻底反封建的精神，还需待以时日。这是因为人们长期受到封建观念的束缚，旧的价值准则已内化为道德律令，要打破它很不容易，常常是想得到而做不到，就像胡适所作的一个类似比喻：一个缠过脚的妇人再放脚，已经落下了终身的残疾，不可能再有天足女孩子的那一份自然。率先打破这种保守局面、在爱情诗领域实现重大突破的是被称为"湖畔"诗人的潘漠华、冯雪峰、应修人、汪静之。这四位青年于1922年4月在杭州出版了诗歌合集《湖畔》，同年9月汪静之出版《蕙的风》，次年12月潘漠华、冯雪峰、应修人又出版了《春的歌集》。这些诗讴歌母爱、童稚和大自然，而为数最多、且在当时诗坛上独树一帜而产生了重大影响的却是其中的情诗。

与文学革命的先驱者相比，"湖畔"诗人的古典文学功底不深，又没能直接从国外接受西方文化思潮的影响。修养和阅历上的这点欠缺，限制了他们的创作所能达到的深度。但是弱点有时也会转化成优势，他们较少受封建旧文化的毒害，没有太多的历史包袱，所以反而能在时代春风吹拂下，比较迅速地打破传统观念的束缚，真诚地表达关于爱情的浪漫想象，给诗坛吹进一缕清新的空气。

康白情1929年在《草儿在前·四版重读后记》中写道:"七八年前,社会上男女风俗,大与今天不同。著者虽也曾为主倡男女道德解放的先驱,而鉴于旧人物的摈斥,尤其是新青年的猜忌,竟不敢公开发表。"与这种保守的精神状态相比,"湖畔"诗人的观念却开放多了。汪静之的《祷告》有这样的诗句:"我每夜临睡时,向挂在帐上的《白莲图》说:白莲姊姊呵!/当我梦中和我底爱人欢会时,/请你吐些清香薰着我俩吧。"他的《一步一回头》是:"我冒犯人们的指摘,/一步一回头地瞟我意中人,/我怎样地欣慰而胆寒呵。"应修人的《妹妹你是水》:"妹妹你是水——/你是清溪里的水。/无愁地镇日流,/率真地长是笑,/自然地引我忘归路了。"这些诗句都是青年人关于爱情的坦率表白,其中并不缺少对女性美的大胆欣赏和爱的欢愉的感受。描写爱情,以审美的态度调和灵肉关系,一点也不讳言渴望爱情和想象得到爱情时的欢乐,这是"湖畔"诗人比前辈诗人勇敢、率直的地方。不仅如此,在这些诗人的笔下,连和尚也会按捺不住:"娇艳的春色映进灵隐寺,/和尚们压死了的爱情,/于今压不住而沸腾了。/悔煞不该出家呵!"(汪静之:《西湖杂诗·十一》);似乎狗也怀了春:"有个人走到那里,/它们向他点点头,/仍旧看它们的月亮,/而且亲亲嘴咬咬耳朵,/他呆视了一会,说:'它们相恋着罢。'/他流着眼泪回去了。"(冯雪峰:《三只狗》)他们把爱情泛化的浪漫想象,在五四诗坛上是空前的。这表明,到了"湖畔"诗人那里,封建主义的枷锁已被打碎,人性获得了解放,爱情得到了肯定。他们敢于把"非礼勿视、非礼勿听"的封建教条抛在一边,向"男女大防"的传统道德挑战,毫无顾忌地表达内心的激情,这是时代前进了的一个很好的证明。只有在封建的枷锁被彻底打碎后，人们"才敢'坦率地告白恋爱'，才敢堂而皇之、正大光明地写出情诗，才敢毫无顾忌、理直气壮地写情诗"①。"湖畔"诗人的爱情诗也许不能说深邃，但它的好处也就在这率真。冯文炳曾这样称赞道："'湖畔'诗人，那时真是可爱，字里行间没有一点习气，这是极难得的。他们的幼稚便是纯洁。"②胡适说汪静之的诗"有时未免有些稚气，然而稚气究竟胜于暮气；他的诗有时未免太露，然而太露究竟胜于晦涩。况且稚气总是充满着一种新鲜风味，往往有我们自命'老气'的人万想不到的新鲜风味"③。周作人也表示："他们的诗是青年人的诗，许多事物映在他们的眼里，往往结成新鲜的印象，我们过了三十岁的人所感受不到的新的感觉，在诗里流露出来，这是我所时常注目的一点。"④这些都在说明"湖畔"诗人的情诗充满生气，不仅拓宽了中国现代新诗的题材范围，而且增添了新的精神，具有填补现代诗坛空白的意义。

"湖畔"情诗的现代性，主要体现在两个方面：一是爱情至上的态度，二是对女性的尊重。现代意义上的爱情，以其自身为目的，排除了一切外在于爱情的因素，诸如功名利禄、门第高下的计较，更反对一切封建主义的道德清规。"湖畔"的爱情诗，全都体现了这种现代的爱情观。如汪静之的《伊底眼》："伊底眼是温暖的太阳，／不然，何以伊一望着我，／我受了冻的心就热了呢！"

---

① 汪静之：《爱情诗集〈蕙的风〉的由来》，《文汇报》1984 年 5 月 14 日。
② 冯文炳：《谈新诗〈湖畔〉》，北平新民印书馆 1944 年版。
③ 胡适：《蕙的风·序》，亚东图书馆 1922 年版。
④ 周作人：《介绍小诗集〈湖畔〉》，1922 年 5 月 18 日《晨报副刊》。

充分展现了爱情的美丽和非理性的力量。他的《谢绝》则把爱情的魅力进一步提升,使之成为解除人间一切苦恼的良方:"她底情丝和我的,/织成快乐的帐幕一套,/把它当遮拦,/谢绝丑恶人间的苦恼。"应修人的长诗《小学时的姊姊》又别具一格:"我"小时在姨妈家寄读,与小表姐两小无猜。四年后重逢,已是小表姐出嫁之日,"我"只能借回忆来重温旧情。诗中一件件童年的趣事,如放学归来跟小表姐学绣花,菜园里、灶火前教小表姐读书等,都蒙上了一层忧郁的诗意,荡漾着"我"感情失落的痛苦。"我"悔的是"那时的英雄想头误了我",为了谋生离开了小表姐;又恨自己胆小怕羞,白白错过了好机会。这种铭心刻骨的悔恨,包含着爱情高于功名的观念,是充满现代人的精神的,具有反封建的时代意义。

　　尊重女性,是与爱情至上的态度相辅相成的。真正的爱情,是男女双方彼此灵肉一致的交融,而不是单纯的性的游戏,因而特别要求把女性当作对等的人来看待。"湖畔"诗人笔下的少女形象都娇美动人,而且具有独立的人格,没有一点依附性。看得出他们是把少女当作美的象征和道德的尺度来表现的,真正体现了男女平等的精神。由于社会上还普遍存在着歧视女性的现象,有时他们甚而以一种仰视的姿态来特别地强调男女人格上的平等权利:"我没有崇拜,我没有信仰,/但我拜服妍丽的你!/我把你当作神圣一样,/求你允我向你归依。"(汪静之:《不能从命》)诗人声称甘愿拜倒在意中人脚下,看似自我贬低,实乃具有道德自信的表现。从现代人的观点看,爱情的奴隶与爱情的主人其实没有两样,因而做她的奴隶又有何妨?这显然是对不把女人当人的传统偏见的勇敢挑战。汪静之后来在回忆"湖畔"诗社时就强调了他们当时这种平等的意识,他说:"湖畔诗社的爱情诗和剥削阶级的艳体诗不同;封建地主阶级把情人视作奴婢,彼此之间是主奴关系,他们的诗是对情人的侮辱;资产阶级把情人视同商品,彼此之间是买卖关系,他们的诗是对情人的玷污;湖畔诗人把情人看成对等的人,彼此之间是平等关系,诗里只有对情人的尊重。湖畔诗人的爱情诗像民间情歌般朴实纯真,没有吸血鬼的糜烂生活里酝酿出来的那种淫艳妖冶。"①

由于个人经历、气质、修养的不同,"湖畔"诗人的诗风各有特点。朱自清在论及这种差异时说:"潘漠华氏最是凄苦,不胜掩抑之致;冯雪峰氏明快多了,笑中可也有泪;汪静之氏一味天真稚气;应修人氏却嫌味儿淡些。"②但就其处子情怀和天真的幻想而言,他们的诗风又是大体一致的。他们用纯洁无邪的心去感知爱情的美好,展开幻想的双翼飞翔于爱的王国。即使品味到了失恋的痛苦,那也是单纯的少年富有诗意的一种人生体验,发出的不会是绝望的诅咒,而是含泪的歌咏(只有潘漠华是个例外,他爱上了一个按照旧礼教是不该爱的人,就像他自己在《隐痛》一诗中所写的:"我心底深处,/开着一朵罪恶的花,/从来没有给人看见过,/我日日用忏悔的泪洒伊。"因而他的情诗常常把爱情与"黑夜""坟墓""火山"等意象连在一起,包含着悲哀绝望的情调。不过透过这层痛苦的情绪,仍然可以探摸到诗人一颗真挚纯

---

① 汪静之:《回忆湖畔诗社》,《诗刊》1979年7月号。
② 朱自清:《中国新文学大系·诗集导言》,上海良友公司1935年版。

洁的心)。冯雪峰的《被拒绝者的墓歌》想象被拒绝者含恨死去,可是他痴心不改,要在墓上开放烂漫的花朵,把姑娘重新诱上:"等她姗姗地步来撷花的时候,/花刺儿已把她底裙裳钩住了。"这与其说是失恋者的哀歌,还不如说是天真少年对爱情的浪漫想象。汪静之的《月夜》:"我那次关不住了,/就写封爱的结晶的信给伊。/但我不敢寄去,怕被外人看见了;/不过由我的左眼寄给右眼看,/这右眼就代替伊了。"诗人用了左眼给右眼寄信的比喻,这种孩子气的语言显示了天真,充满了童稚之美。"湖畔"诗人的爱情诗,几乎都具有这种单纯可爱的品质。单纯源自童心,朱自清说"湖畔"诗人"所歌咏的又祇是质直、单纯的恋爱,而非缠绵、委曲的恋爱"①,这的确道出了他们爱情诗的基本特点。

　　真正的爱情一般具有浪漫的性质。按照西方人的说法,丘比特的神箭射中人心就产生了爱情。这象征着爱情起因于精神上的"受伤",即一个人因坠入情网而失去常态,变得如醉如痴。然而正是这种迷狂的病态显示了爱情的伟大——它使常人超越了平庸,变得纯粹和高尚。但在整个封建时代,人的权利被剥夺,爱情的光芒也被遮蔽,尤其是在中国。情况的改变,从世界范围来看,开始于文艺复兴时代,而文学作品中大量涉及爱情的题材,则几乎是与浪漫主义思潮的兴起差不多同时的,以至于它可以成为后者的一个突出标记。这是因为到了浪漫主义时期,从文艺复兴开始的人的解放进程达到了一个新的阶段,禁欲主义的枷锁被彻底打碎,个性的独立得到了充分肯定,在情感领域里真正确立

---

① 朱自清:《蕙的风·序》,亚东图书馆1922年版。

起了自由的原则，爱情这才被最充分地激发出强大的能量，得到广泛而且纯粹的表现。以此反观中国，可以认为，"湖畔"诗人专以爱情的歌者姿态出现于文坛，标志着中国现代浪漫主义思潮的发展，即从郭沫若式的呼唤民族的新生、自我的新生，郁达夫式的灵肉冲突的展现，达到了歌咏爱情浪漫的阶段。换言之，"湖畔"诗人以他们的情诗丰富了浪漫主义思潮的内容。

"湖畔"诗人的情诗一露面，就招来了守旧派的攻击，最先发难的是胡梦华。胡梦华发表《读了〈蕙的风〉以后》，指责《蕙的风》"满纸'爱'呀，'恋'呀，'伊'呀，'接吻'呀"，"是有意的挑拨人们的肉欲"，"是兽性冲动之表现"，"是淫业的广告"。面对这样的诽谤，鲁迅、周作人等立即著文予以回击。鲁迅在1922年写的《反对"含泪"的批评家》一文狠狠嘲讽胡梦华一类人的伪善："中国之所谓道德家的神经，自古以来，未免过敏而又过敏了，看见一句'意中人'，便想到《金瓶梅》，看见一个'瞟'字，便即穿凿到别的事情上去。"周作人专门作了《情诗》一文，指出汪静之的诗若从传统的权威看去，不但有不道德的嫌疑，而且确实是不道德的，"但这旧道德上的不道德，正是情诗的精神"。他们为《蕙的风》辩护，与周作人为《沉沦》辩诬在性质上相似，都是站在个性主义和人道主义立场上，基于自然人性的观点，大力肯定青年人追求爱情的正当权利，揭穿卫道者的虚伪嘴脸。综观文学革命的发展，可以看到新旧势力的斗争分别围绕着语言问题和伦理问题来进行，而伦理之争主要集中在浪漫派作品上。关于《沉沦》的风波是这样，围绕《蕙的风》的争论亦复如此。这是因为浪漫派的小说和诗歌比一般作品更鲜明地表达了作者的主观性，而浪漫主义者的主观精神具有最为激进的反传统性质，他们我行我素，很容易落下个"不道德"的骂名。《蕙的风》所引起的争论，倒是从反面印证了"湖畔"爱情诗的浪漫主义性质。

中国现代爱情诗到"湖畔"派已初具规模。但"湖畔"的爱情诗毕竟是以天真取胜，它还处在情诗发展的早期阶段。当"湖畔"诗人进入成熟期时，冯雪峰、应修人、潘漠华却先后走上了别样的人生道路，作为一个诗歌流派，"湖畔"也就不复存在。这像沈从文说的："幼稚的心灵，与青年人对于爱欲朦胧的意识，联结成为一片，《蕙的风》的诗歌，如虹彩照耀于一短时期国内文坛，又如流星的光明，即刻消灭于时代兴味旋转的轮下了。"[①]中国现代爱情诗的"成熟"，因此是由另一个新诗流派——"新月"派的崛起而实现的。"新月"诗派比"湖畔"稍为后起，但创作成就和对新诗发展的影响却是后来居上。这不仅是指它倡导了一场新诗格律化运动，扭转了新诗自初创期以来日渐散文化的趋势，而且也因为它在取得多方面成就的同时，把爱情诗的创作推向了一个新的阶段。

"新月"诗人大多留学欧美，开始写诗时年龄又略大于"湖畔"诗人，因而他们诗的题材较为开阔，不像"湖畔"诗人那样专注于写情诗。其中有歌咏爱情之作，也不像"湖畔"派那样的质朴天真，而是在清纯的主旋律上添加了青年人特有的缠绵情调。如朱湘的《恳求》首章：

[①] 沈从文：《论汪静之的〈蕙的风〉》，《沈从文文集》第11卷，花城出版社1984年版，第160页。

>天河明亮在杨柳梢头
>
>隔断了相思的织女、牵牛;
>
>不料我们聚首
>
>女郎呀,你还要含羞……
>
>好,你且含羞;
>
>一旦我们也阻隔河流,
>
>那时候,
>
>要重逢你也无由!

朱湘后来在谈到这首诗的产生时,曾说他当时正与一个男同学在小山上散步,举头望着杨柳梢头的一钩新月,心里忽然起了一种奇怪的感觉:"这身旁的伴侣如若是一个我所钟爱的女子,这时的情境真要成为十分清丽了!"[①]幻想与钟爱的姑娘意外相逢于月笼柳梢的晚上,姑娘惊喜然而含羞,"我"则发出了深情的抱怨,这种情调虽然清新,却是十分缠绵的,那是热恋中的青年特有的心态。

在"新月"诗人中,感情最为细腻缠绵的是徐志摩,他的情诗最能体现风流潇洒、温柔多情的浪漫风度。《雪花的快乐》写半空里娟娟飞舞的雪花认准方向,消融进"她"的柔波似的心胸,媚而不俗。《沙扬娜拉》把日本少女娇羞不胜凉风、脉脉含情的温柔写绝,勾起多少男儿的神往却不会抱半点非分之想。这类诗赞美女性的妖娆,从侧面暗示相思之苦,却又包含着对女性人格的尊重

[①] 朱湘:《诗的产生》,《文学闲谈》,北新书局1934年版。

和爱情高于功名的观念。

由于受现代文明的充分熏陶，"新月"诗人对爱情持有更为自在的态度。许多时候，他们的爱情得到升华，不是以占有对方的感情为目的，而是把它转化为美的永恒憧憬。徐志摩的《海韵》，一面是女郎执着于单纯的信仰："啊不，回家我不回，／我爱这晚风吹。"为美而不顾性命；一面是难以避免的悲剧："海潮吞没了沙滩，／沙滩上再不见女郎。"诗人为美在现世的消亡而悲哀，但在他的心里，信仰依然单纯："海韵"—女郎—美的精灵—上帝的天使，那是永生的。朱湘的《棹歌》《催妆曲》等，也莫不渲染出轻松愉快的情调，描写年轻人的欢爱，表现出诗人自己的优雅。这反映了"新月"诗人的西方文化的背景，但更重要的是表明，随着思想启蒙运动的深入，中国社会的风气有所变化，文化领域里的民主化程度有所提高。至少在"新月"诗人那里，自由恋爱已经不是难以实现的梦想，因而它不再成为诗人心头一个解不开的情结了。这使他们能够超越以结婚为目的的爱情，更多的是去追求一种青年人自由交往的境界。在这样的情境中，青年人既有恋爱自由的权利，也避免了做爱情的牺牲品，就像陈梦家的《雁子》一诗所写的："从来不问她的歌／留在那片云上？／只管唱过，只管飞扬，／黑的天，轻的翅膀。"就是说，不在乎目的，只在乎展现人的自由本质的过程。这就洒脱多了，也健康多了。

爱情诗趋向成熟的另一个重要标志是它在艺术上更加精美含蓄。"新月"诗人写爱情，很少采用"湖畔"派那种直率的方式，而是多用侧笔，着意于营造一种富有诗意的氛围，显示出诗人属于上流社会的典雅精致的审美趣味。《沙扬娜拉》《雪花的快乐》等是如此，徐志摩的另一首诗《月下小景》也同样。诗的第一节：

> 深深的黑夜，依依的塔影，
> 团团的月彩，纤纤的波鳞——
> 假如你我荡一支无遮的小艇，
> 假如你我创一个完全的梦境！

在月色微明的晚上，纵一叶扁舟，听水声潺潺，岸列烟柳，塔依远山，管他什么忧喜得失，一切皆可以不想，一切又都可以在无言中意会，身心获得了完全的自由。然而这毕竟是一个"梦境"！雷峰塔的故事复给这梦境增添了几分逗人遐思的意味。诗着墨于月彩、波鳞、塔影，并用叠词竭力渲染出花前月下的情调，可他抒发的情思却是来自性灵深处，沾满晶莹的露珠，洋溢着青春激情的。至于徐志摩一些正面描写恋情、含着几分情欲的诗，像《她是睡着了》《我来扬子江边买一把莲蓬》，按说更近绸缪婉转之度，但他善把情欲掩藏在香草粉蝶、莲蓬沙鸥的意象里，避免了庸俗的直白。从"湖畔"派质直的表白爱情，到"新月"诗人通过意象的经营，含蓄地表达恋爱的微妙心态，可以说是浪漫派诗歌在艺术上走向成熟的一个重要方面。

换一个角度，追求意境的美和意象的生动，也标志着"新月"诗人在处理外来文化和民族文化的关系方面抱着更为从容的心态。在新诗的初创时期，诗人一律向自由体诗看齐，竭力要摆脱古典诗词格律的影响。稍后，"湖畔"诗人应修人开始注意吸收古典词的韵律，但还存在不够圆熟的缺陷。到"新月"诗派，这才在实现中西文化的融合方面取得了重要的进展。众所周知,"新月"诗人深受西方文学思潮的影响,可是人们往往忽视他们在更深的层次上与中国传统文化的血脉联系。说得重一点,"新月"诗人取得的成就,在相当程度上得益于他们自觉借鉴古代文化遗产,尤其是古典词的经验。比如朱湘,他一面尝试着各种西方的诗体(三叠令、四行、四环调、巴俚曲、英体和意体十四行诗),一面向中国古典词学习。他说:"在旧诗中,词是最讲究音节的,所以我对于词,颇下了一番体悟的功夫。"①当然,他没有被词调缚住,而是根据内容表达的需要,确定一种有"节律"的"图案",各节沿用。这图案常用长短句适当地搭配,使语调轻重缓急交替,音韵疏密宏幽相间,打破了词的固定形式,却吸收了词的韵律节奏的美。他的《采莲曲》共五节,节与节完全对称,每节间用二言、五言、七言句,灵活添加衬字"呀",造成词的节奏和民歌的风味,其中首章:

> 小船呀轻飘,
> 杨柳呀风里颠摇;
> 荷叶呀绿盖,
> 荷花呀人样娇娆。
> 日落,
> 微波,
> 金丝闪动过小河。

---

① 朱湘:《诗的产生》,《文学闲谈》,北新书局1934年版。

左行，
右撑，
莲舟上扬起歌声。

看得出，诗句中的音节由衬字而延长，产生了悠扬的乐感，给欢歌着荡舟采莲的少女平添了几分妩媚和优雅。接下来的二言句"日落，/微波"与"金丝闪动过小河"押韵，"左行，/右撑，/莲舟上扬起歌声"同例。这就宛若从《花间·河传》的句式化出。温庭筠的《河传·其一》有"江畔，相唤，晓妆鲜"，《采莲曲》的句式与情调正与此相同。这不是说朱湘具体地参照了花间词，而是为了表现少女的娇娆，追求典雅清丽的乐感，他不期然而然地汲取了婉约词的精髓，把它复活在新诗里了。

中国的律诗一韵到底，而词的韵法稍宽，可以转韵，如《菩萨蛮》的平仄四换韵。朱湘自觉地利用了词的这种优点，来为他的诗表现感情的微妙变化服务。《婚歌》首章："让喜幛悬满一堂，/映照烛的光；/让红毡铺满地上；/让锣鼓铿锵。/低吹箫，/慢拍铙，/让乐声响彻通宵。"他说："起首用'堂'的宽宏韵，结尾用'箫'的幽远韵，便是想用音韵来表现出拜堂时热闹的锣鼓声、撤帐后轻悄的箫管声，以及拜堂时情调的紧张、撤帐后情调的温柔。"[①]他在《文学闲谈》中以《恳求》一诗为例，说过类似的意思：仄韵表现求爱时紧促的情调，煞尾的平韵表现和缓的情调，"暗示出恳求后得不到答应的那时候心情的降堕"。他的朋友以为

[①] 转引自罗念生等著《二罗一柳忆朱湘》，三联书店1985年版，第71—72页。

这也许是诗人的错觉，说平仄的差别没有大到可以表现出两种不同情调的地步。其实，韵的平仄幽宏为表现感情的细微变化提供了可能，它的作用则要通过适当的歌咏才能显示出来。宽宏韵利于高歌，幽远韵可以敛声，仄韵紧促，平韵舒缓。在深刻理解诗意的基础上，咏者处理得当，就可以借助音调的变化把喜怒哀乐之情更为有力地传达给听众。因此，朱湘诗的用韵原是在歌咏方式上强化了它的作用，读者须结合诗意细细体味才能觉得它的妙处。这好比从前的词，要做到韵与曲调相协，才不拗口而能够唱。

朱湘生就一副跳水自杀的乖戾脾气，一生又多磨难，可是这些在他的诗里没留下多少痕迹。也许是他追求单纯晶莹的美，使他强忍住流连之苦不说，却专以静观的态度描写眼前之景，唱着忧伤的恋歌。没有情欲，没有纷乱，没有忧郁，没有颓唐，平心而论，优点是美，缺点在浅。缺少铭心刻骨的爱与恨，不足以震撼人心，所以朱湘的诗是寂寞的。

徐志摩则痴得多了，痴到要把"柔软的心窝紧抵着蔷薇的花刺，口里不住的唱着星月的光辉与人类的希望非到他的心血滴出来把白花染成大红他不住口"[1]。这种率真，使他的诗反比朱湘的能打动人心。徐志摩声称："从永乐以来我们家里没有写过一行可供传诵的诗句"，"在二十四岁以前，诗不论新旧，于我是完全没有相干"[2]。又说他的性灵全是康桥给的，似乎与旧诗没有一点

---

[1] 徐志摩：《猛虎集·序》，上海新月书店1931年版。
[2] 徐志摩：《猛虎集·序》，上海新月书店1931年版。

关系，但他同样深受中国古典词，尤其是婉约词的影响。他口占"海外缠绵香梦境，销魂今日竟燕京"，又作"红蕉烂死紫薇病/秋雨横斜秋风紧/山前山后乱鸣泉/有人独立怅空溟"①，且不论诗的优劣，单看那种香艳的调子，岂非旧时风流才子气的遗传？尤其是他的审美趣味，也受到传统文化的影响。他喜欢在月光下看雷峰塔静极了的影子——"我见了那个，便不要性命。"即使在康桥乡村，也是陶醉于"草青人远，一流冷涧"。醉心于清丽的美，哪怕它带点颓废；多情，却又脱了俗气，这是富有东方情调的，令人想起"杨柳岸，晓风残月"的名句。他的情诗的好处，很大程度上也就在于能把这种东方情调用相应的优美音节——起源于纯真诗感的波动性表达出来。因此，朱湘在《悼徐志摩》一诗中，称徐是"'花间集'的后嗣"，方玮德也说："志摩是旧气息很重而从事于新文学事业的一个人"，"他的作品也往往用旧的气息（甚至外形）来从事他新的创造。他的新诗偏于注重形式，虽则这是他自己主张和受西洋诗的影响，但他对于旧诗气息的脱不掉，也颇可窥见"。② 所谓"花间"味、"旧气息"，早已融化在其诗音节的婉转里，更多的则表现为情调上的淡淡忧愁，满含着醉人的温柔。就诗所表达的情感的真切、深入、细腻而言，徐志摩要比朱湘高出一等。

在"新月"的情诗中，因追求诗的音节优美和情感的委婉，不经意地借鉴婉约词，绝非个别的现象。林徽因的《仍然》，陈梦家

---

① 徐志摩：《爱眉小札》，1925年8月12日、9月16日日记。
② 方玮德：《志摩怎样了》，《玮德诗文集》，上海时代图书公司1936年版，第115页。

的《夜》，方玮德的《幽子》《海上的声音》，方令孺的《诗一首》，都是委婉有致的佳作。这反映了五四高潮过去后文化激进主义的势头逐渐受到削弱，有一部分诗人转而对传统文化重新作出评价，开始在创作实践中比较自觉地吸收民族文化遗产中的精华，使之与西方文化的影响结合起来。同时这也体现了艺术发展规律的作用：诗毕竟首先应该是诗，过分的散文化会导致诗自身特性的模糊，因而为了增强诗美，必须另辟蹊径，其中就包括向民族古典诗词学习。

"新月"诗人中，闻一多占有特殊的地位。他的诗影响最大的是爱国诗，但情诗也很有成就，而且为数不少。在婚姻爱情方面，闻一多不乏浪漫的激情，可他的特点是当婚姻与爱情发生矛盾时，他受道德观念的束缚，倾向于放弃爱情而向婚姻俯就。对此，他说："从前都讲我富于浪漫性，恐怕现在已开始浪漫生活了。唉，不要提了！……浪漫'性'我诚有的，浪漫'力'却不是我有的。"[①]这种矛盾的情感，在他爱情诗的代表作《红豆》组诗中就

[①] 闻一多1923年1月21日致梁实秋信，《闻一多全集》第12卷，湖北人民出版社1993年版，第139页。

有所反映①。在这些诗中，诗人对旧式婚姻流露出不满之意，但又忠于家庭，力求借去国离家之际对妻子的一份思念来培植起爱情的基础。总的看，他是想认同现状，表现出了他的"浪漫'力'"不足的问题。因而有学者认为，"《红豆》的基调不是爱情而是哀情，它们是礼教制度牺牲品的自艾自怜"②。

不过，青春的激情毕竟是难以完全压抑的。闻一多也有理智的防线受到感情冲击的时候，于是有了《相遇已成过去》和《奇迹》。《相遇已成过去》用英文写成，闻一多自己没有发表的打算，仅在给友人梁实秋的信中提及："你问我的诗兴、画兴如何，画兴不堪问，诗兴，偶有，苦在没有功夫执笔。倒是戏兴很高，同你一样。……前数星期作了一首英文诗，我可以抄给你看看。人非木石，孰能无情！"③梁实秋推测说："一多的这首英文诗，本

---

① 《红豆·二四》："我们是鞭丝抽拢的伙伴，/我们是鞭丝抽散的离侣。/万能的鞭丝啊！/叫我们赞美吗？还是诅咒呢?"《红豆·二五》："我们弱者是鱼肉；我们曾被求福者/重看了盛在笾豆里，供在礼教底龛前。"《红豆·二六》："你明白了吗？/我们是照着客们吃喜酒的/一对红蜡烛；/我们站在桌子底/两斜对角上，/悄悄地烧着我们的生命，/给他们凑热闹。/他们吃完了，/我们的生命也烧尽了。"《红豆·四一》："有酸的，有甜的，有苦的，有辣的。/豆子都是红色的，//味道却不同了。/辣的先让礼教尝尝！/苦的我们分着囫囵地吞下。/酸的酸得像梅子一般，/不妨细嚼着止止我们的渴。/甜的呢！/啊！甜的红豆多分送给邻家作种子罢！"这些情诗都流露出诗人对婚姻有所不满然而决心保持忠贞的矛盾心态。在诗人看来，"她"也是一个礼教的牺牲品。他不愿用伤害弱者的办法来拯救自己，而是要相濡以沫，互相慰藉。所以《红豆》的最后一首，称这些诗是"一字一颗明珠，/一字一颗热泪，/我的皇后啊！/这些算了我赎罪底菲仪，/这些我跪着捧献给你"。
② 刘川鄂：《现代知识分子情感世界的切片解剖》，《湖北大学学报》1994年第5期。
③ 梁实秋：《谈闻一多》，方仁念编《闻一多在美国》，华东师范大学出版社1985年版。

事已不可考，想必是在演戏中有了什么邂逅。"①诗写的是一段缠绵凄婉的恋情，诗人觉得这样的恋爱发展下去终将酿成苦汁，倒不如"趁悲伤还未成章"就改变初衷，"在爱刚抽芽时就掐死苗头"。看得出，诗人经历了一场严重的情感危机，不是没有爱，而是不敢爱，因而最终只得找了个"不受俗爱的污染"的借口给自己一个无奈的安慰。《奇迹》这首诗，人们有不同的理解，梁实秋明确地说："实际上是一多在这个时候在情感上吹起了一点涟漪，情形并不太严重，因为在情感刚生出一个蓓蕾的时候就把它掐死了。但是内心当然有一番折腾，写出来仍然是那样回肠荡气。"②这首诗比《相遇已成过去》感情炽热，那是一颗燃烧的心在期待着奇迹的降临："我是等你不及，等不及奇迹的来临！""可也不妨明说，只要你——／只要奇迹露一面，我就马上放弃平凡。"然而他只是"等待"，然而"奇迹"并没有出现！

总之，闻一多的爱情诗充满了矛盾。他渴望爱情，然而又信守责任；对自己的婚姻有所不满，可又做到了忠贞不渝。在婚姻爱情问题上，他远没有郭沫若、郁达夫、徐志摩大胆勇敢，这与他的文化保守主义立场是相吻合的。因而当鲁迅、周作人等为《蕙的风》辩诬时，他却对友人说："《蕙底风》只可以挂在'一师校第二厕所'底墙上给没带草纸的人救急……我骂他诲淫而无

---

① 梁实秋：《谈闻一多》，方仁念编《闻一多在美国》，华东师范大学出版社1985年版。
② 梁实秋：《谈闻一多》，方仁念编《闻一多在美国》，华东师范大学出版社1985年版。

诗。"①不自觉地充当了一个卫道士的角色。闻一多的这种矛盾情形，表明他有别于一般的浪漫主义者。确切地说，他是一个古典的浪漫派，浪漫的激情受到了理性的规范，很难自由地奔涌起来。他在新诗形式上追求格律体，同样反映了这种古典的精神。古典的浪漫主义，加上新诗格律化的美学主张，意味着闻一多在新诗发展过程中代表了浪漫主义向古典主义过渡的潜在趋势。"新月"诗人或多或少都有向古典主义靠拢的迹象，闻一多只是其中较为突出的一个罢了。向古典主义靠拢的一个结果，便是新诗在艺术上趋向精美，同时软化了此前浪漫派诗歌的彻底反传统的态度。由于这一点，"新月"诗派实际上宣告了新诗在新的基础上推进中西文化融合的新阶段已经悄然开始。

---

① 闻一多 1922 年 12 月 27 日致梁实秋信，《闻一多全集》第 12 卷，湖北人民出版社 1993 年版，第 127 页。

建构浪漫主义的新形态

中国现代浪漫主义思潮有没有在30年代延续下来？这一问题实际上取决于如何理解浪漫主义。如果把五四浪漫主义看作中国现代浪漫主义的标准形态，拿它衡量30年代及以后的中国文坛，当然会得出结论说，浪漫主义思潮到20年代末就衰落乃至消亡了。但是，如果把浪漫主义看作是一种变化发展的文学现象、一个运动着的文学潮流，从它不同发展阶段的差异性中寻找其本质属性上的前后一致，那么情形就完全两样，人们会发现中国现代浪漫主义思潮并没有在20年代末画上句号，因为它为了适应新的时代潮流而作出了种种选择，到30年代形成了一种新的形态。这一新形态与五四浪漫主义具有内在精神上的一致性，又在发展过程中获得了新的表现形式。这一过程，我曾简要地概括为从郁达夫到沈从文。

任何文明都是一种历史现象，浪漫主义思潮也不例外。作为现代世界浪漫主义文学思潮先导的西方浪漫主义，孕育于法国启蒙运动，却借启蒙运动在整个欧洲的影响率先在德国和英国取得巨大成果，反过来又在法国引发了一场声势浩大的浪漫主义运动，并向欧洲其他地方扩散其余波。这一历时约半个世纪、被勃兰兑斯称为"19世纪文学主流"的欧洲浪漫主义思潮，呈现了不同民族、不同发展阶段的特点，勃兰兑斯依据这些特点把它们分别称为"德国的浪漫派""英国的自然主义""青年德意志""法国的浪漫派"，等等。这一事实有助于人们确立起一种历史的观念，即从过程中来把握一种文明现象的内质及其丰富的表现形式。这里，混淆不同事物的界限和忽视同一类事物的不同形态都是要不得的。研究中国现代浪漫主义思潮，正需要确立这样的历史观。

其实，早已有人指出或承认浪漫主义在20年代以后依然存在的事实。鲁迅1936年5月在接受斯诺采访时，把废名归入"无党派浪漫主义"[1]，沈从文称自己是20世纪中国的"最后一个浪漫派"[2]。而现在人们习惯于把废名、沈从文归入现实主义的乡土写实的流派，明显是基于这样一个假设的前提，即他俩所描写的乡村世界虽然在现实社会中不可能存在，然而在过去的某一时代曾经存在过，而且在某一狭小的地域，如湘西，现在依然存在着。这种必须依靠某种先验前提的观点，虽然出于好心和善意，但难以避免人为地限定废名和沈从文创作的意义。因为说他们的作品富有诗意也好，风格优美也罢，一经采用乡土写实的标准，"诗意"和"优美"就难以掩盖这些作品在反映时代和生活真实性上存

---

[1] 《鲁迅同斯诺谈话整理稿》（斯诺整理），《新文学史料》1987年第3期。
[2] 沈从文：《水云》，《沈从文文集》第10卷，花城出版社1984年版，第294页。

在的问题。于是论者往往只好采用二元论的方法，即在肯定它们艺术上很美的同时又批评它们内容的失真。这种把内容和形式分割开来的不得已的做法完全是由于立论的基础不稳造成的，也就是说，上述的"假定"一旦放到更大的时空里，放到充满血与火的社会背景中，就立即失去了它的现实依据，很难抵挡住来自现实主义反映论方面提出的挑战。但是，如果换一个角度，把废名和沈从文的创作的主要方面看成是他们"梦"的表现，是其"情感上积压下来的一点东西"，是"那种和我目前生活完全相反，然而与我过去情感又十分相近的牧歌"，他们不过是把这"梦"写在纸上[1]，那就不仅切近了他们创作的实际情形，而且还可以避免人为造成的追问他们描写的生活形态真不真实的问题，从而可以从内容和形式的统一中揭示他们创作的风格特点，包括它的真正价值和局限所在。但这样一来，也就意味着认同了鲁迅的观点和沈从文自己的立场，放弃了现实主义的标准，而把这些作品归入了表现主观的浪漫主义的范畴。

将废名和沈从文塞进现实主义的框框，不认为他们代表了浪漫主义思潮在30年代的发展，这反映了特定的社会文化背景及相应的思维模式。自从20年代末"革命文学"论争以后，浪漫主义在现实进程中所扮演的角色起了变化，它从五四时期的文学主潮之一的地位退居到支流的位置，与代表文艺主潮的左翼文艺运动产生了矛盾；而在相当长的时期里，人们受"左"的思想的影响，独尊现实主义，论及浪漫主义也只按郭沫若划线，把郭沫若

---

[1] 沈从文：《水云》，《沈从文文集》第10卷，花城出版社1984年版，第279—280页。

顺应时代潮流的"转变方向"看作是浪漫主义思潮的寿终正寝。这两方面的因素结合，使浪漫主义思潮在20年代后作为一种新的形态出现，一直难以得到较为普遍的认可。当然，这种局面某种程度上也与浪漫主义自身后来的发展有关。对废名和沈从文可以同时采用上述两种不同的研究角度，其作品常被当作乡土文学，可又难以抹杀其中的浪漫倾向，这就意味着他们事实上已在五四浪漫主义的基础上综合了乡土小说的一些因素。这种综合是复杂的，而且，整个浪漫主义思潮在新时代的发展也不仅仅是废名和沈从文两人的问题，而是一个更为复杂的回应时代挑战的综合过程。

社会革命与浪漫主义的调适

20年代中期开始，中国社会逐渐从思想启蒙转向了社会革命。"五卅"运动，北伐战争，"四一二"反革命政变，一连串重大的政治事件接踵而至。在光明与黑暗的交战中，中国应该走什么样的道路，这一严重的政治问题成了人们普遍关注的焦点。与此同时，马克思主义广泛传播，民众的阶级觉悟开始提高，一场新的政治风暴拉开了帷幕。新文学敏锐地反映了时代潮流的这一急剧转变，从文学革命前进到革命文学的阶段。但由于受传统文化的潜在影响和时代条件的限制，许多进步作家历史责任感的加强主要表现为政治意识的强化，而对个性主义等启蒙思想采取了全面否定的态度，有些甚至为了他们肤浅地意识到的无产阶级利益而放弃了艺术上的追求，把艺术简单地看作是"煽动的工具"和

"政治的留声机器"。同时，反动当局为了巩固自己的统治，则一方面发动文化围剿，另一方面又提倡尊孔读经。在这种左右夹击的形势下，象征个人自由的浪漫主义思潮所拥有的天地大大缩小了，它被迫作出了艰难的选择：一部分浪漫主义作家诗人开始自我否定，另外一些浪漫主义者则试图作出调整，让浪漫主义以新的形态出现。前者以郭沫若为代表，"否定"的结果是郭沫若丢掉了与自己的创作个性相适应的创作精神和创作手法，艺术的质量随之大幅下降，不仅诗歌再没有达到《女神》的水准，小说也只能在收入集子时自我解嘲地以"水平线下"命名。而"调整"，则是一个在不同的方向上进行探索的曲折过程。

在这一过程中，首先出现的是"革命的浪漫谛克"。它的出现反映了浪漫主义思潮尝试与社会革命的实践相结合，以适应新的时代需要的企图。带有这一倾向的作家，一般与五四浪漫主义有很深的渊源关系。如郁达夫肯定过蒋光慈的《鸭绿江上》，热情介绍了洪灵菲出版处女作，太阳社、我们社的一帮人也与郁达夫交往甚密。蒋光慈在倡导"革命文学"之初，几乎骂遍所有五四作家，唯独认为"郭沫若是现在中国唯一的诗人"[1]。孟超新中国成立初也说：洪灵菲"以浪漫主义的表现方法，在革命的故事中糅杂了不少的恋爱场面，我们也不能否认在风格上是受了郁达夫的影响（自然他没有郁达夫的颓废的一面）"[2]。这些人的作品的确有浪漫主义的特点。蒋光慈的《少年漂泊者》篇首著录《怀拜伦》的

---

[1] 蒋光慈：《现代中国社会与革命文学》，1925年1月1日上海《民国日报》副刊《觉悟》。
[2] 孟超：《我所知道的灵菲》，《洪灵菲选集》，上海开明书店1951年版。

诗句为序："拜伦呵！你是黑暗的反抗者；你是上帝的不肖子；你是自由的歌者；你是强暴的劲敌。漂零呵，毁谤呵……这是你的命运罢，抑是社会对于天才的敬礼？"作品里的汪中在漂泊历程中的确有几分拜伦式的英雄气概，充满浪漫谛克的激情。蒋光慈的另一篇小说《弟兄夜话》和洪灵菲的《流亡》(由郁达夫"热烈介绍"，上海现代书局于1928年出版)等作品，明显是自叙传的写法。这表明，革命的浪漫谛克与五四浪漫主义有着亲缘关系，而它最终与五四浪漫主义分道扬镳，则主要是由于它从浪漫主义转向了"革命"的浪漫谛克，即它的思想基础已经不是个性主义，而是革命集体主义的意识了。

革命的意识与"自我表现"拼在一起，形成了后来长期受人诟病的"革命+恋爱"的模式。这由蒋光慈的《野祭》《菊芬》发其端倪，戴平万、华汉、洪灵菲等群起仿效，遂成潮流。它由恋爱表现革命，在革命中考验爱情，把恋爱与革命看成是二位一体的事业。如洪灵菲的《流亡》写到沈之菲与恋人携手革命，历经革命的艰难与恋爱的浪漫，觉得"革命与恋爱都是生命之火的燃烧材料"，"人之必需恋爱，正如必需吃饭一样。因为恋爱和吃饭这两件大事，都被资本制度弄坏了，使大家不能安心恋爱和安心吃饭，所以需要革命！"他的恋人黄曼曼在离乱之中写来信说："家于我何有？国于我何有？社会于我何有？我所爱的唯有革命事业和我的哥哥！"这里，恋爱与革命齐头并进，恋爱的微妙心理继承了五四浪漫主义的余绪，革命的意向则体现了整个时代潮流向社会革命的转变。

实事求是地说，"革命+恋爱"的小说，写得较好的是"恋爱"

部分。如蒋光慈《野祭》对两性心理的温婉细腻的描写，《丽莎的哀怨》表现主人公无可奈何花落去的那种惆怅落寞的心态，《冲出云围的月亮》展示走上革命道路的王曼英在革命受挫时的彷徨颓丧，对社会进行病态的复仇，想用梅毒来毁灭毫无希望的人类，最后受到革命者李尚志的感召，重新振作起来，这些曲曲折折的心路反映了大革命失败后一部分知识分子的精神历程。这部分内容写得较为扎实，艺术上也有可取之处。原因不外乎这些作家都受过五四洗礼，正当青春年华，对恋爱有很真切的感受，而主人公感情上的迷惘也往往从一个侧面透露出作者一度经历的精神危机。但这些作家不同于五四浪漫主义者，因为他们已经获得了"革命的意识"，并且经历了大革命的失败，内心充满了对国民党背叛革命的强烈愤慨。因此，他们总是把"恋爱"直接地引向社会革命，在观念中勾画革命胜利的前景，给作品加上一条革命浪漫谛克的"光明尾巴"："出路！出路！这便是与自然主义不同之点，正因为作者是以无产阶级的意识，去观察社会，所以才有这么一个出路，它不但写出病状，还要下药，这'暗示的出路'便是革命文学的活力，没有这个活力，便不成为革命文学。"[1]然而，他们的"无产阶级的意识"大多是得自书本，还没有跟革命的实践结合起来，因而这种观念不仅幼稚，而且缺乏实实在在的革命生活作为基础。于是，他们所急于表达的"无产阶级的意识"只能作为概念的图解在作品里出现。通常是一获得革命意识，主人公就顷刻脱胎换骨，成了个登高一呼、应者云集的革命者。由于缺少生活

---

[1] 芳孤：《革命文学与自然主义》，1928年6月《泰东月刊》第1卷，第10期。

体验，这些作品只能以叙述代替描写，艺术上失之粗糙，感染力不强。

其实，"革命"与"恋爱"在那时结合不好是必然的。因为从浪漫主义这方面看，革命的浪漫谛克所表达的是一种集团的激情和意识，里面还掺杂了不少"拉普""纳普"以及当时党内存在的"左"倾教条主义的影响，这远远超出了表现自我的浪漫主义所能承担的限度。革命浪漫谛克的作家在气质上具有浪漫的倾向，但他们的理性却是反对个性主义和浪漫主义的，因此对五四浪漫主义采取了全盘否定的态度。这种深刻的矛盾，使他们的浪漫抒情难以充沛淋漓，理性常常干扰乃至压抑了情感，使艺术感染力大打折扣。而站在现实主义的立场上，革命浪漫谛克的作品，那种缺乏可信性的人物性格的突变，主观化、概念化的毛病，同样表明它是失败的。无论从哪个方面看，革命的浪漫谛克都会受到责难。这倒非常真实地反映了它所起的联结五四浪漫主义和30年代左翼文学思潮的桥梁的作用。过渡事物不可避免的某种程度的混乱和不成熟性，注定了它不可能获得真正的成功。

30年代初，左翼文学阵营从现实主义立场对革命的浪漫谛克提出了批评。茅盾最先把清算"革命+恋爱"公式的这一光荣送给了丁玲的《水》①。冯雪峰也认为《水》是丁玲"从浪漫谛克走到现实主义，从旧的写实主义走到新的写实主义的一个路标"②。1932年4月，华汉的《地泉》再版，由瞿秋白、茅盾、郑伯奇、钱杏邨

---

① 茅盾：《女作家丁玲》，1933年7月《文艺月报》第1卷，第2期。
② 冯雪峰：《关于新的小说的诞生》，《冯雪峰论文集》上册，人民文学出版社1981年版，第72—73页。

及作者本人分别作序,他们指出革命浪漫谛克的弊端是"个人英雄主义""概念主义""脸谱主义",认为这些倾向导致"把现实的残酷的革命斗争神秘化,理想化,简单化,公式化,抽象化,甚至庸俗化"。瞿秋白还特别强调,《地泉》"连庸俗的现实主义都没有做到,最肤浅、最浮面的描写,显然暴露出《地泉》不但不能够'改变这个世界'的事业,甚至于也不能够'解释这个世界'。因此《地泉》正是新兴文学应当研究的:不应当这样写的标本"①。这些评论体现了左翼文学运动的方向——革命的浪漫谛克必须克服感伤情调、主观空想和概念图解,转向新的写实主义,即"唯物辩证法的创作方法",后来又进一步按苏联的模式用"社会主义现实主义"取而代之。其实,要纠正革命浪漫谛克的缺点,还有另一条途径,即抛弃那种标语口号的腔调,回到基于个人真切体验的主观抒情、自我表现的路上去。倘若只从艺术效果上考虑,这是可行的,但在思想倾向上显然不符合整个左翼文学界清算"个人主义的浪漫主义"的时代潮流。因此,处于过渡地位的"革命的浪漫谛克"在受到批评以后,最终是依照它所包含的革命意识所指示的方向,克服了空幻的浪漫情调,汇合到新的写实主义中去了。

在五四浪漫主义向30年代初革命文学的过渡中,有一个很重要的人物,就是20年代末脱颖而出的丁玲。在短短几年中,丁玲身上重现了从五四浪漫主义到30年代新写实主义的十多年

---

① 瞿秋白:《革命的浪漫谛克》,《瞿秋白文集》第1卷,人民文学出版社1985年版,第457页。

历史。她的处女作《梦珂》发表于 1927 年 12 月《小说月报》18 卷 12 号,成名作《莎菲女士的日记》发表于 1928 年 2 月《小说月报》19 卷 2 号。这些作品"好似在这死寂的文坛上抛下一颗炸弹一样,大家都不免为她的天才所震惊了"①。1928 年 10 月,她把最初的四篇小说结集为《在黑暗中》,由开明书店出版。次年,她的第二本小说集《自杀日记》内收六篇作品,由光华书局出版。这批小说突出地表现了女性在历史过渡时期的内心苦闷、因为找不到出路而百无聊赖的精神状态以及灵的挣扎,有很强的女性主义意识。表现的手法主要是内心独白、精神剖析,而不是客观的写实。人物大多属于莎菲型,经历和命运虽与丁玲不尽相同,但就她们的内心苦闷和精神历程而言,显然是丁玲的自我写照。因此,这些小说是很典型的浪漫抒情的作品,是五四浪漫主义思潮在 20 年代末溅起的一朵璀璨的浪花。

在"反革命的浪漫主义"受到左翼文艺界同声谴责、"革命文学"的论争风起云涌的年代,丁玲五四式的浪漫小说居然引发了那么大的社会反响,而且几乎都是正面的好评,这不能不说是一个奇迹。其中的原因,我以为,其一是丁玲遇上了为人稳健的叶圣陶。叶圣陶欣赏丁玲的才华,把她的作品发在《小说月报》的头条位置,这一举措显然没受"革命文学"倡导者那些"左"倾教条的影响。因而可以认为,五四浪漫主义乐章的一个漂亮尾声是通过一位深孚众望、态度温和持重的五四文学革命老将之手推向广大

---

① 毅真:《丁玲女士》,袁良骏编《丁玲研究资料》(乙种),天津人民出版社 1982 年版,第 223 页。

读者的。其二是由于当时人们已开始不满"革命+恋爱"的滥调，也反感一些"革命文学"倡导者的教条主义和只有口号没有作品的局限，因而对丁玲大胆率真的自我表现、对她提出的知识女性的内心苦闷和精神出路问题反而感到耳目一新，表现出少有的同情和喜欣。茅盾称丁玲"满带着'五四'以来时代烙印"，她的人物"是心灵上负着时代苦闷的创伤的青年女性的叛逆的绝叫者"①。鲁迅私下里也认为，"丁玲是我们最优秀的作家，近来她很努力，茅盾都要写不过她的"②。这些文学革命的先驱从艺术的角度、从作品表现人的心理深度的方面肯定了丁玲的成就，不能说没有一点嘲讽"革命的浪漫谛克"和教条主义者的意思在内。当然，这些评论也从一个侧面反映了30年代随着苏联清算"拉普"路线，中国左翼文艺阵营开始纠正教条主义、"左"倾关门主义和宗派主义的错误这一大的背景，虽然纠正的程度还说不上彻底。其三，丁玲的一朝成名表明，20年代末，人的解放这一问题实际上还远没有过时。虽然时代的主潮已转向社会革命和革命文学，可个性主义思想和个性解放的主题依然具有现实的意义，可以被社会革命的时代所容纳。这一点是意味深长的，它暗示了人的解放问题仅仅是被更为紧迫的社会革命问题暂时掩盖起来罢了。丁玲后来发表《三八节有感》和《在医院中》等小说，对解放区部分同志身上的封建意识和小生产者的冷漠态度提出批评，结果招致严重的麻烦，受到不公正对待，说明人的解放问题甚至到40年代解放区

---

① 茅盾：《女作家丁玲》，1933年7月《文艺月报》第1卷，第2期。
② 转引自张永年的《鲁迅访问记》，1933年6月《文艺月报》创刊号。

也还是一个十分尖锐的社会问题。丁玲的幸运在于，当时代刚转向社会革命、"革命文学"的论争正热火朝天的时候，她得到了忠厚长者的扶持，以自己的才华冷不丁儿地冒了出来。如果再迟几年，不难想象她不仅写不出《莎菲女士的日记》，即使写出，带给她的恐怕也不是鹊起的文名，而是落伍的罪证了。

不过上述因素都是外在的，丁玲传奇式的成名归根到底还是由于她自己。丁玲20年代初开始接触新思潮，一心追求自由。1922年她冲破外祖母的包办婚姻，与女友王剑虹一起来到上海，稍后在北京结识了勇猛、乐观、热烈而穷困的青年诗人胡也频，并于1925年开始同居。物质生活的狼狈，不仅没有磨灭她的灵性，反而促使她的个性朝浪漫的、感受性强、追求精神自由和女性自我价值的方向发展。沈从文在《记胡也频》一文中这样写到丁玲："自己说是姓丁的丁玲，那时也独自住在一个名为通丰公寓的小房间里，如同当时的许多男子一样，什么正式大学也无从进去，只能在住处就读点书，出外时就学习欣赏北京一切的街景，无钱时习惯敷衍公寓里的主人，躺到床上时就做梦安慰到自己。我同胡第一次到她住处时，看见房子里一切都同我们住处差不多，床是硬板子的床，地是湿湿的发霉发臭的地，墙上有许多破破烂烂的报纸，窗子上画了许多人头，便觉得稀奇。以为一个女子住到这样房子里，不害病，不头痛，还能很从容的坐在一个小小的条桌旁边写字看书，真是个了不起的人物。"不过，小两口有时也会闹点热情的青年男女都免不了的那种浪漫的意气："有眼睛的不去注意那事的细微处，却肆无忌讳的流泪，有口的也失去了正当的用途，只是骂人赌咒，凡是青年男女在一块时，使情侣成为冤家以后用得着的那一份，这两人差不多都使用了。"从这些描述里，人们不难想起莎菲的百无聊赖和她对精神生活的执着追求。这意味着，丁玲是由于当时跟南方的革命形势比较隔膜，在北京一个相对宁静狭小的天地里所感受到的主要还是五四式的个性解放问题，接受的还是西方人道主义和个性主义思想的影响，她才以自己的才华和勇气把这些躺在床上所做的"梦"真切地写在纸上，从而使读者感到了震惊。

不过，比起五四时代的浪漫抒情小说来，同样是写性苦闷，丁玲这时所取的基本态度与郁达夫和庐隐、沉君不同。郁达夫是从男性的立场落笔，带有才子式的颓废情调，丁玲则是站在女性的立场追求灵肉一致的爱情，争取女性的人格独立和尊严。庐隐笔下的自我形象总觉得难以逃脱人间的网，哀怨而惆怅，反映了五四时代觉醒了的女性无奈的心态。沉君小说的反抗精神要强于庐隐，但她的才情似乎稍逊一筹。丁玲综合了庐隐的缠绵和沉君的气概，她的莎菲女士在经历一番心意迷乱后，一脚踢开了外表漂亮而内心肮脏的凌吉士，对喜欢掉眼泪的苇弟也只觉得他可怜，这种倔强刚烈的性格带有时代女性的烙印，已经预示了丁玲日后要走的路——"昨天文小姐，今日武将军"①。

丁玲走向"武将军"的路，也经过了"革命+恋爱"的阶段。代表这一阶段的作品是长篇小说《韦护》和系列中篇《一九三〇年春上海》。《韦护》取材于瞿秋白和作者的好友王剑虹的爱情生活。共产党人韦护和浪漫女性丽嘉一度沉溺在儿女私情中，后来幡然

---

① 毛泽东赋赠丁玲的《临江仙》词中的两句。

悔悟，一个接受组织派遣南下广东从事革命，一个也表示要"好好做点事业"。小说在恋爱的故事中描写革命者，写恋爱绘声绘色，写主人公的革命信仰和重新振作却显得一般化，丁玲后来说这是"陷入恋爱与革命的冲突的光赤式的阱里去了"①。《一九三〇年春上海》同样采用了革命与恋爱相冲突的套路。第一篇，青年作家子彬一心撰稿挣钱，两耳不闻窗外事，他的朋友若泉参加了革命。革命的春风吹进子彬的温馨小巢，他妻子美琳不愿再做"娜拉"，跟随若泉来到大众中间。第二篇写革命者望微与情人玛丽的感情纠葛。望微成了革命者，玛丽依然是个爱情至上主义者，爱虚荣贪享受，两人的思想距离越来越大。最后望微被捕，玛丽另有新欢。这两篇小说依然是女性的复杂心态写得精彩，尤其是玛丽因拉不住望微的心，由爱生忌，对望微用残酷手段加以精神上的折磨，很有心理深度。丁玲过渡阶段的这些作品总体上并不成功，看不出有多少属于她个人的特点，但由于引入了革命的主题，表明她的创作视野比"莎菲"时代大大拓展了，并且预示了她后来的发展方向。这一方向的第一个成果，便是被茅盾誉为清算了"革命+恋爱"俗套的短篇小说《水》。

丁玲的道路进一步显示，一个浪漫主义作家诗人走向革命，少不了要在创作上经历一个"革命+恋爱"的阶段。恋爱的浪漫谛克是这些人前一时期生活内容和创作主题的延续，"献身革命"则是他们此一时期的事业和对未来的憧憬。过去、现在与未来就在"革命+恋爱"这一过渡点上联结起来，通过这座承前启后的桥梁

---

① 丁玲：《我的创作生活》，收入《创作的经验》，天马书店1933年版。

方能到达一个新的天地。不过就丁玲个人而言，她转向新的写实主义以后，经过一番探索，重新表现出她那鲜明的创作个性，这是非常难能可贵的，却同时又注定了她日后必须经受"千锤百炼"的考验。

在五四浪漫主义探索新方向的途中，另一个有影响的作家是继丁玲之后一举成名的萧红。如果说丁玲的"莎菲"系列小说是五四浪漫主义的最后一朵浪花，"革命的浪漫谛克"是联结五四浪漫主义和30年代左翼文学思潮的一座桥梁，那么，萧红则是把浪漫主义精神与写实手法糅合起来的一位很有才气的女作家。萧红初涉文坛于北方，到上海经鲁迅栽培脱颖而出。鲁迅曾预言："萧红，是当今中国最有前途的女作家，很可能成为丁玲的后继者，而且她接替丁玲的时间，要比丁玲接替冰心的时间早得多。"[1]鲁迅如此评说的背景，是丁玲经由"革命+恋爱"转向现实主义的过程中，她的创作个性有点模糊，新的风格还没有形成，而且她被国民党政府拘禁三年，文坛很久没有她的消息，就在这当口，萧红作为一个女作家，以她柔中含刚的风格在文坛崛起，特别地耀人眼目。

萧红小说的题材比较开阔，大量描写的是下层民众的悲惨遭遇以及他们自发的反抗，这是她能够被左翼文坛接受的根本原因。但萧红的写实有她的"越规的笔致"[2]，具体说来，大致就是对生活细节和自然景物的直觉感悟，散文化的结构，充满温暖而

---

[1]《鲁迅同斯诺的谈话》(斯诺整理)，《新文学史料》1987年第3期。
[2] 鲁迅：《〈生死场〉序言》，上海容光书局1935年版。

忧郁情调的童年视角,稚拙可爱的文笔,以及从这一切方面生发出来的抒情诗的品质。她有很鲜明的阶级观念,可那不是从书本上读来,而是用自己的青春作赌注,经历了逃亡、饥饿甚至陷于绝境之后得来的经验,因而她对下层民众的同情,是基于个人珍惜生命、同情弱者的立场自然而然地流露出来的真挚感情。阶级意识与个人的情感倾向的一致使萧红的写实具有自我表现的浪漫的因素,写实与抒情彼此融合,形成了一种很有个性的文体。也许正是由于这一原因,胡风对萧红怀着特殊的偏爱,他曾当面向萧军夸奖萧红说:"她在创作才能上可比你高,她写的都是生活,她的人物是从生活里提炼出来的,活的。不管是悲是喜都能使我们产生共鸣,好像我们都很熟悉似的。而你可能写得比她的深刻,但常常是没有她的动人。你是以用功和刻苦,达到艺术的高度,而她可是凭个人的天才和感觉在创作。"[①]胡风从现实主义的角度肯定萧红的才气,他不认为"个人的天才和感觉"具有浪漫主义的性质,但胡风的现实主义理论体系本来就特别地标榜"主观战斗精神",他指出萧红"凭个人的天才和感觉在创作",而且才能比萧军高,确是敏锐精当的见解。

萧红是个敏感多情、很有个性的作家。她在鲁迅的关怀下倔强地走自己的路,创作上与时代取了同一步调,却又没怎么受"左"倾教条的影响,所以她的风格是前后一致的,没有也不必像丁玲要经过一段曲折的路去追赶潮流。由于这个原因,也由于英年早逝,她没有丁玲40年代的辉煌,可也避免了丁玲一度有过

[①] 胡风:《悼萧红》,中国现代作家选集《〈萧红〉代序》,人民文学出版社1996年版。

的艺术上的困惑。直至逝世前她在香港完成的长篇小说《呼兰河传》,借用茅盾的话,依然是"一篇叙事诗,一幅多彩的风土画,一串凄婉的歌谣"①。在这部代表作中,她带着含泪的微笑回忆故土、童年,悲悯民众的愚昧和风俗的落后,稚嫩的生命横遭摧残,但又写出生的坚强、死的挣扎。这样的主题和风格,透露了她寂寞的心境和人在旅途,尤其是作为一个柔弱的女性漂泊异乡、生活屡经巨大变故、身心遭受重创时对乡土的一份深深的眷恋。茅盾以他一贯的开阔视野指出萧红此时"和广阔的进行着生死搏斗的大天地完全隔绝"了,寂寞地回忆呼兰这一小城,因而"人物都缺乏积极性","看不到封建的剥削和压迫,也看不见日本帝国主义那种血腥侵略"②,现在看来,这只代表茅盾自己对时代、对人生的态度和他的现实主义文学观点。而萧红却认为,"一个题材必须要跟作者的情感熟悉起来,或者跟作者起着一种思恋的情绪"③才能写好。她在1937年胡风代表《七月》召集的座谈会上,表示不赞同"战场高于一切"的口号,认为作家把握题材都须经过一段"思索的时间",而"现在或是过去,作家写作的出发点是对着人类的愚昧!"④这些意见初看全都不合时宜,但从中却可以看出鲁迅的影响和萧红自己的思考,也可以悟出她之所以能保持自己鲜明的创作个性的原因所在。

"革命的浪漫谛克"、丁玲和萧红,各自代表了浪漫主义在探

---

① 茅盾:《〈呼兰河传〉序》,重庆上海杂志公司1941年版。
② 茅盾:《〈呼兰河传〉序》,重庆上海杂志公司1941年版。
③ 萧红:《现时文艺活动与〈七月〉》,1938年5月《七月》第15期。
④ 见《抗战以来的文艺活动动态和展望》和《现时文艺活动与〈七月〉》,1938年1月《七月》第7期、1938年5月《七月》第15期。

索途中不同的发展阶段,但最终都汇入了现实主义。所以这些探索从浪漫主义这方面看,都带有自我否定的性质。但这并不意味着整个浪漫主义思潮就此消亡了。因为事实上,五四浪漫主义通过另一条途径,即由于废名、沈从文和20年代末30年代初的郁达夫的艺术探索,发展出一种新的浪漫主义形态,并且取得了相当高的成就。

30年代:从中心走向边缘

在社会革命时期,浪漫主义所包含的个性自由的精神,以其固有的叛逆性难为反动当局所认可,并且它主张宽容、反对思想统一和暴力革命、要求创作自由,这又与无产阶级革命的原则相抵触。在这种情形下,五四浪漫主义思潮发生了急剧分化。一些剩下的浪漫主义者只有一条路可走,那就是在观念和心理上从社会革命的中心退居边缘,通过疏远时代、与政治斗争保持一定距离从而获得乃至扩大个人心理自由的空间,只有这样才能坚持他们"个人主义的浪漫主义"的创作方向,但不言而喻,这又注定了他们必然地要遭受被社会革命时代冷落的命运。废名、沈从文和20年代末30年代初的郁达夫选择的就是这样的一条道路。

郁达夫1928年宣布脱离创造社,30年代初又离开左联。他在西子湖畔建起"风雨茅庐",开始与达官显贵周旋,左翼方面因此批评他是没落的小资产阶级。

废名在大革命前曾追随鲁迅。他以自己的创作"声援"鲁迅编辑的《莽原》①，鲁迅日记多次提到废名往访，尤其是 1926 年 3 月 21 日废名拜访鲁迅，那正是"三一八"惨案后三天，可见他对鲁迅先生的感情不浅。鲁迅也很关心废名的成长，1926 年 8 月他临离开北京之际和 1927 年 1 月他在厦门时分别写信给韦素园，嘱咐赠书的名单中就有废名的名字。但废名与周作人的关系更深一层。他常借居周作人在八道湾的寓所，周作人不仅把他视为得意门生，而且几乎把他当作"家人"看待。1927 年 8 月，奉系军阀解散北京大学，周作人在重组的"京师大学校"中未被聘用，废名愤而退学，卜居西山。直至南京政府恢复了北大，聘请周作人为北大文学院国文系主任和日文系主任，废名才又回到北大英国文学系继续读书，毕业后又由周作人推荐做讲师。他的五本小说集一例由周作人包作序言。废名自己也承认："我在这里祝福周作人先生，我自己的园地，是由周先生的走来。"②他与周作人越来越亲近，与鲁迅却越来越疏远，甚而化名丁武写杂文，说鲁迅转向革命文学，是由于害怕孤独而失掉了自我。③ 他为《周作人散文钞》作序，称"鲁迅先生有他的明智，但还是感情的成分多，有时还流于意气"，"岂明先生讲欧洲文明必溯到希腊去，对于希伯来、日本、印度、中国的儒家与老庄，都能以艺术的态度去理解它，其融汇贯通之处见于文章，明智的读者谅必多所会心"。④ 在抑扬之间，他追随周作人的态度是非常明显的。对于这种盲评，

---

① 鲁迅：《中国新文学大系·小说二集导言》，上海良友公司 1935 年版。
② 废名：《竹林的故事·序》，北平新潮社 1925 年版。
③ 丁武：《闲话》，1930 年 5 月 26 日《骆驼草》第 3 期。
④ 废名：《〈周作人散文钞〉序》，上海开明书店 1932 年版。

鲁迅曾感到十分气愤①。从废名与鲁迅、周作人关系的亲疏远近的变化中，人们不难看出他渐渐与主流社会隔膜的倾向来。

沈从文自称是一个"对政治无信仰对生命极关心的乡下人"②。他不仅与城市文明格格不入，而且与时代潮流也保持了距离。虽然写过《记胡也频》等长文，表达了对国民党当局镇压革命者的愤慨，但他取的是比较宽泛的正义立场，出于对朋友的一份情谊和反对独裁、同情弱者的道义责任。由于反对一切"政治"，他对"革命文学"论争和后来的左翼文学运动也颇有微词，说"那里骂人的同被骂的，都似乎是只有'主义'而无'作品'的人"③。他表示要练好"一支笔"，认为把生命处置到一个美丽的形式中去，最需要的就是自由："文学方向的自由，正如职业的选择自由一样，在任何拘束里在我都觉得无从忍受"，"我主要就是在任何困难下，需要有充分自由，来使用我手中这支笔"。④ 又说："我不是宜于经营何种投机取巧的人，也不能成为某种主义下的信徒。我不能为自己宣传，也就不能崇拜任何势利。我自己选定

---

① 鲁迅在知道"丁武"系废名的化名后，曾在1932年11月20日写给许广平的信中表示："周启明颇昏，不知外事，废名是他荐为大学讲师的，所以无怪乎攻击我，狗能不为其主子吠乎？……"私人信函，用语不免率直。后鲁迅又看到废名的《〈周作人散文钞〉序》《知堂先生》与《关于派别》等为周作人捧场的文章，便作《势所必至，理有固然》一文。但这篇反击文章写成后又被他丢进纸篓里，由许广平拣起，延至40年代初才发表。发表时有许广平写的一段附记，说及鲁迅当时反对发表此文的情形。这篇文章现见于鲁迅《集外集拾遗》。关于鲁迅不愿发表此文的原因，恐怕是它牵及周作人，鲁迅在兄弟失和后始终避免公开谈及他与周作人的关系。
② 沈从文：《水云》，《沈从文文集》第10卷，花城出版社1984年版，第294页。
③ 沈从文：《记胡也频》，《沈从文文集》第9卷，花城出版社1983年版，第83页。
④ 沈从文：《记胡也频》，《沈从文文集》第9卷，花城出版社1983年版，第92—93页。

了这样事业寄托我的身心，可并无与人争正统较嫡庶的余裕"，"更不会因为几个自命'革命文学家'的青年，把我称为'该死的'以后，就不来为被虐待的人类畜类说话"。① 从这些话中，读者不难把握到他的自由主义倾向。

郁达夫、废名、沈从文抱着自由主义的态度，置身于时代潮流之外，保持了他们自己的创作个性，说穿了，这是自由主义社会思潮在文学方面的特殊表现。称它"特殊"，是因为自由主义的社会思潮可以衍生出写实的自由派文学，而郁达夫、废名、沈从文的风格无疑是属于浪漫主义的。

郁达夫后期的作品，艺术上更为可取的是以《迟桂花》为代表的浪漫抒情小说，这一点大致不会有异议。但废名、沈从文，人们一般都把他们当作乡土写实的作家看待，而不认为他们代表了浪漫主义思潮的一个新的发展阶段。那是他们笔下的风情画面都被当成了乡土写实的缘故，却把他们独特的艺术态度和隐藏在这些乡土画面背后的个人忧愁和痛苦忽略了。

主动退守社会边缘者，其人生态度必定相当达观。好像到真的懂得了愁滋味时，"欲说还休，却道天凉好个秋"，把心中的哀愁掩盖起来了。当然，沈从文等人的达观不是高蹈派的隐逸，他们只是在政治上保持低姿态，在人生的其他方面却是非常认真坚毅的，而对艺术更有一份执着的追求。这使他们看淡了功名利禄和毁誉褒贬，却向远景凝眸，守望着自己的精神家园。比如沈从

---

① 沈从文：《阿丽思中国游记·第二卷的序》，《沈从文文集》第 1 卷，花城出版社 1982 年版，第 345—346 页。

文二十岁独闯北京时连标点符号都不会,考燕大得了个零分,却以一个"乡下人"傻得可爱的犟劲想用一支笔在故都创一番事业,而且居然大获成功。人们只看到成功了的沈从文,却不曾理解这成功背后的辛酸。沈从文后来以自嘲的口吻回顾说:"怎么向新的现实学习?先是在一个小公寓湿霉的房间,零下十二度的寒气中,学习不用火炉过冬的耐寒力。再其次是三天两天不吃东西,学习空空洞洞腹中的耐饥力。再其次是从饥寒交迫无望无助状态中,学习进图书馆自行摸索的阅读力。再其次是起始用一支笔,无日无夜写下去,把所有作品寄给各报章杂志,在毫无结果等待中,学习对于工作失败的抵抗力与适应力。各方面的测验,间或不免使得头脑有点儿乱,实在支撑不住时,便跟随什么奉系直系募兵委员手上摇摇晃晃那面小小白布旗,和五七个面黄肌瘦不相识同胞,在天桥杂耍棚附近转了几转,心中浮起一派悲愤和混乱。快要点名填志愿书发饭费时,那亲戚说的话,在心上忽然有了回音,'可千万别忘了信仰!'这是唯一的老本,我那能忘掉?便依然从现实所作成的混乱情感中逃出,把一双饿得昏花朦胧的眼睛,看定远处,借故离开了那个委员,那群同胞,回转我那'窄而霉小斋',用空气和阳光作知己,照旧等待下来。……这就是我到北方来追求抽象,跟现实学习,起始走的第一段路,共约四年光景。年青人喜欢说'学习'和'斗争',可有人想到这是一种什么学习和斗争!"[①]沈从文说得轻松幽默,显示了他的达观。但

[①] 沈从文:《从现实学习》,《沈从文文集》第 10 卷,花城出版社 1984 年版,第 301—302 页。

达观毕竟是面对苦难的一种姿态,并不是说已经忘了苦难。试想孑然一身在北京街头饿得眼冒金花,仅靠一点缥缈的希望在精神上支撑着熬下来,这样得来的成功该是什么代价!只有充分掂出这中间的沉重,才能理解沈从文后来功成名就、新婚燕尔之际,反而产生了这样的心情:"我准备创造一点纯粹的诗,与生活不相粘附的诗。情感上积压下来的一点东西,家庭生活并不能完全中和它、消耗它,我需要一点传奇,一种出于不朽的痛苦经验,一分从我'过去'负责所必然发生的悲剧。换言之,即完美爱情生活并不能调整我的生命,还要用一种温柔的笔调来写爱情,写那种和我目前生活完全相反,然而与我过去情感又十分相近的牧歌,方可望使生命得到平衡。"他因此写了《边城》,"这一来,我的过去痛苦的挣扎,受压抑无可安排的乡下人对于爱情的憧憬,在这个不幸故事上,才得到了排泄与弥补"①。人们都说《边城》是一个优美的故事,认为沈从文要借它表现一种"优美、健康、自然而又不悖乎人性的人生形式","为人类'爱'字作一度恰如其分的说明"②,没曾想到它根本上是作者主观的表现,是他灵魂痛苦挣扎的结晶。这种挣扎的真正含义,我以为,就是他对于过去生活的庄严回顾,是庆贺成功时节的泪水,是生命旅途中新的起跑线。一句话,《边城》是沈从文长期受压抑的感情的流露,是他唱给自己听,为了让自己的心感动起来的"情歌"。他需要用柔和湿润的心去迎接新的生活,因而须对"过去"的感情欠账作一番清

---

① 沈从文:《水云》,《沈从文文集》第10卷,花城出版社1984年版,第279—280页。
② 沈从文:《从文小说习作选·代序》,《沈从文文集》第11卷,花城出版社1984年版,第45页。

理总结。他写祖孙相依为命,那种温暖的氛围,是他在现实中不曾充分享有而在想象中始终追寻着的充满人类爱意的"人生形式";祖父死了,白塔倒了,留下个没有成年的翠翠去等那不知回不回来的傩送,这种源于稚嫩的生命失去了呵护的人类悲哀和隐忧,又分明是他在北京街头饿得眼花耳鸣,找不到一点依靠时所体验到的那种孤苦无助的感觉!他把这种理想和悲哀调和起来,构成了《边城》的情绪基调,用这个优美然而不幸的故事把自己的灵魂超度了。沈从文后来曾抱怨说:"没有一个人知道我是在什么情绪下写成这个作品,也不大明白我写它的意义。即以极细心朋友刘西渭先生批评说来,就完全得不到我如何用这个故事填补我过去生命中一点哀乐的原因。"[1]他的抱怨是有道理的。

把《边城》这类作品当成乡土写实小说,除了没从作者心理的角度来理解它的意义以外,还忽略了故事发生地湘西虽然民风淳朴,但也有野蛮的杀戮、卑鄙的灵魂。写于《边城》之前的《从文自传》已经说到他十几岁当小兵时,"在那地方约一年零四个月,大致眼看杀过七百人。一些人在什么情形下被拷打,在什么状态下被把头砍下,我可以说全部懂了。又看到许多所谓人类做出的蠢事,简直无从说起"[2]。他后来写的《湘西》,则把他从前小说的背景和盘托出,不曾讳言湘西的弱点是"极顽固的拒他性"[3]。《巧秀和冬生》写巧秀母亲二十几岁被活活沉潭,一个关键的原因

---

[1] 沈从文:《水云》,《沈从文文集》第10卷,花城出版社1984年版,第281—282页。
[2] 沈从文:《从文自传》,《沈从文文集》第9卷,花城出版社1983年版,第162页。
[3] 沈从文:《湘西·题记》,《沈从文文集》第9卷,花城出版社1983年版,第333页。

就是那个主事的族长没从这小寡妇身上占到便宜，就要对她进行见不得人的变态残忍的报复。总之，湘西不是世外桃源。《边城》把这一切丑陋的方面一概除去，写成了一首与湘西的现实不太牵连而与作者过去的情感十分相近的牧歌。因而，若再要说它是写实小说，那似乎只能按主观逻辑把这种缺乏现实依据的优美的人生样式和生命形态进一步推向"过去"，认为它是一个关于民族的历史的动人回想，就像作者曾说过的："《边城》中人物的正直和热情""已经成为过去了"①，"这作品或者只能给他们一点怀古的幽情，或者只能给他们一次苦笑"②。可这样一来，正好表明《边城》不是现实乡土的写照，而只是作者"排泄"与"弥补"长期受压抑感情的一个桃花源式的好梦罢了。如果说沈从文写《边城》还有什么外在的目的，那也只能是他要让《边城》中的人物的正直与热情，"保留些本质在年青人的血里或梦里，相宜环境中，即可重新燃起年青人的自尊心和自信心"，使人们将"过去"与"当前"对照，明白"所谓民族品德的消失与重造，可能从什么方面着手"。③

沈从文的确是在写梦，他说："我要写我自己的心和梦的历史。"④他把小说看成"用文字很恰当记录下来的人事"，认为其中包含两部分："一是社会现象，是说人与人相互之间的种种关系；一是梦的现象，便是说人的心或意识的单独种种活动。……必须

---

① 沈从文：《长河·题记》，《沈从文文集》第7卷，花城出版社1983年版，第4页。
② 沈从文：《边城·题记》，《沈从文文集》第6卷，花城出版社1983年版，第72页。
③ 沈从文：《长河·题记》，《沈从文文集》第7卷，花城出版社1983年版，第4页。
④ 沈从文：《水云》，《沈从文文集》第10卷，花城出版社1984年版，第273页。

把人事和梦两种成分相混合，用语言文字来好好装饰剪裁，处理得极其恰当，才可望成为一个小说。"①他用"社会现象"来表现"梦"，即在生活中撷取"几件琐碎的事情，在情感兴奋中粘合贯串了这些事情，末了就写成了那么一个故事"②。这样的故事，在他看来，是"情真"胜过"事真"的，因为"精卫衔石，杜鹃啼血，情真事不真，并不妨事"③。重"情真"而轻"事真"，不用说，正是重主观表现的浪漫主义文学观的特色。

　　沈从文在创作中贯彻了这种文学观。他擅长写湘西，他笔下的湘西山水就很有浪漫派的特点。比如《三三》写杨家碾坊的景色："堡子位置在山湾里，溪水沿到山脚流过去，平平的流到山嘴折弯处忽然转急。"就在此处筑一道坝，坝边是碾坊，上游有一潭，潭里四面大树覆荫，白鸭子在水中悠游，一群水车成日成夜不知疲倦地唱着含糊的歌。这就宛若19世纪浪漫派风景画中的乡村风光。而那些清纯少女，如翠翠、三三、夭夭，在这和谐的自然背景中各自展现其生命的本色，成了善的化身、美的使者。尤其是翠翠，像坡上幽篁一般清，如山头黄麂一般乖觉明慧："面对陌生人对她有所注意时，便把光光的眼睛瞅着那陌生人，作成随时皆可举步逃入深山的神气，但明白了人无机心后，就又从从容容的在水边玩耍了。"这像是天地灵气所钟的奇迹，是沈从文梦中所期待的理想的生命形态。

　　至于以湘西传说为题材的神性小说系列，如《龙珠》《神巫之

---

① 沈从文：《短篇小说》，《沈从文文集》第12卷，花城出版社1984年版，第114页。
② 沈从文：《水云》，《沈从文文集》第10卷，花城出版社1984年版，第273页。
③ 沈从文：《水云》，《沈从文文集》第10卷，花城出版社1984年版，第276页。

爱》《媚金、豹子与那羊》《月下小景》等，又别具一番浪漫的风情。神巫的爱是那么奇：所有花帕青裙的美貌女子都在守候神巫的来临，哪怕是在神巫跟前只做一次呆事就到地狱里去做鬼推磨她们也无怨无悔。可是神巫竟无动于衷，却为一个哑巴姑娘所倾倒，第三天晚上他破窗跳进这姑娘的房间时，发现"姊妹两个，并在一头"。这个传说的寓意是很浪漫的，那就是一切口上说出的"爱"都是平凡世俗的，最真挚神圣的爱跟生命融为一体，不必也不能用语言表达，就像安徒生童话里的海的女儿甘以生命作赌注去追求爱情，却无法用语言向王子表明心迹那种心焦而伟大的境界。《龙珠》的神奇性不比《神巫之爱》逊色：龙珠是美男子中的美男子，所有姑娘面对他都失去了表示爱慕的自信，他的歌好得没有一个女人敢接声。最后，龙珠被一位美丽而骄傲的姑娘惹恼，由恼生爱，超凡入圣的美终于回到人间，使人间的爱焕发出浪漫的异彩。显然，沈从文不是在简单地复述传说，从他的浪漫想象里，读者不难体味到他作为一个"乡下人"的寂寞和心灵的骚动。这意味着，沈从文创作的真正价值，原是作为表现主观的浪漫主义思潮在30年代的体现而存在的。

有趣的是，废名也认为文学是"梦梦"。他说："创作的时候应该是'反刍'，这样才能成为一个梦。是梦，所以与当初的实生活隔了模糊的界。艺术的成功也就在这里。""字与字，句与句，互相生长，有如梦之不可捉摸。然而一个人只能做他自己的梦，所以虽是无心，却是有因。结果，我们面着他，不免是梦梦。但依然是真实。"①在自传性小说《莫须有先生坐飞机以后》中，他又写道："我读莎士比亚，读庾子山，只认得一个诗人，处处是这个诗人自己表现，不过莎士比亚是以故事人物来表现自己，中国诗人则是以辞藻典故来表现自己，一个表现于生活，一个表现于意境。表现生活也好，表现意境也好，都可以说是用典故，因为生活不是现实生活，意境不是当前意境，都是诗人的想象。"②废名说"梦梦"，其实就是表现主观。小说材料经过了主观加工，材料的组合更少不了"梦"——主观的情绪、意向来串联，所以他认为作品处处是"诗人自己表现"。废名写过几篇契诃夫式的小说，但他最优秀的作品大多即是"梦"的写照。

《竹林的故事》是他早期的代表作。三姑娘爸爸在三姑娘八岁时躺进了河边斜坡上圆圆的坟。可是母女勤敏，家事兴旺，春天一到，林里的竹子园中的菜，都绿得可爱。"青草铺平了一切"，连曾经有个爸爸这件事也慢慢忘了。人们看到三姑娘挑菜，只有三姑娘同她的菜，其余什么也不记得，因为"三姑娘的白菜原是这样好，隔夜没有浸水，煮起来比别人的多，吃起来比别人的甜"。三姑娘娴静得像竹林，又乖巧得像竹林里的雀子，锣鼓喧天，惊不动她。别人买青椒：

"三姑娘，你多称一两，回头我们的饭熟了，你也来吃，好不好呢？"

---

① 废名：《说梦》，《冯文炳选集》，人民文学出版社1985年版，第322—333页。
② 废名：《莫须有先生坐飞机以后·莫须有先生教国语》，《冯文炳选集》，人民文学出版社1985年版。

> 三姑娘笑了:
>
> "吃先生们一餐饭便使不得?难道就要我出东西?"
>
> 我们大家也都笑了;不提防三姑娘果然从篮子里抓起一把掷在原来称就了的堆里。

废名把三姑娘写得那么清纯,世人面对她只觉得自己俗气,这反而不经意地泄露了天机:三姑娘原来是废名心中一尊圣洁的美神,怪不得"我"碰见三姑娘迎面走来,要赶紧"暂时面对流水,让三姑娘低头过去"。

《菱荡》写竹林、流水、荡圩、石塔,尤其荡水写得好:

> 菱叶差池了水面,约半荡,余则是白水。太阳当顶时,林茂无鸟声,过路人不见水的过去。如果是熟客,绕到进口的地方去玩,一眼要上下闪,天与水。停了脚,水里唧唧响,——水仿佛是这一个一个的声音填的!偏头,或者看见一个钓鱼人,钓鱼的只看他的一根线。

荡的四周是一片树,人在林里走一圈,"听得斧头斫树响,一直听到不再响了还是一无所见"。就在这样一个地方,陈聋子挑水种菜摘菱角。城里人并不以为菱荡是陶家村的,而是陈聋子的。不见陈聋子,也处处有陈聋子的影子。这简直就是"空山不见人,但闻人语响"的境界了。这种诗意的美,到《桥》有了进一步发展。

周作人曾指出:"废名君的小说里的人物也是颇可爱的。这里边常出现的是老人、少女与小孩。这些人与其说是本然的,无宁说是当然的人物；这不是著者所见闻的实人世的，而是所梦想的幻景的写象，特别是长篇《无题》中的小儿女，似乎尤其是著者所心爱，那样慈爱地写出来，仍然充满人情，却几乎有点神光了。"①这是非常有见地的。新中国成立后，废名自己也不无愧意地表示："我所写的东西主要的是个人的主观，确乎微不足道。""人家说我的文章难懂，现在我自己读着有许多也不懂了。道理很简单，里面反映了生活的就容易懂，个人脑海深处的就不容易懂。我笑着对自己说，主观是渺小的，客观现实是艺术的源泉。"②他的自责反映了那个时代的特点，但他说自己的创作主要是表现主观，却是十分中肯的。正是表现主观，使废名与五四浪漫主义思潮有了联系，并以他自己的独特风格代表了浪漫主义思潮的一个新的发展。

废名、沈从文写山水和人物的美，目的是要对抗现实的丑。沈从文认为社会到处是丑陋，"可是人应当还有个较理想的标准，也能够达到那个标准，至少容许在文学艺术上创造那标准。因为不管别的如何，美应当是善的一种形式！"③废名借莫须有先生的口也说，想起童年，"黑暗的世界也都是光明的记忆"④。他们这种执着于理想的态度，包含了五四式的个性自由的精神，但它与五四精神有一个重要差别：五四的个性自由精神兼顾了个性解放

---

① 周作人：《〈桃园〉跋》，《永日集》，北新书局1929年版。
② 废名：《废名小说选·序》，《冯文炳选集》，人民文学出版社1985年版，第394页。
③ 沈从文：《水云》，《沈从文文集》第10卷，花城出版社1984年版，第276—277页。
④ 废名：《莫须有先生坐飞机以后·旧时代的教育》，《废名选集》，四川文艺出版社1988年版。

与社会改造两个方面，它要通过个性解放的途径达到社会改造的目的。因而体现了这种精神的五四浪漫主义文学具有很强的反抗性。无论郭沫若期待"新造的太阳出来"(《女神之再生》)，抑或郁达夫谴责"现代的社会，现代的人类都是我们主人公的压榨机"[1]，他们都是以自己的方式在与社会的正面冲突中表现出强烈的反抗精神。然而沈从文却主张"从'争夺'以外接受一种教育，用爱与合作来重新解释'政治'二字的含义"[2]，他要读者"从一个乡下人的作品，发现一种燃烧的感情，对于人类智慧与美丽永远的倾心，康健诚实的赞颂，以及对于愚蠢自私极端憎恶的感情"[3]。废名和这时的郁达夫也有与此相似的倾向，这一倾向的特点，就是想通过与现实拉大距离来保持个性独立和创作自由，希望用"美"与"爱"医治堕落了的文明，让人性复归自然。毫无疑问，这是关于自由、生命、道德秩序重建等的具有永恒魅力的话题，可在腥风血雨的社会革命时期，它的声音不免显得微弱缥缈。因而，沈从文只能以"乡下人"自嘲(自傲)，郁达夫躲进了"风雨茅庐"，废名则早已造好了艺术的塔。他们所代表的浪漫主义思潮徘徊于时代主潮之外，是寂寞的。

由于环境的改变和作者自动退向社会边缘，这一脉浪漫主义思潮受中外文化传统的影响，在侧重点上与五四浪漫主义相比也

---

[1] 郁达夫：《写完了〈茑萝集〉的最后一篇》，《郁达夫全集》第5卷，浙江文艺出版社1992年版，第78页。
[2] 沈从文：《从现实学习》，《沈从文文集》第10卷，花城出版社1984年版，第316页。
[3] 沈从文：《从文小说习作选·代序》，《沈从文文集》第11卷，花城出版社1984年版，第46页。

有了显著变化。五四浪漫主义主要是受西方19世纪以拜伦、雪莱为代表的包含着强烈抗争精神的浪漫主义思潮的影响；对世纪末思潮，五四浪漫主义者也主要是取其否定传统、反抗现实的精神。然而废名却偏爱莎士比亚、哈代。他从莎士比亚戏剧中看出了文艺是"诗人自己表现"，从哈代那里更沾染到一点美丽而厌世的倾向。他说，哈代的小说"写风景真是写得美丽，也格外的有乡土的色彩，因此我尝戏言，大凡厌世诗人一定很安乐，至少他是冷静的，真的"。他还特地引述自己的一首诗《梦》为例加以说明，诗云："我在女子的梦里写一个善字，/我在男子的梦里写一个美字，/厌世诗人我画一幅好看的山水，/小孩子我替他画一个世界。"[1]他把童心的纯真、女人梦中的善、男子梦里的美，跟厌世的情调结合起来，体现出他所喜欢的"霜随柳白，月遂坟圆"的那种美与坟墓相关联的凄美境界。这也很能代表他的一些小说的风格，这种风格与五四浪漫小说在感伤中包含着悲愤的风格是大不相同的。

五四浪漫主义接受的西方人文主义观念侧重于19世纪的个性主义，而沈从文却声称他要造"希腊小庙"，精致、结实、匀称，庙里供奉的是"人性"，说明他更向往希腊式的以和谐、匀称、健全为特点的古典人文主义传统。

五四浪漫主义与民族传统文化的联系处于作家潜意识的层面，作家在理性上却是最坚决地反对传统的。然而，废名、沈从文和30年代初的郁达夫却开始表现出某种程度向传统回归的倾

---

[1] 废名：《中国文章》，《冯文炳选集》，人民文学出版社1985年版，第344页。

向。废名写小说,自称受了中国诗词的影响,他说:"我写小说同唐人写绝句一样,绝句20个字,或28个字,成功一首诗,我的一篇小说,篇幅当然长得多,实是用写绝句的方法写的,不肯浪费语言",又说,"到了《菱荡》,真有唐人绝句的特点,虽然它是五四以后的小说"。① 他在李义山的诗里发现了"感觉的串联",从温庭筠的词中看出了"自由表现",说那是"画他的幻想","都是一个幻想,上天下地,东跳西跳"②。他把唐人绝句、李义山诗和温庭筠词的意境化入小说,形成了他蕴藉含蓄,有时被人说成是"晦涩难解"的独特风格。沈从文也认为,"一个短篇小说作者,肯从中国传统艺术品取得一点知识,必将增加他个人生命的深度,增加他作品的深度。一句话,这点教育不会使他堕落的!如果他会从传统接受教育,得到启迪或暗示,有助于他的作品完整、深刻与美丽,并增加作品传递效果和永久性,都是极自然的"。这里,"传统"是指中国传统艺术品所包含的创造者的"巧思"和"匠心独运",即如何在小小作品中,"一例注入崇高的理想,浓厚的感情,安排得恰到好处",使"一块顽石,一把线,一片淡墨,一些竹头木屑的拼合,也见出生命的洋溢"。③ 沈从文成熟期的小说,确实堪称吸收了中国古典艺术的经验、分寸上"安排得恰到好处"的佳作。

应该说,废名、沈从文的回归传统,呈现出某种程度的认同

---

① 废名:《废名小说选·序》,《冯文炳选集》,人民文学出版社1985年版,第394页。
② 废名:《谈新诗·已往的诗文学与新诗》,北平新民印书馆1944年版。
③ 沈从文:《短篇小说》,《沈从文文集》第12卷,花城出版社1984年版,第124—125页。

儒家价值观的迹象。这方面，废名稍显突出。他写老人的慈祥，少女的娇美，孩子的天真，各守本分，古风融融，颇符合儒家的伦理和审美的理想。沈从文要求作品"安排得恰到好处"，表现优美的人性，客观上也合乎诗教的传统。但是，他们向传统回归的趋势中，更多的是反映了禅意和道心，即顺乎自然、守静致远的人格理想和审美准则。读废名的小说，周作人称宜于"在树荫下闲坐"的时候，因为"废名君小说中的人物，不论老的少的，村的俏的，都在这一种空气中行动，好像是在黄昏天气，在这时候朦胧暮色之中一切生物无生物都消失在里面，都觉得互相亲近，互相和解。在这一点上废名君的隐逸性似乎是很占了势力"①。"隐逸性"，就是宁静美。沈从文比废名离儒家的观念更远些。他表示他的作品里"没有乡愿的'教训'，没有腐儒的'思想'，有的只是一点属于人性的真诚感情，浸透了矜持的忧郁和轻微疯狂"。在性问题上，他认为"二千年前僧侣对于两性关系所抱有的原人恐怖感，以及由恐怖感而变质产生的诃欲不净观，却与社会上某种不健康习惯相结合，形成一种顽固而残忍的势力，滞塞人性作正常发展"②。他写优美的生命形式，也写粗糙的灵魂、单纯的情欲，认为后者在天真一点上远较城里人的虚伪做作更合乎自然之道。虽然他把这说成是"乡下人"的尺度，并且称"佛释逃避，老庄否定，儒者戆愚而自信"③，对这"三个老老"都加以否定，但

---

① 周作人：《〈桃园〉跋》，《永日集》，北新书局 1929 年版。
② 沈从文：《〈看虹摘星录〉后记》，《沈从文文集》第 11 卷，花城出版社 1984 年版，第 49—52 页。
③ 沈从文：《〈看虹摘星录〉后记》，《沈从文文集》第 11 卷，花城出版社 1984 年版，第 52 页。

比较起来，他的取舍在趣味上与儒家的对立，与道家的纯任自然却是较为接近的。他的《月下小景》，把佛经小故事放大翻新，注入自己生命中属于情绪散步的种种纤细感觉和荒唐想象，来表达他对人生意义的思考，其中包含的承认人力限度和知足常乐的观点，不用说也是受到了佛教的影响。当然，沈从文并非佛教信徒，更不是宿命论者。他预设一个"偶然"的前提，承认"风不常向一个方向吹"，人力有它最终的限度，使自己对命运的反复无常有了一个心理准备，能泰然从容地处置骤然来临的毁誉祸福，然而又不否认人事可为，应该在追求中证明人生的意义。这种"乡下人"的"狡猾"原是一种知白守黑、以柔克刚的人生哲学，因而它又显出一点道家色彩，就像他说的，"明白偶然和感情将来在你生命中的种种，说不定还可以增加你一点忧患来临的容忍力——也就是新的道家思想，在某一点某一事上，你得有信天委命的达观，你因此才能泰然坦然继续活下去"①。

废名、沈从文等在特殊的环境中采取了边缘人的立场，加上对中外文化传统作了新的取舍，这一切与他们自己的生存方式和所感悟到的人生意义结合起来，构成了这一时期的浪漫主义不同于五四浪漫主义的特点。

首先，五四浪漫主义者强调"自我表现"，表现的是作者的情绪；沈从文虽然也认为创作是"一份'情感发炎'的过程纪录"②，

---

① 以上引语见沈从文《水云》，《沈从文文集》第 10 卷，花城出版社 1984 年版，第 267—269 页。
② 沈从文：《〈看虹摘星录〉后记》，《沈从文文集》第 11 卷，花城出版社 1984 年版，第 50 页。

可他表现的却是寄寓了主观理想的梦境。沈从文叙写自己经历的小说，缺少郁达夫、郭沫若自叙传小说的那种强烈的激情。他写得最好、最能体现出他个人风格的是以《边城》《萧萧》《三三》《阿黑小史》《月下小景》为代表的湘西题材的小说，还有《媚金、豹子与那羊》《神巫之爱》等写传说中具有神性的人物的浪漫小说。在这些作品中，他描画着那个生命的"抽象"，虽然它最终被证明是"在海上受水云教育产生的幻影，并非实有其事"①。废名的小说，他自己就说是"梦梦"，周作人也指出那些老人和小儿女是"所梦想的幻景的写象"。写梦境与抒发激情的最大差别不仅仅是自我表现的力度强弱，更主要的是后者以情绪起伏为结构基础，前者却按美的尺度以虚拟的具体性显示了朴素的形式，因而容易被误认为是一般的乡土写实小说。

其二，五四浪漫主义者表现的是粗暴的反抗的声音，或是哀哀切切的感伤的抒情，而30年代的浪漫派，心境相对比较宁静，他们更欣赏"节制"的美丽。沈从文下面这段话很有代表性："我懂得'人'多了一些，懂得自己也多了些。在'偶然'之一过去所以自处的'安全'方式上，我发现了节制的美丽。在另外一个'偶然'目前所以自见的'忘我'方式上，我又发现了忠诚的美丽。在第三个'偶然'所希望于未来'谨慎'方式上，我还发现了谦退中包含勇气与明智的美丽。"②"节制""忠诚""谦退""明智"，反映到创作，便使30年代浪漫派文学的主导风格包含着隐逸性。

---

① 沈从文：《水云》，《沈从文文集》第10卷，花城出版社1984年版，第176页。
② 沈从文：《水云》，《沈从文文集》第10卷，花城出版社1984年版，第287页。

其三，五四浪漫派的创作态度是感情自然流露："什么技巧不技巧，词句不词句，都一概不管，正如人感到了痛苦的时候，不得不叫一声一样，又哪能顾得这叫出来的一声，是低音还是高音？或者和那些在旁吹打着的乐器之音和洽不和洽呢？"[①]所以五四浪漫抒情小说是随意挥洒的，不讲究篇章结构，有时就不免流于枝蔓。废名、沈从文的小说不注重故事，也有散文的美，但他们更进一步把散文美推进到诗的境界。废名五年造"桥"，可知他自称把小说当诗写的话不假，并且几乎到了惜墨如金的程度。沈从文受了废名的影响，用抒情诗的笔调写湘西，并且为写不到废名那样的"经济"而觉得遗憾[②]，但他强调"恰当"："文字要恰当，描写要恰当，全篇分配更要恰当。作品的成功条件，就完全从这种'恰当'产生。"[③]他就在追求"恰当"的反复不断的磨炼中，为自己的风格注入了一种诗的抒情，与废名的追求诗的效果一样，创造了文体之美。

总而言之，废名、沈从文和此时的郁达夫从各自的人生态度和审美趣味出发，共同发展了一种乡村牧歌型的浪漫主义，从而把五四浪漫主义思潮推向了一个新的阶段。本来，浪漫主义就有两种可能的形态。以西方为例，一种是热情外露、声调高昂、力量很足、充满反抗破坏精神的浪漫主义，这以拜伦、雪莱最为典型；另一种是情感内敛、精神上回归自然并与之取得和谐的优美

[①] 郁达夫：《忏余独白》，《郁达夫全集》第5卷，浙江文艺出版社1992年版，第542页。
[②] 沈从文：《〈夫妇〉附记》，《沈从文文集》第8卷，花城出版社1983年版，第393页。
[③] 沈从文：《短篇小说》，《沈从文文集》第12卷，花城出版社1984年版，第114页。

型的浪漫主义，它把一切生灵乃至小草、原野、森林、小路、晨曦、朝雾、落照，都笼罩在温暖的情调里，好像黄昏的阳光把远方的孩子招回到母亲的身边，让人在惊叹大自然的美丽的同时也感受到生命的自在和隐忧，这可以"湖畔"诗人华兹华斯为代表。对华兹华斯，我们在自己的特殊的历史背景里，一般容易虑及他后来反对法国大革命的态度，不愿评价过高，有时还简单地用一句"消极浪漫主义"抹杀了他艺术上的成就。其实，"消极浪漫主义"的概念并不能确切地概括华兹华斯全部的创作成绩，也难以令人信服地解释他的深远影响。这当然是与本书关系不大的另一个话题，这里的意思是——比较起来，五四浪漫主义相当于前一种"摩罗"型的浪漫主义，废名、沈从文和此时的郁达夫所推动的浪漫主义则较为接近华兹华斯等人开创的优美抒情的浪漫主义。

当然，20年代后期到30年代大部分时期的这一脉浪漫主义思潮力量单薄，当时的影响有限。这不仅是指它徘徊于时代潮流的边缘，声势不大，招来了不少非议和冷遇，其局限性是明摆着的事实，而且还因为这一思潮的代表作家，如废名、沈从文，他们还创作了一些写实的小说。这说明他们受了多方面的影响，他们的总体风格就不及五四浪漫主义作家那么纯粹。然而若把这一思潮放到一个更大的时空框架中来考察，则它与同一时期的现实主义和新现实主义思潮的差别、它与五四乡土写实小说的差别，就显示出来了；而且可以肯定，它所包含的向往自由的精神与社会革命最终要从社会制度上实现人的全面解放这一目标是一致的，只是它的这种精神更多地带有文学的特点，而不是通过政治斗争的途径表现出来。这样，它事实上又与该时期的左翼文学思潮构成了一种矛盾统一、共存互补的关系。这意味着，30年代田园牧歌型的浪漫主义以对人性的探索、自然美和风俗民情的生动表现以及珍重生命，与左翼文学的重大题材相映成趣，拓展了新文学的表现领域。它以一种比较宽泛的正义立场和美的标准憧憬未来，以真诚和博大的爱心赢得了读者，虽不能说是战斗的号角，却是能够净化人的心灵的一曲悠扬的牧笛，在这方面它所取得的经验有助于人们反鉴部分左翼作品艺术上过于粗糙的缺陷；而左翼文学在展现广阔的生活画面、提出重大的社会问题和参与历史进程等方面所显示出来的气魄和所取得的成就，同样可以作为一面镜子，反映出这些浪漫派作品时代气息不浓、艺术格局偏于狭小的不足。最后，这些浪漫派的艺术实践还表明了，在人生与艺术的统一中求美，这曾被瞿秋白嘲笑为"抽象的美，无所附丽的美"，原是艺术家的天职，不是他们的耻辱，这就有助于纠正那种忽视甚至否认"美"具有独立价值的片面观点；但另一方面，这些浪漫派又存在着以"美"取代"善"的倾向，认为"美应当是善的一种形式"[①]，降低乃至否认文学的社会功能，这种理论和实践上的片面之处也正有赖于吸收左翼文学自觉承担时代使命的优点来加以补救。不仅如此，这些浪漫派所营造的美是一种阴柔美，还必须与左翼文学的一些优秀之作所展示的阳刚之美配合起来，才能更为完整地反映出新文学在这一时期的丰富多彩的总体风貌。

[①] 沈从文：《水云》，《沈从文文集》第10卷，花城出版社1984年版，第277页。

寻找精神家园

　　废名、沈从文采取边缘人的立场,在心理上主动从社会中心退却,看似无奈,实则是悠然自得的。"边缘"的一个重要地盘是自然。"自然"以博大的胸怀倾听叛逆者的诉说,"自然"的原始面貌又颇符合浪漫主义者追求新奇刺激的趣味,所以浪漫主义者喜欢说的一句话往往是:"大自然,我在你的怀里终老了吧。"他们不会喜欢宫廷里的花园,哪怕花园里蜂回蝶舞,玫瑰盛开,绿树成荫,也会嫌其太人工气。他们喜欢的是自然、原始的状态,观赏风景只朝人迹罕至的地方走,不喜欢人工雕琢而成的景物,后者只有欣赏和谐、讲究规则的古典主义者才会发出由衷的赞叹。不过,从"回归自然"到把"自然"作为一种基本的价值准则,在这一发展过程中,"自然"的实际含义在众多的浪漫主义者心目中已有了一些微妙的差异。简而言之,卢梭提出"回归自然"的口号,是要恢复人的自然本性。郁达夫说,当文学艺术"堕入衰运,流于淫靡的时期,对此下一棒喝的就是'归向自然''回到天真'上去的一个标语"①，这是受卢梭的影响而把"自然"用作了矫治文学"淫靡"之风的标准。废名、沈从文写下一曲曲乡村牧歌，表现出回归自然的倾向，体现了他们创作风格上的浪漫主义特色。但与富有反抗精神的浪漫主义者相比，他们所理解的"自然"更具有精神家园的性质。如果再要在他俩之间进行比较，那么废名倾向于把"自然"内化为"自心"，沈从文则把"自然"当作理想的境界来追求。换言之，从创作的主导倾向上看，废名的风格近于禅，沈从文的风格近于道。

禅意与佛性

废名会习静打坐、谈禅论道，不少人曾亲见、亲闻、亲历。卞之琳回忆说："我记得1937年初在北河沿他家寄住期间（在他回南以前），曾认真对我说他会打坐入定，就是没有让我看过（他想必是在左边一头卧室里做的功夫）。""1949年春我从国外回来，他把一部好像诠释什么佛经的稿子拿给我看，津津乐道，自以为正合马克思主义真谛。我是凡胎俗骨，一直不大相信他那些'顿悟'，……无暇也无心借去读，只觉他热情感人。"②卞之琳回忆的前一段，有废名的另一位好友程鹤西作证："（卞之琳）序里说的他静坐中会不觉地手之舞之也是事实，他在北河沿家里自己也

---

① 郁达夫：《艺术与国家》，《郁达夫全集》第5卷，浙江文艺出版社1992年版，第64页。
② 卞之琳：《〈冯文炳选集〉序》，人民文学出版社1985年版。

对我说过，因为见面都在谈话，当然没有亲见。"①卞之琳提及的那部诠释佛经的稿子，则是废名为了反驳熊十力的《新唯识论》而在抗战时写成的《阿赖耶识论》。这部书稿未出版，但大致内容废名在自传性小说《莫须有先生坐飞机以后·莫须有先生动手著论》里有所交代。废名最为不满意的是熊十力反对"种子义"，他写道："熊十力翁不但不知佛，而且不知孔子，只看他看不起宗教而抬高哲学的价值便可知，只看他遵奉生物进化论便可知。"废名认为佛教的真谛正在它的"种子义"，即一切现象都源于"种子"，由种子生出各种现象，熊十力反对种子说，便是曲解佛教。这场论辩开始于20世纪30年代，周作人《怀废名》一文有这样的记叙："废名平常颇佩服其同乡熊十力翁，常与谈论儒道异同等事，等到他着手读佛书以后，却与专门学佛的熊翁意见不合，而且多有不满之意。有余君与熊翁同住在二道桥，曾告诉我说，一日废名与熊翁论僧肇，大声争论，忽而静止，则二人已扭打在一处，旋见废名气哄哄的走出，但至次日，乃见废名又来，与熊翁在讨论别的问题矣。"由论道而至于动手扭打，可见双方认真得可爱。废名从此一头钻进佛学，连周作人也说怕与之论道了。在给废名的《谈新诗》作序时，周作人写道："随后他又读《论语》《庄子》，以及佛经，特别是佩服《涅槃经》，不过讲到这里，我是不懂玄学的，所以就觉得不大能懂，不能有所评述了。废名南归后曾寄来所写小文一二篇，均颇有佳处，可惜一时找不出来，也有很长的信讲到所谓道，我觉得不能赞一辞，所以回信中只说些别的事

---

① 鹤西：《怀废名》，《新文学史料》1987年第3期。

情，关于道字了不提及，废名见了大为失望，于致平伯信中微露共意，但即是平伯亦未敢率尔与之论道也。"①周作人是懂佛学的，他尚且怕与废名论道，益见废名在《莫须有先生教国语》中借莫须有先生之口称自己成了"空前的大乘佛教徒"，不是一句戏言。

废名醉心于禅佛之道，一是从小受环境的影响。他的故乡黄梅是禅宗五祖弘忍传法之处，他说五祖寺对莫须有先生有重大影响，"那是宗教，是艺术，是历史，影响于此乡的莫须有先生甚巨"②。莫须有先生就是废名心中的废名。二则受周作人的熏陶。周作人自称于佛道不能赞一辞，但他在西山养病时读过大量佛经，《五十自寿诗》中又自称"半是儒家半释家"，废名一心追随周作人，不免受到这种半儒半释的人生观的影响。三是废名有避世倾向。禅佛作为一种见性功夫历来为一些寻求精神解脱的士大夫所偏爱，废名生当乱世，无意于追随时代潮流、凑合各种因缘，渐渐地把参禅悟道当成了精神生活的一项重要内容。参禅悟道的一个方便法门，便是文学。

废名小说开始有禅味大约在20世纪20年代后期。如果说《桥》的上篇写史琴子、程小林的童年，还有一点淡淡的故事，包含了废名自己童年时代的一些记忆，那么《桥》的下篇写十年后程小林、史琴子的青年时代，又加进来一个清纯的女孩子细竹，他们的游山玩水、打闹嬉戏，则纯粹是写他心造的一幅幅幻景，充满了禅味。这些二十多岁的青年男女天真单纯如同没有长大的孩

---

① 周作人：《〈谈新诗〉序》，《知堂序跋》，岳麓书社1986年版。
② 废名：《莫须有先生坐飞机以后·五祖寺》，《废名选集》，四川文艺出版社1988年版。

子，心理状态、言谈举止与他们的年龄很不相称，一点不像是世间的人物。这从写实的角度看去，是失败的，但换成禅的观点，外形的真不真就不重要了，重要的是废名从这一幅幅幻景中"明心见性"，领悟了人生的真谛。废名领悟到了什么？大概不外乎"美"和"自由"。卞之琳在评《莫须有先生传》时说："废名喜欢魏晋文士风度，人却不会像他们中一些人的狂放，所以就在笔下放肆。"①这话移到《桥》上来也适用，因为废名一任自己的想象在"杨柳""茶铺""花红山""天井""桥""八丈亭""枫树""塔"之间盘桓，也可说是在"笔下放肆"，而从中流露出来的却是他亲近自然、向往美和自由的意向。当然，禅悟是纯粹的个体心理直觉，按禅家的观点，是难以用文字表达的，因而旁人的阐释也仅仅是对废名直觉的体验罢了。

按禅家的观点，人人有佛性，只要直悟自心，便可成佛。所以禅家特别强调顿悟，以心传心。相传佛祖在灵山法会上拈花示众，众皆默然，面面相觑，不知所措。只有迦叶尊者破颜微笑，于是佛祖当即宣布："吾有正法眼藏，涅槃妙心，实相无相，微妙法门，不立文字，教外别传，付嘱摩诃迦叶。"②佛祖传授给摩诃迦叶的这正法眼藏，便是后来禅宗"以心传心，不立文字"的宗旨。禅宗的修行方法前后有变化，达摩的"壁观"还带有从心外寻觅佛性的特点。六祖慧能立"无念为宗，无相为体，无住为本"，反对一切形式的静修坐禅，标志着习禅已从外境转向了内境。至

---

① 卞之琳：《〈冯文炳选集〉序》，《冯文业内选集》，人民文学出版社1985年版。
② 普济：《五灯会元》卷一。

狂禅之风盛行，则认为呵佛骂祖、屙屎送尿也可成佛。但禅宗的修行有一点是始终如一的，就是以心传心的"悟"。悟的境界不可诉诸文字，否则便落了言筌，分解了佛性，但从世俗的眼光看，它应该是圆融和谐的一种心态。宗白华在论及审美意境时曾说："人生忘我的一刹那，即美学上所谓'静照'。静照的起点在于空诸一切，心无挂碍，和世务暂时隔绝。这时一点觉心，静观万象，万象如在镜中，光明莹洁，而各得其所，呈现着它们各自的、充实的、内在的、自由的生命，所谓万物静观皆自得。"①这种圆融、自在、空灵的审美心理，就近于禅悟的境界。它的特点是情感内敛，想象指向"自心"，即"空诸一切，心无挂碍，和世务暂时隔绝"。隔绝的结果，是心获得了高度的自由，人享受到解脱的愉悦。历来文人士大夫不少喜欢参禅论道，原因在此。

废名的《桥》，不顾及心与外物的对应关系和真实性原则，只致力于内心的圆融和谐，让三两个小儿女在他心境上活蹦乱跳。他说这是在"梦梦"，其实正体现了禅宗"外若离相，内心不乱"的精神，即"空诸一切"，让想象与"自心"一致，成全圆融和谐、毫无挂碍的心境，浑然不觉人物的现实分寸，从而使创作带有解除心中盘郁的自娱的倾向。自娱——解脱，是禅宗见性功夫的目的，也是体现了禅宗艺术精神的文艺作品的一个重要功能。废名通过这一途径，获得了审美愉悦和精神的自由超脱。

《桥》的一些篇什，其艺术想象所依据的时空模式是主观化的，这是废名的创作开始与禅宗艺术精神相涉的又一个方面。禅

---

① 宗白华：《艺境》，北京大学出版社1987年版，第176页。

宗强调在刹那的顿悟中，个体精神超越一切时空、因果，从有限体验无限，从瞬间体验永恒，对人生意义的追思变为一种无我的审美人生，即如《坛经》所言："若起真正般若观照，一刹那间，妄念俱灭；若识自性，一悟即至佛地。"①这种时空观显然是绝对主观化的。按这种时空观，现实中不可能出现的事物或现象在禅悟中就有可能出现，比如王维的《雪中芭蕉图》。王维的这幅画现已不传，宋人沈括《梦溪笔谈》记曰："余家所藏摩诘画《袁安卧雪图》，有雪中芭蕉。"②《王右丞集注》的注者赵殿成也谈到明代有人见过此图。千余年来围绕这幅名画争论不休，是因为它涉及了艺术创作的一些根本性问题。有识者指出："诗者妙观逸想之所寓也，岂可限以绳墨哉？如王维作《画雪中芭蕉》诗，法眼观之，知其神情寄寓于物，俗论则讥以为不知寒暑。"③"法眼观之"，就是要明白王维的"雪中芭蕉"是受禅风影响的产物。在禅悟的状态，现象界的滞碍已荡然无存，芭蕉和雪两个意象在主观心境上赫然并列，融为一种独特微妙的审美悟道的境界。这里已不再有真不真的问题，只有适意与否，也即"明心见性"的问题。"雪"与"芭蕉"并列，把作者对禅佛的热情，对人生不即不离、亦即亦离的超然自适的态度充分地发挥了。这种创作原则，反映了中国封建时代的审美观念已从悟道于心外山水的老庄艺术精神发展到了直悟自性的禅宗艺术精神。

废名造"桥"，就体现了这种"万法尽在自心"、不执着于外境

---

① 惠洪：《坛经·般若品第二》。
② 沈括：《梦溪笔谈·书画》。
③ 惠洪：《冷斋夜话》卷四《诗忌》。

的禅悟特色。《桥·桥》有这么一段：小林、琴子、细竹去游百丈亭，先得过一架木桥。小林要两位姑娘先走，他站在那里看她们过桥——

> 推让起来反而不好，琴子笑着首先走上去了。走到中间，细竹掉转头来，看他还站在那里，嚷道：
> "你这个人真怪，还站在那里看什么呢？"
> 说着她站住了。
> 实在他自己也不知道站在那里看什么。过去的灵魂愈望愈渺茫，当前的两幅后影也随着带远了。很像一个梦境。颜色还是桥上的颜色。细竹一回头，非常之惊异于这一面了，"桥下流水呜咽"，仿佛立刻听见水响，望她而一笑。从此这个桥就以中间为彼岸，细竹在那里站住了，永瞻风采，一空倚傍。
> 这一下的印象真是深。
> 过了桥，站在一棵树底下，回头看一看，这一下又是非同小可，望见对岸一棵树，树顶上也还有一个鸟窠，简直是二十年前的样子，"程小林"站在这边望它想攀上去！于是他开口道：
> "这个桥我并没有过。"
> 说得有一点伤感。
> "那一棵树还是同我隔了这一个桥。"
> 接着把儿时这段事实告诉她们听。
> "我的灵魂永远是站在这一个地方，——看你们过桥。"

是忽然超度到那一岸去了。

这桥,既是空间的眼前的桥,又是时间的永恒的桥。程小林既过了这桥,又没有过这桥。明明他跨了过来,可望中所见是对岸二十年前的自己正爬上那棵树去,时间还是二十年前,所以他说"这个桥我并没有过"。说没有过,那棵树却"还是同我隔了这一个桥"。程小林感觉既过了桥,又没有过这桥,时间与空间分割开来——过去的时间与眼前的空间重叠在一起,这与"雪中芭蕉"一样,有别于在一般客观的时空里的回忆,而是把现实中不可能发生的现象实现在一刹那的禅悟里了。在这一刹那,时间和空间的界限不复存在:"灵魂永远是站在这一个地方","忽然超度到那一岸去了"。就是说,此岸即彼岸,瞬间即永恒,程小林的心灵达到了来去无滞无碍、圆融明澈的境界。这其实就是废名自己的禅悟境界,在这一境界中,生命呈现了自由鲜活的形态,人则在过桥,永恒的桥。

小说的末尾又写小林三人谈诗和花,小林忽然说——

"我尝想,记忆这东西不可思议,什么都在那里面,而可以不现颜色,——我是说不出现。过去的什么都不能说没有关系。我曾经为一个瞎子所感,所以,我的灿烂的花开之中,实有那盲人的一见。"

细竹忽然很懒的一个样子,把眼睛一闭——

"你这一说,我仿佛有一个瞎子在这里看,你不信,我的花更灿烂了。"

细竹是取笑小林，活现出她姑娘家的淘气可爱，而小林的感觉却是真实的。盲人看见花的灿烂，即是观自心——禅悟，悟到的当比俗人眼中所见更为深刻。那是不执着于物的"佛性"，是比形相中的"真"更真实的真谛。《桥》的下篇随处可见这类以主观化时空为出发点的充满禅机的语言和画面，说明废名写这些篇章在很大程度上是他"无所住心"，于一切境上不执着的习禅悟道的方式，是他体验主体精神自由的过程。

废名的文体非常简洁，字与字、句与句之间充满弹性，这常被看作是废名用写诗的方法来写小说。其实，这是废名的创作受禅学影响的另一个方面，即追求语言的机趣。禅宗"不立文字，以心传心"，但它没有绝对否定语言文字的传法作用，一卷《坛经》，许多语录、偈颂、话头等，便是证据。它只是主张破文字执，用语言文字开启方便法门，获得这工具，再来破除这工具的迷障，使人向内心去悟得真如本性。因此，禅宗的传法总是避免正儿八经的说教，常用对偈、参禅、讲公案等方法，目的是为了打破人的常规思维，使人在观念、感觉的无序撞击中突然产生崭新的联想，从而"顿悟成佛"。"公案"之所以具有这样的功效，是因为它的语言充满机锋，如语言的反逻辑组合、思路中断跳跃、观念的奇特反接、空白、暗示等，它利用这些技巧把人的思维从常规思路中逼出。

看来，废名是深谙此中三昧的，他的小说有许多这方面的生动例子。1925年10月《语丝》第50期开始，废名连着发表了一组以《花炮》命名的短作。它们属于练笔性质，后来没有收入任何集子，却在废名的创作中占有重要的位置。其中如《幽会》，写两个孩子在观音庵前的对话：

>   少年 你的眼睛里是什么？我的宝贝，这样要把我砸碎了。
>   少女 我愿我的泪能照见你的心。
>   少年 我的心同你的泪一般明。
>   少女 我的鞋给草湿透了。
>   少年 但是他不走露你一点声响。
>   少女 月亮啊，你也留不住我们的影子。

对话充满机趣，简洁得不能再简洁，但正因此留下了大量供人联想的空白——少男少女的纯真及他们的奇思妙想不同凡响，这背后又该是多少人事纠葛。《花炮》只是废名发现语言本身趣味的起点，到《无题》系列，即后来汇集出版的长篇小说《桥》，他才淋漓尽致地发挥了这种才能。

如《桥·天井》一节写小林三人游花红山回来夜宿史家庄，细竹和琴子聊一会便睡了，天井这面的小林在黑暗中天上地下地胡想——

>   然而到底是他的夜之美还是这个女人美？一落言诠，便失真谛。
>   渐渐放了两点红霞——可怜的孩子眼睛一闭：
>   "我将永远是一个瞎子。"

顷刻之间无思无虑。
"地球是有引力的。"
莫明其妙的又一句，仿佛这一说苹果就要掉了下来。

思维呈现大跨度的跳跃，初读费解，细品别有会心。"佛教的真实是示人以'相对论'"①，世间的一切形相都是因缘生成，是相对的、空的。既如此，"女人美"与"夜之美"的区别便失去了意义，最真实的还是瞎子"看"到的美。所以，"我将永远是一个瞎子"。这一悟，顷刻心如明镜，不著尘埃，冒出一句"地球是有引力的"，也就毫不足怪。

《桥·黄昏》一节写小林踯躅溪边，看杨柳想心事——

"史家庄呵，我是怎样的同你相识！"
奇怪，他的眼睛里突然又是泪，——这个为他遮住了是什么时分哩。
这当然要叫做哭呵。没有细竹，恐怕也就没有这哭，——这是可以说的。为什么呢？
星光下这等于无有的晶莹的点滴，不可测其深，是汪洋大海。
"嗳呀！"
这才看见夜。

---

① 废名：《莫须有先生坐飞机以后·莫须有先生教国语》，《冯文炳选集》，人民文学出版社1985年版。

史家庄是小林童年的乐园，如今在琴子身边又冒出个天真可爱的细竹，小林不免为她流泪了。但这不像是世俗情缘之累，他大致是为美而哭的。有人批评废名小说文法不通，他反唇相讥，说他的好处正在这文法不通。其实，双方都没道着要害："文法不通"，正是禅悟的语言形式。读这样的文章，虽费精神，但如打破文字障，便可深入一个变化万千、广袤无垠的主观空间，从有限体悟无限，从瞬间直达永恒。

不过，废名有时也做得过分。他曾抱怨说：

> 有许多人说我的文章 obscure，看不出我的意思。但我自己是怎样的用心，要把我的心幕逐渐展出来！我甚至于疑心太 clear 得厉害。这样的窘况，好像有许多诗人都说过。
>
> 我最近发表的《杨柳》(《无题》之十)，有这样的一段——
>
> "小林先生没有答话，只是笑。小林先生的眼睛里只有杨柳球——除了杨柳球，眼睛之上虽还有天空，他没有看，也就可以说没有映进来。小林先生的杨柳球浸了露水，但他自己也不觉得，——他也不觉得他笑。"
>
> 我的一位朋友竟没有看出我的"眼泪"！这个似乎不能怪我。[①]

其实这也应该怪他。他所引的那一段，原是写小林到史家庄过清

---

① 废名：《说梦》，《冯文炳选集》，人民文学出版社 1985 年版，第 321 页。

明节，细竹为孩子们扎柳球玩，小林在旁看到细竹被柳丝缀满一身，极为感动，眼睛逐着孩子手上一颠一颠的柳球，于是有这一段，而且紧接着还加了一句："小人儿呵，我是高高的举起你们细竹姐姐的灵魂。"小林(废名)为美而流泪，他说得太晦涩，怎能怪读者没看出他眼中的泪水。

《桥》的风格可用"清""静""奇""美"四个字来概括，这可以说是废名的小说在整体上与禅宗艺术精神密切关系的一种体现。佛教讲四大皆空。中国化的禅宗佛教，尤其是慧能禅宗，抛弃了印度佛教繁琐的名相说法和分阶段悟得佛性的观点，但"性空"的基本思想却保留了下来。因为"性空"是佛教之所以为佛教的根本。禅宗的特点是承认性空，却又不执着性空，它要人舍弃一切妄念，返归自性。自性在禅僧看来本就清静，因此凡是受到禅风影响，习静修禅的诗人画家，其艺术风格总是偏向淡远空灵，如王维的诗，南宗的画。废名小说的主导风格不同于一般的可以逗引起倾慕之情的那种优美，他的小说清静淡远，宜于闲坐在树荫底下似读非读，你感觉不到兴奋，而是静静地让思绪流向远方又回观自心，体悟到生命的奇迹和美的永恒。这说得玄一点，就因为他的小说包含着佛性，说得通俗一点，便是由于静观——静观小儿女，静观花红山。"高山之为远，全赖乎看山有远人，山其实没有那个浮云的意思，不改浓淡。"(《桥·八丈亭》)一切皆缘于那点清静之心，清静之心便是佛性。因而，废名文体简洁类似南宗写意画，淡淡几笔，意味无穷，正是他高远简直、清静洒落的禅风情调的体现。

废名小说的禅意有一个产生和演化的过程。早年他写过一些有政治色彩的小说,《竹林的故事》《河上柳》是他风格趋向成熟的标志,到《桃园》《菱荡》,诗意盎然,有周作人所谓的"文章之美"。这些小说体现了他20年代创作风格中清新隽永的一面,周作人称之为"平淡朴讷"①,按说更近于道家纯任自然的艺术精神。但《菱荡》已含空灵之意,与《菱荡》同一时期的《桥》的下篇,禅味尤为浓郁。不过此一时期的禅味其实还混合着仙气。这不奇怪,佛教在传入中国之初,为了与本土文化妥协,即开始吸收老庄思想,乃至以老解佛,以"无"释"空",使佛教老庄化,产生了盛行一时的玄佛艺术精神。作为东土禅宗初祖的菩提达摩面壁九年,其禅法称为"壁观",就有道家"致虚极,守静笃"的遗风。这说明,释与道确有不少相似点,佛教正是在融合儒学的一些因素,尤其是在吸收了老庄的虚、无、静、淡的思想以后,才逐渐具备了中国的特点,最终形成了中国特有的禅宗佛教。在这样的文化背景中,对一个具体的人来说,习禅悟得的是什么,就如人之饮水,冷暖自知,不妨是禅家的性空,也可以是带道家色彩的虚静。废名的创作体现了这种复杂性。他的《桥》在禅味中混合了仙气,表明它是作者从道家的纯任自然转向禅宗的主观唯心论的过渡阶段的产物,这一趋势的进一步发展,便是他的长篇自叙性小说《莫须有先生传》和《莫须有先生坐飞机以后》②。

《莫须有先生传》以难懂闻名,周作人准备为之作序,好几天写不出来,后来自以为道着了文章的好处,说:"这好像是一道

---

① 周作人:《〈竹林的故事〉序》,《谈龙集》,上海开明书店1927年版。
② 《莫须有先生传》,共15章,未完成,1932年10月由上海开明书店出版。《莫须有先生坐飞机以后》,1947年6月开始在《文学杂志》上连载,刊出17章,未完成。

流水，大约总是向东去朝宗于海，他流过的地方，凡有什么汊港湾曲，总得灌注潆洄一番，有什么岩石水草，总要披拂抚弄一下子，才再往前去，这都不是他的行程的主脑，但除去了这些也就别无行程了。……能做好文章的人他也爱惜所有的意思，文字，声音，故典，他不肯草率地使用他们，他随时随处加以爱抚，好像是水遇见可飘荡的水草要使它飘荡几下，风遇见能叫号的窍穴要使它叫号几声，可是他仍然若无其事地流过去吹过去，继续他向着海以及空气稀薄处去的行程。这样，所以是文生情，也因为这样所以这文生情异于做古文者之做古文，而是从新的散文中间变化出来的一种新格式。"①周作人这里依据的仍是他"文章之美"的标准。可当书印出来再读，他恍然大悟，发觉自己得鱼忘筌，落了文字障，便当即致信废名说："前此做序纯然落了文字障，成了文心雕龙新编之一章了。此书乃贤者语录，或如世俗所称言行录耳，却比禅和子的容易了解，则因系同一派路，虽落水有浅深，到底非完全异路也。语录中的语可得而批评之，语录中的心境——'禅'岂可批评哉。"②

但必须指出的是，从废名创作发展的角度看，《莫须有先生传》里的"禅"，已接近慧能之后马祖道一和石头希迁一路了，即进一步强调佛性即"平常心"，如慧照禅师说的："道流佛法无用功处，只是平常无事，屙屎送尿，着衣吃饭，困来即眠。"③这是说，要将参禅悟道落实到日常生活中去，明白此岸即彼岸，理想

---

① 周作人：《〈莫须有先生传〉序》，上海开明书店 1932 年版。
② 周作人：《周作人书信》，上海青光书局 1935 年版。
③ 赜藏主编：《古尊宿语录》卷五。

世界就是现实世界，现实世界即理想世界。一切关键看你是否悟，所谓"一念觉，众生即佛，一念迷，佛即众生"。只要一念之际看穿人生，以随缘任运的态度处世，连佛也骂得，一切权威偶像尽在打倒之列，那么精神便获得了高度的自由，世间即成佛地。莫须有先生采取的就是这种态度。他平凡得不能再平凡，可又超然得不能再超然——

  莫须有先生来回踱步。踱到北极，地球是个圆的，莫须有先生又仰而大笑，我是一个禅宗大弟子！而我不用惊叹符号。而低头错应人天天来掏茅司的叫莫须有先生让开羊肠他要过路了。而莫须有先生之家犬猏猏而向背粪桶者迎吠，把莫须有先生乃吓胡涂了。于是莫须有先生赶紧过来同世人好生招呼了。
  "列位都喜欢在这树荫下凉快一凉快？"
  列位一时聚在莫须有先生门前偶语诗书，而莫须有先生全听不懂。背粪桶的还是背粪桶，曩子行，今子止，挑水的可以扁担坐禅，卖烧饼的连忙却曰，某在斯某在斯，盖有一位老太太抱了孙儿携了外孙女出来买烧饼。[①]

这里，想象的出发点已不是现实世界，而是佛教的"空"，因而莫须有先生从中可以来去自由，了无滞碍。换言之，这是莫须

[①] 废名：《莫须有先生传·莫须有先生今天写日记》，《冯文炳选集》，人民文学出版1985年版。

有先生(废名)在禅悟的状态中将客观的时空化为主观的时空:他踱到北极,又身在此地,心如明镜,无住于境,一切外在的障碍已荡然无存。于是"此岸即彼岸",在鸡鸣狗吠的现世他得道了,体验到了精神的自由和生命永恒的喜悦。这才真正算是废名从平凡世界中找到了精神家园。然而,正因为平凡,《莫须有先生传》和《莫须有先生坐飞机以后》在艺术上反而失去了他此前的飘逸新奇的浪漫主义光彩,实际上它们已经超出了浪漫主义的范围。

自然与道心

道家在养性方面不同于禅宗之处,在于它认为最高的境界是"与道冥符",合乎天然。道为万物的本源,外在于心而又如恍如惚,要与之冥符,就必须"心斋""坐忘",做到"无己"。庄子虽然对"定乎内外之分,辨乎荣辱之境"的功夫不屑一顾,认为那还算不得绝对的自由,但他说的"乘天地之正,而御六气之辨,而游无穷者",那种绝对自由的逍遥,其逻辑起点实际上依然是先承认了内外之分,天人对立。有分别和对立,才需要因顺自然,以人入天,达到"人与天一"。但这种修养观念恰恰是禅宗所反对的。慧能立"无念为宗",绝不是不念,而是指"于一切境上不染",不执着于任何一境,既不为尘缘所累,也不被自性束缚,既明白性空,又不执着于性空,认为从这不二法门便可"见性成佛"。这反映的是佛教唯心主义的宇宙观,颇有点"酒肉穿肠过,佛祖心中留"的意味。因而,就本质而言,禅宗的主体自由要比道家高出一截。从形式上看,禅家完全是在自心中求佛性(心境的和谐），道家无论如何还有协调主客观关系的关键一步。这就是说，道家的"无己"，是以道的客观存在为前提的，一割断"己"与"道"的内外联系，意识也就回到自心，从而跃升到禅宗佛教的境界了。

　　基于宇宙观的不同而造成的悟道见性方式上的差异，反映到文学创作中，就表现为道家艺术精神和禅宗艺术精神的区别。前者的想象是心游于物，随物赋形，即指向心外之道，把自我消融在自然中；后者却是空诸一切色相，内观自性，想象是内敛的。说废名的创作近于禅，沈从文的创作近于道，主要就是由于他们的创作在主导风格上体现了禅宗艺术精神和道家艺术精神的这一差别。

一

　　废名的创作心态如上所叙，是内敛的，相当于禅悟，可谓"中得心源"。沈从文的心态是外倾的，即他的想象没有封闭于"自心"，而是与心外的参照系相联系，反映了道家"定乎内外之分"的思维方式，可谓"外师造化"①。造化，体现了道家的观点，它是指自然，而不同于通常所说的现实。"道"是绝对的精神实体，"自然"是道的载体。所以，"外师造化"与一般的写实也有区别，它是以一种特殊的方式来表达理想。

　　沈从文的小说表达理想的"特殊方式"，就是题材取自生活，

---

① "外师造化，中得心源"，语出唐张璪的《绘境》。《绘境》不传，仅此两句保留于张彦远的《历代名画记》。

形式是朴素的。翠翠有三个模特儿，一个是绒线铺老板的女儿："那女孩子名叫'××'，我写'边城'故事时，弄渡船的外孙女，明慧温柔的品性，就从那绒线铺小女孩印象而来。"①这个女孩的故事包含了十七年的人事沧桑，其中命运的无常和生命的奇迹，以及父女相依为命的那种凄凉景况，全可在《边城》里读到。另外两个模特儿，一个是"在青岛崂山北九水旁见到的一个乡村女子"，另一个就是他新婚不久的夫人张兆和。沈从文从前者"取得生活的必然"，从后者"取得性格上的素朴式样"，而在"一切充满善，然而到处是不凑巧"的感觉中写出了翠翠。② 人物有模特儿，这是沈从文写小说区别于废名造"桥"的最大不同处。其实不仅翠翠，凡是体现了沈从文理想的生命形态，包括三三、夭夭、阿黑、老船夫、天保、傩送等人，比起废名的细竹、琴子、小林、史家奶奶来，都更具人间性。尤其是沈从文写那些小女儿性情上的天真纯粹处，并不忽略女性所特有的美。比如"翠翠在风日里长养着，把皮肤晒得黑黑的。触目为青山绿水，一对眸子清明如水晶。自然既长养她且教育她，为人天真活泼，处处俨然一只小兽物"。夭夭"腿子长长的，嘴小牙子白，鼻梁完整匀称，眉眼秀拔而略带野性"，人称"黑中俏"（《长河》）。阿黑"长得像观音菩萨，脸上黑黑的，眉毛长长的"（《阿黑小史》）。这表明，沈从文创作时更多地顾及了心外的生活样式，力求把印象中的生命安排到一个美的形式中去，而事实上这又并没有妨碍他在这些故事中宣泄他

---

① 沈从文：《湘行散记·老伴》，《沈从文文集》第9卷，花城出版社1983年版，第296—297页。
② 沈从文：《水云》，《沈从文文集》第10卷，花城出版社1984年版，第280页。

个人长期受压抑的情感，展现他所神往而现实中往往其实并不存在的"优美、健康、自然而又不悖乎人性的人生形式"。这种情形，充分体现了纯任自然的道家艺术精神的特点，而与直指自心的禅宗艺术精神是有所不同的。

沈从文是写景的好手。不过他笔下的景观没有废名的空灵，相反，他展现了造化所具有的那份素朴。如写月夜：

> 月光如银子，无处不可照及，山上篁竹在月光下皆成为黑色。身边草丛中虫声繁密如落雨。间或不知道从什么地方，忽然会有一只草莺"落落落落嘘！"唬着它的喉咙，不久之间，这个小鸟儿又好像明白这是半夜，不应当那么吵闹，便仍然闭着那小小眼儿睡了。（《边城》）。

他渲染的是一幅平和安详的画面，与翠翠依偎着爷爷听讲悠悠往事的那种情调十分谐和，这种情调是《桥》所缺少的。

又如写秋景：

> 秋天为一切圆熟的时节。从各种人家的屋檐下，从农夫脸上，从原野，从水中，从任何一处，皆可看到自然正在完成种种，行将结束这一年，用那个严肃的冬来休息这全世界。但一切事物在成熟的秋天，凝寒把湿露结为白霜以前，反用一种动人的几乎是妩媚的风姿，照耀人的眼目。春天是小孩一般微笑，秋天近于慈母一般微笑。在这种时节，照例一切皆极华丽而雅致，长时期天气皆极清和干爽，蔚蓝作底

的天上，可常见到候鸟排成人字或一字长阵写在虚空。……薄露湿人衣裳，使人在"夏天已去"的回忆上略感惆怅。天上纤云早晚皆为日光反照成薄红霞彩，树木叶子皆镀上各种适当其德性的颜色。(《凤子》)

这是沈从文小说中不多见的大段景物描写，其中的趣味依然有浓浓的乡土气息，是农家丰收的景象，写在慈母脸上温暖的笑意，是空中的雁阵，或是"夏天已去"的惆怅回忆。似乎皆是眼前之景，可在这朴素的外表下包含着单纯的信仰，"蕴蓄了多少抒情诗气分"①。

在沈从文的观念中，"自然"还具有一种神奇的功效，即映衬生命的原色，减少肉的成分，增加灵的气息。四狗和七妹子的姐姐在雨后斜阳下、四周繁密的虫声和鸣中，唱了一支生命历程中的青春小曲，这并不怎么惹眼，全由于大自然的单纯美化了年轻人的荒唐和近人情处(《雨后》)。《采蕨》《夫妇》，也莫不是用懒懒的阳光、和煦的春风把青年男女处置到忘情的境界里去，在那样一种自然怀抱中，他们不做一点傻事，反而似乎成了一种罪过。这从根本上说，是因为沈从文坚持自然人性的观点，把这些人都当作自然的一部分来写，人与自然已融为一体了。

不过，"天人合一"永远只能是一种理想。是非起于有别，不平源于差异，"定乎内外之分"，已经埋下了爱憎的种子。沈从文的创作也体现了这一规律。表面看，他写的湘西是一片田园风

---

① 沈从文：《长河·题记》，《沈从文文集》第 7 卷，花城出版社 1983 年版，第 3 页。

光，但仔细回味，田园风光里浸透了隐忧甚至悲哀。《阿黑小史》写长辈们用宽厚慈祥的目光，含笑注视着阿黑和五明说一些蠢得不能再蠢的话，做一些傻得不能再傻的事，一切皆笼罩在温暖和谐的氛围中。可到头来，五明成了癫子，阿黑不见了，昔日热闹欢乐的油坊颓败得如同《聊斋》中鬼魂出没的荒庙。这一切是如何发生的？作者没有交代。其实也无须交代，他原不过是要表现人事的无常和命运的难以抗拒罢了。

沈从文擅长把童年记忆中的琐事，如逃学、游泳、撒谎、赌博、打架、被老师打手心、被大哥拧着耳朵从河边捉回家去，写得饶有趣味。听他的口气，一个人如果在小孩的时代没有逃过学，那简直等于没有当过小孩一样。但同样，从这些童年的趣事中时常会突然流露出很伤心的情绪来。《卒伍》是自传性小说，写十四岁的"我"头天还在河里尽情地洗澡游戏，第二天就要去当兵，背起比自己腰身大三倍的包袱，去服侍从前曾是他父亲部下的团长的千金，要学会自己擦自己的眼泪了。稚气未脱的他还舍不得刚捕来的蛐蛐，想找一个小竹筒装起来带它出门。大姐见了，伤心地问他："小弟，你还舍不得那蛐蛐吗？"听到大姐的话，"我立时且想起这一去的一切难过，只觉得我的过错都是不应当，我即刻走转到书房去把那蛐蛐捉到手中抛到瓦上去。回头时，就告给大姐说已经放了"。这一放，意味着他的无忧无虑的童年在它还远没有到应该结束的时候就从他手中过早地悄悄溜走了。

沈从文常觉得冥冥之中有一只无形的巨手在拨弄人，阴差阳错，造成诸多人事哀乐。这在一定程度上也正是他的道家观点的体现。庄子《达生》篇云："不知吾所以然而然，命也。"《德充符》

又曰:"死生存亡,穷达贫富,贤与不肖,毁誉、饥渴、寒暑,是事之变,命之行也。"这是说生命存亡、事业穷达、品性好坏,乃至饥渴寒暑的交替变化都是无可奈何的命之演化,人对此唯有"安之若命"。沈从文当然没有庄子那么消极,他总是用抒情的暖和色调把人生的悲剧性包裹起来,使之化成淡淡的哀愁,像黄昏落照那样美丽而忧郁。比如《边城》,命运难以抗拒,爷爷死了,白塔倒了,幼小的生命失去了呵护,可杨马兵,这个翠翠母亲昔日的情人取代了爷爷的位置,负起了保护孤雏的责任,而离家出走的二佬也还有回来的可能,让翠翠在等待中有一丝暖意。就是《卒伍》,虽说团长不许女儿再喊我"四哥"了,说这是规矩,可莲姑却以她孩子的纯真声明:"四哥,我不信他们的话。"这多少使人感到在世态炎凉、人情淡薄中还有一点童心的可爱。总之,沈从文表现的是隐忧而非剧痛。这也许符合儒家"哀而不伤"的诗教传统,但肯定可以说不违背道家"致虚极、守静笃"的人生信条,因为沈从文竭力平息心中的激情,向远景凝眸,对人生悲剧取了一种保持适当距离的姿态,说明他是在朝着道家因顺自然的修养境界看齐的。

　　沈从文的这种情怀,追究起来,包含了两方面的内容,一是个人的悲哀,二是人类的爱心。悲哀起于心与物、人与天的分别和对立,让人感受到生命的脆弱和命运的无常。爱心则以"忘我"的方式调和了心与物、人与天的矛盾,弥合了心灵的创痛。他在《卒伍》里写道:"娘你所给我的爱,我却已经把它扩大到爱人类上面去了。我能从你这不需要报酬的慈爱中认识了人生是怎样可怜可悯,我已经学到母亲的方法来爱世界了。"忘我地去爱人类,爱世界,也就是"以人入天",使人能在失败的事情上不固执,拿得起放得下,悲痛也就由此减轻了它的分量。不过,当十四岁的"我"说着这些话的时候,他眼中一定是盈满泪水的,那该是一种非常顽强而又实在无可奈何的心境!

二

废名写《桥》,在创作动机上带有自娱的倾向,沈从文则有意要来宣传他"乡下人"的义利取舍的观点,因而比废名较多地参与了现实生活的进程。但他这种参与,跟儒家的入世精神相去甚远,即他不是站在现实政治的立场寻找社会问题的合理解决,而是从疏远现实政治而亲近自然的立场上为人们医治现代文明病提供了一服清凉、去火、解毒的药剂。他说:"我就是个不想明白道理却永远为现象所倾心的人。我看一切,却并不把那个社会价值搀加进去,估定我的爱憎。我不愿问价钱多少来为百物作一个好坏批评,却愿意考查它在我官觉上使我愉快不愉快的分量。……换句话说,就是我不大能领会伦理的美。接近人生时,我永远是个艺术家的感情,却绝不是所谓道德君子的感情。可是,由于社会人与人的关系产生的各种无固定性的流动的美,德性的愉快,责任的愉快,在当时从别人看来,我也是毫无瑕疵的。"[1]在《水云》中,他又写道:"我是个乡下人,走到任何一处照例都带了一把尺,一把秤,和普遍社会总是不合。一切来到我命运中的

---

[1] 沈从文:《从文自传·女难》,《沈从文文集》第 9 卷,花城出版社 1983 年版,第 179 页。

事事物物，我有我自己的尺寸和分量，来证实生命的价值和意义。我用不着你们名叫'社会'为制定的那个东西，我讨厌一般标准，尤其是什么思想家为扭曲蠹蚀人性而定下的乡愿蠢事。"既为"现象"所倾心，又不想明白其中的"道理"；既不缺少德性的美、"责任的愉快"，可又"和普遍社会总是不合"，因而要反对社会的"一般标准"。这种"乡下人"的人生观，很明显又是带有道家色彩的。

沈从文对自然人性的推崇，便是他这种人生观的重要组成部分。通观沈从文的湘西小说，他所勾勒的自然人性系统实际上呈现了一个金字塔的形状。处在塔尖的是清纯少女翠翠、三三、夭夭，她们代表圣洁的美，透着神性。

第二层是老船夫、傩送、杨马兵等。老船夫重义轻利，像渡船一样朴实无华。他从不思索自己的职务对于本人的意义，只是静静地很忠实地在那里活下去。对于别人赠予的超过其本分应得的钱，他俨然吵嘴似的要把它塞还那人手里；实在没办法，就买了茶叶和烟草一扎一扎挂在自己腰边，谁需要必慷慨奉送。生活的清贫对他不算什么，唯一使他忧心的是该把孙女托付给一个可靠的人。他把翠翠拉扯大已是一个奇迹，他对孙女的忧虑也不无道理。要翠翠自己来决定终身大事，办法虽迂了一点，然而从中正可见出他当爷爷的一切为孙女幸福着想的一副慈爱心肠，为此他甚至付出了生命的代价。在大雷雨之夜行将告别人世之际，他还起身给翠翠加了一条布单，安慰说："别怕。"朴实、慈爱，使他成了善的化身。傩送则被赋予了俊美的外貌，善歌的嗓子和勇敢、坦白、无私、正直的品质。他不要碾坊要渡船，说明他爱的是人,为爱情可以不计较任何物质的得失,这就比天保可贵。总之,这一层次的人物在沈从文心目中,具有道德典范的意义,是他所神往的淳厚民风和正直素朴的人格的主要载体。

阿黑、五明(《阿黑小史》),四狗、阿姐(《雨后》)等,处在第三层。他们不及"翠翠们"清纯,可也是自然的儿女,而且大自然美化了他们的情欲,把他们的心灵提升到了一个纯朴的境界。

第四层是会明(《会明》)、老司务长(《灯》)等。这些人有《边城》里老船夫的纯朴,可命运已把他们安置到一个更为平凡的环境里去了。会明"排班站第一,点名最后才喊到",是资格最老的兵,十年来却依旧做他的伙夫。世事的变化他浑然不觉,他所关心的是"天气合宜,人们精神也较好",若要打仗就快点动手,别拖着到热天死了人烂得快。见双方无动静,他便专心致志地在前线孵起小鸡来。到奉命撤退时,他的伙食担上多了一群"小儿女"——一窠毛茸茸的雏鸡,慈爱的笑意荡漾在脸上,他很觉满足了。老司务长原是"我"父亲的一个兵,他以仆人的身份和长辈的爱心安排起"我"的饮食起居,他最操心的是"我"能找一个合意的女人。当他自以为"我"找到了,便热情招待,到被告知弄错了,他就对那女孩爱理不理,俨然生气,这点小心眼,益显出他悖时中的忠诚。《从文自传》中的那个老兵滕师傅,按说也属于这类人物。在火枪大炮的时代,他教预备兵的是翻筋斗、打藤牌、舞长矛、耍齐眉棍,可他又"样样来得懂得,并且无一事不精明在行,你要骗他不成,你要打他你打不过他。最难得处就是他比谁都和气,比谁都公道"。这些人看去都已过时,不合时宜处甚至显得滑稽可笑,但他们信守自己的本分,潇洒自在,光明磊落，在平庸呆愚处保留了一份人性的古朴和民风的淳厚。

第五层是顺顺、天保等。他们不失美好品性，如重情守诺、仗义疏财、公平讲理，可他们已从自然村落走进了商业化的小镇。顺顺处处关照老船夫，在老船夫死后又要把翠翠接去他家住，十分难得。然而他是水码头上的头面人物，身份与老船夫一家有高下之别。他的关心反而使后者常感到不安，必格外感激地承受。天保虽则不缺少弟弟的真诚和善良，可他不如傩送纯洁。他爱翠翠，可又犯了难："翠翠太娇了，我担心她只宜于听点茶峒人的歌声，不能作茶峒女子做媳妇的一切正经事。我要个能听我唱歌的情人，却更不能缺少个照料家务的媳妇。'又要马儿不吃草，又要马儿走得好'，唉，这两句话是古人为我说的！"他在爱情里掺了点世俗的计较，表明他的身心已离开了自然的母体。这是一群介于都市与乡村之间的人物，他们尚保留着乡村的纯朴，但已受到现代商业文明的熏陶。

第六层是水手柏子(们)与跟他相好的妓女(们)。柏子在江上辛苦一个月，挣来的钱和积蓄的精力一夜工夫花在女人身上，从不曾要人怜悯，也不知道可怜自己，反而觉得这还"合算"，不仅抵了打牌输钱的损失，还把下一个月的快乐预支了(《柏子》)。而那些做"生意"的妓女也自有她们的"德性"：不相熟的，先交钱再关门，人既相熟，钱便在可有可无之间。她们生活多靠商人维持，但恩情所结必多在水手方面。有了感情，赌咒发誓"分手后各人皆不许胡闹"，痴痴地等着江上漂浮的那一个。超过约定的时间还不见男的来，便起疑心，做梦时或投河吞鸦片或手执菜刀直奔那水手而去。风俗所系，她们的心灵与肉体似乎奇迹般地分开了，生意尽管做，低贱的生涯却并不辱没其心灵的纯洁和感情的淳厚。

这六类人物构建了一个金字塔型的人性系统，可用下图表示：

```
                    翠翠、三三、夭夭
世                  老船夫、傩送                  人
俗                                                数
化       ╱╲         阿黑、五明                    增
程      ╱  ╲                                      多
度     ╱    ╲       会明、老司务长                │
提    ╱      ╲                                    │
高   ╱        ╲     顺顺、天保                    ↓
│  ╱_____╲    柏子及其相好
↓
```

越靠近塔底，也就越接近底层的社会。对这些人物，沈从文的感情是有细微差异的。他觉得最宜相处的是处于第四层的人物，他说："我总是梦到坐一只小船，在船上打点小牌，骂骂野话，过着兵士的日子。我喜欢同'会明'那种人抬一箩米到溪里去淘，我极其高兴把一支笔画出那乡村典型的脸同心。"[①]这是因为他在这群人中不仅可以获得关怀和爱护，而且可以得到平等和自尊。越往上越具神性，他也越怀着虔诚感动的心情。越往下则越显出他"乡下人"的固执，因为在他看来，顺顺、天保在人格上当然远远高出都市里"要礼节不要真实，要常识不要智慧"的精明人，而那

---

① 沈从文：《生命的沫·题记》，《沈从文文集》第11卷，花城出版社1984年版，第8页。

些水手和妓女与都市中把爱情当作商品的男女相比，与心存邪念却猥琐得没有勇气、或背地里偷鸡摸狗表面上却装得一本正经的"文明人"相比，也见出他们品性上的直率和真诚。

其实，这个自然人性的"金字塔"正是在与都市文明的对照中才显出它的整体性的，而一旦成为一个整体，其内在的层次在沈从文看来已失去了高下的区别。如果有人硬要在其中定出尊卑高下，那是由于这人采取了"城里人"的观点，与他"乡下人"的本意相违拗了。他曾写道："我崇拜朝气，欢喜自由，赞美胆量大的，精力强的。一个人行为或精神上有朝气，不在小利小害上打算计较，不拘于物质攫取与人世毁誉；他能硬起脊梁，笔直走他要走的道路，他所学的或同我所学的完全是两样东西，他的政治思想或与我的极其相反，他的宗教信仰或与我的十分冲突，那不碍事，我仍然觉得这是个朋友，这是个人。我爱这种人也尊敬这种人。这种人也许野一点，粗一点，但一切伟大事业伟大作品就只这类人有份……至于怕事，偷懒，不结实，缺少相当主见，凡事投机取巧媚世悦俗的人呢，我不习惯同这种人要好，他们给我的'同情'，还不如另一种人给我'反对'有用。这种'城里人'仿佛细腻，其实庸俗；仿佛和平，其实阴险；仿佛清高，其实鬼祟。这世界若永不变个样子，自然是他们的世界。……老实说，我讨厌这种城里人。"[1]这段话沈从文直接点明了他对乡村和都市这两个世界截然相反的态度。他的小说所构建的自然人性系统，正是

---

[1] 沈从文：《篱下集·题记》，《沈从文文集》第11卷，花城出版社1984年版，第33—34页。

在与都市文明的这种对照中才显示了它作为一个整体的道德尺度的意义，在这样的意义上，柏子及其相好，与"翠翠们"一样具有人之为人的基本品性，他们在德性上甚至会让有些城里人自惭形秽。

李健吾曾称赞《边城》："细致，然而绝不琐碎；真实，然而绝不教训；风韵，然而绝不弄姿；美丽，然而绝不做作。这不是一个大东西，然而这是一颗千古不磨的珠玉。在现代大都市病了的男女，我保险这是一服可口的良药。"[1]这一语道着了沈从文的高明处。高明就高明在他"不教训"，却无时无刻不在"教训"——通过乡村与都市的对照，"宣扬"他的价值观和人生哲学。这一份"乡下人"的固执顽强正是他有别于废名的"隐逸性"的地方，也是他具有道家"无为而无不为"精神的重要表现。"无为"是因顺自然，它作为手段其中已包含了"无不为"的目的；"无不为"是目的，可它作为目的却是为使社会和人生合乎自然之道，包含着更高的目的，因而它又转化为手段。"无为"与"无不为"互相包含，两者都是目的，又都是手段，难以分割。沈从文怀着这样的精神，已经表明他绝不是一个唯美主义者。他对文艺有很强的"功利"考量，只是这不表现在政治上，而是企图用道家式的理想来重铸民族的德性，就像他自己说的："美丽、清洁、智慧，以及对全人类幸福的幻影，皆永远觉得是一种德性，也因此永远使我对它崇拜和倾心。这点情绪同宗教情绪完全一样。这点情绪促我

---

[1] 李健吾：《〈边城〉——沈从文先生作》，《李健吾创作评论选集》，人民文学出版社1984年版，第447页。

来写作，不断的写作，没有厌倦，只因为我将在各个作品各种形式里，表现我对于这个道德的努力。"①

三

沈从文的艺术观有三个极重要的范畴：一是童心，二是生命，三是神性。

沈从文不仅透过岁月的距离，在回想中把自己童年的种种"劣迹"充分诗化，让人读来哑然失笑，拍案叫绝，而且用童心透视真善美的生命形式，写就了他一生中最为优秀的一些篇章。翠翠的可爱，一个重要原因，就是她有颗纯净的童心。她受到"冒犯"骂傩送："悖时砍脑壳的！"骂得二佬很开心。她拉着摆渡客衣角说："不许走！不许走！"要别人收回钱去，引来了一阵欢笑。尤其是她对爷爷的依恋："'我要坐船下桃源县过洞庭湖，让爷爷满城打锣去叫我，点了灯笼火把去找我。'她便同祖父故意生气似的，很放肆的去想到这样一件事，她且想象她出走后，祖父用各种方法寻觅全无结果，到后来如何无可奈何躺在渡船上。"夕阳映照下的黄昏有点薄薄儿的清凉，翠翠心中由生命的节律萌动了一点她自己也不明白缘由的烦恼，她这样放肆地设想离开爷爷让爷爷团团转，实在是由于离不开爷爷。她从爷爷坚定不移的回答中，认定了自己对爷爷的意义，"俨然极认真的想了一下，就说：'爷爷，我一定不走。'"清冷的碧溪嘴，白塔，渡船，黄狗，祖孙

---

① 沈从文：《篱下集·题记》，《沈从文文集》第 11 卷，花城出版社 1984 年版，第 34 页。

俩相依为命,若说是爷爷的慈爱给了翠翠安全感,那么必是翠翠的乖巧、明慧和天真给了风烛残年的爷爷以人生的意义和活下去的勇气。这一切成全了碧溪嘴,使它俨然成了人们心中的一方净土、一块圣地。

沈从文笔下的少女几乎都具有这种品性。十岁的三三看到不相熟的人来她家坝前钓鱼,总说:"不行,这鱼是我家潭里养的。"她的意思是碾坊既是她家的,游到这里来的鱼也成了她家的。她急了便叫妈妈来折断人家的鱼竿。鱼竿当然不会被折断,她就在旁边静静地看,数着这不讲规矩的人究竟钓了多少鱼去,回头好告诉妈。"有时鱼太大了一点,上了钓,拉得不合式,撇断了钓竿,三三可乐极了,仿佛娘不同自己一伙,鱼反而同自己是一伙了的神气。"三三天真得可爱,而且纯洁得如同一块璞玉。无独有偶,她跟翠翠一样,也常设想自己离家不回来——母亲喊三三,"三三一面走回来,一面就自己轻轻地说:'三三不回来了,三三永不回来了。'"为什么说不回来,不回来又到哪里去,她并不曾认真想过,只是孩子气的依恋罢了。(《三三》)

沈从文写童心时见神来之笔,但他的童心世界又是忧郁的。那些清纯少女,如翠翠、三三,包括阿黑,都长在一个残缺的家庭,不是父母双亡,就是缺爹少娘。这与沈从文的趣味有关,他说:"美丽总使人忧愁,可是还受用。"[①]因为在他看来,凡美好的东西都不容易长久。在这种趣味的背后,显然是一颗忧郁的灵魂。沈从文从小瘦弱,十四岁去当兵,过早地体验到了人生的辛

---

① 沈从文:《水云》,《沈从文文集》第 10 卷,花城出版社 1984 年版,第 277 页。

酸和世态炎凉，气质偏向忧郁，是很自然的。这种气质缺少的是力度，但是从韧劲、同情心和感受力的发达方面得到了补偿。因而，当他孤独地徘徊于故都的街头，需要一方心灵的净土而向故乡的山水风情投去深情一瞥的时候，他的忧郁和企盼就包含在其中，融化在作品里了。这是说，残缺家庭的那种气氛符合他的心境，化成了他作品的情调。说来奇怪，一个人丁兴旺、吃穿不愁的家庭，往往不太会计较到情感的价值，一个圆满的家庭体会不到生命的全部意义。而翠翠与爷爷，三三与她母亲，彼此对对方的意义，没有别的，就是生命：他们为了对方的生存而生存。那种排除了任何世俗得失考虑的纯净的情感，奇迹般地使一个个残缺而清贫的家庭充满了温馨。这种情调，正是在北平体味着孤独、渴望着母爱般关照的沈从文所神往，而事实上也是他在这些作品里所刻意渲染的。

　　沈从文从不幸的家庭背景中来写童心，还有一个隐秘的动机，那就是为了突出童心在磨难中的美丽。家庭残缺了，生活那么清贫，可孩子依然单纯快乐。她们有了爷爷或妈妈，就可以无忧无虑地玩耍，不知不觉地成长。即使遭受了新的打击，如爷爷死了，但翠翠还拥有她最最无价的财富，谁也夺不去的"未来"。童心，这时就成了纯洁和希望的象征。

　　不过，沈从文心目中的童心，意义还不啻这些。他说："所有故事都从同一土壤中培养成长，这土壤别名'童心'。一个民族缺少童心时，即无宗教信仰，无文学艺术，无科学思想，无燃烧情感证实真理的勇气和诚心。童心在人类生命中消失时，一切意义即全部失去其意义，历史文化即转入停顿，死灭，回复中古时代的黑暗和愚蠢,进而形成一个较长时期的蒙昧和残暴,使人类倒退回复吃人肉的状态中去。"①他如此强调"童心"的重要,显然是想用"童心"这面旗帜,把人们引导到一个充满爱心、超越了功利得失和贫富等级的理想社会中去。在这样的社会中,人的关系单纯,没有阴谋诡计,不受金钱支配,不为虚名奔走,其乐融融——一个十足的桃花源。以此反观现实,沈从文就不免要发出无奈的喟叹:"共同缺少的,是一种广博伟大悲悯真诚的爱,用童心重现童心。而当前个人过多的,却是企图用抽象重铸抽象,那种无结果的冒险。社会过多的,却是企图由事实继续事实,那种无情感的世故。"②

"生命",是沈从文所遵循的又一个价值准则。"对于一切自然景物,到我单独默会它们本身的存在和宇宙微妙关系时,也无一不感觉到生命的庄严。"③生命是天地间的最高律令,自然景物因为能使人感觉到生命的庄严才显得美丽。当然,沈从文所崇尚的是一种自然状态中的生命,它大致可分为两种主要类型。一类是优美的,如翠翠;另一类是有朝气、舒展粗犷的,它通常超越了现代文明的道德准则。《旅店》的女老板黑猫就属于后一类。黑猫年轻俊俏,"二十多岁的妇人,结实光滑的身体,长长的臂,健全多感的心"。丈夫死去三年,她独自在荒僻之地经营着旅店,不为任何人所诱惑,无论是白耳族的美男子,还是土司的财富都不能打动她的心。可是有一天,她突然起了一种不端方的欲望,

---

① 沈从文:《青色魇·青》,《沈从文文集》第7卷,花城出版社1983年版,第248页。
② 沈从文:《青色魇·黑》,《沈从文文集》第7卷,花城出版社1983年版,第258页。
③ 沈从文:《水云》,《沈从文文集》第10卷,花城出版社1984年版,第288页。

需要一种圆满健全而带顽固性的攻击,一种蠢的变动和一场暴风雨后的休息。于是她主动暗示大鼻子旅客,生了一个"小黑猫"。沈从文把黑猫的举动看成生命固有的权利。黑猫超越了金钱和文明社会的道德准则,是生命本身赋予了她这种行为以"善"的意义。

萧萧是个童养媳,"丈夫"还抱在她手里。花狗大用情歌唱开了她的心。事情暴露后,按规矩或沉潭或发卖,伯父可怜她一条命,不主张沉潭。于是婆家人就养着她等买主来。办法既经商定,一家人照样过日子。小孩子的"丈夫"舍不得"姐姐"走,萧萧也不愿意离开,大家对为什么必须这样做全都莫名其妙。第二年萧萧生下一个儿子,团头大眼,声响洪壮,婆家把母子俩照顾得好好的,照规矩吃鸡补身体——"生下的既是儿子,萧萧不嫁别处了。"(《萧萧》)这也是凭生命自身的价值使萧萧免于被沉潭。总之,生命是美丽的,在生命的庄严美丽面前,假装的热情、虚伪的恋爱、谦卑谄媚装模作样动辄扬言要自杀这一切文明社会所发明的智慧和以金钱虚名为前提的婚姻,都失去了光彩。沈从文表示要用"自己的尺寸和分量,来证实生命的价值和意义"[1]。同时又抱怨一般人"对个人生命的意义,也缺少较深刻的理解"[2],正是凭着这种独特的生命观,他来讴歌纯朴,抨击虚伪。

"神性"在沈从文心目中,是真善美的极致,是他理想的湘西社会和生命形式的最本质的属性。因而,关于"神性"的观点是他

---

[1] 沈从文:《水云》,《沈从文文集》第10卷,花城出版社1984年版,第266页。
[2] 沈从文:《长河·题记》,《沈从文文集》第7卷,花城出版社1983年版,第3页。

生命观的哲学基础。他说:"乡下人所想的,就正是把自己全个生命押到极危险的注上去,玩一个尽兴。"①"不管它是带咸味的海水,还是带苦味的人生,我要沉到底为止。这才像是生活,是生命。我需要的就是绝对的皈依,从皈依中见到神。"②这是说,不计较任何功利得失,让生命在自由奔放的燃烧中迸发出灿烂的光芒,或以固执的热情、疯狂的爱,火焰般地燃烧了自己后还把另一个也烧死;或凭着单纯的信仰,在人生的大海上扬帆远航,去证明那个彼岸的存在,无怨无悔。这才是绝对的因顺自然,是神的境界,因而"神即自然"——他借人物之口说:"神的意义在我们这里只是'自然',一切生成的现象,不是人为的,由他来处置。他常常是合理的,宽容的,美的。人作不到的算是他所作,人作得的是人去作。人类更聪明一点,也永远不妨碍到他的权力。……我这里的神并无迷信,他不拒绝知识,他同科学无关。"不过沈从文又认为,神的"庄严与美丽,是需要某种条件的,这条件就是人生情感的素朴,观念的单纯,以及环境的牧歌性。神仰赖这种条件才能产生,才能增加人生的美丽。缺少了这些条件,神就灭亡"③。沈从文小说中一切具有神性的人生样式和生命形态,的确莫不是在牧歌的环境中固守着生命的纯真和美丽的。而一旦世俗的观念侵入,在他看来,神就死了。所以他常不免发出叹息:"'现代'二字已到了湘西","农村社会所保有那点正直

---
① 沈从文:《从文自传·一个大王》,《沈从文文集》第9卷,花城出版社1983年版,第201页。
② 沈从文:《水云》,《沈从文文集》第10卷,花城出版社1984年版,第266页。
③ 沈从文:《凤子》,《沈从文文集》第4卷,花城出版社1982年版,第347页。

素朴人情美，几乎快要消失无余，代替而来的却是近二十年实际社会培养成功的一种唯实唯利庸俗人生观。敬鬼神畏天命的迷信固然已经被常识所摧毁，然而做人时的义利取舍是非辨别也随同泯灭了"。① 他的创作，可以说，主要就是为了抗议这一文明堕落的趋势，使人们在"当前"与"过去"的对照中，看出神性秩序的重建应该从何处着手。表现这一主题的有许多佳作，其中最有意味的当数《媚金、豹子与那羊》。

关于《媚金、豹子与那羊》，读者多看重它所表达的命运观：本来美满的爱情由于不可捉摸的"偶然"——那只羊，酿成了流血的悲剧。但我以为，在"偶然"的背后，还有一个更高的原则，一个禁忌，那就是"神性"。

豹子与媚金约定当星星出现时去宝石洞相会，可豹子为了寻找那只允诺给媚金的羔羊，反把约会的时间耽搁了，导致媚金以为他负心爽约，在绝望中自刎。豹子的举动看似悖乎常情，可那全是由于他把媚金视若神明，他对媚金的承诺于是成了对神的承诺，因而他要用非凡的虔诚，找到一只世上最完美的纯白羔羊来表明他的最神圣的爱，然而这注定是一个没有结果的永恒的寻找过程，因此也是通向悲剧的过程。因为任何最完美的事物(羊)总是下一个，不可能在经验的范围内得到实证，所以事实上豹子从寻找的那一刻起就已注定了他永远找不到那只足以象征他对媚金神圣的爱的羔羊，他必然会以失败告终。就在这无望的迷狂的寻找过程中，爱上升到了抽象的终极的位置，羊反而成了寻找的直

---

① 沈从文：《长河·题记》，《沈从文文集》第7卷，花城出版社1983年版，第2页。

接的具体目标。抽象与具体的两相分离，则是一个人的心灵的巨大分裂，是这分裂了的心灵发出的两种矛盾的声音相互的交锋，是它们煎熬人心的绝望的搏斗。豹子最终似乎找到了那只羊，它纯白如雪，正合他的心意，但"完美"是难的：那只小羊羔负了伤。为了"完美"，他命定要先给羊羔治伤，于是时间耽搁太久了，大错无法挽回地铸就了。人们可以说豹子着了魔，甚至发了疯，但正是在他这种如疯如癫的行为中，包含着他对媚金的无与伦比的爱。如果豹子听从老人的劝告随随便便地找一只羊，或者他随意地认为那便是一只合格的羊，他本来可以摆脱心灵的煎熬，畅饮爱情的美酒，但如此一来，他得到的也就只是世俗的爱，不复拥有他所期望的那种神性了。神圣的东西，人不甘轻易下手，神圣的爱，人不会轻易表白，因而神圣的爱总是折磨人的。翠翠的爱情搭进了爷爷的一条命，豹子和媚金为爱而命归黄泉，全因为他们的爱近乎"神"，很难在平凡的世界中存活。

　　豹子与媚金的悲剧初看是由于"偶然"，但只有进一步看到"偶然"背后的这种"必然"，明白这是他们为神圣的爱所付出的必然的代价，才能体会到沈从文改写这个传说的良苦用心，那就是他要树立一座爱回到爱自身的永恒的丰碑，给世人一个警醒、一次震撼。就在作品中，他写道："地方的好习惯是消灭了，民族的热情是下降了，女人也慢慢像中国女人，把爱情移到牛羊金钱虚名事上来了，爱情的地位显然是已经堕落，美的歌声与美的身体同样被其他物质战胜成为无用东西了。"正是相对于这样的世态人心，豹子与媚金的悲壮的爱情才格外地呈现出神性的美丽。

　　总而言之，"童心""生命""神性"这三个范畴在沈从文的文学世界里原来都指向"自然"。豹子与媚金的悲剧以及其他不幸的故事，只意味着"回归自然"是难的。老子曰："常德不离，复归于婴儿。"(《老子·二十八章》)又曰："人法地，地法天，天法道，道法自然。"(《老子·二十五章》)庄子曰："与天为徒"，"人谓之童子，是之谓与天为徒"。(《人间世》)这些都是强调纯任自然为道德和审美的极致。沈从文推崇童心的纯真，珍视生命的价值，认为"神即自然"，他的伦理观和审美趣味上这种回归自然、崇尚浑朴的倾向，就是他的创作浸透了道家艺术精神的重要表现。

四

沈从文回归自然的倾向，不能排除受西方浪漫派影响的可能。但这种影响比起废名所受的来要小得多。沈从文没有系统地受过现代教育。他当小兵时从文书那里看到一部《辞源》，发现能从中查出许多千奇百怪的知识，居然大为惊异。他那时读的只是《秋水轩尺牍》《西游记》《聊斋志异》《四部丛刊》《西清古鉴》《花间集》等。后来喜欢看《新潮》《改造》，便把他引到了北京。但到北京他连新式标点也不会，他这时的"师傅"只是一部《史记》和一本破旧的《圣经》，他得以从中揣摩叙事抒情的基本知识。后来去京师图书馆，"不问新旧，凡看得懂的都翻翻"，这与其说是在系统学习，不如说他是在翻"社会"这部大书。[①] 西方的影响既然不大，道家的影响就相对突出了。但仔细分析，这种影响也不是他

[①] 以上材料见于《从文自传》，《沈从文文集》第9卷，花城出版社1983年版。

潜心研究所得,而是在大自然潜移默化的熏陶中所涵养成的一种气质禀赋和他从自然中悟得而应付于人事方面的一种智慧。

沈从文从小是个贪玩的孩子。逃学、游泳、捉蛐蛐,"尽我到日光下去认识这大千世界微妙的光,稀奇的色,以及万汇百物的动静"。"我感情流动而不凝固,一派清波给予我的影响实在不小。我幼小时较美丽的生活,大部分都同水不能分离。我的学校可以说是在水边的。我认识美,学会思索,水对我有极大的关系。""二十年后我'不安于当前事务,却倾心于现世光色,对于一切成例与观念皆十分怀疑,却常常为人生远景而凝眸',这份性格的形成,便应当溯源于小时在私塾中逃学习惯。"逃学被发觉,自然免不了受罚,但"我一面被处罚跪在房中的一隅,一面便记着各种事情,想象恰如生了一对翅膀,凭经验飞到各样动人事物上去。按照天气寒暖,想到河中的鳜鱼被钓起离水以后拨刺的情形,想到天上飞满风筝的情形,想到空山中歌呼的黄鹂,想到林木上累累的果实。由于最容易神往到种种屋外东西上去,反而常把处罚的痛苦忘掉……我应感谢那种处罚,使我无法同自然接近时,给我一个练习想象的机会"。[①] 这些自白清楚地表明,是大自然从小陶冶了他的性格,他的人生观和审美趣味倾向于道家返真归朴的理想,很大程度上是由于大自然的感染和暗示。

同时也不可忽视,作为一个"乡下人",他在北京的困难的现实处境又促进了他这种向自然回归的倾向。他立志用一支笔养活

[①] 以上引文见于《从文自传》,《沈从文文集》第 9 卷,花城出版社 1983 年版,第 109—112 页。

自己，所面临的困难是可想而知的。他凭韧劲挺了过来，这韧劲就与他从小所谙熟的水性有关。老子曰："天下莫柔弱于水，而攻坚强者莫之能胜。"(《老子·七十八章》)水固柔弱，但水滴石穿，能以柔克刚。沈从文那么钟情于水，这除了童年的记忆以外，恐怕主要就是由于他在水性中悟出了道家智慧而能用之于应付他所面临的现实挑战。他的性格温顺且又孤傲，温顺与孤傲的统一便是水性，即"尚柔""守雌""无为而无不为"的人生哲学。他后来表示："明白偶然和感情将来在你生命中的种种，说不定还可以增加你一点忧患来临的容忍力——也就是新的道家思想。"①这分明就是他从自己坎坷人生中学来的智慧，是他带着苦笑的经验之谈。

　　需要指出的是，"道家思想"使沈从文在观念上陷入了历史进步与文明堕落的"二律背反"，这使他的作品所包含的历史观和道德观呈现出错综复杂的关系。因而，评价他小说的得失，必须仔细掌握好分寸，不能以片面的政治判断取代审美的评价。关键是要尊重文学的特点，因为从政治学的观点看去缺少现实意义的那种乌托邦理想，一旦放到文学的视野中，往往具有了鼓舞人们为永恒的理想而奋斗的神奇魅力。正是在后一种意义上，沈从文用他那支富有表现力的笔描绘优美、健康而又不悖乎人性的人生形态，为人类"爱"字作一度恰如其分的说明，创造了一个"美"的标准，这一切有了净化人的心灵、陶冶人的情操的价值，正如他自己说的："先生，你接近我这个作品，也许可以得到一点东西。

---

① 沈从文:《水云》,《沈从文文集》第10卷，花城出版社1984年版，第269页。

不拘是什么，或一点忧愁，一点快乐，一点烦恼和惆怅，甚至于痛苦难堪，多少总得到一点点。……那不会使你堕落的！"①

当然，一旦"回归自然"转化成对都市文明的批判，或纯粹地以"自然人性"的观点展示底层民众的人事哀乐，使作品的内容趋向平凡性、世俗化，没有了纯净的诗做内美，这时，沈从文的风格也同废名写《莫须有先生传》一样，超出了浪漫主义的范围。

沈从文：30年代的"最后一个浪漫派"

在中国现代浪漫主义思潮的演变过程中，有几个关键性的人物，他们是20世纪初的鲁迅，五四时期的郭沫若和郁达夫，到30年代则是沈从文。鲁迅最早把西方现代浪漫主义介绍到中国，可他开始创作时已转向现实主义。郭沫若和郁达夫奠定了中国现代浪漫主义文学的基础，但郭沫若到20年代中叶彻底否定了浪漫主义；郁达夫与创造社分手后一度处于寂寞中，其创作也再难重现五四时期的辉煌。因而，到30年代初，沈从文的影响从浪漫主义思潮这方面看，就相对地突出了。所谓"突出"，不是说他的成就已无人可及，而是指他转变到田园型的浪漫主义，这一转向代表了中国现代浪漫主义思潮在20年代末30年代初的发展趋势，他的湘西小说又是这种田园浪漫主义的典型形态。他勇于探索，综合了五四乡土文学和创造社、新月社一些作家的艺术经

---

① 沈从文：《从文小说习作选·代序》，《沈从文文集》第11卷，花城出版社1984年版，第45—46页。

验，把五四浪漫主义推向一个新的阶段，从中可以看出中国现代浪漫主义发展演变的轨迹和各种风格的此消彼长。更为重要的是，他的创作与时代的要求存在着距离，与作为主潮的左翼文学构成了矛盾统一、共存互补的关系，由此给他带来的始则受冷遇终则被当成出土文物重见天光的经历，折射出一个浪漫主义者在中国20世纪30年代以后难以避免的命运。总之，沈从文的创作从许多方面看，对于中国现代浪漫主义都具有象征的意义，可以把它当作浪漫主义思潮在30年代前期的一个典型来看待。

一

沈从文初涉文坛，正当创造社"异军突起"，郁达夫的浪漫抒情小说风行一时。他说："郁达夫在他作品中，提出的是当前一个重要问题。'名誉、金钱、女人取联盟样子，攻击我这零落孤独的人……'这一句话把年青人心说软了。"[1]"郁达夫那自白的坦白，仿佛给一切年青人一个好机会，这机会是用自己的文章，诉之于读者，使读者有'同志'那样感觉。"[2]这充分道出了他对郁达夫的理解和仰慕之情。沈从文从小经历磨难，过早地告别了无忧无虑的童年，形成了他的偏于忧郁的气质。到北京后，又几乎陷于极端贫困之中，连吃饭也成了问题。他的内在气质和现实感受使他在创作的起步阶段自然地靠近了声名鹊起的郁达夫，因而开

---

[1] 沈从文：《论中国创作小说》，《沈从文文集》第11卷，花城出版社1984年版，第172页。
[2] 沈从文：《郁达夫张资平及其影响》，《沈从文文集》第11卷，花城出版社1984年版，第139页。

始学着用郁达夫的自我表现方法来宣泄内心的郁积,写出了《棉鞋》等作品。这些早期的作品笔调比较粗糙,但采用第一人称的叙述角度,以反讽的语调写自我在贫困中的狼狈处境,带点落魄才子的戏谑味道,很明显是模仿郁达夫小说的。

但随着社会革命运动的高涨,郁达夫式的浪漫抒情小说所包含的个性解放精神与社会革命的原则产生了矛盾,逐渐难以适应时代的要求了。对此,沈从文是有所感觉的:"现在的世评,于作者是不利的。时代方向掉了头,这是一个理由。"①虽然沈从文囿于他的自由主义立场,从来不曾追赶潮头,可他也分明感受到了时代的变迁,不得不对此有所回应。更为重要的是,他不具备郁达夫那样强大的浪漫气质和才情。他是质朴的乡下人,与乡土保持着特殊的联系,因而他必须寻找更加切合自己创作个性、适应自己的生活积累而在某种程度上又能被正在转向的潮流所能容纳的风格。在这样的背景下,鲁迅所代表的乡土文学对他的影响就明显地增大了。

乡土文学滥觞于鲁迅的《故乡》和《社戏》,稍后便形成了一个颇具声势的文学流派。这一流派的作家多受鲁迅影响,以写实手法回忆童年的故乡,展示乡土落后的风俗民情和民众的艰难人生。其作品对于拓展五四文学的题材,校正一些五四浪漫主义小说因过于注重表现内心的要求而失之空疏的缺点,起了积极的作用,就像沈从文说的:"乡土文学的发轫,作为领路者,使新作

---

① 沈从文:《郁达夫张资平及其影响》,《沈从文文集》第 11 卷,花城出版社 1984 年版,第 140 页。

家群的笔,从教条观念拘束中脱出,贴近土地,挹取滋养,新文学的发展,进入一新的领域。"①沈从文不止一次声明他受过鲁迅的影响:"鲁迅先生起始以乡村回忆做题材的小说正受广大读者欢迎,我的学习用笔,因之获得不少勇气和信心。"②联系沈从文的创作道路,以鲁迅为代表的乡土文学对他的影响,主要是在他的创作个性还未形成时,把他从郁达夫式的自我表现的道路上拉到了他自己得天独厚的乡土题材的领域,他在这里发现了丰富的艺术矿藏,并在创作手法上也从乡土文学中得到了重要启示,即采用朴素的形式来表达个人富有诗意的情感和理想,从而使他获得了不少写作的"勇气和信心"。这种影响之所以发生,除了时代的因素之外,还因为侨居北京的沈从文此刻有一份强烈的思乡之情,他对少年时代的乡土生活始终保持着生动的印象,并且坚守着作为一个乡下人所特有的审美和道德理想。他的一些最为精彩的作品,如《边城》《三三》《萧萧》《阿黑小史》《长河》等,几乎都是写乡土题材,也几乎都采用了这种朴素的写意手法。凭这些作品,他奠定了自己在30年代文坛中的重要地位。

不过沈从文是一个富有创造精神的作家。他不会满足于简单的模仿,而是要取众家之长进行创新探索,形成自己的风格。因此,他虽然借鉴了乡土文学的经验,可最终并没有真正走上乡土文学的创作道路。能够显示这种创新精神的一个例子,就是他虽受到鲁迅的影响,却无意追随鲁迅,去反映农村的落后面貌和农

---

① 沈从文:《学鲁迅》,《沈从文文集》第11卷,花城出版社1984年版,第233页。
② 沈从文:《沈从文小说选集·题记》,《沈从文文集》第11卷,花城出版社1984年版,第69页。

民愚昧的精神状态；相反，他醉心于表现乡土的朴素与宁静，把它们当作美的极致，或者写一些美丽而忧伤的爱情故事来寄托他作为一个乡下人的灵魂的痛苦挣扎。① 这说明他在突破了郁达夫式的"自我表现"之后，在深层次上仍然保留了郁达夫的一点影响。简单地说，他只是去除了郁达夫浪漫小说中感伤和颓废的成分，而让"自我表现"采取了朴素的形式，或者干脆把它运用于神话传说的题材，给作品增添了浪漫的色彩(《龙朱》《神巫之爱》《豹子、媚金与那羊》等)。而在另一些作品中，如《雨后》《柏子》《丈夫》等，他又并不讳避性的描写，而只是把郁达夫式的自我暴露改造成对自然人性的生动展现，让大自然的清新气息净化了人物的肉欲冲动，凸现他(她)们心灵的纯朴。因此，可以说沈从文在追求属于自己的风格的最初努力中，乡土文学和郁达夫的影响是综合地起作用的。前者使他回归乡土，很大程度上冲淡了早期由于学郁达夫而带来的感伤色彩和幼稚的名士气；后者使他得以坚守自己的创作个性和审美理想，并且抵御着外界的要他在现实中消解自我、趋向平凡化的压力。两者相互作用，彼此克服了与作者的创作个性相抵触的因素，共同制约着沈从文选择了一种既综合两者特点而又能够减轻迅猛变化的时代所施加的压力的风

---

① 沈从文在城市题材的小说中倒是贯彻了启蒙的主题——对"城里人"的种种劣根性加以无情的抨击。这可以认为是以鲁迅为代表的乡土文学对他创作的另一个重要影响。然而这种影响的结果却是使沈从文的创作逸出了浪漫主义的轨道，趋向现实主义。浪漫主义和现实主义对应于不同的题材，又以浪漫主义创作最有特色，成就最高，这是沈从文独特之处，反映了他虽处于多元影响并存的复杂环境中，却又有能力把它们成功地运用于不同的方面。因而，这也可看作是本文所说的"综合"的另一重意义。

格，那就是一种朴素优美、洋溢着诗情画意的田园牧歌。沈从文以此超越了郁达夫和乡土文学，以边缘人的立场和个性化的方式，在新的时代条件下守望着浪漫主义的精神家园。

当然，沈从文的借鉴超出了郁达夫和乡土文学的范围。在他的田园牧歌风格中，事实上还包含着徐志摩和废名的影响。徐志摩是新月派的骨干。作为一个具有浓厚浪漫主义气质的诗人，徐志摩在浪漫主义思潮的生存空间渐趋狭小之时，充分发掘了文字的乐感，把一腔柔情熔铸在活泼而轻盈的形式中，展示了一个诗人感官的敏锐和感情的细腻，创造了一种典雅温婉的抒情风格。这种风格体现了对诗歌形式规范的自觉，它一方面纠正了新诗自五四以来因过分强调自由表现而过于散文化的倾向，另一方面因减弱了反社会的力度和其艺术上的精美而在社会革命时代求得了自身生存和发展的空间。沈从文是新月社的成员，对徐志摩怀着仰慕之情。他从徐志摩的创作经验中吸取有益的营养，是顺理成章的，就像他说的："在写作上想到下笔的便利，是以'我'为主，就官能感觉和印象温习来写随笔。或向内写心，或向外写物，或内外兼写，由心及物由物及心混成一片。方法上多变化，包含多，体裁上更不拘文格文式可以取例作参考的，现代作家中，徐志摩作品似乎最相宜。"[①]他从徐志摩的作品中主要借鉴了以理节情的技巧，不让笔下放肆，力求把感情处置到和谐优美的形式中；同时还学习了在独处中细腻地感知对象的方法，即"就官能

---

① 沈从文：《从徐志摩作品学习"抒情"》，《沈从文文集》第11卷，花城出版社1984年版，第211页。

感觉和印象温习来写随笔"。这两方面，使沈从文的创作在乡土的底色上越来越显出温柔细腻的特点。

废名形成个人风格的时间略早于沈从文。他用写诗的方法来写小说，在浪漫的想象中融入了晚唐绝句的意境，形成了简洁、充满诗意、清丽典雅的文体。在社会革命运动不断高涨的时期，废名的独特性在于追随周作人的自由主义立场，陶醉于心中的幻美的影子，讳避时代的重大问题，写他的天真烂漫的少男少女和温厚慈祥的老人，专注于发掘诗意的美。他以这种方式确定了自己的艺术信仰，其实质就是通过把生活艺术化为自己在动荡的岁月中寻一块安息灵魂的净土。沈从文由衷地称赞废名的"《竹林的故事》、《桥》、《枣》，有些短短篇章，写得实在好"[1]。他尤其赏识废名小说中的诗意的抒情，承认自己的风格深受废名的影响，并认为描写上还做不到废名那样简练："自己有时常常觉得有两种笔调写文章，其一种，写乡下，则仿佛有与废名先生相似处。由自己说来，是受了废名先生的影响，但风致稍稍不同，因为用抒情诗的笔调写创作，是只有废名先生才能那种经济的。"[2]沈从文向废名靠拢，是因为废名在退守社会边缘时所采取的艺术方式，对于身处动荡之中而又渴望心境宁静的沈从文产生了同样的吸引力。同时，他们的主要作品在题材上的相近也对彼此的风格提出了类似的要求，即乡土题材本身包含了一份诗意，而优美的风景、纯朴的民风、天真的少女，需要用一种与之相称、最能体

---

[1] 沈从文：《由冰心到废名》，《沈从文文集》第11卷，花城出版社1984年版，第231页。
[2] 沈从文：《夫妇·附记》，《沈从文文集》第8卷，花城出版社1983年版，第393页。

现出它(她)们的恬淡诗美的风格去加以表现。沈从文受废名影响的结果,是在他的朴素的文字中,"蕴蓄了多少抒情诗气分"①。由于情节的淡化,抒情小说为诗的因素留下了更多空间,它的魅力也更多地依赖于蕴藉含蓄的诗美。废名对沈从文的影响,正体现了这一特点。当然,废名的个性更为奇诡,他的诗性抒情趋向清静脱俗,不含人间烟火味,沈从文则比较宽厚,不避世俗之美,所以他的用笔显得从容,诗的素质多了一份暖意。对此,沈从文作过精彩的比较:"冯文炳君所显的是最小一片的完全,部分的细微雕刻,给农村写照,其基础,其作品显出的人格,是在各样题目下皆建筑到'平静'上面的。有一点忧郁,一点向知与未知的欲望,有对宇宙光色的眩目,有爱,有憎,——但日光下或黑夜,这些灵魂,仍然不会骚动,一切与自然谐和,非常宁静,缺少冲突。作者是诗人(诚如周作人所说),在作者笔下,一切皆由最纯粹农村散文诗形式下出现。作者文章所表现的性格,与作者所表现的人物性格,皆柔和具母性,作者特点在此。《雨后》作者倾向不同。同样去努力为仿佛我们世界以外那一个被人疏忽遗忘的世界,加以详细的注解,使人有对于那另一世界憧憬以外,冯文炳君只按照自己的兴味做了一部分所欢喜的事。使社会的每一面,每一棱,皆有机会在作者笔下写出,是《雨后》作者的兴味与成就。用矜慎的笔,作深入的解剖,具强烈的爱憎,有悲悯的情感。表现出农村及其他去我们都市生活较远的人物姿态与言语,粗糙的灵魂,单纯的情欲,以及一切由生产关系下形成的苦

---

① 沈从文:《长河·题记》,《沈从文文集》第7卷,花城出版社1983年版,第3页。

乐,《雨后》的作者在表现一方面言,似较冯文炳君为宽而且优。"①

其实,从郁达夫、徐志摩、废名到沈从文,中国现代浪漫主义思潮的这一走向,在深层次上受到一个更为普遍的艺术规律的支配,即艺术的发展是循着从直露向含蓄、从粗糙到精美的方向进行的。五四时代,郁达夫式的浪漫抒情小说为了加强反封建的力度,追求情感表达的真切自然,作者有意采用自我暴露的写法而在艺术上有时失之过于直露。直露,是时代的特点,毕竟不是艺术的优点。随着五四高潮的过去和创作经验的逐步积累,人们要求浪漫主义文学克服初创时期的弱点,向读者提供艺术上更为完美的作品。这大致包括两层意思,一是形式上的改进,从随心所欲、不讲章法到注意结构、力求把情绪处置得符合美的规范;二是内容上扬弃了过于直露的性心理的展示,使风格趋向含蓄蕴藉。徐志摩的诗追求优美的旋律,废名的小说融注了诗的因素,它们都趋向艺术上的精致含蓄,体现了文学发展的这一内在要求。沈从文自称要建造精致结实的"希腊小庙",要表现一种优美、健康、自然而又不悖乎人性的人生形式,为人类"爱"字作一度恰如其分的说明,他的创作正是沿着这同一个方向,把五四浪漫抒情小说推向一个尊"和谐"为美的极致的田园牧歌的新阶段。

总之,沈从文置身于从文学革命到革命文学的历史转折时期,以他特有的立场综合了从郁达夫到鲁迅,到乡土文学,再到

---

① 沈从文:《论冯文炳》,《沈从文文集》第 11 卷,花城出版社 1984 年版,第 100—101 页。

徐志摩和废名等众家之长，形成了他自己的风格。在他的不断追求和不断超越自我的过程中，显示了他锐意创新的自觉意识。他的成长道路，从一个侧面折射出时代风云的变幻和一个浪漫主义者所坚守的立场及其成败得失，可以从中透视各种文艺思潮的消长，尤其是看出五四浪漫主义文学思潮如何逐渐退居边缘、蜕变出30年代田园牧歌型的浪漫主义的秘密，而代表后者这种类型浪漫主义的最高成就的正是沈从文。这使沈从文的创作道路从浪漫主义思潮的发展这面看，具有不容忽视的重要意义。

二

新文学从20年代到30年代的发展有一个重要的趋势，就是从五四文学全方位的对外开放到30年代逐渐缩小开放的范围而把重点转向苏俄文学，同时向本民族的文学传统回归。这一方面反映了新文学作家在处理中外文学传统的关系时从五四文学中吸取了经验，逐渐走向成熟；另一方面也标志着保守势力的抬头，并且由于存在着某种程度的图解概念的倾向，一些作品的具有历史进步性的主题未能与作家个人生动丰富的感性经验结合起来，未能用外国文学的营养来丰富本民族的文学传统，从而影响到它们的艺术成就。在这样的背景中，沈从文以宽容的心态吸取中外文学的有益养分，探索创新，构建自己独特的艺术风格。他这方面的成就，既反映了文艺界整合中外文学传统的共同倾向，又显示了他个人的独特之处，也是可以看作一个相当成功的个例的。

沈从文没有出国留过学，他对外国文学的接受主要通过五四文学的中介，因而具有间接性。这使沈从文接受外国文学影响的范围不广，但却能够站在先驱者的肩膀上，进行中外文学传统的有效融合。他的田园小说并不回避男女两性关系的描写，他甚至说："因为生存的枯寂和烦恼，我自觉写男女关系时仿佛比写其他文章还相宜。"①这除了反映他乡下人的观点外，显然还与他受到郁达夫的影响有关。这种影响的一个重要内容正是郁达夫取自西方的现代人文主义价值观和弗洛伊德的精神分析学说。不过西方人文主义观念还有个人与环境相对抗的个性主义一面，落实到郁达夫的小说，就表现为那种无所顾忌的自我暴露，这使郁达夫小说有时因失去分寸而不免显得过于露骨和颓废。弗洛伊德精神分析学持泛性主义的立场，这也助长了郁达夫展现性苦闷的兴趣。随着时代的发展，郁达夫的这类描写日渐显露出局限性。有鉴于此，沈从文对男女关系的写法有所改变。如《雨后》《采蕨》《夫妇》，用大自然的光和空气冲淡肉的气息，提升灵的因素，重在展示"乡下人"的健康而朴素的人性。这是因为沈从文发展了自然人性的观点，把这些人都当作自然的一部分来写，人与自然已融为一体了。这也表明沈从文试图以"乡下人"的尺度重新协调中西文化的关系，使之朝着更富有民族特色然而又不失其现代性的方向发展。

这一方向，用沈从文的话说，就是"节制""恰当""匀称""和谐"。他说："我懂得'人'多了一些，懂得自己也多了一些。在'偶然'之一过去所以自处的'安全'方式上，我发现了节制的美

---

① 沈从文：《一个母亲·序》，《沈从文文集》第 5 卷，花城出版社 1982 年版，第 2 页。

丽。"①"文字要恰当，描写要恰当，全篇分配要恰当。作品的成功条件，就完全从这种'恰当'产生。"②他的这种审美理想，与中国传统的尊"和谐"为美之极致的儒家诗教接近，与中国道家的顺应自然的理想一致，但显然也包含了古希腊美学的成分。沈从文写道："我只想造希腊小庙。选山地作基础，用坚硬石头堆砌它。精致，结实，匀称，形体虽小而不纤巧，是我理想的建筑。这神庙供奉的是人性。"③他理想中的人性是用溪水、阳光、空气化育，带着泥土的气息，也许粗野点，但朴素健康，一切循乎自然，这跟古希腊人的观念十分近似。而它的表现形式又是精致、结实、匀称，与古希腊的崇尚和谐匀称的审美理想也是完全吻合的。

作为京派成员，沈从文主要是通过京派的重要理论家周作人接触古希腊美学的。周作人讲欧洲文明必上溯到希腊去，一再称誉古希腊文明讲究自由与节制相调和。周作人向往冲淡闲适，爱好天然，崇尚简素，喜欢平易宽阔，不喜欢艰深狭窄，尤其是憎恶做作，都可归结到他的希腊式的审美理想。他用"中庸"来解释这种人性观和审美观，并不断声明这根据的不是孔子三世孙所作的那部《中庸》，而是普通的人情物理，实质上就是把他所理解的希腊文明用中国人易于理解的语言表达出来。30年代的"京派"，包括沈从文，崇尚和谐、节制、均衡、稳定、明朗的美，其理论旗帜和精神领袖就是周作人。沈从文的高明处在于，他把这种审

---

① 沈从文：《水云》，《沈从文文集》第10卷，花城出版社1984年版，第287页。
② 沈从文：《短篇小说》，《沈从文文集》第12卷，花城出版社1984年版，第114页。
③ 沈从文：《从文小说习作选·代序》，《沈从文文集》第11卷，花城出版社1984年版，第42页。

美理想与他的个人气质、个人趣味结合起来,与题材本身的特点结合起来,"在充满古典庄严与雅致的诗歌失去光辉和意义时,来谨谨慎慎写最后一首抒情诗"①。其代表作便是《边城》。在《边城》中,他的"主意不在领导读者去桃源旅行,却想借重桃源上行七百里路酉水流域一个小城小市中几个愚夫俗子,被一件普通人事牵连在一处时,各人应有的一分哀乐,为人类'爱'字作一度恰如其分的说明"②。这篇小说写得优美、精致、和谐,符合古希腊的审美理想和道德理想,但更能见出中国的特点——它非立体的雕塑,而是写意的水墨长卷。那种淡泊的意蕴,灵动的笔调,水样的忧愁,温爱的氛围,表明作者把古希腊的理想成功地嫁接到中国民族传统文化的根上,复活在当下中国人的审美实践中了,中西文化的融合由此达到了一个新的水平。

向本民族传统回归的趋势之一,是东方化。东方各国在历史上交往密切,彼此的文化有相近的一面,较之西方文化更容易相互交流。沈从文利用这一历史渊源,在整个民族收缩对外文化开放范围的背景下把兴趣转向印度佛教。他从佛经故事中选取题材,写成《月下小景》集所收各篇别具一格的小说,让人"明白死去了的故事,如何可以变成活的,简单的故事,又如何可以使它成为完全的"③。不过《月下小景》虽取材于佛经,但说到底是把中国化的佛教经典加以现代化的改造。其中的循乎自然和知足常

---

① 沈从文:《水云》,《沈从文文集》第10卷,花城出版社1984年版,第294页。
② 沈从文:《从文小说习作选·代序》,《沈从文文集》第11卷,花城出版社1984年版,第45页。
③ 沈从文:《月下小景·题记》,《沈从文文集》第5卷,花城出版社1982年版,第42页。

乐的思想,与其说是吸收外来文化,不如说是对传统文化的一种继承,只是从中也能看出东方民族共同的人生态度和审美倾向罢了。

沈从文融合中外优秀文化遗产的一个成功经验,是执意打破"理论""指南""作法"之类的框框,不从先验的预设出发,而是依据表情达意的需要,只求择取的中外文学的观念、技巧、手法等与自己的心情谐和,与所表现的对象特点相称,允许感情到一切想象上去散步,就像他自己说的:"我除了用文字捕捉感觉与事象以外,俨然与外界绝缘,不相粘附……一切作品都需要个性,都必浸透作者人格和感情。"①他以此获得了自由的心境,创造了熔中外文化于一炉的独特的"情调",成为一个出色的"文体家"。

总之,沈从文依托五四文学的成就,在向传统回归的同时,以他独特的探索朝着西方文学的精髓处深入了,在人类共同的价值观基础上实现了中西文化更深层次上的融合;他继承并且超越了五四文学,把从五四文学革命开始的吸收外国文学营养、丰富民族新文学的内涵的工作推向了一个更自觉、更成熟的阶段。

三

沈从文处于中国现代浪漫主义思潮蜕变的一个重要环节上。他借鉴了前辈和同代作家的艺术经验,兼取中外文学之长,进行

---

① 沈从文:《从文小说习作选·代序》,《沈从文文集》第11卷,花城出版社1984年版,第42页。

创造性的转化，逐渐形成了自己的风格。但这同时也使他处于两难的境地——既不讨好当局，又受到左翼文艺界的批评。后者主要从革命的立场出发批评他的自由主义倾向，不去反映时代的风云，却去描写"抽象"的人性。这种遭遇其实代表了浪漫主义思潮在 30 年代的必然命运。

浪漫主义以个性主义为思想基础，追求自我扩张、情感自由，反对一切外加的束缚。浪漫主义的理想没有边际，对现实总是持否定的态度。因此，只有当社会处于新旧交替时期，旧的秩序已经严重动摇、新的秩序还来不及建立之时，浪漫主义思潮才会获得迅猛发展的机会。因为只有在这时，个人才拥有最大的自由空间，情感才被允许呈现最活跃的状态，个性主义才能够最充分地发挥作用。一旦社会不能保障个人的自由，或者需要把民众的力量组织起来进行社会革命，着手建立一个新的社会制度，这时个性主义的浪漫主义就难以发挥它的优势了，甚至它原来的优势反而可能成为新时代要加以克服的不宜因素。中国社会进入社会革命时期后，浪漫主义思潮就面临着这样的困境。一方面，左翼阵营要求文艺发挥战斗武器的作用，一些人简单从事，首先要清算浪漫主义中的个性主义、自由意志和感伤主义。另一方面，国民党反动当局实行文化专制主义，限制思想言论的自由。在这左右两大社会力量的夹缝中，现代浪漫主义思潮的生存空间大为缩小，再难重现昔日的辉煌了。少数浪漫主义者就只能退居人生边缘，力图超越政治斗争，保持乃至扩大个人的心理自由空间，以坚持其浪漫主义的创作方向。但这就使他们与主流文学思潮处于一种十分复杂的关系中。他们反对思想束缚，追求个性自由，在反封建这一点上与左翼方面有共同之处。但左翼文学思潮已经超越了五四，而浪漫主义者却仍坚守着五四的立场，而且他们与五四精神事实上也存在着重大差别，这便是五四精神兼顾了个人和社会两个方面，30年代的田园浪漫主义者的自由观，则是少数文化人在启蒙运动转向低潮、政治斗争日趋尖锐的形势下，对五四精神的取舍，即削弱了其中对社会承担的责任，只把它用作维护个人自由的手段，因而他们表现出明显的疏远时代的倾向，不可避免地与左翼文学思潮产生了重大的矛盾。

沈从文在这种左右为难的处境中所选择的道路，是以"乡下人"自居。他的姿态在"最后的浪漫派"中具有代表性，也使他的作品带有某种程度的隐逸性，难以获得主流思潮的认可。不过在30年代，个性解放的任务事实上还没有完成，而只是被更为紧迫的社会革命的任务暂时地掩盖起来罢了。沈从文退居社会的边缘，专去描写边地的纯朴民风、宁静的自然风光，这种隐逸性事实上也是基于个性主义的立场而对黑暗现实发出的一种抗议，具有反封建的进步性。因而，它在深层意义上又并不是与左翼文学思潮完全对立的，确切地说，它们应该是一种矛盾互补的关系，彼此可以统一于一个更为宽泛的为获得人的全面解放而奋斗的历史过程基础上。在这一历史过程中，左翼文学所代表的社会革命运动致力于通过改造社会制度来达到解放人的目的，而沈从文则是书生气地致力于探讨民族品德的重造，表达了回归自然的理想。"自然"既是道德极致，又是精神家园。这在当时社会革命的年代显得不合时宜，带有浪漫性，然而从更长远的眼光看，它是符合人类的终极意愿和根本利益的，而且这样一种表面看来迂阔的追求也切近文学的本性。因为文学的本性,从根本上说是表现人性与美(当然,人性有具体的社会内容)。沈从文以他"乡下人"的固执,专注于人性的改善和美的发现。这种努力使他的作品时代气息不浓,相当长时期里难以得到左翼方面的认同,但它们包含着人性的内容和美的价值,因而在经历了革命斗争年代的冷落后到了重新肯定人性与美的应有地位的新时期又被重新发现,并且引发了来势不小的"沈从文热"。这同样是中国现代浪漫主义命运的一个生动象征,值得人们回味和深思。

在烽火岁月里"归来"

20世纪30年代后半期民族矛盾的激化改变了中国社会的格局，也对文学提出了新的要求，从而改变了中国现代浪漫主义文学思潮的生存环境。经过抗战初期的一段探索，现实主义文学取得了新的成绩，浪漫主义思潮也呈回归之势。后者一方面与现实主义思潮相互影响，另一方面又结合各地不同条件呈现了多样的色彩，显示了它与新文学的传统和现实生活的复杂联系。这种态势一直延续到40年代。

40年代浪漫主义的回归与泛化

随着日本帝国主义加紧侵略中国，中国人民与日本帝国主义的矛盾日趋尖锐，国内政治生活中提出了建立广泛的抗日民族统一战线的任务。在文学方面，则要求左翼文艺界以民族统一战线的立场调整文艺方针，其中包括重新评价五四文学，评估浪漫主义思潮的地位和作用，以大大拓展文艺的社会基础。在这样的背景下，郭沫若于 1936 年 4 月接受蒲风采访时说："新浪漫主义是新现实主义的侧重主观一方面的表现，和新写实主义并不对立。新写实主义是新现实主义之侧重客观认识一方面的表现。"①郭沫若把"新浪漫主义"与"新写实主义"对应地加以论述，认为两者都是基于现实主义精神而对现实生活作出艺术反应，但一侧重主观表现，一侧重客观写实。这显然是对他自己五四时代的浪漫主义文艺观点的重新肯定和发展。郭沫若早期的文艺思想包含着矛盾——他并不否认文艺所要表现的"内心的要求"在其终极上有社会的根源和现实的基础，但在具体方法上却强调浪漫主义的自我表现。现在，经历了 20 年代中期对浪漫主义的彻底否定之后，他首次在承认现实主义基础地位的前提下重新肯定了浪漫主义是一种独立的创作方法。尤其是在这同一次访谈中，他明确表示："我主张过尊重个性，但这种主张就在目前也依然适用。一个作家在作品的创意和风格上是应该充分地发展个性的。"同时他又对灵感、情绪的燃烧、受西方浪漫主义诗歌的影响等进行了正面的

---

① 郭沫若：《诗作谈》，1936 年 8 月《现世界》创刊号。蒲风的提问是："最近数年，诗坛上有侧重写实主义的倾向，产生了一些素描的东西。应着这个倾向的反动，那就是最近的浪漫主义运动。唯一九二七年前后的革命浪漫主义的失败，已可为我们的前车之鉴。今日的新浪漫主义，如果离开了现实生活，成为空洞的夸张——不由现实出发，则必然没有多大希望。我的意见是，新诗人应该抓住现实题材，唯透视过现实，为了鼓励及歌唱我们的胜利，我们却不妨有浪漫或夸大的表现。如果离开现实，只成为空洞的文字的排列，没有意义。尊意怎样？"郭沫若在作了上述回答后，针对蒲风的认为新浪漫主义是社会主义的现实主义之一支流的观点，再次强调"'新浪漫主义是现实主义之侧重主观一方面的表现，新写实主义是侧重客观认识一方面的表现'较为妥当"。

评价。虽然这些观点不是他五四时期文艺思想的简单重复，比如他现在从更一般的意义上强调文艺与生活的联系，但这时他要为浪漫主义正名并使之充分发展的意图是十分明显的。郭沫若对浪漫主义态度的这一变化，反映了30年代后半期文艺发展的新动向。由于各派政治力量或先或后、或主动或被动地采取了统一战线的立场，本来处于左右两大社会势力夹击中的浪漫主义思潮又获得了较大的回旋空间；而在左翼文艺阵营率先放宽了文艺批评的标准后，面对国民党反动当局的文化专制，包含着个性主义精神的浪漫主义也重新获得了反封建的意义，因而受到鼓励，有了重新抬头的迹象。不过，反映了历史内在要求的理性认识未必会立即在创作实践中体现出来。创作需要知、情、意的有机统一，尤其是浪漫主义作家，更需要时间来酝酿情绪，等待激情喷发的契机。因而，郭沫若虽然重新肯定了个性、灵感、主观表现等浪漫主义的原则，重新肯定了五四浪漫主义文学的成就和价值，并且有意要来提倡一种独立于写实主义的浪漫主义的创作风格，但要他真正以创作实绩证明自己的成功，却还有待于他40年代初期历史剧的丰收。郭沫若40年代初的历史剧，表现光明与黑暗、正义与邪恶的交战，主张团结抗战，反对分裂投降，贯穿了一条爱国主义的红线，在艺术上是与他五四时期浪漫主义诗剧的风格完全一致的。这些历史剧的成就，标志着经过一段时间的退居边缘，浪漫主义文学思潮重新回到了文坛的中心位置，成为与现实主义主潮相呼应，并且互相影响、互相渗透的一种重要的文学思潮。

在40年代，浪漫主义思潮的重新崛起还表现为一种特殊的形式，即基于此前彻底否定浪漫主义造成消极后果的经验教训，理论界开始把它作为一种因素融入现实主义，从而对现实主义文学的发展产生了重要的影响。由于受苏联无产阶级文化派和"拉普"派文艺观点的影响，也因为现实条件的限制，从20年代中期开始，国内文艺界开始片面地把浪漫主义与现实主义对立起来，把浪漫主义等同于观念论和个人主义而加以简单否定。为避免"个人主义的浪漫主义"的嫌疑，把文艺创作中的个人观点、个人的情感体验和独特的视角等主体性内容也否定了，结果"我"变成了"我们"，个性消融于原则，创作中出现了严重的概念化、公式化、脸谱化的现象。20年代末的"革命的浪漫谛克"离开个人的心理真实，生硬地去表现某种理性化的革命意识，外加上一条光明的尾巴，这不仅没有克服，反而是加强了概念化的倾向。30年代初随着社会主义现实主义创作方法从苏联传入，左翼文艺界开始重新评价浪漫主义，把它作为一种要素吸收进现实主义创作方法，即认为现实主义必须历史地、以发展的观点来反映现实，用社会主义理想教育人民，这在有限的程度上承认了浪漫主义的作用和地位。但当时宣传"社会主义现实主义"的主要人物，如周扬等，事实上只把浪漫主义等同于表现理想，主张在"对人生的积极面作深刻透视"的同时，多发现"在时代的发展上具有积极意义的方面"，于作品中增加"可以令人欢欣鼓舞的浪漫的英雄的气氛"和"可歌可泣英雄壮烈的事实"，认为"这就有赖于丰富的幻想"，形成能够"照耀现实，充实现实"的浪漫性。① 离开个人的观点和个人的情感体验，只把浪漫主义限制在"理想"和"幻想"的狭窄范围内，而且这种"理想"和"幻想"的正确性又必须依据能够揭示生活本质的经典理论来加以判断，这样的"浪漫性"就难以同个性的充分发展、个人对生活的独特发现联系在一起，充其量只能在故事的浮面增加一点浪漫的色彩。吸收了这种浪漫精神的现实主义，也就难以完全避免按照既定的观念来组织生活的公式化弊端。因而，社会主义现实主义为了达到对生活的深度反映，还必须另外强调"真实性"的原则，通过"真实性"来接近生活的本质。可是孤立地强调"真实性"，又容易滑向照相式的机械反映论。这样，社会主义现实主义创作方法在实际运用中如何处理好倾向性和真实性的关系，在很长时期里就成了一个棘手的难题。

与周扬的思路有所不同，胡风从主体性加强的方面来探求现实主义深化之路。他认为当时创作中存在的问题是"客观主义"，即把唯物主义当作一种"宿命论式的达观的生活态度"，当作一种脱离社会实践的教条，让作家拿这教条去看世界和人生，而不在看的过程中投入自己的切身感受和激情，表现出一副"都不过如此，都应该如此"的冷漠神气。他说："艺术活动底最高目标是把捉人底真实，创造综合的典型。这需要在作家本人和现实生活的肉搏过程中才可以达到，需要作家本人用真实的爱憎去看进生活

---

① 周扬：《现实的与浪漫的》，《周扬文集》第 1 卷，人民文学出版社 1984 年版，第 125—127 页。

底层才可以达到。"①胡风吸收了鲁迅、高尔基、梭波列夫乃至厨川白村等人的文艺观点,强调创作的主体性原则,重视作家情感因素的作用,显然是想把浪漫主义的因素融入现实主义,使现实主义风格更具有作家个人的特点。

胡风的这一理论探索,到 40 年代形成了一个比较完整的理论体系。他认为现实主义没有在当时获得应有的发展,主要原因是存在着"客观主义"和"主观主义"两种倾向。客观主义,源于"热情衰落了,因而对待生活的是被动的精神,从事创作的是冷淡的职业的心境"。而另一方面,"热情虽然衰落了,但由于所谓理智上的不能忘怀或追随风气的打算,依据一种理念去造出内容或主题,那么,客观主义就化装成了一种主观主义"。按他的意思,两种倾向都起因于缺乏生活的热情,前者只抓住生活的表面现象,后者则抓住一点概念,"外加一付依据这点概念去作假的心机"②。他认为克服这两种倾向的途径,在于提倡"主观精神与客观真理结合或融合"的"现实主义"。文艺家要高扬"主观战斗精神",凭着"人格力量"和"战斗要求"向现实生活"深入和献身"。他提出的"主观战斗精神"概念,是指"对于客观现实的把捉力、拥抱力、突击力"③。半年后,他发表《置身在为民主的斗争里面》,进一步指出:"在对于血肉的现实人生的搏斗里面,被体现

---

① 胡风:《张天翼论》,《胡风评论集》上卷,人民文学出版社 1984 年版,第 29—36 页。
② 胡风:《关于创作发展的二三感想》,《胡风评论集》中卷,人民文学出版社 1984 年版,第 293—294 页。
③ 胡风:《文艺工作底发展及其努力方向》,《胡风评论集》下卷,人民文学出版社 1984 年版,第 10—13 页。

者被克服者既然是活的感性的存在,那体现者克服者的作家本人底思维活动就不能够超脱感性的机能。从这里看,对于对象的体现过程或克服过程,在作为主体的作家这一面同时也就是不断的自我扩张过程,不断的自我斗争过程。在体现过程或克服过程里面,对象底生命被作家底精神世界所拥入,使作家扩张了自己;但在这'拥入'当中,作家底主观一定要主动地表现出或迎合或选择或抵抗的作用,而对象也要主动地用它底真实性来促成、修改,甚至推翻作家底或迎合或选择或抵抗的作用,这就引起了深刻的自我斗争。经过了这样的自我斗争,作家才能够在历史要求底真实性上得到自我扩张,这才是艺术创造底源泉。"他认为:"承认以至承受了这自我斗争,那么从人民学习的课题或思想改造的课题,从作家得到的回答就不会是善男信女式的忏悔,而是创作实践里面的一下鞭子一条血痕的斗争。一切伟大的作家们,他们所经受的热情的激荡或心灵的苦痛,并不仅仅是对于时代重压或人生烦恼的感应,同时也是他们内部的、伴着肉体的痛楚的精神扩展的过程。""通过了这样的自我斗争,一方面,对象才能够在血肉的感性表现里面涌进作家底艺术世界,把市侩的'抒情主义'或公式主义驱逐出境,另一方面,作家底思想要求才能和对象底感性表现结为一体,使市侩的'现实主义'或客观主义只好在读者面前现出枯萎的原形。"[1]显然,胡风的现实主义理论不是一般地谈论生活与艺术的关系,而是深入到具体的创作心理,强

---

[1] 胡风:《置身在为民主的斗争里面》,《胡风评论集》下卷,人民文学出版社1984年版,第20—22页。

调"主观战斗精神"和"自我扩张过程"对现实主义深化的至关重要的作用。这里,作家必须通过主体与客体相生相克的斗争,在把捉到对象内在的深邃底蕴的同时,把属于作家自我的激情,包括他的触及灵魂的痛苦和巨大的欣喜投射到对象上去,使之带上主体的鲜明烙印。只有这样,才能克服浮泛苍白的抒情和表面琐碎的写实,现实主义风格才会有作家个人的鲜明特点。胡风很少单独地讨论五四浪漫主义,但正是他在现实主义基础上强调"主观战斗精神",可以看出他吸收了五四文学,包括五四浪漫主义文学的精髓,从理论上较好地解决了一直困扰人们的倾向性和真实性的统一问题。按照这一理论,倾向性伴随着感性的血肉,真实性达到了作家所把捉到的对象的深层底蕴,从而能够创造出有力地反映历史内容的艺术形象。当然,胡风强调的"主观战斗精神"有一个社会性的基础,即从根本上说它是人民思想、感情、意志和愿望的反映,而这又必须通过生活实践和艺术实践过程来使两者达到统一。从这里,人们不难看出,深刻的现实主义并不总是排斥浪漫主义的因素,相反,它可以吸收浪漫主义的因素增强自己的力量。其实,文学作品是文学家主观地把握世界的产物,必然地带有主观的因素。主观因素作为作家人格力量的表现、作家思想艺术修养的高度集中的表达以及作家对人生的独特态度和独到发现,构成了文学作品的活的灵魂,成为吸引读者、征服人心的美的力量源泉。

从20年代中期主流意识形态全面否定浪漫主义,到40年代胡风等人在现实主义基础上吸收浪漫主义的因素,这一否定之否定的过程是合乎艺术发展的内在规律的。全面否定浪漫主义以后，由于要跟个性主义、主观唯心论彻底划清界限，现实主义变得苍白无力。人们认识到必须纠正这一不良倾向，而这一倾向自身也提供了反面的教训，促使文艺工作者拿它与鲁迅等先驱者的艺术经验对照，从中得到启示，意识到必须把个性主义与个人主义、能动的反映论与主观唯心论区别开来，从现实主义基础上融合浪漫主义的主观性、情感性原则，使现实主义得以深化。不过之所以到40年代才有人认真地来从事这项工作，则是由于只有到这时历史才提供了较大的思想自由空间来容纳不同的意见，对20年代末以来的文学创作经验加以反思和总结。因而，这项工作事实上又是呼应了40年代初浪漫主义思潮重新抬头的历史动向的。但尽管如此，胡风等人的观点还是受到了批评。从这些批评文章，人们倒也可以发现胡风的观点与充满个性主义精神的五四文学的深刻联系，与主情的五四浪漫主义思潮的血缘关系，同时可以看出它与当时左翼主流文学思想的差异和矛盾①。

由于战争，从30年代末到整个40年代，全国先后分成了相对独立的几大区域，文艺思潮的发展在不同地区之间出现了不平衡。尤其是动荡的环境，使一些地区对思想文化界的管制事实上难以做到始终的高度统一，而全国人民外抗强敌、内争民主，民

---

① 可以参见邵荃麟执笔的《对于当前文艺运动的意见》，该文将"主观战斗精神"的实质归结为"个人主义意识的一种强烈的表现"，认为近十年来革命文艺运动所受到的阻碍主要来自"右"，造成了"文艺思想上的混乱"，助长了"个人主义的文艺思想"。提出革命现实主义应该和"主观论"划清界限，使之具有"明确的政治倾向性，具有积极、肯定的因素"。此外，还有乔木的《文艺创作与主观》、胡绳的《评路翎的短篇小说》等文，批评胡风的"主观论"的人道主义倾向和对创作造成的影响。这些文章对胡风理论的片面之处有所克服，但本身也存在着不少教条主义的毛病。

间涌动着一股感情激流。这样，象征着自由精神的浪漫主义思潮又从地域条件方面获得了回旋的空间，在一些地方得到了来自民众的热情响应，与当地的条件相结合，找到了各有特色的表现形式。

在解放区，丁玲从她早期的倾向于浪漫主义的自我表现，经过30年代前期艰苦的艺术探索转向现实主义之后，到这时又在现实主义基础上吸收了浪漫主义的成分，形成了她的具有个人特色的现实主义风格。她对惨遭日本侵略者蹂躏而又受到同胞误解和歧视的贞贞抱着深厚同情(《我在霞村的时候》)，对一心想用先进文化改变解放区某些落后意识却遭到领导和同事非议的陆萍深表理解(《在医院中》)，她在对地主的侄女黑妮的描写中叙述其与农会主席程仁的微妙爱情(《太阳照在桑干河上》)，这些方面都可以看出她基于深厚的人道主义精神，在艺术想象中钻到人物心里去，替人物设想，体验并分析人物的心理，在心理分析中叠加了属于她自己的关于社会、人生和个人命运的理解，叠加了她在这一大变动时期中的一些深刻的情绪体验。能在波澜壮阔的历史画卷中，细腻地揭示不被别人理解而又找不到出路的女性的痛苦压抑、无可奈何的心理，这明显是吸收了她"莎菲"时代的创作经验，并在新的时代条件下根据所面对的题材本身的特点加以发展，在现实主义的基础上融合了自我表现的因素，从而深化了现实主义，使她的作品具有了心理的深度。

解放区的另一位作家孙犁，他的创作风格也具有浪漫主义的因素。在一般描写根据地军民斗争生活的作品中，孙犁的特点是善于用抒情的笔调写出冀中平原军民的抗日故事。他非常喜欢屠格涅夫的抒情风格。他把战争作为背景，着重展现普通战士和民众的高尚情操和美好心灵，而对具体的战斗过程作了浪漫化的处理。无论是《芦花荡》里老人用竹竿像敲西瓜一样一个个敲破日本鬼子的脑壳，还是《荷花淀》中一群少妇无意中把鬼子引进了伏击圈，让水生他们像风卷残云似的收拾干净，都包含了令人欢欣鼓舞的浪漫想象。在《爹娘留下的琴和箫》①这篇小说中，也有一个充满浪漫色彩的结尾：传说两个女孩牺牲了，但作者设想可能是在一个黄昏，山里或是平原远处会出现一片深红的舞台幕布，晚风中，两个身穿绿军装的女孩正在用她们爹娘留下的琴和箫为观众演奏。孙犁说："我想写的，只是那些我认为可爱的人"，"在那可贵的艰苦岁月里，我和人民建立起来的感情，确是如此。我的职责，就是如实而又高昂浓重地把这种感情渲染出来"。② 直到晚年，他仍认为"作为创作方法，浪漫主义必须以现实主义为根基。浪漫主义是从现实主义的基础上升华出来"的，若把浪漫主义"当成是上天入地，刀山火海，装疯卖傻，以为这种虚妄的东西越多，就越能构成浪漫主义"，这完全是一种误解。③ 孙犁把浪漫主义建立在现实主义的基础上，在作品中融入了关于美的理想和浓浓的乡情，以一种单纯的情调征服了读者。

国统区的路翎，是胡风文艺思想的实践者。胡风的"主观战斗精神"和"精神奴役的创伤"落实到他的小说，转化成"人民底原

---

① 后改名《琴和箫》，收入《孙犁文集》第1卷，百花文艺出版社1981年版。
② 孙犁：《关于〈山地回忆〉的回忆》，《孙犁文集》第6卷，百花文艺出版社1981年版。
③ 孙犁：《耕堂读书记（一）》，《孙犁文集》第7卷，百花文艺出版社1981年版。

始的强力"和流浪意识。从前者，可以看到人的灵魂深处神性和魔性、美和丑、善与恶的对立冲突，生命的欲望得不到满足而转化成一种近于原始粗暴的反抗，灵魂在挣扎中呼唤着救助；从后者，可以看到浪迹天涯的男子汉身上的孤傲、强悍、冷漠、粗暴、热烈的品性，尤其是精神的流浪所展现的人的自由本质。在路翎的心目中，"艺术是人民性的正义感情和美学追求的形象思维，它是人类追求、往前创造自身形象的表现和工具，它是人类美感的表征和象征，在黑暗的时代，自然也是正直的被压迫和被压抑者的苦闷的象征……厨川白村的感情我是历时常常想到的"①。他以自己的主观精神突入人物的心灵深处，展现自我与对象相生相克的搏斗和由此达到的"自我扩张"的过程。这种主观性的倾向，虽然有时也使苦力劳动者的心理带上了知识分子的色彩，以至从一般的现实主义标准看去或许会有损于形象的真实性，但正是由于"主观战斗精神"的发扬，才使路翎的现实主义区别于同一时期多数现实主义作家的风格，它显得躁动、狂暴，拥有震撼人心的艺术力量。

国统区的胡风、路翎，解放区的丁玲、孙犁，他们的理论探索和创作实践各有特点，但都是在现实主义基础上吸收了浪漫主义的成分，表现为不是一般地要求文学对生活作客观的反映，而是强调作家在艺术地把握生活时要发挥主观能动性，充分地发展自己的创作个性。

与此不同的是，40年代以上海为中心，出现了一个"新浪漫

---

① 路翎：《我与外国文学》，《外国文学研究》1985年第2期。

派",代表作家是徐訏、无名氏。新浪漫派小说随着战事的发展,流布的范围有所变化,但它始终是以异域情调、传奇色彩、大胆的想象、充沛的感情,吸引了在动荡的环境中想以艺术消遣来暂时缓解焦灼心情的普通市民阶层,满足了他们爱好传奇的口味。

总的看,在抗战时期乃至整个40年代,浪漫主义思潮重新回归文坛,虽然它在力度上还不能与同一时期的现实主义主潮相提并论。当然,由于处在新的时代条件下,这一时期浪漫主义思潮在回归的同时也出现了新的特点和趋向。

首先,是回潮与泛化并行。在个人自由空间有所拓展的条件下,浪漫主义思潮的抬头表现为理论上的对浪漫主义的重新评价和肯定,创作上则开始直接继承和发展五四浪漫主义的传统,或采取新的形式转向浪漫的传奇,或在现实主义风格中兼容浪漫主义的自我表现的因素。但这种情况本身,又同时表明这时的浪漫主义思潮不如五四浪漫主义思潮的集中强烈,也不像30年代田园牧歌浪漫主义的寂寞单纯。它在回归的同时又存在着以不同形式分散地发展,即泛化的倾向,总的看缺少一个能够统领全局、具有强大凝聚力和单一规定性的主潮。因而,人们往往只能透过它的多样性表现形态来把握它内在的整一性,来体味它对历史要求的深沉回应。这说起来主要是因为在民族、民主革命的条件下,各个地区相对地隔离,这种情况既为浪漫主义思潮的回归提供了契机,又以不同的地域条件影响了它的发展,使之具有地方的特色,因而它在丰富了浪漫主义思潮的内涵的同时,也削弱了浪漫主义作为一种思潮的力度和影响。

其次,是英雄主义的旋律和人性剖析的主题并列。周扬对浪漫主义的理解，倾向于从现实主义的立场表现浪漫性的理想和人民大众的英勇壮烈的事迹。解放区具有浪漫主义素质的作品，也大多包含了欢快明朗的英雄主义旋律。在国统区，胡风从理论上强调"主观战斗精神"——主观对客观的血肉搏斗、自我扩张、表现人民群众的"精神奴役的创伤"，实践了这一理论的国统区作家，在主客观相生相克的斗争中深入到人的灵魂深处，展现了人性的复杂性，创造了一种具有心理深度的粗犷悲壮的现实主义风格。相对独立的"新浪漫派"，则以浪漫传奇的形式表现爱的悲欢、人性的美好和丑陋。这些不同的风格是彼此并行的，它们汇集起来，又与同一时期的现实主义大潮合成了一部旋律丰富的时代交响曲。

最后，继承新文学的传统与反映时代的要求相结合。与20年代末到30年代前期的情况有所不同，这时整个进步文艺界对五四文学有了比较正确的态度，最为突出的是纠正了对浪漫主义的偏见，给了它合理的评价，并且以不同方式吸收了五四浪漫主义文学的营养。但这一进程又是从现实要求出发的，因而浪漫主义的回潮在继承了五四浪漫主义文学主观性和主情性原则的同时，也继承了五四现实主义文学解剖沉默的国民灵魂的传统，又从新的时代高度扬弃了前者的虚无颓废的成分，超越了后者的批判现实主义的立场，使浪漫主义在与现实主义相互渗透、相互影响的过程中朝着表现新时代的高昂旋律的方向发展。这表明，在经过了曲折的道路后，人们总结了正反两面的经验，改变了把浪漫主义和现实主义这两种思潮、两种创作方法完全对立起来的态度。但也正因为如此，浪漫主义思潮在回归的同时又开始了与现实主义思潮融汇的进程，逐渐缩小了它自身的独立性，减少了多样的表现形式，朝着仅作为现实主义思潮中的一种浪漫因素的方向发展。这实际上是阵容强大的左翼文学合乎历史逻辑的一个发展，并预示了不久的将来新中国文学的大致格局和基本走向。

在30年代末到整个40年代浪漫主义思潮的回归过程中，很显然，郭沫若的浪漫主义历史剧和徐訏、无名氏的新浪漫派小说占有非常重要的地位。它们不仅构成了这一时期浪漫主义思潮的主体，而且还体现了它的演变方向。

郭沫若历史剧

郭沫若的历史剧创作起步于20年代初。早期的作品是诗剧，用他自己的话说，都是"想象力的产物，我不过只借些历史上的影子来驰骋我创造的手腕罢了"①。他的"创造"又只侧重于主观激情的抒发，而不是冲突的展开。因此，这些诗剧（收入《女神》的《棠棣之花》《湘累》《女神之再生》等）"只在诗意上盘旋，毫没有剧情的统一"②，与其说是剧，不如说是诗，而且非常典型地体现了他五四时代的浪漫主义诗风。到《孤竹君之二子》《三个叛逆的女性》，剧情有所加强，但他仍然认为"创作家是借史事的影子来表现他的想象力；满足他的创作欲"，宣称他的历史剧是"借古

---

① 郭沫若：《棠棣之花·附录》，《郭沫若剧作全集》第1卷，中国戏剧出版社1982年版，第15页。
② 郭沫若：《写在〈三个叛逆的女性〉后面》，《郭沫若剧作全集》第1卷，中国戏剧出版社1982年版，第199页。

人的骸骨来，另行吹嘘些生命进去"，而且对古人的心理作了主观的解释："于我所解释得的古人的心理中，我能寻出深厚的同情、内部的一致时，我受着一种不能止遏的动机，便造出一种不能自已的表现。"①站在现代的立场，寻求与古人情感上的共鸣，即所谓"内部的一致"，然后展现这种不能自已的创作冲动，就像他在《湘累》中借屈原之口所表达的："我效法造化底精神，我自由创造，自由地表现自己。我创造尊严的山岳、宏伟的海洋，我创造日月星辰，我驰骋风云雷雨，我萃之虽仅限于我一身，放之则可泛滥乎宇宙。"这毫无疑问仍是浪漫主义自我表现的作风。本来，历史严格说来是不能用文字绝对客观完整地重现的。今天我们读到的历史，仅仅是对于历史的言说。如何对待文本化的历史所包含的叙述者的主观因素，不同历史剧作家各有自己的态度。学者型的一般比较严谨，要按照典型化的原则来处理艺术真实与历史真实的关系，尽力向读者和观众展现历史的本来面目。这不仅要自觉地剔除历史在不断言说过程中被附加上去的虚假成分，而且必须防止自我激情的直接介入。诗人型的历史剧作家则比较随意，他们正好借此扩大自由想象的权利，借古人来说自己的话。郭沫若显然属于后一类，他把文本化历史中存在的主观性因素作为现代人重新审视历史的理论依据：既然历史是人的一种言说，那么现代人也就有充分的自由来对它重新加以解释。他照此处理历史题材，借历史的影子驰骋自己的想象，表达的与其说是

---

① 郭沫若：《孤竹君之二子·幕前序话》，《郭沫若剧作全集》第1卷，中国戏剧出版社1982年版，第78—79页。

历史的精神倒不如说是主观的激情和现代意识，描写的与其说是历史的人物倒不如说是"永远有生命的新人"①。这些特点构成了他早期历史剧的浪漫主义风格，并对他40年代的历史剧创作产生了重要影响。

40年代初，郭沫若一连写了六个历史剧，迎来了他创作的第二个丰收期。这些作品与他早期历史剧的风格和浪漫诗风存在着内在的联系。联系的形式是多种多样的，首先是他对早期的作品加以整理，扩展成为新作。如五幕史剧《棠棣之花》的第一幕《聂母墓前》和第二幕《濮阳桥畔》，就是直接采用写于1920年的同名诗剧《棠棣之花》而稍加修改，第四幕《濮阳桥畔》和第五幕《十字街头》也基本采用了写于1925年的《聂嫈》。早期历史剧的主观激情、浪漫诗意和彻底反封建的精神，也就直接为整理而成的五幕史剧《棠棣之花》所继承。尤其是剧终的大合唱："去吧，兄弟呀！我望你鲜红的血液，迸发成自由之花，开遍中华，开遍中华！"这一英雄主义的旋律反复吟唱，把壮士一去兮不复还的悲壮情怀和主人公为自由的理想献身的崇高精神发挥到了极致，使全剧达到了一个充满浪漫主义激情的高潮。

其次，是在情趣和构思方式上与早期历史剧存在相通之处。《孔雀胆》的故事郭沫若早在少年时代就已经知晓，他1942年把它写出来是因为先受到阿盖妃浪漫的爱情悲剧的吸引。他说："《阿盖妃》的诗又重新温暖了我的旧梦……我时时喜欢翻出来吟

---

① 郭沫若：《孤竹君之二子·幕前序话》，《郭沫若剧作全集》第1卷，中国戏剧出版社1982年版，第80页。

哦。有时候也起过这样的念头，想把阿盖的悲剧写成小说。"①又说："在当初写这个剧本的时候，我的主眼是放在阿盖身上的。完全是由于对她的同情，才使我有这个剧本的产生。我的主重点是在民族团结，这凝结成为阿盖的爱。"②为浪漫的爱情悲剧所感动，在阿盖的故事中加入了现实政治的内容，即通过加强段功的人民性立场，以及他因大公无私而受到怀疑、为寻求妥协而遭暗杀的命运来影射皖南事变：一方面是蒋介石集团的血腥罪行，另一方面是因某种程度的妥协而使革命力量受到重大损失。尊重历史精神而又对史实加以主观发挥以影射现实政治，这明显地是对他五四时期历史剧的浪漫主义风格的继承和发扬。而把爱情悲剧与政治斗争融为一体，既可看出时代的投影，也可以说是对他青年时代的浪漫情愫的一次重温和清理。

第三，在主题、激情的性质上与他的《女神》和早期历史剧一脉相承。《屈原》中的"雷电颂"抨击黑暗，呼唤光明，从它磅礴的气势，瑰丽的想象，粗犷的语言，奔涌的激情，以及崇拜毁灭，崇拜创造，崇拜火，人们不难想起《凤凰涅槃》《天狗》等浪漫主义诗篇的"男性的音调"。郭沫若说他存心要让屈原所受的侮辱增加

---

① 郭沫若：《〈孔雀胆〉的故事》，《郭沫若剧作全集》第2卷，中国戏剧出版社1982年版，第375页。阿盖妃的辞世诗直接为《孔雀胆》引用："吾家住在雁门深，一片闲云到滇海。心悬明月照青天，青天不语今三载。欲随明月到苍山，误我一生踏里彩。吐噜吐噜段阿奴，施宗施秀同奴歹。云片波粼不见人，押不卢花颜色改。肉屏独坐细思量，西山铁立风潇洒。""踏里彩"是锦被名，"吐噜吐噜"是可惜之意，"奴歹"是我，"押不卢花"是起死回生草名，"铁立"是松林，"肉屏"是驼峰。解释详见《〈孔雀胆〉的故事》。
② 郭沫若：《〈孔雀胆〉的润色》，《郭沫若论创作》，上海文艺出版社1983年版，第453页。

到最深度，彻底蹂躏诗人的自尊，才结穴成最后一幕的雷电独白，向怪力乱神泄愤，这说到底也是他自我表现的一种心理需要：面临着最黑暗的政治现实，他与屈原的遭遇和悲剧命运产生了共鸣，把个人的愤怒复活到屈原的时代去了。个人的愤怒代表着民众的愤怒，小我与大我得到了统一，他借屈原的口所抒发的个人激情也就获得了反对封建专制独裁的时代意义。而这种侧重于抒发个人激情，把诗意的盘旋放在极为重要的地位，借一段史事的影子来传达时代精神的方法，显然属于浪漫主义，与他早期历史剧的浪漫主义风格是一致的。

第四，40年代历史剧中，他在塑造古人形象时仍然具有鲜明的主观倾向性。他不是采取客观的、冷眼旁观的态度，而是寻找历史与现实的交汇点，努力打破主客观界限，像他早期历史剧那样把自己的生命注入对象中，从对象身上体验自我存在的意义，通过双向的情感交流使历史人物获得了新的生命，同时也在古人身上留下了爱憎分明的主观印记。他虚构婵娟，这"诗的魂"，作为屈原精神的回音；有意丑化宋玉，讽喻当时一些出卖灵魂、丧失节气的无耻文人；赋予高渐离带有现代色彩的民本思想："最要紧的还是要和老百姓打成一片，要晓得老百姓的甘苦，要能够替他们想办法。"(《高渐离》)把信陵君写成"把人当成人"的模范(《虎符》)；这一切都体现了他的主观精神，是为了追求诗意效果、深化主题和加强对现实的批判力量而作的艺术夸张。郭沫若认为："剧作家的任务是在把握历史的精神而不必为历史的事实所束缚。剧作家有他创作上的自由，他可以推翻历史的成案，对于既成事实加以新的解释，新的阐发，而具体地把真实的古代精神翻译到现代。"①换言之，他用自己的血肉生命创造了理想的英雄人物，以真诚的愤怒鞭挞丑恶，揭露黑暗，充分行使了主观读解历史的权利。

其实，郭沫若40年代的历史剧，连创作的状态都能令人联想起他浑身发冷发热、打着寒战写成的《凤凰涅槃》等诗篇。《屈原》的实际写作时长不到四十个小时，不仅原来的构思完全被打破，而且"各幕及各项情节差不多完全是在写作中逐渐涌出来的。不仅在写第一幕时还没有第二幕，就是第一幕如何结束，都没有完整的预念。实在也奇怪，自己的脑识就像水池开了闸一样，只是不断地涌出，涌到了平静为止"②。《虎符》等作品也大致用了十天时间写成。这么短的时间写一部大型的历史剧，人们在惊奇之余，会相信郭沫若只是在"借一段史影来表示一个时代或主题而已"，也即表达对历史的一种直观。这时起决定作用的是主观激情以及激情支配下的对现实和自我的关切。所以他可以凭想象安排历史人物的相互关系，可以虚构一些重要的场景和细节，只要能准确而充分地表现内心的冲动、传达出对于历史精神的主观把握就行。听凭激情的驱使不能自已地写，写到内心平静为止，以致写作过程中自己都不能预见剧情的发展，这充分显示了他的浪漫主义诗人气质和常人难以企及的创造才能。

上述几个方面综合起来，构成了郭沫若40年代历史剧的浪

---

① 郭沫若：《我怎样写〈棠棣之花〉》，《郭沫若论创作》，上海文艺出版社1983年版，第373页。

② 郭沫若：《我怎样写五幕史剧〈屈原〉》，《郭沫若论创作》，上海文艺出版社1983年版，第382页。

漫主义风格的内核。它把郭沫若与一般倾向于严格尊重历史真实的剧作家区别开来。一个诗人，他的创作风格本是跟他的气质密切相关的，尤其是浪漫主义者。郭沫若20年代中期在彻底否定浪漫主义后，理性的追求缺乏相应的气质作为基础，他的实际创作风格反而变得模糊，艺术水准明显下降。到了抗战时期，各派政治力量相继采取了统一战线的立场。反侵略的民族解放战争和争民主的政治斗争相结合，放松了对个性主义和浪漫主义所施加的政治压力，也使个性主义的浪漫主义重新具备了反封建的功能——它以自由的名义争取到了较大的回旋空间，而这时的"自由"得到广大民众的支持，拥有了比从前广泛得多的社会基础。在这样的背景下，郭沫若认真回顾创作中成败得失的经验，正视浪漫主义创作方法对自己的重要性及时代意义，重新肯定了灵感、直觉、个性等浪漫主义的原则。这实际上为他稍后焕发浪漫主义青春、取得历史剧创作的丰收扫清了理论上的障碍。40年代初，他蛰居重庆，个人自由受到限制，民族生存面临严重的威胁。个人的创伤与民族的创伤互相交结，使他可以从个人的愤怒来表达民族的愤怒。文学观的变化至此得以落实到创作上，为他抒发内心的郁积开辟了道路。从当时的条件和自身的特长出发，郭沫若找到了历史剧的形式。显而易见，这些历史剧具有深刻的社会背景，不仅是他个人的成就，而且传达了时代的精神，成了浪漫主义思潮回归文坛、与现实主义主潮形成呼应之势的一个重要标志。

不过，作为时代的产物，这些历史剧的风格不会是他五四时期浪漫主义诗风的翻版。处在历史与现实的交汇点中，郭沫若一方面重新肯定了五四浪漫主义文学的地位和价值，有所继承，使自己的风格显示了前后的连续性；另一方面，他又从现实条件出发，根据40年代初的生活感受和具备的艺术素养进行艺术探索，创作风格有了新的特点。

郭沫若40年代历史剧的风格相对于他早期诗剧的变化，主要表现在三个方面。首先，早期诗剧侧重于抒发诗情，历史只是影子，为诗情提供一个背景。40年代历史剧所涉及的历史则像一只装有材料的筐子，作者利用筐里的材料做文章，加入了不少主观想象的成分。原来的史实在局部关系上作了调整，增添的想象成分则不仅填补了历史的空白，而且使主题朝着更为鲜明的方向发展。这样处理，虽没有挣破历史的筐子，但已在某些方面把筐子挤得改变了形状。换言之，郭沫若40年代的历史剧是尊重历史精神与发挥主观想象相结合的产物，是他作为历史学家与诗人两种身份统一的象征。历史学家要求严谨，所以郭沫若对相关的史实详加考证。如《虎符》写信陵君窃符救赵的故事，依据的是《史记·信陵君列传》和《战国策》的一些材料。《孔雀胆》参照了《明史》和《新元史》。《高渐离》对主人公所用的乐器"筑"也进行了详细考证。作为诗人，他则喜欢按照内心的要求展开丰富的想象。他在魏王对信陵君的嫉妒里加添了一层醋意，使魏王的政治品质显得格外残暴。把如姬写成既是出于报恩，又因为对合纵抗秦的政治主张有一种思想上的共鸣才冒死帮助信陵君。类似这样的描写都是"想当然的事"①，不单是为了增加戏剧成分，更主要的是为了加强抗暴的主题。郭沫若没有让历史学家的身份束缚诗人的想象，也没有让诗人的想象损害历史的精神，而是让两者相辅相成，互相渗透，使诗人的想象更富有历史的内涵，使历史的故事增添了诗的瑰丽色彩，从而显示出他的独特风格。

其次，早期的诗剧表现的只是一种现代精神，40年代的历史剧则是历史精神与现实批判精神的统一。他40年代的六个剧本分别取材于不同历史时期，可都围绕一个基本的主题，即善与恶、公与私、合与分、爱国与卖国的斗争。这一主题并没有游离于他所依据的历史题材。无论是屈原"忠而见疑，信而被谤"的悲剧命运，高渐离刺杀秦始皇的壮举，还是信陵君冒险救赵的侠义行为，或者夏完淳抗清斗争失败后的慷慨赴死（《南冠草》），都贯穿了一条爱国主义的红线，体现了正义的力量要求联合抗暴反遭不测的历史悲剧，这是符合历史真实的。但它们又十分鲜明地影射着现实政治，体现了一种强烈的现实批判精神——抨击国民党当局的专制独裁和分裂行为，谴责汉奸的卖国行径。正因为具有现实意义，所以它们的上演在当时激起了强烈反响。进步的人们拍手称快，当局则以种种手段加以干扰、限制，以致作者发出了这样的抗议："中国成为'民国'已经三十三年了，'皇帝陛下'这些名称似乎已经是博物馆里面的东西，然而秦始皇还是伤犯不得（我的一部《高渐离》便因有此嫌疑至今不得出版）。谁知蒙古人的

---

① 郭沫若：《〈虎符〉写作缘起》，《郭沫若论创作》，上海文艺出版社1983年版，第414页。

边疆王爷,死了六百年,也还有同样的威力呀!……哼,根本是帝王思想在作祟。"①郭沫若能够做到历史精神与现实批判精神的统一,从根本上说是因为这些历史剧所反映的时代与抗战时期惊人地相似,而他又超越了五四的立场,已经掌握了先进的思想武器。抗战时期,尤其是40年代初,国民党当局消极抗日、积极反共,中国几乎重现了屈原时代的悲剧,郭沫若写道:"无数的爱国青年、革命同志失踪了,关进了集中营。代表人民力量的中国共产党在陕北受着封锁,而在江南抵抗日本帝国主义的侵略最有功劳的中共所领导的八路军之外的另一支兄弟部队——新四军,遭了反动派的围剿而受到很大的损失。全中国进步的人们都感受着愤怒,因而我便把这时代的愤怒复活在屈原时代里去了。换句话说,我是借了屈原的时代来象征我们当时的时代。"②他在掌握先进思想的同时又继承了五四传统,思想与情感是大致统一的,因而他能基于内心的要求,从历史与现实的交结点上选取题材,提炼主题,既表现了历史的精神,又发挥了文艺的战斗武器的作用。

再次,郭沫若早期的诗剧只有"诗意的盘旋"外,40年代的历史剧则达到了诗与剧的统一,即除了"诗意的盘旋"外,还有"剧情的统一"。这些历史剧围绕大是大非问题来组织矛盾冲突,人物的性格十分鲜明,情节复杂而且集中。像《屈原》,以屈原一

---

① 郭沫若:《〈孔雀胆〉二三事》,《郭沫若论创作》,上海文艺出版社1983年版,第455页。
② 郭沫若:《序俄文译本史剧〈屈原〉》,《郭沫若论创作》,上海文艺出版社1983年版,第404页。

天的经历来概括他一生的命运和战国时代诸侯国之间错综复杂的关系；《虎符》在合纵和连横的背景上，展现了魏国宫廷内部的激烈斗争；《高渐离》写义士忍辱负重打入秦皇宫殿，见机刺杀暴君的惊险故事，其剧情都是惊心动魄的，富有动作性。作品的诗意既体现为人物性格从这矛盾冲突中碰撞出来的火花和他们激情洋溢的内心世界（最典型的就是《屈原》的"雷电颂"），又包含在剧作所引用的为数不少的诗歌中。这些诗歌不是一般的点缀和摆设，而是作品不可或缺的组成部分。它们或者是主人公内心情绪的流露，如《高渐离》中的《荆轲刺秦》《易水歌》和《白渠水歌》，或者为了深化主题、渲染气氛，如《屈原》里的《橘颂》和《虎符》里民众所唱的《祖饯之歌》。有些是古诗的今译，另有一些则是作者的自制曲——自由诗、民歌、散文诗，如《棠棣之花》第二幕的"春桃一片花如海"歌。它们反映了作者的诗人本色，作为一种抒情力量加强了作品的魅力。这种内在的激情和诗歌插曲所加强了的抒情氛围相结合，使历史剧的诗意趋向深沉含蓄，而不像他早期诗剧那样直露。

郭沫若40年代历史剧的浪漫主义风格相对于他早期诗剧的这种变化，既与时代有关，也是他个人随着阅历的增加而拓宽了视野、提高了思想水平而又在创作实践中取得了丰富的舞台经验的结果。他早期的诗剧是不能演出的，抗战时期写的六个剧本在已有的经验基础上考虑到了演出的因素，有良好的舞台效果。《孔雀胆》改写原来富有诗意的结尾，把阿盖的念白改为她与阴谋家车力特穆尔的对白，削弱了诗意，为的就是加强舞台上的动作性。他这时接受了马克思主义，能站在民族、民主革命的高度，关注民族的前途和命运，大大超越了五四时期的个性主义。自觉地选取战国时代、元明之交和明末清初的历史题材来表现团结抗战、反对分裂投降的时代主题，就体现了他思想上的这种进步。这使他对历史精神的把握富有时代色彩，他的浪漫主义风格增加了理性的因素，即如他自己说的：与史学家"发掘历史的精神"不同，"史剧家是发展历史的精神"①——"发展历史的精神"，在当时的郭沫若看来，就是要在不违反基本的历史事实的前提下，允许史剧家充分发挥创造性和想象力，不仅填补史料的空缺，而且要站在时代的高度读解历史，使之具有当代性。这构成了他历史剧的浪漫主义风格的基础，但也使他在主观精神中包含了以文艺服务于时代的理性化的意图。如果理性意识进一步加强，片面强调为现实的政治斗争服务，那就必然会束缚乃至损害浪漫主义的激情，破坏浪漫主义风格的基础。40年代的郭沫若，总的看没有走到这一步，但六个历史剧按时间顺序已显示出朝这一方向发展的迹象。如果说写于1942年1月的《屈原》是他浪漫主义历史剧的代表作，洋溢着激情，显示了奇幻的想象，甚至他要借屈原之口说纣王其实并不是怎样坏的人："周朝的人把殷朝灭了自然要把殷纣王说得很坏，造了些莫须有的罪恶来加在他身上"，那么越往后的历史剧就越表现出他的理性精神，主观热情逐渐耗散。到最后的《南冠草》，反映明末清初的抗清斗争，歌颂民族气节，鞭挞卖国求荣的汉奸行径，其冷静写实的特点已相当明显。

---

① 郭沫若：《历史·史剧·现实》，《郭沫若论创作》，上海文艺出版社1983年版，第501页。

这种微妙而深刻的变化，实际上也从一个侧面反映出现代浪漫主义思潮在 40 年代的发展状况，那就是它在重返文坛的同时，也受到现实主义主潮的影响，开始向表现历史"本质"的方向前进。

总而言之，郭沫若 40 年代的历史剧的意义在于它把作者此前不久对浪漫主义的重新认识付诸实践，以鲜明的风格标志着浪漫主义思潮的一次有力搏动，同时又以其理性化内核的逐渐显露预示着浪漫主义思潮向现实主义大潮再次靠近的趋势，也预示了郭沫若本人到新中国"大跃进"时期接受和宣传"两结合"创作方法的未来前景。

新浪漫派小说

40 年代浪漫主义思潮的回归中，另一个重要的文学现象是新浪漫派小说。新浪漫派小说三、四十年代之交出现于上海，代表作家是徐訏和无名氏。徐訏 1937 年 1 月在《宇宙风》第 32、33 期上连载中篇小说《鬼恋》，读书界惊异于他的"鬼才"。此后，他相继发表《阿拉伯海的女神》《荒谬的英法海峡》《吉布赛的诱惑》《精神病患者的悲歌》等小说。1943 年春，开始在重庆《扫荡报》上连载长篇小说《风萧萧》，引起轰动。也就是在这一年，他的作品居大后方畅销书的榜首，这一年被出版界誉为"徐訏年"。无名氏 1944 年在上海刊行的两部中篇《北极风情画》和《塔里的女人》，风靡文坛，一版再版。此后他又相继推出"无名书"的前三卷《野兽、野兽、野兽》《海艳》《金色的蛇夜》，被公认为是继徐訏而起的又一位畅销书作家。这两个作家以其新颖别致的风格标示着浪漫主义思潮的一种新的走向,即把浪漫主义的情感自由原则转化为讲述奇情、奇恋、奇遇,借助奇异的幻想达成精神的自由。

在抗战的特殊环境中,创作方法和文学思潮的政治色彩相对地淡化。徐訏和无名氏怀着比较宽松的文化心态,在文艺思想上超越此前不同创作方法、不同文学思潮的界限,兼取浪漫主义、现实主义、现代主义的成分,促进了多种文学思潮的相互影响和渗透。徐訏的基本文艺观点是接近创造社的,他认为"表达可以是一种表情,也可以是一声叹息,一声呻吟,进一步也就是歌谣与诗歌"。"在创作的一刹那,他要把他所感的表达出来,本身就是一个目的。"[1]在《阿拉伯海的女神》中,他借人物之口说:"平常的谎语要说得像真,越像真越有人爱信,艺术的谎语要说得越假越好,越虚空才越有人爱信",并且宣称"我愿意追求一切艺术上的空想,因为它的美是真实的",又在《〈斜阳古道〉序》中写道:"在三十年中国文学写实主义的巨流中,我始终是一个不想遵循写实路线的人。"不过,徐訏同时也受到了现实主义思潮的影响,意识到生活对作家的重要性,因而他又认为"伟大作家的潜能不过是'生活',是一组一组的生活,是直接的生活、间接的生活混合,是外在生活与内在生活的结合"[2]。他文艺思想上的这种

---

[1] 徐訏:《回到个人主义与自由主义·自由主义与文艺的自由》。转引自吴义勤著《漂泊的都市之魂——徐訏论》,苏州大学出版社1993年版,第198—200页。
[2] 徐訏:《场边文学·作家的生活与潜能》,转引自吴义勤《漂泊的都市之魂——徐訏论》,苏州大学出版社1993年版,第202页。

表面矛盾，其特异性在于他所理解的"生活"，原来主要是指被人体验过、反省过、想象过的生活，因而他所"表现"的是真切的人生感受，是对现实生活的主观化的"再现"，他"再现"的也是情感化、心灵化的东西。换言之，徐訏以他的诗人气质，强调主观的表现，在此基础上融合现实主义的写实手法，因此他所遵循的主要还是浪漫主义的路线。无名氏的情形有些类似，他在《海艳》中通过人物的口说，艺术"只要超现实就行。一切离现实越远越好。现在，我只爱一点灵幻，一点轻松。这真是一种灵迹，一种北极光彩！"然而幻想也须有一点生活的材料，所以他又在《海艳·修正版自序》中写道："我走的不是流行的写实主义道路，但任何小说只要多少有点故事情节，就得多少参考一点写实小说艺术的手法。"①他的特点，就在"参考一点写实小说艺术的手法"来表达他的浪漫激情。

在浪漫主义的主调中兼容一些写实的因素，这种理论主张落实到创作，就把浪漫主义的自我表现引向了情节的传奇性。徐訏和无名氏虽然创作了一些反映现实生活的小说，但在40年代作为新浪漫派小说而备受世人瞩目的就是这种浪漫的传奇。《鬼恋》通篇鬼气森森："我"在月夜所邂逅的黑衣女郎自称是鬼，此后一连数夜"我"与她相约在荒郊，从形而上谈到形而下。待"我"按照暗记找到她的居所时，开门的老人却说她在三年前已经染肺病死去。就这样，"我"与鬼若即若离地相恋年余，后来才得知她从前是最入世的人，做过秘密工作，暗杀敌人十八次，流亡国外数

---

① 无名氏：《海艳》，花城出版社1995年版。

年，情侣被害，现在已经看穿人世，情愿做"鬼"而不愿做人了。但若说她无情，却又有情——"我"生病数月，她暗中天天送花，到"我"病愈后才飘然离去。徐訏和无名氏的许多作品都是这种扑朔迷离的传奇故事，出人意料又合乎情理，宛若现实又美得虚幻，恰好在似真似幻之间。不过，这类作品既超越了五四浪漫主义的自我表现，把描写的重点从自我的内面世界移向独立于"我"的现实生活，同时又不同于一般的现实主义小说，因为在这些作品中，"生活"基本上仅仅是作家幻想的产物。游离于现实生活的幻想，更多的是与作家的主观心愿相关的，这又使新浪漫派小说保持了与自我表现的五四浪漫主义的精神联系，同时也使这些作家醉心于浪漫的想象中，却与抗战时期血与火的斗争有了些隔膜——他们的作品是较少正面反映抗战题材的。

徐訏后来曾说："大学里读哲学心理学，虽偶尔写点诗文，也并没有做作家的打算。以后流落文'潭'，仍想能有机会自拔。1936年赴法读书，实有志于痛改前'非'，但抗战军兴，学未竟而回国，舞笔上阵，在抗敌与反奸上觉得也是国民的义务。"[①]不过他的"舞笔上阵"与一般作家不同，他是以浪漫传奇的风格来探索爱和人性的真谛。即使写抗战题材的《风萧萧》，其中涉及抗战内容的间谍战也仅仅作为一个背景，主要还是表现铁血之中的爱情纠缠。为了追求作品的传奇效果，他倒是在故事的言说方式上竭尽心计。在《风萧萧》中，他让"我"抱着独身主义的信仰，在白苹、海伦和梅瀛子三个光彩夺目、个性各异的女子间周旋。随着

[①] 徐訏：《徐訏全集·后记》，华东师范大学出版社1994年版，第365页。

矛盾的展开,以舞女身份出现的白苹被认为是日本间谍,美方谍报人员梅瀛子要"我"去白苹那里窃取日本军部情报。"我"出于民族义愤欣然从命。经过一番曲折,双方到了拔枪相向的地步,到头来却弄清楚白苹原是重庆方面的间谍,于是双方联手对付日本特务。最后,白苹为获取情报而牺牲,梅瀛子为白苹报了仇,"我"则在日军的追捕之中婉拒了海伦的爱情,到大后方去从事"属于战争的、民族的"工作。洋洋四十万言的小说,把言情和间谍战揉在一起,设置了一连串的鬼打墙式的迷魂阵,使读者跟着"我"如坠云里雾里,到最后才解开谜团。不过,徐訏和无名氏运用最多的还是把叙述者与主人公分开的叙述模式:"我"碰到了一个特行独立的怪人,交往的过程中得知了他或她的故事,于是把这故事转叙给读者。"我"并没有在故事中扮演实际的角色,只起到一个中介的作用,真正的叙述者是作品的主人公。徐訏的《幻觉》等小说就是采取这种叙述模式。这实际上便于作者利用"我"跟真正的叙述者之间的距离产生的疑惑来大力渲染神秘的气氛,制造悬念,强化读者的阅读兴趣。无名氏的《北极风情画》和《塔里的女人》,把《幻觉》的结构加以放大,也是由"我"引出奇人奇行,让真正的主人公向"我"诉说了一个令人哀绝的爱情悲剧,充满了传奇性。

徐訏、无名氏的小说,以浪漫传奇的风格荣登40年代初畅销书的榜首。这反映了在民族、民主革命的背景中,民众的阅读口味对文学发展产生了重要的影响。许多人身临战乱,备尝流徙之苦,需要心灵的慰藉。新浪漫派小说适逢其时,以轻灵的幻想、缠绵的爱情故事使他们享受到了片刻的欢愉,减轻了生存的压力，获得了精神的升华。如果说，现代浪漫主义在五四时期呈现了反封建的狂放姿态，30年代转向宁静的田园牧歌，那么到40年代就分散为多种存在方式，其中新浪漫派小说的兴起代表了浪漫主义思潮从知识精英的自我表现向广大民众的阅读口味靠拢。它适应战争的环境，淡化了自我表现的色彩，增加了通俗化的成分，获得了怡情和娱乐的功能。所谓"畅销书"，就是以传奇性为中介，兼顾了知识分子和一般民众雅俗两方面的审美要求。

新浪漫派小说，不仅缩短了知识分子与普通民众的距离，而且还沟通了中西文化的联系，为中西文化的融合探索了一条新的途径。徐訏小说的一大主题是爱情。在他最富有浪漫色彩的爱情故事中，女性形象总是兼有东方女子的美丽外貌和西洋女子的平等意识。如《鬼恋》中的"鬼"楚楚动人，"有一副有光的美眼，一个纯白少女的面庞"，而且知识渊博，谈吐别致。《阿拉伯海的女神》里的女巫，《吉卜赛的诱惑》里的潘蕊和罗拉，《精神病患者的悲歌》里的海兰和白蒂，《荒谬的英法海峡》里的培因斯，《风萧萧》中的白苹、海伦、梅瀛子，莫不是美丽温柔的仙子，同时又具有非凡的胆魄和出众的才华。男主人公则多是才子、学者、作家，常常被几个女子所包围。男女一见钟情，排除了任何利害得失的考虑，坠入爱河，上演了一段段奇遇。奇遇的背景是漂泊的旅途——"我"在阿拉伯海的轮船甲板上漫步，巧遇来无影去无踪的"女神"（《阿拉伯海的女神》）；路过法国的马赛，被丘比特射中了神箭（《吉布赛的诱惑》）；在上海街头买一包烟，遇上冷艳逼人的"女鬼"（《鬼恋》）。一见钟情的爱情，加上人在旅途的漂泊感，构成了徐訏小说浪漫性的基础。看得出来，这种浪漫传奇中的爱情观是中西结合型的——既有中国人的希望陶醉于温柔之乡，又有西方人的把自由看得高于一切的精神追求。与此稍有不同的是，无名氏喜欢把西方爱情至上的观念和骑士式的机敏辞令嫁接到中国传统的悲欢离合的爱情故事中去，有时因刻意追求辞令的机巧，醉心于表现向女性大献殷勤的绅士风度，反而显得做作，失去了自然的风韵。

既然是文化的交流，有时就难以避免相互的冲突。当两种文化发生矛盾冲突时，徐訏的选择却是很独特的。《吉布赛的诱惑》写"世界第一美女中的第一美女"潘蕊从法国跟随"我"回到中国，可是语言不通，文化隔阂，就好像把热带鱼带到了北极，她日渐憔悴，"我"只得和她重回马赛。一到马赛，潘蕊当上了模特，如鱼得水，容光焕发，然而"我"却陷入了孤独和妒忌。面对这两难处境，他们最后与吉布赛人一起，到南美的大自然去，在蓝天和白云下找到了幸福和自由。这篇小说表明，在徐訏的眼中，中西文化各有特点，重要的是找到能够超越彼此片面性、使人性得以健康发展的途径。在浪漫的爱情题材中如此开掘人性复归的主题，这不仅提高了徐訏小说的文化品位，而且以他所提出的解决文化冲突的办法——回归自然，加强了新浪漫派小说与传统浪漫主义的精神联系。

不仅如此，新浪漫派小说关于未来社会的理想也融合了中西文化的因素。徐訏的《荒谬的英法海峡》，展现的是一幅世界大同的幻景：海盗所居住的化外之地，没有阶级，没有官僚，没有商品，没有货币，食物按需分配，劳动是尽义务，每周休息三天，生活安逸富足；当首领的也只是被众人推举出来充任差使，随时可以由别人接替。这既是西方人心目中的乌托邦，又是中国人眼里的世外桃源和大同世界。他把这两者连同相应的具有中西不同文化背景的幻想方式，巧妙地糅合在一起了。

抗战时期，进步作家纷纷投身于抗日救亡的伟大事业，文学创作向着"通俗化""民族化"的方向发展。新浪漫派小说顺应了这一潮流，增加了通俗化的成分，而又超越了这一潮流的保守性一面，保持了与世界文学的对话，这给当时的文学创作带来了新鲜的作风。新浪漫派小说家这样做，首先得益于时代所提供的机遇。在抗战的背景中，全国各大区域相对隔绝，解放区、国统区各主要党派又先后采取了统一战线的立场，当局对文艺的统制因而不可能十分严密，这就扩大了作家文化选择的自由和范围，增加了整个社会对不同文学思潮的容受能力。当然，新浪漫派小说家融会中西文化所取得的成就，最终还与其本身的条件有关。徐訏曾留学法国，直接受到西方文化的熏陶，领略了西方生活的情调，无名氏也有接受西方文化影响的背景。他们拥有比较开阔的文化视野、广博的知识，因此能撇开门户之见，兼取中西之长，进行自由创新。

值得注意的是，由于个人经历和气质上存在差异，作家的创作风格必定具有自己的独特性。徐訏目睹了父母婚姻的不幸，毕生追求的是理想化的爱情。在经历了自身婚姻爱情的几多曲折后，他笔下的理想爱情大多采取了梦幻的形式，而且止于精神恋爱的阶段，又以梦醒后的幻灭而告终，给人留下几多惆怅和遐思。《鬼恋》的"女鬼"事实上对"我"一往情深，可最终杳然离去。

《荒谬的英法海峡》写世外桃源式的海岛过露露节，青年男女可以在节日里自由宣布自己的情人。三年前被俘的中国姑娘李羽宁宣布与英俊的"盗首"史密斯结婚，"爱追求稀有的事物，要摸索世外的想象"因而对"我"怀着爱意的培因斯却宣布了她的同学彭点，个性深沉的鲁茜斯出人意料地宣布了"我"。正当"我"大惑不解、晕头转向时，猛然被人推醒，原来渡轮已横过英法海峡靠了码头，有人在催"我"出示护照，哪里有史密斯、彭点、培因斯等人的影子，不过是在轮渡上做了一场好梦罢了。理想的爱情只存在于虚幻之中，或者只留下令人伤感的回忆，这从一个侧面反映出徐訏对人世的失望和对爱情的浪漫想象。有趣的是作者对待这种爱情的态度。他既不讳言对异性美的欣赏，又竭力回避性的问题。他说："在恋爱上，绝对的精神恋爱可说是一种变态，但完全是肉欲的也是一种变态，前者是神的境界，后者是兽的境界。人介于二者之间，因此所谓性美，正是灵肉一致的一种欣赏与要求。"[1]他的理想爱情显然接近神的境界——男女双方既像挚友又像恋人，只求精神上的交流和感情的沟通，不指向结婚成家等世俗性的目的。这原是为了从距离上来体现精神之爱的浪漫美感。因为对爱情来说，浪漫意味着一种梦幻，一种超越了世俗事务的不实在的关系，好像水中月、镜中像，只有虚幻才能显示出美丽。但也不可否认，作者已经意识到这是难的——因为他不得不承认，男女之间的友谊不是前进到爱情，就是发展为悲剧。《精神病患者的悲歌》就写了一个这样的悲剧。富家小姐白蒂渴望享

---

[1] 徐訏：《性美》，《徐訏全集》第10卷，正中书局1977年版。

受完整的爱情,当她发现女仆海兰和充当精神病医生的"我"互有爱意后,又陷入自暴自弃的病态。海兰为了成全白蒂,在献身于"我"后即自杀。这种无私伟大的精神净化了生者的心灵,使之达到了宗教般虔诚的境界。最后,白蒂皈依上帝,进了修道院,"我"到精神病院服务,把灵魂奉献给了人群。很明显,要在爱情和友谊之间作出选择时,作者倾向于止于友谊,竭力掩饰爱情,可掩饰本身似乎已经流露出他对爱情的害怕和渴望。这一矛盾正好暴露出徐訏自己以前在爱情上受过伤害而形成的心理定式,难怪他处理这类题材时总免不了价值取向上的犹豫和动摇,一般都归结到一个幻灭的结局。

无名氏写爱情传奇一开始与徐訏有点相似,但比徐訏的感伤更加沉痛。《北极风情画》中的"我",因神经衰弱症独上华山落雁峰疗养,听一个陌生怪客讲述了一段哀伤的恋情。原来这个陌生人是韩国流亡革命者,1932年冬在西伯利亚的托木斯克与俄罗斯少女奥蕾利亚不期而遇,坠入爱河。不久根据中俄政府协定,驻扎托木斯克的两万官兵必须立即回国。奥蕾利亚闻讯,把一小时当一年过,以惊人的狂热享受他们分手前的四天爱情。上校回国途中得知她已经自杀,并留下遗书要他十年后登高朝北唱一曲他们分手时的《离别曲》。"我"所见到的怪客在华山落雁峰上的神秘行踪和凄厉如狼嗥的歌声,就是他十年后对这约定的履行。一朝艳遇，十年哀痛，英雄美人生死恋，一个典型的浪漫传奇①。《塔里的女人》则把这哀痛进一步升华为一种人生哲理。罗圣提本想以牺牲自己的爱情来成全黎薇的幸福，可黎薇违心嫁人后却发现对方是个心术不正的小人，随即遭到遗弃。十年后，罗圣提怀着强烈的负罪感不远千里找到西康她隐姓埋名的小学，眼前的黎薇已经面目全非，近乎痴呆，对于跪在膝前请求宽恕的他只喃喃地说："迟了！……迟了！……过去的已经过去了。"作品把《北极风情画》的生死界限转换成地域空间，让火热的情爱失落在遥远的边陲一角，铺排成一曲动人的浪漫悲歌。又仿佛让一个饱经忧患的衰老船夫，历经大海的变幻、风暴的袭击、困苦与挣扎，到了晚年，在最后的一刹那，睁着疲倦的老花眼，用一种猝发的奇迹式的热情，又伤感又赞叹地讲述他一生的经历。于是，"我"在月夜神秘的提琴声中得到了启示："女人永远在塔里，这塔或许由别人造成，或塔由她自己造成，或塔由人所不知的力量造成！"显然，作者把人间的悲欢离合归于宿命，这反映了40年代初无名氏自己独居华山一年，与高僧谈佛论道所受的影响。

　　徐訏和无名氏以写浪漫型的爱情而闻名，但有时也对世俗型的婚姻加以嘲讽，对丑陋的人性加以拷问，对命运的无常发出感

---

① 这种情调颇像徐訏的短篇小说《幻觉》。《幻觉》写一个青年画家在乡下为神秘的生命力驱动，获得一个姑娘的纯洁爱情后为她画了一幅人体写生，不几天独自离去。女孩因此发疯，被路过的尼姑收为弟子。画家无限悔恨，流浪各地寻找她的踪迹，最后发现她放火烧了庵堂，自焚而死。画家也就在那庵的对山削发为僧，每天凌晨登上峰顶等待日出，在充塞天宇的一片祥和的霞光里与他幻觉中无所不在的姑娘进行心灵交流，从回忆的痛苦里体味宗教信徒皈依上帝后所享受的喜悦。但徐訏大多数浪漫传奇的结局都写得相当潇洒，显示了他对人生的一种比较从容的心态，而写到主人公因忏悔而自己折磨自己达到令人震惊的程度，则只有《幻觉》一篇。

叹,在他们的浪漫传奇的风格中已经包含了现实主义乃至现代主义的因素。或许正因为这一点,他们虽然同属于新浪漫派小说家,后来却依据各自的个性走上了不同的创作道路。徐訏更靠近写实主义,虽然有时也写一些带着浓郁浪漫情调的小说,如《盲恋》,或者是在写实的笔调中渗透了一点荒诞感和虚无意识。无名氏则朝着现代主义的方向发展。他自称代表作的《无名书》六卷,现代主义的色彩越来越浓,虽然这些作品的现代主义色调中也仍然晃动着浪漫的光影。应当说,中国现代浪漫主义思潮受到西方的从现实主义、浪漫主义到现代主义多种文学思潮的共时性影响,又面临着中国社会转型时期的复杂情况,它已经是一个开放性的系统,在保持主观性、情绪化、亲近大自然等浪漫主义的基本特性的前提下,融合了现实主义和现代派文学的因素。因此,在一定的条件下,它有可能因增加故事性而向现实主义靠拢,或循着浪漫主义的注重内面表现的方向进一步深入人的潜意识而向现代主义过渡。新浪漫派小说家后来分别靠近现实主义和现代主义,只是作为一个较为突出的例子,说明中国现代浪漫主义思潮并不是一个封闭的存在,而是与其他文学思潮处于错综复杂的关系中罢了。

闪光的流星

现代浪漫主义思潮经历了曲折的道路，到新中国成立后在新的环境下发生了重大的变异。这种变异，乃是循着20世纪30年代中期开始的革命浪漫主义在与社会主义现实主义的共存互补关系中求得发展的路子进一步变化而来的，实际上是把浪漫主义推向了政治化的方向。"左"的政治与浪漫主义密切结合，从根本上改变了现代浪漫主义的性质，即去除了现代浪漫主义的个性主义精神内核，只留下幻想和激情，而后者又不可避免地越来越明显地打上了"左"倾政治的烙印，只体现为空幻的想象，虚蹈的政治热情，越来越多地丧失了作家个人的特点和真诚的品格。如果说建国初期，人民群众发自内心的喜悦反映到创作中，使一些文艺作品具有亮丽的色彩和激昂的旋律，洋溢着浪漫主义的光与影，那么到了"大跃进"时期提出"两结合"创作方法、发起新民歌运动，浪漫主义政治化的弊端就逐渐暴露出来了。它的进一步发展，便是到"文革"时期蜕变为伪浪漫主义。

经历了这一重大波折,中国现代浪漫主义思潮到新时期才像涅槃后的凤凰从劫灰余烬中跳出来一样,以新的姿态再一次占据了文坛的一席之地。但是,它不久又像一颗闪光的流星划过长空,留下了短暂的美丽便整体性地汇入了80年代中期兴起的现代主义潮流。

新时期与浪漫主义文学思潮

"文革"十年,除了带来物质上的巨大破坏外,还给人们的精神造成了很深的创伤。纯洁的理想受到无情嘲弄,冤假错案比比皆是,人性扭曲,是非颠倒,人们有太多的冤屈需要倾诉。所以新时期文学相继出现了"伤痕小说""反思小说"以及"新诗潮",传达了人民的愤怒、哀痛和对未来的憧憬。在这一总的潮流中,现实主义的传统在渐渐恢复,浪漫主义思潮也呈现回归之势。高尔基在他的《俄国文学史》中曾经说过:"浪漫主义乃是一种情绪,它其实复杂地而且始终模糊地反映出笼罩在过渡社会的一切感觉和情绪的色彩,……它的(情绪)基调是:对新事物的期待,在新事物面前的惶惑,渴望认识新事物的那种烦躁不安的神经质的向往。"新时期之初,就是这样一个过渡时期——坚冰已经打破,但陈旧僵化的观念在社会上仍很有影响;曙光已经初现,然而关于未来的前景仍十分朦胧;人们长期受压抑的感情喷射而出,呼唤着人的尊严,要求抚平心中的伤痕,一时还来不及对历史作出全面的理性思考,因而浪漫主义思潮带着这一过渡时期的痛苦、迷惘、不安、悲愤、诅咒和希望,以鲜明的主观色彩和抒情基调引人瞩目地再次回归文坛。

一

从渊源上说,这一次"回归"早在60年代末70年代初就已开始酝酿。当时一些出身干部和知识分子家庭的子弟经历了"文革"的最初狂热,很快被挤出主流社会,陷于消沉,并从消沉、迷惘走向觉醒,开始了地下诗歌的创作。由于童年的梦想已经破灭,上山下乡运动把他们抛到农村,拉大了与政治的距离,他们又难以与闭塞落后的农村"打成一片",这些青年诗人就以诗歌来抒写内心的复杂感情。其中,郭路生(食指)的《相信未来》(1968年)在70年代初曾广为流传:

> 当蜘蛛网无情地查封了我的炉台,
> 当灰烬的余烟叹息着贫困的悲哀,
> 我依然固执地铺平失望的灰烬,
> 用美丽的雪花写下:相信未来。

> 当我的紫葡萄化为深秋的露水,
> 当我的鲜花依偎在别人的情怀,
> 我依然固执地用凝露的枯藤,
> 在凄凉的大地上写下:相信未来。

> 我要用手指那涌向天边的排浪,
> 我要用手撑那托住太阳的大海,

摇着曙光那枝温暖漂亮的笔杆，
用孩子的笔体写下：相信未来。

这首诗的特点在于作者采取了与主流意识保持距离的边缘立场，用纯粹属于个人情感体验的笔调写出了一部分青年内心的真实。一方面是尘封的"炉台"、失落的"情怀"、"凄凉"的人生，另一方面是"相信未来"，在理想与现实无法调和的对立中奏响了英雄主义的旋律。但是这是一种"悲壮"的英雄主义——它保留了那个特殊的年代培养起来的坚定不移的精神品质，可又流露出这一代青年从狂热走向失望的内心挣扎和无奈。"相信未来"，只不过是在贫困、悲哀、凄凉、迷惘的岁月里给自己的一个最后的悲壮的安慰，其中明显地包含了与当时的主流思潮相抗衡的叛逆倾向。这是一首过渡时代的诗。它表明，在"红色"恐怖最严重的岁月，已经有一股民主的潜流在地下萌动，因而这一苦难时代的结束看来也就为时不远了罢。过渡时代的这种叛逆情绪，在知青中激起了强烈反响，这首诗因而不胫而走。于是在郭路生的周围很快形成了一个地下诗人群，他们有根子、多多、芒克、北岛、江河等。人民中间的民主潜流不断增强，到1976年终于汇集成天安门广场上惊天动地的春雷。"天安门事件"则又引出了北岛的《回答》：

卑鄙是卑鄙者的通行证，
高尚是高尚者的墓志铭。
看吧，在镀金的天空中，

飘满了死者弯曲的倒影。

冰川纪过去了,
为什么到处都是冰凌?
好望角发现了,
为什么死海里千帆相竞?

我来到这个世界上,
只带着纸、绳索和身影,
为了在审判之前,
宣读那些被判决的声音:

告诉你吧,世界,
我——不——相——信!
纵使你脚下有一千名挑战者,
那就把我算作第一千零一名。

我不相信天是蓝的;
我不相信雷的回声;
我不相信梦是假的;
我不相信死无报应。

如果海洋注定要决堤,
就让所有的苦水都注入我心中;

如果陆地注定要上升，
就让人类重新选择生存的峰顶。

新的转机和闪闪的星斗，
正在缀满没有遮拦的天空。
那是五千年的象形文字，
那是未来人们凝视的眼睛。

诗以警句开头，对那个颠倒黑白的年代作了哲理性的概括，采用了冷峻的反讽调子。从第三节开始，似乎内心的激情再也难以压抑，变成觉醒了的"我"对世界愤怒的宣言，显示了自我扩张、自我独白的浪漫诗风。这里，回荡着五四时代郭沫若诗的"男性的音调"，也包含了郭路生《相信未来》一类诗的英雄主义的旋律。但不同的是，它具有更为强烈的怀疑精神，对到处是谎言和罪恶的社会作了彻底否定：镀金的天空中有死者的倒影，高尚者为高尚所累，卑鄙者因卑鄙而得志，科学时代上演了一幕幕荒唐和残忍的悲剧，因而他要大声宣告"我——不——相——信！"诗人带着心灵的创伤和时代性的偏激，在被审判的时候向审判者提出挑战，还要"让所有的苦水都注入我心中"。很明显，这是一个觉醒了的人的声音，显示出一种舍生取义的英勇气概。

但这期间，地下诗人群的大多数诗，写的是迷惘、彷徨、伤感的情绪。他们经历了"文革"的磨难，被愚弄欺骗，信仰的大厦已经动摇，新的精神支柱尚未建立，迷惘、彷徨是可以理解的。

另一方面，极左思潮的余威尚存，因而又有多少人敢大胆发出反叛的声音？即使已经看到了黎明的曙光，除了悲愤以外，更多的还是对于蹉跎岁月的含泪回首，所以这些诗人大多盘旋于内心生活，抒写低回的情绪，就像舒婷《呵，母亲》写的那样："我的甜柔深谧的怀念／不是激流，不是瀑布，／而是花木掩映中唱不出歌声的古井。"他们的心是一口翻动着苦水的古井，唱出来的只能是忧伤的歌声。当然，即使是舒婷，她稍后也写出了《致橡树》《祖国呵，我亲爱的祖国》《双桅船》等不再太忧伤的诗作，只是这些诗仍然坚守着个人的立场，从自我的真切体验出发，用一些新奇的意象来传达心绪。如《致橡树》："我如果爱你——／绝不像攀援的凌霄花，／借你的高枝炫耀自己；我如果爱你——／绝不学痴情的鸟儿，／为绿荫重复单纯的歌曲"，"我必须是你近旁的一株木棉，／作为树的形象和你站在一起。""仿佛永远分离，／却又终身相依。"诗以女性的温柔抒发了渴望爱情而又坚持人格独立的新的人生信仰。《祖国呵，我亲爱的祖国》，这一最容易写成高腔大调的诗题到了舒婷的笔下，却成了"破旧的老水车""干瘪的稻穗""失修的路基""淤滩上的驳船"这些"悲哀""贫困"的意象，与"雪白的起跑线""绯红的黎明"等充满希望的意象排列在一起，写出了祖国的昨天和今天，混合着她的"迷惘""深思""沸腾"的复杂情感。这些诗在风格上与新中国成立后常见的扩音器式的抒情存在着明显的时代差异，却与五四浪漫主义传统保持了内在精神上的一致，这就是对人的价值和尊严的肯定，对个性的重新发现。很长时期来，我们把"人"当成简单的工具，个性、生命被消融在"国家""集体""人民"等含糊的概念中。任何具体的人都可能突然被从"人民"的范畴中剥离出来，丧失作为人的基本权利，而少数野心家却借着这些空洞的漂亮字眼为所欲为。现在，这些诗重新确认了个性、生命的意义，"人民"的概念也因此有了真实具体的内容，这的确是一个带有根本意义的重大变化。从艺术上说，这些诗虽然包含了一些现代主义的成分，可主要仍是采用主观化的浪漫抒情方式，抒发内心的激情，因而应该说仍是一种浪漫主义的风格。

这股地下诗潮，随着"四人帮"的倒台终于涌出了地面。1978年12月，油印的《今天》创刊，编辑部在《致读者》中写道："历史终于给了我们机会，使我们这一代人能够把埋藏在心中十年之久的歌放声唱出来，而不致再遭雷霆的处罚。……今天，在血泊中升起黎明的今天，我们需要的是五彩缤纷的花朵，需要的是真正属于大自然的花朵，需要的是开在人们内心深处的花朵"，而新时代"必将确立每个人生存的意义"，"加深人们对自由精神的理解"。随后，各地又相继涌现出许多民间诗刊。至此，原本处于地下状态的新诗潮，以它新的审美特点引起人们越来越多的关注，并很快引发了一场影响广泛的关于"朦胧诗"的讨论。

二

1979年初，公刘从北京西城区文化馆出版的《蒲公英》小报上，读到一组《无名的小花》（顾城）的诗，他的感觉是"不乏诗才"，虽有"消极的甚至是颓废的一面"，但主要特征是思索。他觉得这些诗都是"满怀激情,发而为声",应努力去理解并加以引导①;公刘提出的是诗的感情倾向问题,可是话题很快转向诗学的争论。谢冕在1980年5月7日的《光明日报》上发表《在新的崛起面前》,说:"对于这些'古怪'的诗,有些评论者则沉不住气,便要急着出来加以'引导';有的则惶惶不安,以为诗出了乱子了。这些人也许是好心的。但我主张听听、看看、想想,不要急于'采取行动'。我们有太多的粗暴干涉的教训(而每次的粗暴干涉都有堂而皇之的口实)。"《诗刊》1980年8月号发表章明《令人气闷的"朦胧"》一文,对新诗潮予以批评:"少数作者大概是受了'矫枉必须过正'和某些外国诗歌的影响,有意无意把诗写得十分晦涩、怪癖,叫人读了几遍也得不到一个明确的印象,似懂非懂,半懂不懂,甚至完全不懂,百思不得其解。……为了避免'粗暴'的嫌疑,我对上述一类的诗不用别的形容词,只用'朦胧'二字;这种诗体,也就姑且名之为'朦胧体'吧。"这就是"朦胧诗"这一名称的由来。从这时到年底,争论达到了第一个高潮。

从表面上看,争论的问题是这些诗读得懂读不懂,然而本质上却是两种不同的审美观念的分歧。年轻的诗人用一种缥缈的联想、含蓄的暗示和象征,即纯粹个人化的话语,来表达朦胧的情绪,就像谢冕所描述的那样:"对于瞬间感受的捕捉,对于潜意识的微妙处的表达,通感的广泛运用,不加装饰的情感的大胆表现,奇幻的联想,出人意想的形象,诡异的语言,跨度很大的跳

---

① 公刘:《新的课题》,1979年《星星》复刊号,1980年第1期《文艺报》转载时加了"编者按"。

跃，以及无拘无束的自由的节律。"①这的确让读惯了新中国成立后流行的明白晓畅的诗歌的读者感到十分"气闷"。可是在经历大致相似的同龄人中，通过心灵的交流，这些诗却引发了强烈的共鸣。孙绍振敏锐地感受到这一点，写了《新的美学原则在崛起》一文。《诗刊》1981年3月号在发表这篇文章时加了"编者按"，对其内容作了如下的概括：

> 这里发表的孙绍振同志的《新的美学原则在崛起》一文，是本刊自1980年8月号开展问题讨论以来一篇较为系统地阐明作者理论观点的文章。作者在评价近一二年某几个青年诗歌作者及其作品时说："与其说是新人的崛起，不如说是一种新的美学原则的崛起。"他认为这个崛起的"新的美学原则"有如下特点：1."他们不屑于作时代精神的号筒"；"不屑于表现自我感情世界以外的丰功伟绩"；"回避……我们习惯了的人物的经历、英勇的斗争和忘我的劳动的场景"；"不是直接去赞美生活，而是追求生活溶解在心灵中的秘密"。2. 提出社会学与美学的不一致性，强调自我表现，理由是："既然是人创造了社会，就不应该以社会的利益否定个人的利益，既然是人创造了社会的精神文明，就不应该把社会的（时代的）精神作为个人的精神的敌对力量……"3."艺术革新，首先是与传统的艺术习惯作斗争"。作者向青年诗人指出"要突破传统，必须……从传统的审美习惯中吸取某些'合

---

① 谢冕：《失去了平静以后》，《诗刊》1980年12月号。

理的内核'",但又认为他们当前面临的矛盾,主要方面还在于旧的"艺术习惯的顽强惰性"。

编辑部认为,当前正强调文学要为人民服务、为社会主义服务,以及坚持马克思主义美学原则方向时,这篇文章却提出了一些值得探讨的问题。我们希望诗歌的作者、评论作者和诗歌爱好者,在前一阶段讲座的基础上,进一步对此文进行研究、评论,以明辨理论是非,这对于提高诗歌理论水平和促进诗歌创作的健康发展都将起积极的作用。

《诗刊》的"编者按"意在引起对文章的批判,这本身便反映了当时的政治形势和两种审美观念的对立。冷静地看,孙绍振的文章有些提法虽然尚欠全面准确,但他的确敏锐地察觉到了年轻一代的"人的价值标准"和"审美原则"已经发生了重大变化。这些变化的背景是复杂的,我认为其中就包括注重内心情感宣泄的浪漫主义思潮的重新抬头。所谓"不屑于表现自我感情世界以外的丰功伟绩","追求生活溶解在心灵中的秘密",强调"个人的利益""个人的精神",说穿了就是强调从生活与自我的辩证联系中侧重从内面世界来表现个人的情感,非常接近于浪漫主义的"自我表现"的原则。值得注意的是,这时还有一些评论者和诗人也持类似的看法。鹿国治认为:"向人的内心世界的深入,是'现代化诗'的共同的美学追求。""他们……追求内心真实,寻求内心世界的个性的丰富和完善,透过'自我'独特而微妙的感情的涟漪来折射出外部的生活之光,折射出历史和时代的面影。"这些诗"无一例外地都在字里行间轰鸣着一个划时代的主旋律——'人',也就是高尔基激情盛赞过的那个大写的'人'！探索人，表现人，讴歌人，就是它们的主调"①。顾城说："这种新诗之所以新，是因为它出现了'自我'，出现了具有现代青年特点的'自我'。"②王小妮表示："写诗不能仅仅满足于写'自我'，要写好'自我'，基点应该是从'人'出发，就是说写'人'。"(《请听听我们的声音》)这些观点包含了现代主义因素，但联系到这一时期新诗潮的创作倾向，它的主要方面明显地是在新的时代条件下、基于对个性主义精神的重新肯定而形成的浪漫主义的文学观，它与五四时期创造社所提倡的本着内心的要求来从事创作的那种浪漫主义诗学有着内在的一致性。这些观点当时受到严正批评，也正是由于它们的个性主义精神在乍暖还寒的过渡时期显得过于超前，再加上它自身也不够完善，因而难以被笃信现实主义原则和"两结合"创作方法的正统批评家所接受。

这种分歧，在随后展开的关于"自我表现"的争论中更加明显。关于"朦胧诗"和"新的美学原则"的争论，一个核心的问题就是如何看待文艺上的"自我表现"。从70年代末到80年代初，有关这一问题的文章多达百篇。其中，程代熙《评〈新的美学原则在崛起〉》一文认为，"新的美学原则"的纲领是"自我表现"，把这个"美学原则"的出发点和它的纲领联系起来，"一套相当完整的散发出非常浓烈的小资产阶级的个人主义气味的美学思想就赤裸

---

① 鹿国治：《目前新诗的美学突破》，《诗探索》1981年3月号。
② 顾城：《"朦胧诗"问答》，1983年3月24日《文学报》第4版。

裸地显示了出来"①。洁泯的《读〈新的美学原则在崛起〉后》对此表示赞同,并补充说:"'新的美学原则'显示得很清楚,那就是要回避时代,回避现实,把自己关闭在'自我感情世界'的小天地里。但可惜的是,这和一个社会主义时代的诗人,是十分不相称的。"因为在伟大的事业面前,"表现时代,对祖国伟大事业的强烈的信仰,正是我们的美学原则中所最不可缺少的因素。如果我们的诗人的心灵排除了最美好的时代感,那么诗人的心灵将是苍白的"。② 很明显,这是基于一般的唯物主义反映论,从现实主义独尊的立场出发,把表现自我与反映生活对立起来的观点。它缺乏的是探索创新的精神和对历史发展前景的预见性,并且沿袭了排他性的习惯思维,即喜欢把任何异己的意见都归结为"小资产阶级"和"个人主义"的观点。相反,对"自我表现"的原则持肯定态度的人则认为,文学中的自我表现是指作家的思想感情、创作个性在作品中的表现,没有自我的表现就不会有真正感人的艺术。从世界的范围看,表现个性和自我,则一直是西方文学发展的一个历史潮流,这一潮流同人类反封建、反专制的进步社会思潮互为表里,反映了人类走向自由、解放的历史过程。他们认为,重要的是如何赋予自我以一种比较深厚的社会意义和人生内涵,使之深刻而不是肤浅,丰满而不是单薄。一些评论家从这些基本观点出发,又肯定了"个性""真诚""心灵的真实"等原则,

---

① 程代熙:《评〈新的美学原则在崛起〉——与孙绍振同志商榷》,《诗刊》1981年4月号;《人民日报》1981年4月29日在选载程文时,对《新的美学原则在崛起》一文作了简介。
② 洁泯:《读〈新的美学原则在崛起〉后》,《诗刊》1981年6月号。

如谢冕认为青年诗人的作品中，"个性回到了诗中。我们从各自不同的声音中，听到了整整一代人，甚至几代人对于往昔的感叹，以及对于未来的召唤。他们真诚的、充满血泪的声音，使我们感到这是真实的人们真实的歌唱。诗歌已经告别了虚伪"①。孙绍振认为舒婷诗中自我形象的典型意义在于"揭示了一代青年从沉迷到觉醒的艰难和曲折"，"提供给我们的正是昨天造成的心灵的阴郁在今天仍然一时摆脱不了的矛盾，这是一种现实意义相当广泛的矛盾，她以自己的诚实把这种矛盾揭示得相当深刻"，"用她自己的心灵去反映了那特殊的历史环境的某些显著的特点"。②在长期否定了"人"的价值、"个性"的意义以后，这些评论家又重新艰难地举起了人道主义和个性主义的旗帜，强调诗（文学）可以从人的内面世界来写，这的确不是一般的创作技巧上的问题，而是文学创作的基本原则的突破。它表明，继新的创作潮流出现以后，理论方面也开始发生深刻的变动，中国文艺界正在全面进入一个新的时期。这一新时期包含了文艺方面的许多复杂甚至相互矛盾的发展趋势，其中很重要的一个，我认为就是强调"自我表现"的浪漫主义思潮的回归。这一变化的艰难性，充满了歧见乃至严正的思想斗争，则又在显示我们历史包袱的格外沉重。

其实，这时浪漫主义文学思潮的回归，作为巨大的历史变动在文学方面的一种反映，它并不仅仅存在于新诗潮中，它的范围至少还包括小说创作。新时期初的"伤痕文学"和一部分"反思文

---

① 谢冕：《失去了平静以后》，《诗刊》1980年12月号。
② 孙绍振：《恢复新诗根本的艺术传统》，《福建文艺》1980年第4期。

学"揭开了心灵的创伤，宣泄人们压抑已久的悲伤和愤怒之情，已显示出文学要冲破僵化的教条、朝着表现真情的方向发展的迹象，这其中就包含了浪漫主义的因素，即主情性。只是它们总的看仍处在现实主义的故事框架内。但很明显，这微弱的因素却在昭示着一个新的浪漫主义小说之潮将要到来。

三

新时期浪漫主义小说的中坚力量，是情感型的知青作家，他们有梁晓声、史铁生等。这些人经历了知识青年上山下乡运动，在辽阔的内蒙古草原，在白山黑水间，在苍茫的黄土地，奉献了最美好的青春。当他们回首往昔岁月时，目光中常露出悠远而凝重的神色。他们的作品最感人的地方，往往不是故事本身，而是从文本中流露出来的一种浪漫的精神气质。当然，另有一些作家不是正宗的知青出身，如邓刚，但他们也用自己的色调给新时期的小说涂上了浪漫的一笔。总之，这些作家风格各异，可是其创作都或多或少让人联想起浪漫主义的一些重要特点。

首先，是回归自然。浪漫主义者看中大自然的常常是它的辽阔、静谧、荒芜、人迹罕至。在苍茫的天空下，辽阔的原野上，或者是清凉的林间，小桥流水，一人独处，自由地谛听生命的气息，与自然进行心灵的交流，感受时间的永恒和宇宙的无限，他也许一行热泪潸然而下，这便是浪漫主义者所喜欢的境界。看得出，在浪漫主义者的心目中，大自然更多地带有精神家园的性质。这是由于大自然的品性可以依人的意志来塑造：它获得了人格化的特点，人也从大自然敞开的胸怀里实现了自由的本质。但这一人格化的过程又是非常私人化的,因为浪漫主义者一般很不愿意别人随便介入他与自然的单纯关系,这可以解释为什么浪漫主义者笔下的大自然往往是与孤独、寂寞和寂寞中的主体精神的高扬联系在一起。新时期的一些小说正好表现了与此相似的特点。如邓刚《迷人的海》,最大限度地简化人际关系,充分突出了人与自然的联系:

> 山那面的海,叫半铺炕,那是个平静的海湾,即使是涌起风浪,也伤不了筋骨的。那里没有五垄刺儿的海参,更不用说那神秘的宝物了。老海碰子在那样的海里,可以横冲直撞,如走平地,但是他离开了那里。多年的经验告诉他,力气和收获是等价交换的。他选择了这边的海。
>
> 这边的火石湾,才是真正的海,刀一样直切下来的陡岸,全是坚硬的火石(因为这种橙黄色的石头受撞击就会迸出火花,所以海碰子称为火石),像一道金灿灿的屏障,贴着这陡岸直拔上去的是高高耸立着的火石山。在这刀削的陡岸中间,有一道豁口,下面有五十步长,五十步宽的小天地,铺着黄澄澄的鹅卵石。尽管这里天地狭小,但老海碰子却很满足,因为他的用武之地是豁口外的一铺万里的大海。他还满足的是背后那陡削的高山,隔开了那个烟雾萦绕、噪噪营营的世界。豁口两侧的石壁轰轰地响着,迸碎的浪花从两面齐往豁口处喷洒,透着白光,现出一闪即灭的七彩光环。老海碰子兴奋了,这才是男子汉的海,只有他才会享受这种乐趣!就是死在这里也值得!

海是汹涌的海，人是孤寂的人。就在这冷彻骨髓的海水里，老海碰子和小海碰子凭一口气量玩命潜入海底捞鱼货，蠕动着麻木的四肢爬上岸烤火补充热量。他们远离人世，投进自然的怀抱，甚至彼此没有言语，上演了一幕惊心动魄的生命舞蹈。海的轰鸣成了他们生存不可或缺的一部分，仿佛是一首气势磅礴的交响乐，使他们感到适意和满足。

有意味的孤独本是人的自我意识觉醒的象征。它使人体味到生命的精微，激发起神奇的想象，人自身的力量借此投射到对象中去，与对象进行情感交流。新时期的一些知青作家正是在回首往事时体味到了这种崇高的孤独，才一改前辈作家通常把大自然当成单纯的背景来描写的做法，而在作品里尽情地展示自然富于人性的一面。换言之，这些作家是把大自然当成自我的象征来写的。

把自然当作人来写，不仅普通景物成了精神世界的生动象征，而且还出现了通灵性的牛（史铁生的《我的遥远的清平湾》）、人格化的狼（王风麟的《野狼出没的山谷》）。这些动物被赋予了人的品质，人与动物相互依恋，读者可以从中看出人的主体力量的扩张和精神世界的趋于丰富。这是人性突破了教条束缚的一个结果，同时也是浪漫主义思潮重新抬头的一个标志。

其次，是追求神秘和神奇。浪漫主义者认为，"除了神秘的事物外，再没有什么美丽、动人、伟大的东西了"[1]。法国浪漫主

---

[1] 夏多布里昂：《基督教真谛》，《欧美古典作家论现实主义和浪漫主义》（二），中国社会科学出版社1981年版，第68页。

义作家夏尔·诺蒂埃直截了当地说:"我喜爱善于从事神秘创造的巧妙想象,它能给我讲述世界起源的故事和过去时代的迷信,从而让我迷失在废墟和古迹之间。"[①]浪漫主义者的确向往神秘的事物,如霍夫曼的《金罐》写一个大学生内心充满动人的诗意,走入魔境,与一条美丽善良的绿蛇结婚。他的《侏儒查尔斯》,侏儒借助仙女的三根具有魔力的头发飞黄腾达,魔发被拔后淹死在浴桶里。夏多布里昂的《阿达拉》写拉美的荒原,印第安人的信仰,人类与上帝的沟通,阿达拉对灵魂的感觉。这些浪漫派的作品都蒙着一层神秘的轻纱。神秘之所以美,其实是因为它的不确定性,蕴含着可以逗人遐想的品质——无限。浪漫主义者总是把"美"放在"真"之上,在浪漫的想象中追求无限的境界。新时期的一些作品同样表现了这种特性。扎西达娃的《西藏:系在皮绳扣上的灵魂》,创造的是一个魔幻世界:桑杰达普活佛在弥留之际说的一桩往事,正是我写成后从来没给人看过的一篇小说的内容,说的是一个女子跟一个过路的男人出奔,"她根本不想去打听汉子会把她带向何处,她只知道她要永远离开这片毫无生气的土地了"。汉子要去寻找北方的净土香巴拉,她就跟着,别无所求。荒原,雪山,峡谷,低矮的小屋,漫无目标的流浪,宗教……扎西达娃描绘了一幅充满神秘色彩的原始生活图画,汉子临死之前听到第23届奥林匹克运动会开幕式上的英语广播,严肃地说:"神开始说话了。"这里,宗教已经成为一种伟大精神的象

[①] 诺蒂埃:《文学与评论文丛》,《欧美古典作家论现实主义和浪漫主义》(二),中国社会科学出版社1981年版,第65页。

征。小说在神秘的氛围中表达了人的追求，这种追求是趋向无限的。

不过，中国文化中的神秘主义传统的根基不像西方那样深厚，更重要的是新时期的作家经历了大悲大喜，几乎都抱着入世的态度，他们要在当下的生存境遇中寻求精神的自由，因此他们没有从神秘走向虚无，而是走向神奇。《这是一片神奇的土地》（梁晓声），谱写了一曲英雄主义的赞歌，一批知青用自己的青春甚至生命在北大荒令人恐怖的"鬼沼"，神秘的"满盖荒原"创造了奇迹。这里发生过人性扭曲的悲剧，有眼泪和哭泣，但最终青年们赢得了人的尊严，懂得了爱的意义和生命的价值。人们看到，当怀孕的小妹为了寻找救命的食物陷入沼泽时，她在被吞没前的一刹那拼力喊出的是"哥哥！别过来！……"；副指导员李晓燕似乎思想僵化，但她的精神世界其实并不苍白，她得了致命的出血热，在被救回去的路上永远闭上了眼睛；"摩尔人"孤身一人留守大泽，在与野狼搏斗中壮烈牺牲，人们只看到滴在地上的斑斑血迹。这一切都是为了证明一个青春的梦想——要赶在解冻前跨过沼泽，把荒原改造成良田。青春是美丽的，连同她的缺点。在这些倒下去的青年背后，是他们的战友，一支从远远的地平线上浩浩荡荡奔涌过来的农垦大军，还有比这更为神圣的境界吗？在这样的境界中，人们能感受到青春的热血在涌动，人的精神在升华。这是一种崇高的浪漫主义。

第三，寻找精神家园。浪漫主义者不谙世务，喜好幻想，比一般人更需要精神家园。精神家园可以是大自然，是宗教，是关于未来的一个动人的想象，也可以是对于一段已经逝去的时光的深沉回忆,只要能够使精神生活变得丰富、心灵有所皈依就行。在西方浪漫派作品中,有一个重要的主题——回到中世纪。回到中世纪对西方人来说,就是认同宗教,同时也是回到梦一样丰富美丽的"过去"。中国没有西方那样的宗教传统,新时期浪漫主义者所能找到的一个精神家园就是回顾自己走过来的脚印,给过去的岁月注入生动的意义。史铁生写他的"清平湾",孔捷生写"南方的岸",实际上就是在回想,而且这些回想都具有"遥远"的特点。原因很简单,透过"遥远"的时空距离回望艰辛的来路,总会产生一种忧伤而美丽的感情,使精神生活变得丰富而且生动。

第四,超越自我。浪漫主义者的精神追求是没有终点的,德国浪漫派作家诺瓦利斯在他的长篇小说中通过主人公把所憧憬的目标设定为"蓝花",勃兰兑斯认为这"蓝花象征着完全的满足,象征着充满整个灵魂的幸福"[1],就是说,它是一个向着满足和幸福的永恒的过程。因而浪漫主义者总是在不断地超越已有的水平,甚至超越自我。西方浪漫主义者是这样,中国新时期具有浪漫气质的作家同样如此。只是中国新时期这些作家在他们成长过程中有自己特定的文化背景和历史背景。他们从小接受的是理想主义教育,又在广阔的天地里"磨炼"了意志。生活嘲弄了他们,也教他们学会了坚忍,懂得如何在逆境中憧憬未来,在遭遇困难的时候对自己说:"面包会有的,一切都会有的。"这使他们的精神生活时时回顾着过去,但不是因此走向消沉,而是从过去汲取

---

[1] 勃兰兑斯:《19世纪文学主潮·德国浪漫派》,人民文学出版社1981年版,第208页。

力量，激发起生命的活力，使自己超越平庸。上述《这是一片神奇的土地》等作品就是不甘于平庸的告白，即使其中包含了"回到过去"的主题，那也是为了在感情上进行最后一次重温，替"过去"进行一次总结，以便通过"过去"这座桥梁更加坚定地走向未来。当然，各人憧憬理想、超越自我的风格是有所不同的。有的表现得楚楚动人，如铁凝，她的《哦，香雪》写了一座大山两条铁轨的故事：现代文明通过铁轨传进了大山深处，勾起了山里姑娘对山外生活的憧憬。香雪，为了拥有一个会自动合上的铅笔盒不顾一切地跳上火车，让火车载着她跑了三十里，再用腿走回来。但这是值得的，因为当她拿着用四十个鸡蛋换来的铅笔盒在月光下沿着铁轨往回走时，她"忽然感到心里很满，风也柔和了许多"。而当她迎面向沿铁路线找来的伙伴们跑去时，"山谷里突然爆发了姑娘们欢乐的呐喊。她们叫着香雪的名字，声音是那样奔放、热烈；她们笑着，笑得是那样不加掩饰、无所顾忌。古老的群山终于被感动得颤栗了，它发出宽亮低沉的回音，和她们共同欢呼着"。很明显，香雪和伙伴们的精神世界发生了一次裂变，她们成了新人；作者也借这个故事表达了对于遥远未来的美好憧憬，达到了新的精神境界。

上述四个方面，可以说总体上反映了新时期浪漫主义小说的精神特征。这一代作家大都经历了理想受到嘲弄、心灵遭受创伤的岁月，但回顾这一段岁月的方式却存在不同。大而言之，现实主义作家侧重于写已经过去的悲欢离合的人生故事，采取的是一种比较客观的立场，而浪漫主义者的重点在于通过那段岁月的某些侧影来表达作者当下的特定心境。这是一种含泪回顾过去、又与它庄重地告别,要朝着未来迈进的强烈冲动,一种内心深处渴望理解、温情、抚慰、自我完善的真诚呼唤;而所憧憬的未来在他们心目中,又不是确定不移的,它只是一种美好心愿的投影,一种浪漫的想象,因而是趋向无限的。换言之,浪漫主义者看重的是追求的过程,不在所追求的目的。过去的苦难能不能得到补偿,理想的王国能否真正到来,这些并不重要。重要的是有一份执着的憧憬。憧憬证明了人的高贵、生命的伟大和对生活的挚爱。所有这些精神特征,是很难用一般现实主义的概念来概括的,它显然属于一个独立的具有内在规定性的创作思潮,这就是浪漫主义思潮。当然,任何文学思潮从它们的最终根源上说都有一个现实生活的基础,新时期浪漫主义思潮同样不可能割断与现实生活的紧密联系。

新时期具有浪漫气质的作家,由于他们创作时充满激情,其浪漫主义的风格特点其实也在文体上得到了表现。这些作品没有复杂的人事关系,所展现的生活比较单纯,包含的感情却非常深邃丰富;其描写多从主观感受出发,景物涂上了强烈的感情色彩,显示了动人的生命意识,而不是为了简单地给人物提供一个活动的背景;叙述呈现跳跃性,常常模糊了主观视角和客观视角的界限,勾销了对白和独白的区别,使之融汇成心灵的坦露;结构多是散文化或者诗化的,即从主观化的时空出发,把一些感受、联想、描述、抒情、独白、对白随意地杂糅在一起,谱写成一曲心灵的乐章。这种主观化的文体,是与作品的浪漫主义的情感内容相称的,或者说它本身就是浪漫主义精神的体现,因而成为作品的浪漫主义风格的重要组成部分。

四

新时期浪漫主义思潮的再次回归，是以彻底否定极左路线、恢复人的尊严和个性独立为前提的。换言之，它有一个个性主义的人道主义的思想基础，是个性主义的人道主义的社会思潮在文学方面的反映。只有打破了现代迷信，确立起人应有的尊严和地位，承认了个性的独立，才会出现"新的美学原则"，才会有"崛起的诗群"，才会在小说领域涌现一批浪漫主义的作品。这些文学现象所贯穿的自由精神，也只有到新时期才可能逐渐被人们所接受，虽然它们也都或多或少经历了一段曲折的道路，受到非议、责难甚至批判。因此，从某种程度上可以说，浪漫主义思潮的回归又成了新时期个人自由空间不断扩大的一个生动象征。正是在人的解放这一根本点上，新时期的浪漫主义思潮沟通了与五四浪漫主义思潮的联系，它们前后相隔半个世纪，形成遥相呼应之势，共同向世人宣告中国人民争取自由的道路充满艰难险阻，他们争取自由的坚定不移的决心，以及前赴后继、可歌可泣的勇敢精神。

当然，新时期浪漫主义思潮有自己特殊的历史背景。它不是五四浪漫主义的简单重复，也不会是30年代浪漫主义的翻版，它有自己的特点和独特命运。具体说来，有三个方面特别值得注意：

第一，它加强了人道主义的内容。五四浪漫主义者高举个性解放、个人自由的旗帜，所否定的是压抑人性的整个旧传统、旧文化，更多地带有文化反叛的性质，更多的是要求个人的自由。

30年代的田园浪漫主义者以超然的姿态退居人生边缘，为个人的心灵自由而甘居寂寞。新时期的浪漫主义者和一些具有浪漫主义气质的作家、诗人，反叛的则是现实生活中的极左权威。它是现代的个人迷信，意识形态的权力话语，对人具有更为直接的强制性，因而反叛者所争取的是一个更为具体的目标：争取做一个人。这使一些浪漫主义作品虽然采取了"我是……"的句式，初看充满了个性解放的精神，但骨子里却有很强的公民意识，代表了"我们"的共同立场；有的作者甚至摆出一副殉道者的姿态，愿为人的自由和解放的理想献身。这就是说，这些作品所包含的个性主义和人道主义的内容，其中的个性主义是从属于人道主义的，个性解放的要求服从于人的解放的目标，而不像五四浪漫主义和30年代田园浪漫主义把个性自由摆在第一位，通过个性的自由来实现人的自由和解放。因此，五四浪漫主义包含着彻底破坏和大胆创造的精神，30年代田园浪漫主义显示了宁静和谐的美，而新时期的浪漫主义在反叛现代迷信的同时，那些作者却更多地承诺了对他人的责任、无私地关照同伴，渴望友谊、爱情，希冀宽恕和谅解，表现出英雄主义的精神，大多数作品因而趋向崇高之美。

　　第二，它增加了沉重感。五四浪漫主义者所面对的旧的观念对于他们来说，具有明显的异己性，即不是他们参与构建的，而是由传统自身的延续性保证其对人们的影响。由于传统此时已受到了外来文化的强大冲击，正处于风雨飘摇之中，接受了西方思想影响的青年要反叛它，是比较容易的。如果说那时的浪漫青年有苦闷，主要也是来自黑暗的现实和保守的社会舆论，后者其实是物化了的传统，并非观念形态的传统本身。与传统观念的这种疏离，使五四浪漫主义者乐于离经叛道，创作时如天马行空，神气飘举，毫无拘束。30年代田园浪漫主义者则因为自觉疏远政治，保持了个人心灵的自由，所以写起来也能做到心宁气静，笔调优美。然而新时期具有浪漫气质的作家所面对的情况有点不同。他们所反对的教条主义和现代迷信曾是他们自己深信不疑甚至亲身参与制造的，要把这些东西从自己身上剥离，就显得格外痛苦和沉重，甚至会感觉受到了嘲弄，产生荒诞感。不少作品既想否定过去的历史，但是又留恋那段艰难岁月里青春的记忆、纯洁的友谊和美好的爱情。这种矛盾的情感就来源于历史造成的作者自身的矛盾，也即由于记忆的永恒和时间的不可逆转，他们产生了这一辈子无法重新开始的沉重遗恨。所以这不是天马行空的浪漫主义，也不是怡然自得的浪漫主义，而是承担着历史的重负、包含着对过去的岁月既觉得是痛苦又能从痛苦中体味到幸福的这种铭心刻骨的浪漫主义。

第三，它是回归同时又是泛化，并且最终整体性地汇入了现代主义浪潮。五四浪漫主义受时代的推动"异军突起"，辉煌数年后走向分化，其中蜕化出30年代的田园浪漫主义。后者由于时代的变迁又逐渐消亡，代之而起的是40年代浪漫主义的回归。新时期浪漫主义的回归，则是与泛化的过程相互交融的。这包含三层意思。首先，新时期浪漫主义作为一种思潮涌起可以看得十分清楚，但它所依托的作者的情况却比较复杂。不少作家和诗人感应时代的重大变化，创作了一些浪漫主义特点非常鲜明的作品，由此推动了象征自由的浪漫主义思潮的回归，但他们同时，或者随后也创作了一些不属于浪漫主义范畴的作品。真正能在相当长时期里保持浪漫主义风格的作家并不多见。所以这时的浪漫主义思潮只能从复杂的文学现象中看出它的整一性，甚至从相互矛盾的文学倾向中分辨出它作为呼应了历史的内在要求的一种文学思潮的统一性。道理很简单，虽然某一个作家或诗人的风格不那么单纯，可是在一个特定的时期里，有许多作家和诗人不约而同地写出了艺术倾向相近的作品，这些倾向又具有明显的浪漫主义的特点，这就不会是偶然的巧合，而是包含了历史必然性的一种文学现象，从文学思潮的角度看，它就是浪漫主义的再度回归。其次，这时的浪漫主义作品比20年代和30年代的浪漫主义之作更多地融合了现代主义的成分。无论是新诗潮，或者关于"新的美学原则"的争论，还是浪漫主义小说，往往同时也可以引起关于现代主义的话题。这一方面说明浪漫主义与现代主义存在亲缘关系，常常可以互相渗透，另一方面也表明这时具有浪漫气质的作家和诗人，他们的人格还没定型，创作风格也不成熟，"浪漫"并没有真正深入到他们的骨髓。换言之，他们基本上是因为经历了一番磨难，又赶上了一个新时代，可以听从内心激情的驱使，用主观化的方式来抒发自己对人生的强烈感受，而不像五四时期和30年代的浪漫主义者那样，"浪漫"真正成了其生命的存在方式。由于缺乏内在的定性，这些青年作家和诗人具有很强的可塑性。面对汹涌而来的现代西方和拉美文学思潮，他们就抵不住诱惑急切地迎上前去，可以说几乎有点手忙脚乱地先后拿来不断尝试，于是在浪漫主义的底色中涂抹上了不少现代主义的笔触。事实上，这种情况持续了相当长的时期，因此他们的风格是处在不断变化中的。再次，浪漫主义思潮所承载的现代主义成分越来越多，它逐渐向现代主义转化，最终就整体性地融入了现代主义的浪潮。现代浪漫主义本是人类所确立的自由原则深入到情感领域时的产物，它的最根本的特点是表达"内心的要求"。但是向内心深入也是一个无限的过程。当从情感领域再进一步向内深入到难以把捉的潜意识领域，这时表达"内心的要求"就具有了现代主义的性质。因为这时原本处在浪漫主义层面上的自由原则开始有了很不相同的意义，自由已不再是解放意义上的自由，而是成了对人存在本身的追问，对存在的意义的思考，它事实上已被赋予了现代主义哲学关于存在的命题。由于这一原因，浪漫主义思潮是很容易兼容现代主义成分的，而且存在着向现代主义转化的可能性。新时期浪漫主义思潮的特殊性在于，它面临着西方现代主义文学思潮和拉美魔幻现实主义的强大冲击，而它的作家队伍大多是经历过十年浩劫的青年，本来已从善恶颠倒、是非混淆的生活感受中领悟到了荒诞感。他们的感性经验与外来的理性启发一碰撞，就激发出了现代主义的火花。随着两者相互共鸣的加强，文学作品中的现代主义成分也就越来越多。一旦超越某一临界点，作为一个思潮，浪漫主义就不可避免地画上了句号。

现代浪漫主义思潮从西方发源，在西方兴盛半个多世纪，后来就被各种各样的现代主义思潮所取代，从根源上说，是由于它内在的性质决定了它很容易向现代主义转化。而一旦转向现代主义，由于受到现代生活方式的制约和现代主义哲学思潮的影响，对于文学思潮来说，历史就很难逆转过来，再重新返回到浪漫主义的阶段。中国现代浪漫主义思潮的命运稍有不同。它曲折地延续了将近一个世纪,到 20 世纪末才按照浪漫主义思潮演变的一般规律整体性地汇入现代主义的浪潮,其根本原因就在于中国人民争取自由解放的斗争是一个曲折漫长的过程。争取自由的过程的漫长,决定了与个人的自由问题密切相关的浪漫主义思潮延续时间之长——因为受压抑的情感到头来终究要发泄,与情感的自由表达联系在一起的浪漫主义思潮也就必然有它重新抬头的机会;争取自由的过程的曲折,则又决定了包含自由精神的浪漫主义思潮要不断地改头换面,蜕变出新的形态,以适应新的环境。但是到 20 世纪末,中国人民争取自由的斗争已经走完了一个相对完整的过程。这时人的价值和地位得以确认,情感表达的自由有了保证,与现代浪漫主义思潮相联系的关于自由的目标已经大体实现,换言之,"自由"完成了它的浪漫主义阶段。但是显而易见,"自由"又是一个无限的过程。从思想自由、情感自由,到回头追问自由本身的意义,相应地制约着文学从启蒙主义、浪漫主义到现代主义的发展。80 年代中期在个人情感自由获得基本保证后,人们关于自由的提问方式也便发生了变化——自由究竟有没有可能以及怎样可能,即"自由"的现代主义一面的意义被凸现出来了,并逐渐为人们所关注。于是,与情感宣泄相联系的浪漫主义方法虽然还会被一些作家采用,但作为一个思潮的浪漫主义,已经完成了它的历史使命,起而代之的会是新的文学思潮。新世纪的文学因此会呈现一种新的格局。

总之,新时期的浪漫主义思潮在回归的同时开始了泛化的进程。它像一颗闪亮的流星划过美丽的夜空,给人们留下了深刻的印象,然后便消失在新的文学潮流中了。

与中国现代浪漫主义相关的几个问题

　　中国现代浪漫主义文学思潮是一个历时百年的矛盾运动过程。它的发展，受到社会历史进程和外来文学思潮的重大影响。外来的影响在中国激发了一种文学的潜力，使现代浪漫主义思潮得以在中国崛起，成为一个与世界文学接轨、具有现代内涵的引人注目的文学潮流。中国社会历史的进程，则决定了这种影响所起作用的深度和广度，并从整体上制约了现代浪漫主义思潮在中国的曲折起伏，使之呈现出明显的阶段性。社会历史的进程和外来的影响各具丰富的内涵。前者除了现实的因素外，还包含由历史所建构的成分，比如宗教意识和传统文化的背景；后者除了西方浪漫主义思潮、现代人文主义观念等外，也包含一些其他的因素，其中就包括现代派文学。中国现代浪漫主义文学思潮与宗教、与现代派文学、与民族传统文化，还有进一步深入探讨的必要，由此可以加深我们对中国现代浪漫主义思潮的发展规律性的认识。

浪漫主义与宗教

在一个世纪的历程中,中国浪漫主义思潮常常与宗教发生关系。这产生了一系列的问题,比如浪漫主义与宗教究竟有没有必然的联系?若否,则在什么基础上浪漫主义可以吸收宗教的成分,使之成为浪漫主义风格的一个组成部分?宗教对浪漫主义作家的创作起何种作用,它有没有限度,超过限度又会产生什么样的后果,换言之,宗教的影响应建立在怎样的基础上才会对浪漫主义的创作产生有益的影响?还有,是否凡是受到宗教影响而表现出奇幻想象的都可以归入浪漫主义思潮的范畴?若否,则应该如何判断,标准又是什么?这些问题都是引人入胜的。

从世界范围内看,现代浪漫主义思潮的兴起虽是自由精神超越启蒙主义的水平、进一步深入到情感领域的产物,但与宗教的信仰也有很大的关系。西方浪漫主义者有一个"回到中世纪"的口号。"回到中世纪"对于西方人来说,就意味着从宗教中取得信仰、道德和美的尺度。不过,这时的宗教应该已经世俗化,与中世纪禁欲主义的宗教有了重大的不同。它基本上只是人们心中依自己的意愿建立起来的道德和美的象征,人们得以从它体验自身的尊严和人类精神生活的丰富纯洁,使心灵趋向博大和无限,趣味变得纯粹和美好。很明显,这是一种疏离现实而陶醉于过去的怀旧心态,它有助于人们展开轻灵神奇的想象和幻想,解除现实生活的沉重束缚,达到精神自由的境界。因此,可以肯定,不是由宗教信仰直接产生了现代浪漫主义,而是现代浪漫主义从改造过了的宗教观念中吸收了能够丰富自身内涵的因素。

中国没有西方那样严格意义上的宗教，但也不能说传统文化中没有一点宗教的成分。中国古代有图腾崇拜和巫文化，有由道家哲学衍化而来的关于神仙的信仰，以及从汉代开始通过西域传入的佛教文化。这些宗教文化虽然难与占主导地位、不语怪力乱神的儒家文化相抗衡，但也已在相当程度上影响乃至改变了儒学的发展方向，因而至今仍在生活的各个方面，尤其是在审美领域发挥重要的作用。此外，中国现代浪漫主义受到西方浪漫主义的影响，这种影响自然也包含了西方浪漫主义所固有的宗教因素，诸如泛神论的宇宙观和从内心体验出发的幻想方式，等等。因此，探讨中国现代浪漫主义思潮的问题，同样不能回避它与宗教的关系，只是这种关系具有中国的文化背景。

中国现代浪漫主义与宗教的关系，最表层的是在题材上的。一些作品的题材跟宗教故事或带有宗教色彩的神话传说有关，比如郭沫若的《女神之再生》，在共工怒而头触不周山的传说中加进了"女神"的形象。这女神是兼取中国古代传说中的女娲氏的形体和歌德《浮士德》中"永恒之女性"的精神而成的，歌德的"永恒之女性"又跟西方基督教文化中的圣母形象有着密切的关系。郭沫若的代表作《凤凰涅槃》里的凤凰，本是中国原始时代的图腾。沈从文的《月下小景》直接取材于佛经故事，他加以点化，写成别具一格的小说。不过这些题材上的关系，意义不大。因为文学作品重要的不是写什么，而是怎么写。宗教题材的作品可能是说教性的，未必就具有浪漫主义的性质。

对于中国现代浪漫主义具有重要意义的，是宗教的观念。宗教以幻想的方式解释世界，虚幻地克服人生所面临的种种难题，由此形成了它的充满神奇色彩的神学体系。宗教对天国的怀想涉及宇宙和人类的一些根本问题，它能引导人们打破主客观的界限，直接与最高的精神主宰进行对话。这一套观念体系和思维方式有助于浪漫主义者摆脱现实的羁绊，以神奇的幻想对人生作主观的解释和描述，用心灵对话的方式展现内在的情感世界。不过，与西方一样，这样的宗教观念必定与严格意义上的宗教信仰划清了界限。也就是说，浪漫主义文学中的宗教观念不是原来的正统神学，它一般已从根本上抛弃了神学关于宇宙和人生的固定信条，而只采纳其中有助于创作主体超越现实的情感生活方式和想象方式。严格意义上的宗教神学，为了维护神的绝对权威，势必反对任何改变现状的创新，并且要抵制任何自由意志和世俗享乐的企图。经过浪漫主义者改造的宗教观念，则已经很接近罗素所称的跟感受到宗教的重要性的人们的私生活联系在一起的现代宗教观，它与宗教神学无关，与科学无关，只在伦理领域为那些不甘平庸的人确立一个崇高的信仰，鼓舞他们去追求人生的意义和人类的美好前景。中国现代浪漫主义文学中的宗教意识大致就是这种世俗化的意识，其中很重要的一种就是泛神论。

泛神论从根本上说是反对宗教神学的。它把至高无上的神拉到人间，泛化到大自然，这从正统神学的立场看，是对上帝的极大亵渎。但在本源上，泛神论的很多方面依然保留了对神的信仰，虽然这神已经是在人的绝对支配之下。因此可以认为，泛神论是披着神学外衣来反对宗教，代表了人类思想史上人开始摆脱中世纪宗教观念的束缚而走向自由意志时代的过渡阶段。中国现代著名的泛神论者,是郭沫若。郭沫若从歌德接受了斯宾诺莎的泛神论思想,从泰戈尔接受了古印度《奥义书》中"梵我同一"的观点,反过来又把中国古代的庄子发现了,认为他也是一个泛神论者。郭沫若对这些古今中外的泛神论者按自己的理解加以改造,把"神即自然"改造成"我即是神",强调主体的绝对自主和绝对自由。这对于形成他的浪漫主义诗风产生了决定性的影响。由于"我即是神",个人的意志获得了绝对的自由,幻想可以到一切方面去散步,主观能动性被提升至无以复加的高度。郭沫若诗歌中奔放的激情、神奇的想象、气吞山河的自我形象,一切构成他浪漫主义风格的重要因素都跟这种基于泛神论观念的绝对自由意志有关,因而也就与宗教观有着内在的联系。

在中国现代浪漫主义文学中,其实还有一种以沈从文为代表的与此不同的泛神论观念。沈从文多次谈到他有"泛神论思想""泛神论情感"[①]。他的泛神论与郭沫若的泛神论的本质区别在于,郭沫若的泛神论标榜"我即是神""一切自然都是我的表现",沈从文的泛神论则强调"神即自然",而"自然"在他的心目中又主要是一种人事方面的公正、和谐的习俗。在小说《凤子》中,他曾借一个湘西地方的总爷的口说:

> 我们这地方的神不像基督教那个上帝那么顽固的。神的意义在我们这里只是"自然",一切生成的现象,不是人为

[①] 参看沈从文的《水云》《潜渊》《凤子》,《沈从文文集》第10卷、第11卷、第4卷,花城出版社1984年版。

的，由于他来处置。他常常是合理的，宽容的，美的。人作不到的算是他所作，人作得到的归人去作。人类更聪明一点，也永远不妨碍到他的权力。

沈从文在这里阐述的关于神的观念，实际上是把自然当作道德和美的极致，要"我"皈依自然，在绝对的皈依中体验心灵的自由以及由此而生的无可言说的温暖和喜悦。这就像他在《水云》中写的："对于一切自然景物，到我单独默会它们本身的存在和宇宙的微妙关系时，也无一不感觉到生命的庄严。一种由生物的美与爱有所启示，在沉静中生长的宗教情绪，无可归纳，我因之一部分的生命，竟完全消失在对于自然的皈依中。这种简单的情感，很可能是一切生物在生命和谐时所同具的，且必然是比较高级生物所不能少的。然而人类若保有这种情感时，却产生了伟大的宗教，或一切形式精美而情感深致的艺术品。"[①]这是在孤独中滋长起来的宗教情怀：默然静观博大的自然，心如明镜般清澈宁静，把一切都宽恕，以此消除隔阂、对立和纷争，体验到生命的和谐与美丽。可以认为，沈从文所说的"自然"归根到底又是一种生命的形态。生命，成了他评判一切事物的价值尺度，连自然景观也只有当它们能让人联想起生命的庄严时方才显示出它们的神迹。

就强调皈依自然这一点来说，沈从文的泛神论思想主要来源于中国的道家哲学，并与他的个人经历有关。道家提出"道法自

[①] 沈从文：《水云》，《沈从文文集》第10卷，花城出版社1984年版，第287—288页。

然"的本体论命题，外化到伦理领域，就产生了把自然当作道德极致、消除主客观对立以达到个体自由的人生哲学，再外化到审美领域，又产生了以自然为美的极致、崇尚淡泊宁静境界的美学。沈从文以道家哲学为基础构建了自己的以皈依自然为主要内容和基本特征的泛神论思想，由此出发培养起从自然体验生命之美的泛神论情感。他这样做，是因为他从自己的家乡湘西——那一片没有受到现代文明污染的边地净土得到印证，领悟了顺乎自然的人生哲学；也因为他从自己的人生磨难中学会了"无我"，把一切自然的对象都当作神的显现，通过皈依这博大的存在来减轻个人生存的压力，从而获得精神上的自由和解脱。而在这时，他也就认识了"神"——"自然"因此有了朴素的宗教意义。不过，当沈从文进一步从道家哲学构建起他的崇尚淡泊宁静的审美观后，也就决定了他的浪漫主义风格和同样以泛神论为哲学基础的郭沫若的浪漫主义诗风产生了重大的不同。沈从文宁静以致远，郭沫若热情而奔放，区别就在于郭沫若是以主体征服了客体，沈从文则是选择了主体与客体融为一体的途径。两人从实现个性解放和情感自由的共同愿望出发，却采取了不同的途径。这种不同，反映了前后两个时代的差别、个人经历以及相应的文化背景的重大差异。

不过，当沈从文祈求人神共存、静观生命的奇迹时，他的小说虽写得优美而温暖，却同时又显得力度不足。那是因为他心目中的神——"小国寡民"的乡下人理想，从根本上说，只能是一种美的悬想，是难以真正实现的。沈从文自己也似乎意识到了这一点，他说："神的存在，依然如故。不过它庄严和美丽，是需要某种条件的,这条件就是人生情感的朴素,观念的单纯,以及环境的牧歌性。神仰赖这种条件方能产生,方能增加人生的美丽。缺少了这些条件,神就灭亡。"①很明显,这些条件与现代社会的发展进程相矛盾,因而他的表达这一理想的小说也就不可避免地带有一种挽歌的忧伤调子。

佛教在中国有很深的根柢。它对现代浪漫主义文学的影响,则以废名的创作较为突出。废名受禅佛艺术精神的影响,以一种缥缈的幻影来表现心中对人生的一点领悟,把现实中不可能发生的景象实现在一刹那的禅悟里,时空被主观化,语言充满机趣,而且洋溢着乡野牧歌的浪漫情调。这主要是因为禅佛的主观唯心主义宇宙观极大地解放了他的想象力,同时又引导他的审美趣味朝着清新、优雅、宁静的方向发展。但他后期追求"平常心",把禅落实到日常生活中,作品也就失去了前期的清新飘逸。这说明,一切宗教的影响是否有助于浪漫主义风格的生成,归根到底取决于作者的气质,取决于他是从什么立场来接受宗教的影响,是否能促进他的自由意志和浪漫想象的最为充分的展开。一般说来,浪漫主义文学中的宗教因素,是具有浪漫气质的作家基于切身的体悟而受到某种启发、自发地形成的一种混沌然而是虔诚的情感,它与实利的追求无关,只关注生命,执着于对自由美好前景的永不止息的憧憬,因而它实际上也是一种审美化的人生态度。一旦浪漫主义者接受严格意义上的宗教信仰,或者在宗教情感世俗化的过程中丧失了对世俗生活的超越性,那么他的创作风

---

① 沈从文:《凤子》,《沈从文文集》第4卷,花城出版社1984年版,第387页。

格就会发生重大的变化，确切地说，他会告别浪漫主义。废名是这样，许地山、史铁生同样如此。

许地山的小说，尤其是前期，一般认为具有浪漫主义的色彩。"色彩"一词相当含混，反映出研究者对他的创作风格在判断上存在困惑。这些作品以奇著称，奇就奇在他受佛教、伊斯兰教和基督教的影响，大力宣扬人生本苦的思想、博爱的精神和安苦若命的宿命论，包含着常人不易领会的博大爱心和坚毅信仰。但整个说来，他的小说没有一点追求生命本身自由和美丽的浪漫精神。他认为人生就像织了破、破了织的蜘蛛网，要人顺从命运的摆布，在认命中展现达观和坚强(《归途》《商人妇》《缀网劳蛛》)；有时他又倾向于否定现世：人生全是虚幻，唯有梦中的世界才是真实，因此要让敏明和加陵含笑蹈海，"转生"乐土(《命命鸟》)。这两方面其实是统一的，也就是说，他先对人生下了一个否定性的判断，在彼岸确立一个终极性的理想，从而为应付人生的苦难做好充分的思想准备。不抱任何奢望，也就不会有任何失望，人这才能够永不灰心丧气。这明显是接受佛教关于前世、现世、来世的想象和四大皆空的教义而提出的一种人生哲学。它的奇是对俗人而言的，若从信徒的观点看，却是很实在的信仰，没有世人所谓的浪漫色彩。浪漫派的精神是翱翔在天空的，许地山的灵魂则黏贴在大地上。这种精神，原本是他自己所标榜的不求"伟大、好看"而只图对人生有用的"落花生"精神的艺术体现，它贯穿于许地山创作的全过程，而且越到后期越加明显(如《春桃》)。因此，就小说内在的朴素精神而言，许地山的创作前后没有多少实质性的变化。与此相应，他的创作手法也始终与浪漫派惯用的

"自我表现"泾渭分明,他采用的主要是一种写实的、客观描述的手法。创作精神和创作手法两相结合,表明许地山是一个现实主义作家,他的成就是在现实主义方面的,尽管是一种奇特的现实主义。

史铁生又有所不同,他是经由人生哲理的思考而产生宗教意识,从而偏离浪漫主义创作方向的。他前期的小说,如《我的遥远的清平湾》和《奶奶的星星》,对往事的回忆充满温馨,显示了浪漫主义的素质。清平湾在他不是精神家园,而是世俗意义上的一段往事,象征着青春、健康,成了他永远无法重圆的一个好梦。然而《我的遥远的清平湾》,已流露出他日后的作品常见的命运主题,那头通人性的老黑牛摔折了腿,被人拖到河滩宰杀。牛的眼中流着泪——命运无常,人生可悯。这篇小说于1983年获全国优秀短篇小说奖。或许是获奖的殊荣和身体的残疾之间那种强烈的反差,包含着常人难以理会的屈辱和在宿命中捍卫人的尊严所得到的巨大喜悦,也加重了他对人生缺憾的体验,他便开始更深入地思考起人生的意义、过程、终极,以及痛苦和幸福等哲理性的问题,为的是给瘫痪的自己寻找一个活下去的理由。在《一封信》中,他这样写道:

> 从死往回看,从宇宙毁灭之日往回看:在写字台上赌一辈子钱,和在写字台前看一辈子书有什么不一样呢?抽一辈子大烟死,和写一辈子文章最后累死有什么不一样呢?为全套的家用电器焦虑终生,和为完美的艺术焦虑有什么不一样呢?以无苦乐为渡世之舟,和以心醉于神圣为渡世之舟又有

什么不一样呢？如果以具体的生存方式论，问题就比较难说清，但把获得欢乐之前、之后的两个西绪福斯比较，就能明白一个区别：前者(即便不是推石头)也仅仅是一个永远都在劳顿和焦灼中循环的西绪福斯，后者(无论做什么)则是一个既有劳顿和焦灼之苦，又有欣赏和沉醉之乐的西绪福斯，因而他打破了那个绝望的怪圈，至少是在这条不明缘由的路上每天都有一个悬念迭出的梦境，每年都有一个可供盼望的假期。这便是物界的追寻和(精)神界的追寻所获的两种根本不同的结果吧。

史铁生从思考中得出的结论是，人生的幸福不在结果，而在过程。人要有欲望，哪怕要备尝痛苦，哪怕它事实上永远不可能满足，也应舍生拼死、蛮横无理地朝前走。这无疑是一种宗教化的观念，而又不是宗教的信仰，确切地说，这是一个不肯向命运低头的残疾青年的人生哲学。史铁生从自身的遭遇明白了人(类)不可避免的局限，人只能扩展自己的心胸，用博大的爱来抗衡局限；也明白了终极的虚无，因而人要趋向深沉，把生的价值从追求终极、完美之类不可能实现的目标上移开，移到人生的过程，给"活着"注入一种意义，从而取得一个精神的支柱。他后期的一些作品(《命若琴弦》《中篇1或短篇4》)大多都贯穿了这样的人生哲理。但正因为表达的主要是关于人生哲理的思考，所以作品具有很强的理性色彩，而且这些哲理涉及一些玄妙的问题，因而艺术上开始明显地向现代派靠拢了。

总而言之，宗教思想、宗教情感与浪漫主义的关系是建立在作家的浪漫气质上的。它对浪漫主义文学的影响，是以它的非理性主义和超现实的幻想激发作家潜在的浪漫力或强化他的浪漫激情，因而势必会结合作家的不同创作个性，使艺术风格呈现出丰富多彩的色调。现代浪漫主义的核心是张扬个性，肯定现世，崇尚情感的自由。一旦宗教的信仰或哲理的思考使一个浪漫主义者开始怀疑乃至否定个性、情感、现世的原则，那么他必定会放弃浪漫主义风格，走上一条新的创作道路。

浪漫主义与现代派

浪漫主义思潮与现代派文学，在西方是前后相继的，在中国却常常发生很复杂的关系。五四时期，浪漫主义作家在自我表现时偶尔借用现代派的技巧和手法，或吸收一点现代派的文学观和人生观，但这并不改变他们创作的浪漫主义性质。比如，郭沫若在《〈西厢记〉艺术上的批判与其作者的性格》《批评与梦》等文章中运用弗洛伊德精神分析学解释古代作家作品，提出了"文艺的创作譬如在做梦""文艺的批评譬如在做梦的分析"这样带有现代主义色彩的文学观点，并且对自己一些作品的现代主义因素直言不讳："我那篇《残春》的着力点并不是注意在事实的进行，我是注意在心理的描写。我描写的是心理，是潜在意识的一种流动。"[1]他1923年写下《未来派的诗约及其批评》，表明了他对未来派的看法，并注意在创作中试验未来派诗歌的节奏，加强了浪

---

[1] 郭沫若：《文艺论集·批评与梦》，人民文学出版社1979年版，第117页。

漫主义的表现力度。他同一年发表的《自然与艺术——对表现派的共感》及稍后见报的《印象与表现》等文章，对于德意志新兴的表现派艺术寄予了无穷的希望，认为它是"积极的、主动的艺术"。他的诗作《死的诱惑》带有明显的阴冷色彩，剧作《王昭君》则模仿王尔德的《莎乐美》，写汉元帝怒杀毛延寿后并没有得到王昭君的爱，因妒忌而竟然捧起毛延寿的首级亲吻。这类作品不多，但很可以看出郭沫若受到了表现主义、唯美主义和弗洛伊德精神分析学的影响。郁达夫的小说表现生命力受压抑后的心理扭曲，也是受到世纪末思潮和弗洛伊德精神分析学、柏格森的生命哲学等现代派文学和哲学思潮影响的结果。富有浪漫主义热情的闻一多，同样写下了受唯美主义影响的《李白之死》《剑匣》等诗，他发表于1931年的新诗压卷之作《奇迹》则是象征主义的。

从20年代中期开始，在浪漫派和现代派的关系方面出现了一个有趣的现象：流派意识很强的创造社居然接纳了现代派诗人，后者就是参加了创造社而被通称为象征主义诗人的穆木天、王独清、冯乃超。

穆木天追求诗人的内心对于外界声光运动所得的交感和印象，特别强调诗的暗示作用。他认为"诗是要暗示的，诗最忌说明的"，"诗越不明白越好。明白是概念的世界，诗是最忌概念的"。他要求的是"纯粹诗歌"，是"官能感觉"中"思想的深化"，在"音色律动"和"持续的曲线"中的思想和艺术的统一①。他的《苍白的钟声》《朝之埠头》《鸡鸣声》等，大多用跳跃的节奏、缥

---

① 穆木天：《谭诗》，《创造月刊》第1卷，第1期。

缈的联想来抒写他 1924 年暑期在日本伊东失恋的绝望情绪和后来的"亡省之痛"。不过，穆木天似乎也对象征主义的世纪末情调有较为清醒的认识，在《谭诗》一文中，他写道："流浪的贵族，和寄生生活的贵族市民层，对于现实的生活越发地感到空虚，越发地感到绝望，而更进一层地到唯美主义的世界中去追求心灵的陶醉，而那种潮流就是印象主义，在抒情诗歌的领域中，就是象征主义了。这样，象征主义，就是现实主义的反动，是高蹈派的否定而同时是高蹈派的延长了。"①这样，穆木天早期的诗，既显示出他对象征主义的沉迷，也表明他对象征主义的批判，是他挣扎于面向现实与自己文学的象征世界之间的记录。

王独清在《再谭诗——寄给木天、伯奇》一文中对自己的诗歌观作了如下概括：

> 我觉得我们现在唯一的工作便是锻炼我们底语言。我很想学法国象征派诗人，把"色"（Coulour）与"音"（Musiqur）放在文字中，使语言完全受我们底操纵。我们须得下最苦的工夫，不要完全相信甚么 Inspiration。沫若说我爱上了象征派底表现法，要算是一种变更；因为我从前的诗作法全是 Byron 式的，Hugo 式的，这话很不错。我现在很想来和你谈一谈我对于诗底艺术所下的工夫，就是说我近来苦心把"色"与"音"用在我们语言中的经过，或者也是你所愿意听的罢？……我在法国所有一切诗人中，最爱四位诗人底作品：第一是

---

① 穆木天:《谭诗》,《创造月刊》第 1 卷, 第 1 期。

Lamartine，第二是 Verlaine，第三是 Rimbaud，第四是 Laforgue。Lamartine 所表现的是"情"（emotion），Verlaine 所表现的是"音"，Rilbaud 所表现的是"色"，Laforfue 所表现的是"力"（Force）。要是我这种分别可以成立时，那我理想中最完美的"诗"便可以用一种公式表出：

（情+力）+（音+色）= 诗①

他的代表作《圣母像前》《我从 Café 中出来》等，就是通过语言的"音"与"色"的调配来表达"落难公子"的孤独、落寞、疲乏、颓废的情感，表现"醉后断续的，起伏的思想"，这与他所神往的法国象征派诗歌的情调和"纯诗"的观点是一致的。当然，他另有一些诗歌也具有浪漫派的特点，如《玫瑰花》《失望的哀歌》《死前》，在情调上虽然仍是寻求感官刺激、沉迷声色之作，艺术手法却不太倚重象征，而更接近浪漫的直抒。因此，朱自清认为王独清虽然倾向于法国象征派，但他的作品"还是拜伦式的雨果式的为多，就是他自认为仿象征派的诗，也似乎豪胜于幽，显胜于晦"②。艾青也说："王独清的诗不像是'象征派'，倒像是浪漫派的诗。"

冯乃超的诗是心境情调的记录，他把死亡和梦境作为诗的重要主题。借用朱自清的评论，他是"利用铿锵的音节，得到催眠

---

① 王独清：《再谭诗——寄给木天、伯奇》，《创造月刊》第 1 卷，第 1 期。引文中的 Byron，英国诗人，通译为拜伦（1788—1824）；法国诗人 Hugo，通译为雨果（1802—1885）；Lamartine 通译为拉马丁（1790—1869）；Verlaine 通译为魏尔伦（1844—1896）；Rimbaud 通译为兰波（1854—1891）；Laforgue 通译为拉弗格（1860—1887）。
② 朱自清：《中国新文学大系·诗集导言》，上海良友公司 1935 年版。

一般的力量，歌咏的是颓废，阴影，梦幻，仙乡。他诗中的色彩感是丰富的"①。上述三位诗人这种强调暗示、联想、幻觉和强烈的音乐节奏感的象征主义诗风，不代表前期创造社的主导风格，却也得到了郭沫若等人的欣赏。郭沫若在读了王独清的诗后，说王"爱上了象征派的表现方法"，完成了诗风上的"一种变更"②。

上述象征派诗人参加了创造社的情况，说明在20年代，现代主义的诗风与浪漫派的诗风一度共存，并且互相渗透。当然，一旦社会结构的剧变引发文学格局的重组时，这些象征主义的诗又有了新的意义：它们正好成为处于分化中的五四浪漫主义思潮向现代派文学分流的一个相对独立的分支，一个从浪漫主义向现代派过渡的准备阶段。

40年代，新浪漫派小说家在推进浪漫主义与现代派融合方面又有新的特点。他们追求神秘感和超越性，向往无限、永恒的理想境界，这是属于浪漫主义风格范畴的。但徐訏"企图从对一种浩博宇宙观的追求中填补内心的空虚与失重感，其结果是将自己引向了神秘主义和宿命论"③，他感受到的只能是追求过程的艰难和幻灭的悲哀。他的《阿拉伯海的女神》，弥漫着神秘的梦幻一般的气氛，人们透过主人公与海神之间的美丽神秘、浪漫风流的关系，感觉到的只是奇幻怪诞的情感魅力和至美理想的破灭。《精神病患者的悲歌》中，主人公以耶稣式的博爱去爱，以耶稣式的

---

① 朱自清：《中国新文学大系·诗集导言》，上海良友公司1935年版。
② 参见王独清的《再谭诗——寄给木天、伯奇》，《创造月刊》第1卷，第1期。
③ 潘亚暾、汪义生：《徐訏论》，《台湾香港与海外华文文学论文选》，海峡文艺出版社1990年版。

救赎去忏悔。结果，虽然他竭尽全力地工作，热切地渴望自己的灵魂能够在无私的奉献中得到升华，可幸福永远是暂时的。"上帝与尘世之间的苦苦挣扎所能得到的，依然是'归途'就是'来处'的悲剧。"[1]无名氏的《北极风情画》和《塔里的女人》，在浪漫传奇的故事中同样渗透了现代派文学中常见的虚无、悲凉和荒诞的情感体验——爱情和幸福就像稍纵即逝的幻影，留给主人公的只是无穷无尽的忏悔和赎罪。这显示了命运的难以抗拒、个体的孤独和无奈，显然接近于存在主义对人的本质和生存意义等终极性问题的思考。应该说，新浪漫派小说的扑朔迷离的传奇效果主要源自讲述故事的技巧，但通过"神秘感"和"超越性"，它同时也已经在浪漫主义的风格中渗透了现代派的人生感受。因为"神秘"和"超越"一旦像徐訏和无名氏那样涉及了人的深层心理的内容，它们也就有了现代主义的意义。由此出发，无名氏进一步向现代派靠近。他的长篇小说《野兽、野兽、野兽》，自始至终好像全是絮语和梦呓，宣泄情感，展示困境中生命的挣扎，表现人在经历了人生的虚无幻灭以后的大彻大悟。它的续作《海艳》，则以诗化的语言表达了一个相似的主题——在主人公印蒂看来，生命的本质全在于非理性的冲动，人一旦要理性地面对幸福，自由和美丽也就随之失去。所以印蒂要在爱情达到最辉煌的顶点时，毫无理由地抛弃爱情，重返大海（"自由"的富有诗意美的象征），在永恒的漂泊中去追求人生的自在境界。

此外，还有一些作家，比如沈从文、废名，其小说代表了田

---

[1] 赵凌河：《新文学现代主义的浪漫情愫》，《文艺理论研究》1997年第2期。

园浪漫主义的最高成就,新诗却采用奇特的意象连接、语言的反语法组合,思维呈现大跨度跳跃,明显地属于现代派的写法。就是说,他们小说和诗歌的风格显示了不同的流派特色,小说是浪漫主义的,诗歌却是现代主义的。而另一些作家,主导风格为现代主义,可是作品中又常常流露出浪漫主义的情愫,冯至、戴望舒、何其芳等便是例子。

这些情况表明,浪漫主义和现代主义在中国经常相互渗透,甚至纠缠在一起。这与它们在西方前后相继、彼此区别的情形大相径庭。这一奇特的文学景观,探研起来,既有这两种思潮本身的原因,也反映了中国社会背景和文化背景的特殊性。

在西方,象征主义是浪漫主义的尾声,又是现代主义的开端。这意味着从浪漫主义到现代主义,是同一种文学倾向的进一步发展。这种倾向,就是从浪漫主义思潮兴起以来,文学不断地向人的内面世界深入的趋势。不过,浪漫主义所表现的内面世界是属于常态的,是一般人都不难理解的激情、憧憬和大胆的想象。现代派文学表现的领域则更为深入,达到了人的潜意识层面,涉及直觉、本能的内容。换言之,从浪漫主义发展到现代主义,是在资本主义社会矛盾加深、关于人的美好理想破灭以后,随着精神分析学、生命哲学的出现而产生的一个自然的结果,它们分别代表了文学向人的内面世界深入的不同阶段。生命感悟和潜意识的非理性内容规定了现代派文学要采取不同于浪漫主义的表现方法,诸如时空颠倒、思维大跨度跳跃、语言的反逻辑组合等,存在主义哲学对人的本质的看法又使现代派文学向抽象化的方向发展。但在总的倾向上,现代主义并没有完全背离从浪漫主义开始的"自我表现"原则，它的生命直觉在非理性这一点上与浪漫主义的情绪表现之间存在着相通之处，只是现代派文学的"自我"更加私人化，与浪漫主义者所理解的能够在感情上比较容易地沟通的自我有所不同罢了。因此，浪漫主义与现代主义在艺术观念、表现手法、风格情调方面还是有较多共同点的，它们之间的区别要比它们与现实主义、古典主义的区别小。正是这种艺术渊源上的亲缘关系，给两者的相互渗透提供了艺术基础。考察西方早期的浪漫主义文学，可以发现其中已经存在了某种类似现代派文学的因素，如德国浪漫派小说家蒂克等人的作品就包含了一些荒诞感，展示了超乎浪漫主义的奇特想象。只是在西方，由于浪漫主义与现代主义是先后出现的两种文学思潮，又存在着深入内面世界的程度上的差异，所以作为文学思潮，它们是彼此独立的，不可能相互混淆。

中国的情况有所不同。首先，西方相继出现的浪漫主义思潮和现代主义思潮同时涌进中国文坛，对中国现代作家产生了共时性的影响。由于浪漫主义与现代主义在自我表现这一基本点上有相通之处，两者存在着亲缘的关系，中国的浪漫主义者基于自己真切的人生体验，在创作中就很容易与西方现代派文学中的情调、感受、价值观发生共鸣，并且以此为基础借鉴现代派的艺术表现技巧和手法，因而在他们的浪漫主义风格中不可避免地渗透了一点现代派文学的成分。郭沫若、郁达夫、徐志摩、闻一多以及40年代的新浪漫派小说家，他们的作品中除了浪漫主义的激情以外，还存在各种现代主义的因素，如象征主义、表现主义、未来主义、唯美主义以及世纪末思潮，等等，呈现为一种开放的浪漫主义风格，主要就是由于创作中受到了西方文学的多方面影响。不仅如此，在五四时期，中国作家一度认为"新浪漫主义"——现代派文学是新兴的文学思潮，正代表着中国新文学的发展方向，要比"旧"的浪漫主义更先进，所以他们事实上还采取了一种积极主动的态度吸收现代派艺术的营养，以丰富自己的创作风格，这就更进一步推动了两种文学思潮在中国相互渗透的进程。

其次，中国现代浪漫主义者身处半封建半殖民地的特殊环境，其理想与现实存在巨大的反差。一方面，他们追求精神的自由，渴望超越平凡，实现自我的价值，体现了一种由爱、美、自由所构成的单纯的信仰，另一方面，他们却要面对黑暗的现实，四处碰壁，撞得头破血流。在理想与现实的尖锐矛盾中，他们只能发出一声声无可奈何的叹息，很难自始至终地保持浪漫的姿态，不像西方处于资产阶级上升时期的浪漫主义者，能坚守个性主义的立场，表现出征服一切的自我扩张和单纯的浪漫激情。于是，中国的浪漫主义者在西方现代主义文学和哲学思潮的影响下，很容易循着非理性的方向朝内心深入，去体味生命本身所固有的孤独，领悟人生命定的坎坷无援。孤独和无援一经抽象化，成了生命本体的象征，就自然地有了现代派文学的精神特质。郁达夫、郭沫若的浪漫小说已经包含的一些孤独颓废的现代派因素，只是某种程度上被作者夸大了的怀才不遇、穷困落魄，还是属于生活中具体的痛苦，而且在其背后实际上寄托了作者对人生的很高期望和浪漫理想，因此抒写这些痛苦，仍然是一种浪漫主义的风格。而戴望舒、何其芳的前期创作，寻寻觅觅，咀嚼着内心的忧伤，徘徊于精神的迷茫中，就已经明显地超越了浪漫主义而达到了现代主义的层次，因为那是对生命本身所包含的永恒痛苦的体味。换言之，中国现代浪漫主义者处在社会转型期的大动荡环境中，其超越平凡的浪漫理想难以实现，很容易因深刻的失望而在创作中兼容现代派的因素，或者从浪漫主义走向现代主义，从而显示出他们在精神炼狱中承受苦难的悲壮和无奈。

除此之外，中国现代浪漫主义思潮兼容现代派文学的成分，或者浪漫主义向现代主义蜕变，还体现了艺术规律本身的作用和中国传统文化背景的潜在影响。一种新的风格，在它刚出现时，因其新颖而引起人们的注意或肯定，它的弱点也许被暂时忽略了。但艺术总是不断地追求着自身的完善，要在发展的过程中克服和纠正这些弱点。当某种风格的潜力已被发掘殆尽，它就必须调整自己，哪怕要经过自我否定。全部文学史都在证明这种新陈代谢的规律。浪漫主义文学以它的主观性、情感性打动人，但它的欠缺在于激情外露，一览无余，因而需要吸收别的文学流派的优点以提高自身的艺术水准，这其中就包括吸收现代派诗歌的意象艺术，借鉴现代派小说的幻想方式和新颖技巧。

意象，连接着主观世界和客观世界，高度浓缩了主体对客体的感受，由它来抒情，就避免了感情的直露。象征主义的诗取代浪漫派诗歌，很大程度上是因为诗人发现了世界原是一个象征的森林，可以通过暗示、联想来曲折地传达诗意。意象这时被现代派诗人看中，是因为它一方面能够把意象之间的联络线索隐藏起来，进而把诗人的自我隐藏起来，另一方面它又具有很强的暗示性，能够引发人的丰富联想，足可以充当现代派诗歌的抒情中介。但不可否认，象征派诗歌的意象与浪漫派诗歌的抒情手段——奇特的想象观照下的鲜明形象有着非常密切的关系，两者的区别仅仅在于抒情主体的情感融化在象征派诗歌的意象里，而浪漫派诗中的形象则是漂流在情感的海洋里的。从浪漫派的诗歌形象到象征派诗的意象，是抒情主体的情感深化、凝练化的过程，也是诗意不断趋向含蓄深沉的过程。这就表明了，意象同时又是连接浪漫主义和现代主义这两种艺术的重要中介。浪漫主义文学按照艺术不断趋向精美的发展规律，正是通过意象这一中介才打通了与现代派诗风的联系。而在中国，这又不能忽视民族传统文化背景所起的作用。众所周知，中国源远流长的古典诗词中有非常丰富的意象艺术的经验。李贺、李商隐的诗，李清照的词都是以意象的奇特繁复和含蓄精美为人所称道的。这一笔宝贵的文化遗产，具有潜移默化的影响力，使中国20世纪新诗人受到熏陶而获益匪浅。处在这样的文化背景中，中国现代诗人鉴于浪漫主义诗歌过于直露的缺陷要为它寻找出路时，就很容易受传统的意象艺术的暗示，通过意象的经营来曲折含蓄地抒情。但一经采用以意象为中介的抒情方法，由于意象本身所指的多义性、模糊性，意象连接的非确定性和跳跃性，诗歌艺术就可能向现代主义靠拢，因为多义性、模糊性、非确定性、跳跃性同时也是现代主义艺术的基本特点。20年代的冯至，30年代的何其芳，现代派代表诗人戴望舒，他们大致都是通过对意象的追求而把浪漫主义的激情引向现代主义方向的。新时期的"朦胧"诗人，也因为不满当时浅薄的政治热情、流行的直白抒情的方法，按照他们对人生困境的感受和在潜移默化中接受了的古典审美趣味，用意象来抒情，借助象征、暗示、联想，把内心的孤独、迷惘、焦灼写得含蓄朦胧而又淋漓尽致。象征、暗示、联想的手法与生存困境的情感体验相结合，不可避免地在他们的浪漫主义风格中增添了一些现代派的要素①。

中国现代浪漫派小说兼容现代主义的艺术因素，某种程度上也具有中国传统文学的背景。一般地说，浪漫派小说家渴求神奇，期盼在平凡的人生和黑暗的现实中通过幻想来体验登风临仙的那种随风飘去的感觉，所以他们常在感叹人生落寞、诅咒社会黑暗的同时，为自己也为读者展现了一幅幻美的图景。这图景或是回溯性的宁静田园，或是前瞻性的终极乐园，或奇恋或艳遇，一言以蔽之，是在浪漫的幻想中享受精神的自由。但浪漫派小说一任情感自由泛滥，一些作品就显得激情有余，深沉含蓄不足，

---

① 一些代表性的朦胧诗人否认他们的创作受到西方现代派文艺的影响。顾工在《两代人——从诗的"不懂"谈起》（载《诗刊》1980年10月号）一文中写道："城是在文化沙漠、文艺洪荒中生长起来的，他过去没有看过，今天也极少看过什么象征主义、未来主义、表现主义、意识流派、荒诞派……的作品、章句。"公刘在1980年4月南宁召开的全国当代诗歌讨论会上也说："我问过他们，我说你们读过些什么呀？我很奇怪，我提了一大批外国作家的名字和外国诗人的名字，答复是没有一个点头的，'没有'、'不知道'、'没有'、'不知道'，都是这样。我就很奇怪，我说，你不要说现代派没有读，我问他，我说象征主义，你知道不知道？我说印象派你知道不知道？都不知道。这种概念从来没有，听都没听说过，但写出来的东西，是很类乎西方的、描写大工业的，这是个很奇怪的问题啊。为什么在中国这样一个经济凋敝、国民经济濒于崩溃的这样一个国家里头（就说那十年），怎么会哺育出这样一群小鸟来，它怎么孵出来的？是什么东西哺育出来的？"（《公刘在全国当代诗歌讨论会上的发言》，载《当代文学研究参考资料》第1期，中国当代文学研究会编。）其实，公刘用不着奇怪。现代派文学、准现代派文学，也可以因为人对自身的生存困境的深刻体验而产生，不必一定要有外来的影响。

而且笔墨缺少节制,结构比较松散。要纠正这种缺陷,除了增加诗意的成分外,还应该借助幻想的力量打破时空界限,以主观直觉逼入人的内面世界,展现生命的本真状态,从而增加艺术表现的深度。正是这种可供选择的改进途径,从艺术进化的规律方面为浪漫主义小说容纳现代派文学的成分开辟了道路。现代派小说是以主观内面表现著称的,它通常采用时空颠倒、意识流、非理性的梦幻直觉等方式表现人的潜意识,展示人与自然、人与社会、人与人、人与自我的分裂和对抗。这些艺术手法一般与现代派作家对人生和社会的特定看法连在一起,但它们也具有相对独立性,可以作为艺术手法被别的文学派别所借鉴。40年代以徐訏和无名氏为代表的新浪漫派小说,就是在浪漫主义的风格中容纳了幻觉、意识流、荒诞神秘等现代派的因素,从而给作品增添了新异的色彩。在浪漫主义的自我表现的风格中兼容现代派的展示人的直觉、梦幻等深层心理内容,主要是因为受到了西方现代主义文学的影响,但中国传统文学遗产同样为此提供了有力的支持。中国古典诗歌的直观想象是可以不受客观时空限制的,中国古代的笔记小说、神魔小说也具有超越客观时空的幻想能力。中国现代浪漫主义作家受到这方面民族传统文化的熏陶,就能够比较容易地从西方现代派小说中"熟练"借鉴某些表现技巧和艺术手法,从而增加作品艺术表现的深度。

中国现代浪漫主义思潮在中国特殊的文化背景和社会背景下,融合了多种现代派文学的因素,这使它具有了与西方浪漫主义文学不同的"民族化"的特点。首先,它与西方的浪漫主义思潮相比,显得不那么"正宗"和纯粹,成了一种开放性的浪漫主义。

第二，它比西方浪漫主义的调子低沉，增加了感伤乃至阴冷的成分。第三，它初步触及了人的潜意识领域，涉及了一些直觉、本能、灵感等方面的内容，增加了作品表现人的精神世界的深度。第四，它与现代主义的界限有点模糊，这是说不仅现代派文学中常常包含着浪漫的情愫，而且浪漫主义思潮在历史的转折关头每每因为社会环境的压力和它与现代派文学的亲缘关系而向现代主义分流。正是这种分流，不仅勾画出了中国现代浪漫主义与现代派文学此起彼伏、互相纠缠的复杂关系，而且最终影响了中国现代浪漫主义思潮的归宿。

如果说20年代末以穆木天、王独清、冯乃超为代表的创造社内的象征主义诗人在社会剧变时期的混乱中从浪漫主义思潮中分化出来，其象征主义的余波与此时的以戴望舒为代表的现代派诗人汇合，协助后者支撑起了20年代末30年代初的现代派诗歌之潮，这是浪漫主义思潮第一次向现代派的分流，如果说40年代的新浪漫派小说家无名氏因在动乱岁月中更深地体验到了人的困境，后来走上了现代派的创作道路，这以较小的规模代表了浪漫主义思潮的第二次向现代派分流，那么到80年代中期，浪漫主义思潮第三次向现代主义分流，这一次则是整体性地消失在现代派诗歌和寻根文学的浪潮中了，从而为20世纪的浪漫主义思潮画上了一个历史性的句号。这最后一次分流是以更深刻的社会变动为背景的。随着思想解放运动的深入，历史真相被逐步揭开，善良的人们发现自己被无情地愚弄，体会到了人生的荒谬。尤其是一代青年，他们从上山下乡、支边插队的经历中发现了青春的空白和当下被放逐的边缘人命运，他们还要与自己也参与了的造神运动树立起来的现代迷信决裂，因而更充分地体验到灵魂被撕裂的痛苦。这一切导致所谓的"信仰危机"，同时也把人与社会、人与人之间的外部冲突转化为人与自我的内部冲突，迫使人们从对外部世界、对社会的怀疑转向对人个体生命存在意义的追问和反思，开始审视和认识自我。这是人的觉醒，但同时也伴随着人因觉察到生存本身的困境而产生的冷漠、孤独、迷惘和焦灼。处于这样的状态，一些作家和诗人就不再满足于浪漫主义式的对自我不幸的倾诉、对现实的诅咒和抗议，转而去展示人的生存困境、现实的荒谬和自我的变形，采用了调侃、反讽、变形等艺术手法。这就通向了现代派。浪漫主义的倾诉、诅咒、抗议，不管它对现实作了怎样的否定，其立足点其实还是对现实和人生寄予了期望。但在新时期一些比较有思想深度的作家、诗人看来，抱着这样的期望是幼稚的。"理想"已经破灭，价值发生动摇，就像尼采宣布的："上帝死了。"人们必须面对生存困境，进行"别无选择"的自我拯救。另有一些作家，则是转向传统文化去寻找生存的精神支柱。由后期"朦胧"诗派和"寻根文学"所体现的这一动向，无疑是从浪漫主义出发而又超越了浪漫主义。它容纳了浪漫主义的忧伤、痛苦、迷惘的情绪，又使之朝现代主义的孤独感、荒谬感的方向发展，遥相呼应了世界文学的现代主义潮流，并从世界现代主义文学中吸取了艺术的养分。可以说，这是基于浪漫主义与现代主义的亲缘关系，在个体的自由已有了基本保障的前提下，由于现实情势的激励而使艺术视点向内面世界进一步深入，从而在整体上实现了从浪漫主义向现代主义的深入和超越。

浪漫主义与民族传统文化

　　中国现代浪漫主义者自觉吸收西方从启蒙主义、浪漫主义到新浪漫主义各种文学思潮的养分，作为他们彻底反叛封建文化、走上文学革新道路的起点。这也许容易造成一种错觉，以为中国现代浪漫主义思潮纯粹是西方影响的产物，或者说是西方浪漫主义思潮在中国的横向移植，与我们民族传统文化没有多大关系。其实，问题要复杂得多。在中西文化碰撞中，用西方文化来改造中国民族传统文化使之实现现代化，这与正处在变革中的民族传统文化对西方文化的影响施加限制，把这种影响纳入积极地重建民族新文化的轨道是同一过程的两个方面，彼此是相辅相成的。只是前者作为浪漫主义者的自觉追求，比较容易引起人们的注意。后者则是一个潜移默化的长期过程，是浪漫主义者基于个人在民族文化的长期熏陶中自然地形成的价值观念、审美趣味、思维方式，接受西方文学的观念、准则，或对此加以无意识地误读的结果。由于它跟当事者在理性上向西方现代文学靠拢的自觉意愿相反，也因为习惯成自然的关系，人们往往不太注意民族传统文化在中国现代浪漫主义思潮兴起和发展过程中的重要作用。不过换一个角度，也许正因为如此，这种影响才是更为内在、更为本质的，它深刻地反映了一种文化不易被人察觉的强大的内在影响力。事实上，不管一个人如何激烈地反叛传统，那种已经内化为他的价值观和审美观、与他的生命难以分割的传统文化对他的影响是无可逃避的。中国现代浪漫主义者要借助西方文学的力量打破已经僵化的民族传统文化的束缚，实际的结果却是推动了一个崭新的文学潮流的兴起，这一文学潮流从一开始就与民族传统文化有着千丝万缕的联系，并且在它的发展过程中越来越鲜明地表现出了自己的民族特点，因而它实际上又为更新民族传统文化作出了重要的贡献。

中国现代浪漫主义思潮与民族传统文化的关系，最直观地反映在历史题材的作品中。郭沫若的浪漫主义创作，有许多取材于神话、传说、历史。从早期的诗剧《女神之再生》《湘累》《棠棣之花》，到40年代的历史剧《屈原》《虎符》《高渐离》等，都写的神话、历史题材，与中国数千年的文化传统密切相关。他说："我们要宣传民众艺术，要建设新文化，不先以国民情调为基点，只图介绍外人言论，或发表些小己底玄思，终究是凿枘不相容的。"[1]这说明他在五四时期就已意识到了"建设新文化"与发扬"国民情调"的内在关系，意识到在扫荡旧文化的同时应该吸收其中有用的东西。当然，这时的吸收同时也是改造，就像他在《卷耳集·序》中写的："我国的民族，原来是极自由极优美的民族。可惜束缚在几千年来礼教的桎梏之下，简直成了一头死象的木乃伊了。可怜！可怜！可怜我们最古的平民文学，也早变成了化石。我要向这化石吹嘘些生命进去，我想把这木乃伊的死象苏活转来。"郭沫若的长处，就在于把继承古代文化遗产与凭主观想象进行大胆的创造结合起来，在古人的骸骨中吹嘘进了现代人的生命。事实上，在激进地否定传统文化的五四时期，浪漫主义作家

---

[1] 郭沫若等：《三叶集》，亚东图书馆1920年版，第13页。

和诗人涉足历史题材的不在少数。而历史题材对现代浪漫主义思潮与传统文化的关系之所以重要，主要是因为它所蕴含的文化信息，如民族的价值观念、审美趣味、美学思想、想象方式，以一种极为顽强的力量赋予了现代浪漫主义作品以民族的精神气质。

这一切在浪漫主义者喜欢写的个人生活和个人情感经历的题材中其实也同样存在，因而从浪漫派的个人题材作品中同样可以看出现代浪漫主义思潮与传统文化的联系，最基本的是价值观方面的联系。一个民族的价值观在长期的历史过程中形成和发展，包含了不同的层次。表层的一些内容变化较快，改变也较为明显，如女人缠小脚、男人拖辫子之类现在都已不再成为美的标志，但深层的内容，即最基本的价值观的变化往往是非常缓慢的，而且保持了前后的连续性。它们一般都是决定一个民族精神面貌的因素，如中华民族的重视家庭亲情、强调人际关系的协调、尊和谐为美的极致，等等。五四是彻底反封建的时期，传统文化在此时受到了严厉的批判。但即使在这一时期，中华民族的一些深层次的价值观仍得以在批判者的笔下延续，或者改头换面地重新出现。比如一般认为，郁达夫的小说是彻底反传统的，它的自我表现的风格一开始就在作者周围的朋友中间引起惊异，因为这不符合人们在历史中形成的关于小说的观念。中国传统小说非常注重情节性，郁达夫的小说只表现自我情感的起伏，而更重要的是在这些小说中，郁达夫以惊人的大胆披露性的苦闷和种种卑微的情感，彻底背叛了中国人在性问题上历来非常含蓄的传统。这说明，郁达夫的小说无论是表现形式，还是情感内容，对于民族传统观念都是一次彻底的背叛。但即使这样，在他的小说中仍可找出民族传统伦理观的烙印。《沉沦》写一个年轻的留学生在日本令人压抑的环境中心理趋向变态,他偷看房东的女孩洗浴,偷听野外的男女幽会,可同时在心里咒骂自己"下流",并因此背上了沉重的心理包袱。这种涉及性问题的罪恶感和心理的扭曲,完全是中国儒家文化压抑人性所造成的一个后果,它深刻地反映了郁达夫小说的中国传统文化的背景。郁达夫在五四浪漫派作家中,是思想最为开放的一个,他尚且在疏离传统文化的同时,又与传统文化保持了千丝万缕的联系,那就遑论别人了。

中国传统文化中贯穿了一条爱国主义的红线,它的源头是屈原的《离骚》。中华民族生生不息的爱国主义精神所内含的国家和民族利益至上、个人甘愿为此献身的价值取向,也深深影响了中国现代浪漫主义作家和诗人,使之有了与西方浪漫派不同的特点。西方浪漫主义者一般坚持个性至上的立场,对民族、国家的认同感相对来说并不很强烈。这主要是因为西方各民族在历史上曾经由于种种原因发生过较大规模的迁移,在文化上相互的影响比较深入,彼此的关系较为密切。中国现代浪漫主义者虽然已经扬弃了古老的爱国主义传统中的保守内容,不再坚持不分是非的盲目的爱国主义,但在遭遇中西冲突的时候,他们往往采取文化选择与政治观点分开的态度,在文化上倾向西方,政治上则持爱国主义的立场。如20年代的浪漫主义者大多都是仰慕西方进步文明到国外留学,可是一到国外,首先强烈地感受到的总是弱国子民的种种屈辱,对故国、乡土寄予了深切的思念,就像郁达夫说的:"眼看到的故国的陆沉,身受到的异乡的屈辱,与夫所感所思,所经历的一切,剖括起来没有一点不是失望,没有一处是忧伤，同初丧了夫主的少妇一般，毫无力气，毫无勇毅，哀哀切切，悲鸣出来的，就是那一卷当时很惹起了许多非难的《沉沦》。"①郁达夫的浪漫小说，以一种卑微的情感包含着爱国主义的主题。郭沫若的《女神》，则以高昂的旋律直接抒发爱国主义的激情。闻一多的《红烛》一方面控诉帝国主义国家的民族歧视，另一方面又怀着无限的深情讴歌中华民族五千年的灿烂文明。即使到了新时期，"朦胧"诗人们以悲愤或忧伤的调子写就的诗篇也无不包含着对祖国的深情，透过祖国眼前的"衰败""破旧"的现状，展望她明天灿烂的前景。很明显，根深蒂固的爱国主义传统使中国现代浪漫主义者在抒发个人的浪漫激情时总不能完全淡忘国运民生，对祖国总是采取一种游子思归的态度。

中国传统文化是以儒家思想为主干、儒道互补为基础形成的一种人伦文化，重点是在调节人间的关系或者调整自我的心态。如果说五四浪漫派小说中留着一点儒家伦理文化的烙印，那么到30年代，以废名、沈从文为代表的田园浪漫主义小说则更多地表现出道家的色彩。废名以宁静的笔调写慈祥的老人、天真的孩子、河边的柳树、城外的桃园，一切笼罩在诗一样的氛围中，有道家的从容与闲适。沈从文说："明白偶然和感情将来在你的生命中的种种，说不定还可以增加你一点忧患来临的容忍力——也就是新的道家思想。"②他以湘西优美、和谐的生命形态与城里人的做作浮躁的现代文明对照，企图从中寻找到一条重造民族德性

---

① 郁达夫：《忏余独白》，《郁达夫全集》第 5 卷，浙江文艺出版社 1992 年版，第 542 页。
② 沈从文：《水云》，《沈从文文集》第 10 卷，花城出版社 1984 年版，第 269 页。

的途径，这中间包含着知白守黑的道家智慧，因而这些湘西题材的小说有了回归自然、珍重生命的道家意蕴。这意味着，30年代的田园浪漫主义小说不是循着五四反传统的方向离民族传统文化越来越远，而是在五四新文化运动所开辟的基础上更多地吸收了传统文化中富有活力的成分，使创作的风格与传统文化有了更深的联系。

在中国文化史上，先是儒道互补，后又从印度引进佛教文化，开始了儒、道、佛三者互动的新阶段。在特定的社会背景下，这生发出了中国特有的、影响深远的名士流风。朱自清曾说："中国传统文化大概可用'儒雅风流'一语来代表。……有的人纵情于醇酒妇人，或寄情于田园山水，表现这种情志的是缘情或隐逸之风。这个得有'妙赏'、'深情'和'玄心'，也得用'含英咀华'的语言，这就是'风流'的标准。"[①]严格地说，现代社会已经不再存在古代名士风流得以延续的物质基础，但古代名士的怪诞举止和佯狂言论，因其所包含的不满现实、反抗社会的倾向与五四时代精神存在相通之处而又容易引起现代浪漫主义者的共鸣，进而加以仿效。在这些人中，郭沫若是很有代表性的一个，他在《创造十年》中这样写道：

> 两个人挽着手走出店门，就在四马路上一连吃了三家酒店。……最后一家是在那青莲阁旁边的一座酒楼上，两人坐在一张方桌上吃喝，喝到酒壶摆满了一方桌，顺次移到邻接

[①] 朱自清：《文学的标准和尺度》，《标准与尺度》，文光书店1948年版，第45页。

的空桌上去，终于把邻桌也摆满了。两人怕足足吃了三十几壶酒。……我连说"我们是孤竹君之二子呀！我们是孤竹君之二子呀！结果是只有在首阳山上饿死！"达夫红着一双眼睛就像要迸出火来的一样。

这种佯狂使酒、佻达自恣的作风，很容易让人联想起"竹林七贤"。郁达夫则自称为骸骨迷恋者："每自伤悼，恨我自家即使要生在乱世，何以不生在晋的时候。我虽没有资格加入竹林七贤之列，至少也可听听阮籍的哭声。或者再迟一点，于风和日朗的春天，长街上跟在陶潜的后头，看看他那副讨饭的样子，也是非常有趣。即使不要讲得那么远，我想我若能生于明朝末年，就是被李自成来砍几刀，也比现在所受的军阀官僚的毒害，还有价值。因为那时候还有几个东林复社的少年公子和秦淮水榭的侠妓名娟，听听他们中间的奇技异迹，已尽够使我们把现实的悲苦忘掉，何况更有柳敬亭的如神的说书呢？"[1]十足一副颓废派的模样。创造社作家这种恃才傲物、蔑视权贵、夸饰悲苦、率真任性的作风，表明他们与古代名士的放浪形骸有着精神上的联系，确切地说，他们是在放浪形骸、佻达恣意的名士风流中灌注了现代人的个性意识和反抗精神，从而使他们为现代的民主自由权利所作的斗争带有中国古代名士的遗风———一种现代化的名士作风。

中国到魏晋时期，由于佛教文化的进一步传播，老庄艺术精

---

[1] 郁达夫：《骸骨迷恋者的独语》，《郁达夫全集》第3卷，浙江文艺出版社1992年版，第82页。

神发展为玄佛艺术精神，产生了一批空灵、静穆的山水诗，形成了中国文学史上第一个纯山水诗的创作高潮。这些山水诗对大自然静美的独特发现以及由此加强了的文人偏于宁静恬淡的审美趣味，对中国现代浪漫主义者也产生了潜在而重大的影响。影响的一个方面，就是这些现代的浪漫主义者对自然景物怀有中国式的独特情趣。众所周知，"回归自然"是浪漫主义者的共同口号，但在西方富有反抗精神的浪漫主义者笔下，大自然常常偏于壮美，折射出作者强烈的内心冲突。然而在中国，现代浪漫主义者眼中的大自然一般都是优美的——宁静恬淡的自然成了他们抚平心灵创伤的精神家园。废名、沈从文笔下的山水景物固然一派和谐安详的田园风光，是他们心目中道德和美的极致之象征，自不必多说；郁达夫、郭沫若小说中的自然景象也都是"清、真、细"的。尤其是郁达夫，无论是《薄奠》里北京平则门外的晴空远山，还是《小春天气》中陶然亭边的芦荡残照，都浸透了作者的淡淡忧伤，达到了情景交融的境界。这些写景文字所展示的，一般不是仅仅具有客观意义的自然背景或孤立存在的景物，而是作者内心情感的投射和他们偏于飘逸的审美趣味的自然流露。喜欢把大自然写成淡的、静的，甚至是空灵的，这种风格当然又是由于受到了中国古典山水诗里面的传统趣味的浸润。

其实岂止审美趣味，就是对于自然美的感受方式，现代浪漫主义者也受到了古代山水诗的深刻影响。中国文化强调天人合一，要求从人与自然的统一中来探索人生根本问题的解决，规范审美的态度。后来佛教传入中国，进一步发展出了一套直觉、禅悟之类的审美范畴，直接促成了魏晋山水诗的兴起。这种审美方式跟西方的强调人与自然对立的文化背景中发展起来的审美方式有所不同,其特点就是从人与自然相互融合的角度来发现自然的内在之美,而不是从人与自然的冲突中表现人对自然的征服。这使中国古代山水诗中的自然之美成了人的内心生活的生动图景,不仅可以从中看出情感的投影,而且可以把捉住人与自然交流的过程。这种审美态度显然直接为中国现代浪漫主义者所继承,即使是经历了个人与社会对立的五四浪漫主义者,当他们从大自然寻找精神寄托的时候,也大多是把大自然当作心灵交流的对象,从情景的相互激荡中展现自然之美的。如郁达夫虽然充满了孤苦颓伤的情绪,但一旦写到大自然的景物,他笔下就会焕然一新。他不是在客观如实地描摹景色,而是打通主客观的界限,从主体和客体的相互交融中发掘对象所激起的主观感受,因而这时大自然所呈现的图景,是流动的、变幻的,一如主体的情绪的变化;一草一木都具有人的灵性,而且归趋于澄清透明、安详宁静的美的情调。这种写景的风格,包括审美趣味和审美方式,很明显受到了中国传统山水诗的影响。

传统文化对现代浪漫主义文学思潮的影响,当然还可以从别的方面来概括。比如相似的"悲秋"主题、共通的感伤情调、庄子式的自由超迈的想象、屈原式的浪漫激情,等等,这些都不难从古代和现代作家身上找到相应的例证,并且可以指出它们彼此的特定的文化背景。其实,只要一个民族本身不消亡,它的文化的延续是不以人的意志为转移的,不管这种延续采取了何种方式。台湾学者林毓生认为:"思想必须有丰富的根据,价值观念不能整体地创造,我们只能根据另外一些价值批判某一个价值,所以价值的系统是一个演化的系统,而不是一个唯理或先验的系统。"①这意思是说价值观的演变是连续性的,即使是在巨大的历史变革时期,人们也只能用其中的一些价值来批判另一些价值,因而批判的过程既是新生的过程,同时又是延续的过程。这里的根本问题在于,我们不可能在文化真空中进行文化批判。人的思想和想象必须有所依凭,而你所依凭的东西又只能从既存的文化(传统)中取得。即使是引进外国的文明,也离不开对它的取舍,而取舍就与人的态度有关,人的态度则必然有一个民族传统文化的背景,就是说,我们必须用传统所给予的价值准则乃至语言工具对外来文明进行加工和介绍,这就不可避免地要打上传统文化的烙印。因此,仅仅看到传统文化对现代浪漫主义思潮的影响是不够的,更重要的是指出这种影响所起的作用,从而能够深刻领悟它对于现代浪漫主义文学思潮的意义。

概括起来,民族传统文化对于中国现代浪漫主义思潮的影响和作用表现在两大方面。第一,为吸收外来文明提供内在的依据,或者为改造外来文明提供某种准则。卢卡契说得好:"任何一个真正深刻重大的影响是不可能由任何一个外国文学作品所造成,除非在有关国家同时存在一个极为相似的文学倾向——至少是一种潜在的倾向。这种潜在的倾向促成外国文学影响的成熟。因为真正的影响永远是一种潜力的解放。"②这是说,外来的影响之所以起作用,主要是因为这种影响与本国的"潜在倾向"产生了

---

① 林毓生:《中国传统的创造性转化》,三联书店1996年版,第54页。
② 卢卡契:《托尔斯泰和西欧文学》,《卢卡契文学论文集》(二),中国社会科学出版社1981年版。

某种共鸣。因此,包含着本国传统文化典范的"潜在倾向"事实上就制约了对外来文明的读解,进而规定了吸收外来文明的重点、范围,也规定了外来文明的影响所能达到的深度。中国古代文学中有山水诗的深厚传统,因而中国现代浪漫主义者对西方浪漫主义的"回归自然"的口号特别敏感。中国古代的名士风流,使中国现代浪漫主义者受西方"殉情主义"——感伤主义的影响特别深。中国的老庄哲学和美学思想对文人很有影响,所以郭沫若遇见斯宾诺沙、歌德的泛神论便一见如故。这些说明,接受外来的影响,必有一个民族传统文化的背景作为依据。同时,民族传统文化又为拒斥那些与它难以相容的外来文明或者对这些外来文明加以改造提供了准则。拜伦作为一个富有反抗精神的英雄,受到中国现代浪漫主义者的热烈唤呼,尤其是在五四时期。但在中国,拜伦实际上已被作了重要的改造。李欧梵曾经把拜伦式的英雄概括为一个复合体,其中有儿童般的天真、英雄般的激情、浮士德式的叛逆、该隐那样的流氓、撒旦似的花花公子,以及反社会反上帝的贰臣。但在中国,拜伦身上的淫荡、放纵、虐待狂、对人生的深刻绝望的一面被有意无意地掩盖了,只留下他对庸俗社会的彻底叛逆和反抗,就像茅盾说的:"有两个拜伦:一个是狂纵的,自私的,偏于肉欲的;一个是慷慨的,豪侠的,高贵的","我们现在纪念他,因为他是一个富于反抗精神的人,是一个攻击旧习惯旧道德的诗人,是一个从军革命的诗人;放纵自私的生活,我们底青年是不肯做的。"①之所以"不肯做",除了时代的要

---

① 沈雁冰:《拜伦百年纪念》,《小说月报》第 15 卷,第 4 号。

求外，主要还是因为中国传统文化没有提供一个合适的背景，或者说这些被掩盖起来的道德品质与中国人一般所认同的道德准则难以兼容。由于同样的原因，中国现代作家在接受西方浪漫主义的影响时，还对其中的"回到中世纪"的宗教激情、对西方浪漫主义的过于怪诞的想象有所忽视。

第二，民族传统文化作为中西文化冲突中的重要一极与外来文明形成了一种张力，在彼此相生相克的过程中使自身得以更新，从而推进了中西文化的融合，推动中国现代浪漫主义思潮以波浪形的方式向着具有活力的民族传统回归。如果说五四浪漫主义思潮，由于它较多地接受了西方现代派文学，包括带有颓废倾向的唯美主义和世纪末思潮的影响，而且这种影响还来不及与中国民族传统很好地融合，因此它在艺术上还比较直露粗糙、不够精美，那么到30年代田园浪漫主义兴起，在它艺术上趋向精致优美的同时，也意味着中国现代浪漫主义思潮在向传统回归。这种"回归"，很大程度上体现了中国传统文化中佛道两家的人格理想和审美观念的潜在影响。中国文人历来深受道家和佛家的人生观和审美观的浸染，养成了孤芳自赏的人格理想和宁静致远的美学趣味，尤其是在乱世中往往把它们作为自我拯救的精神动力。在30年代的特殊环境中，一部分采取了自由主义立场的浪漫主义者在他们疏远时代、退居边缘的过程中，按照自古以来中国文人的通常方式接近了道家的清净和佛家的空灵，从而把现代浪漫主义思潮引向了民族的传统。但同时又不能不看到，这些田园浪漫主义作品所表达的并不是古老的佛道思想和审美趣味的翻版，因为在这些作品所标榜的理想中已经注入了现代人的个性意识和自由观念。这意味着，30年代的田园浪漫主义既是向传统的回归，又是朝现代化方向的发展；它既是对五四浪漫主义的超越，又是对古代佛道思想和审美趣味中的封建性内容的有效扬弃。

如果说从五四浪漫主义到30年代的田园浪漫主义，在协调中国现代浪漫主义思潮与中西文化的关系方面完成了一正一反的一个相对完整的否定之否定的过程，推进了中西文化的融合，那么这一融合的过程还远没有到此为止，而是尚有待于新的正、反运动把它继续引向深入。这一不断深入的过程，大致说来，就是40年代的新浪漫派小说和70年代末80年代初浪漫主义思潮的再次回归中所表现出来的倾向。40年代的新浪漫派小说，再次以相当开放的态度吸收西方的自由民主意识和现代派文学的成分。可以说，这是对于30年代田园浪漫主义思潮向传统回归的一个"否定"，虽然它同时又存在着向民族的传奇文学风格靠拢的潜在倾向。经过这一次否定之否定，中西文化的融合又被大大地推进了一步。到七、八十年代之交，由于"朦胧诗"和知青浪漫主义小说的出现，中西文化的融合显然又一次被引向深入。经过这几次否定之否定——经过浪漫主义思潮的不同形态的转换，外来文明得到了改造，民族的文化传统获得了新生，中国现代浪漫主义思潮因而不断地被赋予了民族的特点，同时又不断地强化了它的现代的性质。换言之，这是中国现代浪漫主义文学思潮不断实现民族化的历程，同时也是它以民族化的风格向世界展现自身，以真正平等的姿态朝世界文学靠拢，并与之接轨的现代化的伟大实践。

结语：浪漫主义在现代中国的命运

中国现代浪漫主义的命运，是跟个性主义思潮在历史进程中的地位相关的，与人们是否普遍地尊重艺术规律、允许作家充分地发挥创作个性密切联系在一起的。如果自我表现的、主情的艺术倾向能被时代接受，浪漫主义者的创作个性得以充分地发挥，浪漫主义思潮就会发展壮大；反之，它就会遇到重重阻力，经历种种曲折。中国现代浪漫主义思潮的高峰在五四，因为个性解放的思潮只有在五四才是占主导地位的社会思潮。时代呼唤着反封建，浪漫主义者一切从保守观点看去大逆不道的艺术描写和惊世骇俗的言论都成了时代精神的生动体现，引起了广泛的共鸣，因而他们的创作心态是充分自由的，他们的影响超出了浪漫主义的范围。不过，由于中国社会的特殊情况，个性解放的要求与时代精神总体一致的时期在五四以后不再重现了，所以浪漫主义思潮在此后的发展一波三折，有时甚至步履维艰。

当然也有少数例外。比如抗战时期的重庆，郭沫若接连写了六部浪漫主义的历史剧,影射现实政治,同时他重新肯定了浪漫主义的积极意义。这象征浪漫主义思潮继五四以后又一次在文坛占据了引人瞩目的地位,对于郭沫若本人来说,则意味着他迎来了创作的第二个高峰。对于这一浪漫主义思潮重新回归的现象,如果单纯地从作品的政治主题或作者的"自我表现"的方面着眼,都很难作出令人信服的解释,只有把两方面联系起来,即看到这是在国民党消极抗战的特殊背景下,郭沫若基于他个人的浪漫气质与中国人民抗击日本侵略者、反对国民党倒行逆施这一关系到民族生死存亡的时代主题取得了一致,才能说清楚包含个性主义的浪漫主义这时为何又在文坛重振。说穿了,那是因为郭沫若这时的悲愤既是个人的,又代表了全国民众的心声;他争取的既是个人的自由,又是在完成时代提出的庄严使命。一句话,个人的视界、个人的激情和独立的艺术追求,这时再度拥有了突出的反封建功能,为时代所认可,浪漫主义思潮这才获得了回归所不可少的外部条件。

一旦主观视角、个人的激情、独立的艺术追求被相当普遍地看作不符合特定的政治需要而遭到抵制时,浪漫主义思潮事实上只有两条出路。一条是从社会的中心位置退向边缘,通过疏远时代,避免与环境的冲突来扩大作家个人心理自由的空间,从而得以坚持浪漫主义的创作方向。这是20年代末30年代前期的沈从文、废名和40年代的"新浪漫派"小说家所选择的道路。当"边缘"也不复存在的时候,这种形态的浪漫主义就只能归于寂灭。另一条便是让浪漫主义与政治联姻,这产生了政治化的浪漫主义。

政治化的浪漫主义源于蒋光慈，这是因为蒋光慈比别人更早地同时拥有了革命家和浪漫主义者的双重身份，并使两种角色统一起来。蒋光慈在《十月革命与俄罗斯文学》一文中写道："革命是最大的浪漫谛克"，"革命就是艺术，真正的诗人不能不感觉得自己与革命具有共同点"。这是因为革命是改天换地的斗争，在革命的"怒潮"中诗人必能寻找出自己"所要求的、伟大的、神圣的"一切，能听到"欢畅动人的音乐"。但他同时又表示，革命也要致力于建设，一旦到了建设阶段，就需要"理性"和"计划"。他批评俄罗斯浪漫主义诗人布洛克看不到这一点，只一味地要求急风暴雨式的斗争生活。他说："革命后一些建设的琐事，我们的浪漫谛克没有习惯来注意它们，而自己还是继续地梦想着美妙的革命的心灵，还是继续地听那已隐藏下去的音乐，还是继续地要看那最高涨的浪潮……但是为着要建设文化达到目的起见，革命不能与布洛克再走一条路了。"蒋光慈虽然批评了"左"倾幼稚病的狂热，但看得出他是倾向于把"革命"与浪漫谛克在不满足于现状、呼唤变革、追求刺激这一点上等同起来的。在20年代后期，他首创"革命+恋爱"的模式，就反映了这种把革命与浪漫主义调和起来的意图。不过，蒋光慈毕竟是个富于浪漫气质的诗人。他对革命的向往和对理想的追求是真挚的，因此他的作品包含着巨大的热情，这在一定程度上补救了概念化、公式化的缺陷，比起后来的效仿者在艺术上有较多的可取之处。

创造社"转向"以后，浪漫主义在左翼文艺界便处于被封杀的地位，直至周扬1933年11月在《现代》第4卷第1期发表《关于"社会主义的现实主义与革命的浪漫主义"》一文，联系现实主义问题对浪漫主义作出新的评价，情形才发生些微变化。重新评价浪漫主义的背景是苏联文艺界清算了"拉普"路线，提出了"社会主义现实主义"的创作方法。社会主义现实主义要求以发展的眼光描写现实、表现理想。它不排斥浪漫主义，而是要把浪漫主义作为一种因素吸收到现实主义创作方法中来，如高尔基所说："现实主义和浪漫主义精神必须结合起来。不是现实主义者，不是浪漫主义者，同时却又是现实主义者，又是浪漫主义者，好像同一物的两面。"① 周扬的文章及时反映了苏联文艺界的这一动向，同时也针对着国内文艺创作力萎缩的实际问题。他力图通过重新评价浪漫主义，使现实主义创作方法吸收浪漫主义的热情和理想的成分，推动文学创作向表现革命理想的方向发展。他写道："对人生的积极面作深刻透视"的同时，应该多发现"在时代的发展上具有积极意义的方面"，增加"可以令人欢欣鼓舞的浪漫的英雄的气概"和"可歌可泣英雄壮烈的事实"，"这就有赖于丰富的幻想"，以形成"照耀现实，充满现实"的"浪漫性"。② 为此，他特别推崇高尔基那种具有"积极的，战斗的性质"的浪漫主义。③ 周扬联系社会主义现实主义提出"革命的浪漫主义"的概念，事实证明它具有深远的意义，这就是改变了浪漫主义的性质，把本来崇尚"自我表现"的浪漫主义改造成为表现革命理想和英雄气概的革

---

① 中国科学院文学研究所苏联文学组编：《苏联作家论社会主义现实主义》，人民文学出版社 1960 年版，第 6—17 页。
② 周扬：《现实的与浪漫的》，《周扬文集》第 1 卷，人民文学出版社 1984 年版，第 125—127 页。
③ 周扬：《高尔基的浪漫主义》，《周扬文集》第 1 卷，人民文学出版社 1984 年版，第 132 页。

命浪漫主义。"浪漫主义"前面加上"革命"两字，就意味着它所展现的理想已不再是个人自发的理想，而是符合人民大众根本利益的集体主义的理想，它的正确性在当时被认为是必须依据经典理论所阐述的原则，并结合现实斗争的需要来确定，因而它实际上也是反对情感自由而崇尚理性精神的。这到了《讲话》，便形成了文艺家转变立场、改造主观世界的系统理论。

从浪漫主义发展到革命浪漫主义，是浪漫主义思潮向政治化方向迈出的一大步。这在新民主主义革命时期，应该说是从政治上适应了人民大众对于文学的要求，发挥了文学的战斗作用，虽然从文学自身的角度看，它带来的创作实绩基本上是在现实主义描写中加上一截"光明的尾巴"，没有产生具有独特艺术价值的经得起时间考验的佳作。原因并不复杂，就因为浪漫主义的风格本质上是作家的浪漫气质使然的东西，若离开作家创作个性的充分发挥和主体精神的高扬，只片面地强调表现由理性精神所规定的"浪漫的英雄的气概"和"英雄壮烈的事实"，它就既难以达到现实主义反映生活的深度，又压抑了作家的"自我"，使浪漫主义的表现力度大打折扣。由此获得的"浪漫性"，充其量只是一些刻意制造的传奇性故事，苦心经营的激情、技巧上的夸张和幻想，而这些都不外是理性的产物，恰恰违背了浪漫主义文学要获得成功所必须遵循的感情自然流露的原则。

新中国成立以来，进入了现实主义一统天下的时代。人们用"现实主义"和"反现实主义"来为文艺作品定性：现实主义是进步的、革命的，"反现实主义"是反动的、反人民的。毛泽东 1957 年发表诗词，并于 1958 年春提出"革命现实主义和革命浪漫主义相结合"的创作方法，浪漫主义这才再度恢复了名誉，成为文艺界普遍关注的重要话题。郭沫若读了毛泽东的诗词后写道："我个人特别感着心情舒畅的，是毛泽东同志诗词的发表把浪漫主义精神高度地鼓舞了起来，使浪漫主义恢复了名誉。比如我自己，在目前就敢于坦白地承认：我是一个浪漫主义者了。这是三十多年从事文艺工作以来所没有的心情。"他的欢欣之意溢于言表。但仔细思考，郭沫若此时所理解的浪漫主义已不是他五四时期所信奉的浪漫主义，而是"革命的浪漫主义"，因为他明确肯定"马克思列宁主义为浪漫主义提供了理想"，认为"中国的浪漫主义没有失掉革命性，而早就接受到明确的理想"。① 他回避了"自我表现"的问题，只把浪漫主义等同于理想主义，而且这理想不是个人经由自我的体验形成，而是由书本规定好了的，这样的浪漫主义显然也是理性化的，换言之，就是政治化的浪漫主义。郭沫若要待毛泽东给浪漫主义恢复名誉之后才敢承认自己是个浪漫主义者，恰恰说明他这时其实已不是一个心灵自由的浪漫主义者，至多算个政治化的浪漫主义者。

必须指出的是，"革命浪漫主义"本来应该是一个真正促进浪漫主义创作的口号。无产阶级革命就其基本性质而言，是为了解放全人类，并最终全面地实现人的自由本质，它不抹杀个人的价值，因而朝着这一根本方向的"革命浪漫主义"完全可以按照艺术的规律，允许作家充分发挥个性，用"自我表现"的手法谱写绚丽的浪漫主义篇章。但由于指导思想上犯了"左"的错误，"革命浪

---

① 以上所引均见郭沫若的《浪漫主义和现实主义》一文，1958年7月《红旗》第3期。

漫主义"事实上成了一个妨碍创作的教条主义的口号。这在后来提出的"两结合"创作方法中表现得尤为突出。

"两结合"创作方法是"大跃进"的产物，唯一可能印证"两结合"创作方法的是"大跃进"新民歌。"两结合"创作方法的提出与新民歌所反映的神话般的"现实"密切相关，周扬在八届二中全会上以《新民歌开拓了诗歌的新道路》为题所作的报告也把新民歌作为"两结合"创作方法的范例，称它"开拓了民歌发展的新纪元，同时也开拓了我国诗歌的新道路"。新民歌所反映的群众在"大跃进"中的"革命干劲"和"生产创造热情"既是真实的，又是盲目的，它反映了在新社会当家作了主人然而还缺少科学精神训练的劳动者最可宝贵的品质和最为根本的弱点。事实证明，动用组织手段搜集起来的数以亿计的新民歌其实很少有成功的作品。这一切显然只能证明"两结合"创作方法的不成功。

最早传达"两结合"创作方法是的周扬[1]。率先结合文学史论证"两结合"创作方法可以成立的是郭沫若，不过郭沫若倾向于认为"两结合"创作方法就是社会主义现实主义，即其中的革命浪漫主义主要是作为现实主义中的理想因素而存在[2]。最早对"两结合"创作方法提出不同看法的是茅盾。茅盾1961年8月31日在河北省的一次座谈会上表示："历史上的伟大作家的全部著作中确有基本上是浪漫主义但也有现实主义，或者基本上是现实主义但也有浪漫主义这样的情况存在，可是，一部作品中'两结合'的

---

[1] 周扬：《新民歌开拓了诗歌的新道路》，1958年6月《红旗》创刊号。
[2] 郭沫若：《浪漫主义和现实主义》，1958年7月《红旗》第3期。

情况，是不存在的。""更不会有'革命的浪漫主义与革命的现实主义'相结合的作品了。"茅盾在当时的条件下不得不表示正期待着在新时代能够产生"两结合"的成功范例，而真正的用意则是要"评论家对'两结合'的尺度可以放宽些"，不要"作肤浅的了解，把它庸俗化"。① 茅盾的观点反映了60年代初中央开始纠正"大跃进"的失误这一新的历史背景。

不过由于众所周知的原因，"两结合"的提法此后一直含糊地沿用了下来，这表明它依然代表着一种思潮。直至新时期初有人公开对此表示质疑，还引发了一场关于"两结合"创作方法的热烈讨论。这场讨论充分暴露了一些人头脑僵化和教条主义思维方式的特点。他们从观念到观念，而不是从事实到事实，竭力要证明"两结合"是科学的崭新的方法，仿佛创作方法不是作家根据自己的创作个性和对象的特点自觉选用的，而是由理论家对某一先验的预设进行逻辑证明，交给作家照办即能产生伟大作品的东西。事实无情地嘲弄了这种教条主义。正当一些理论家义正词严地为"两结合"辩护时，作家们已经走到前头，写出了许多突破了"两结合"框框的佳作，就像冯牧说的，许多人对"两结合"的提法早已没有多大兴趣，因为"'两结合'的创作方法的提出，带有一种先验的性质，先有这种主张，再让大家去实验。而三十年的实验结果，没有让大家高兴的满意的成果，多半都是生拉硬扯解释，说得都相当勉强和生硬"②。

---

① 茅盾：《五个问题》，《河北文艺》1961年10月号。
② 冯牧：《关于中国当代文学教材的编写问题》，见陆梅林主编的《新时期文艺论争辑要》，重庆出版社1991年版，第1141页。

稍后迎来了以郭小川、贺敬之为代表的政治抒情诗时代。这种诗体产生于50年代，到60年代独领风骚，成为诗歌主潮。它的特点是贴近现实政治，作者以阶级代言人的姿态向人们阐述重大的政治命题，具有很强的政论色彩，包含雄壮的革命豪情。贺敬之在《郭小川诗选》英译本序言中这样写道："诗人的'自我'跟阶级、跟人民的'大我'相结合。'诗学'和'政治学'的统一，诗人和战士的统一。"他认为这就是"革命的浪漫主义"。而"积极的、革命的浪漫主义对一个民族的文学，特别是诗歌的发展来说，绝不可能、也不会是可有可无的东西"，因为它"给人以震撼人心的雷霆万钧的力量"。① 郭小川、贺敬之写过一些好诗，但他们的政治抒情诗总体上看是大而空洞的。在一切都被政治化的年头，这类诗有一些新鲜感，产生了巨大的影响，但它们凭借的是政治本身的力量，而不是艺术的魅力。随着这些诗的政治主题逐渐成为常识或被证明为谬误，它们就不再能够像作者所预期的那样"震撼人心"了。其实，诗，尤其是浪漫主义的诗，若离开诗人个人的体验和内心自然产生的激情，只凭政治的热情和技巧上的雕琢堆砌一些豪言壮语，是不会有长久生命力的。诗人需要一种普遍而深沉地关注人生的眼光，需要执着于自己的信仰、陶醉于自己的幻想的那一份天真，这才有可能写出动人的诗章。过分地贴近政治，盲目地追赶"革命"的潮头，使这些政治抒情诗随着政治的变幻而不断地出现了问题。

不过，在政治化浪漫主义思潮盛行之时，浪漫主义创作也曾

---

① 贺敬之：《漫谈诗的革命浪漫主义》，《文艺报》1958年第9期。

有过成功的个例，这就是毛泽东诗词和郭沫若的历史剧《蔡文姬》。

《蔡文姬》为曹操翻案，体现了郭沫若对40年代历史剧浪漫主义风格的继承。作者说："蔡文姬就是我，是照着我写的"，其中"有不少关于我的感情的东西，也有不少关于我的生活的东西"①。郭沫若对此没作具体说明，但作品里蔡文姬与儿女生别之苦，她为继承父亲遗志忍痛归汉，回汉路上对儿女的思念之情，她在父亲墓前剖心沥胆的哭诉，这一切写得如此真切感人，联系到郭沫若抛妇别雏、回国抗日的个人经历，人们不难意会他所称的"有不少关于我的生活的东西"指的是什么了。在创作中投入"自我"，这本是浪漫主义者的一贯风格。郭沫若当时虽然已接受了政治化的浪漫主义的原则，但作为一个五四浪漫主义运动的先驱，他一旦承认了自己是个浪漫主义者，又会很自然地遵循"自我表现"的浪漫主义原则。这是郭沫若比同一时期许多标榜为革命浪漫主义的作家高明的地方，也是《蔡文姬》至今仍具有艺术魅力的奥秘所在。

毛泽东的诗词与其说是"两结合"创作方法的范例，不如说是革命浪漫主义的成功实践。作为一位伟大的政治家，毛泽东天生具有浪漫气质，从来追求的是理想与现实的完美融合。"不拘成规，富于想象，是毛泽东特立独行，一生进取，富有天才创造魅力的人格内容。一方面，他比中国革命史上任何书生型的政治家都能设计一条实实在在的民族解放大道，另一方面，他又比谁都

---

① 郭沫若：《蔡文姬·序》，《郭沫若剧作全集》第3卷，中国戏剧出版社1982年版。

浪漫超脱，以诗人的想象和情怀关注人生、自然、宇宙的一些根本问题。一步入诗的王国，他复杂的个性，精微的感觉，奔突的思想，便有一种遏止不住的升华。理智和情感，现实与未来，时间和空间在这个王国里似乎都可以获得默契的沟通。诗人以及思想家是自由的洒脱的，他可以驰骋想象，直面永恒和无限的时空，满怀热情地关注人类追求的终极价值和终极理想。政治家则相对地不自由，他不能须臾离开现实原则，他承担着巨大的历史责任，他每作出一个决断，都会感到同他的地位一样大小的压力。毛泽东的伟大和成功，就是因为在漫长的革命和建设征途中，长期地保持了诗人和政治家这两种角色的平衡，很好地解决和处理了现实的务实精神同浪漫的理想这两方面的对立统一关系。50年代末期和60年代中期以后，这种平衡关系开始打破。诗情描绘和政治实践的区别，理想与现实、想象与理性差异，在毛泽东的头脑里变得模糊起来。他自觉不自觉地要人们消化掉一些诗人和思想家可以凭愿望想象，而历史的实际进程却难以一下子解决的问题。过于热情的想象为他所理解并描绘的像'大跃进'、人民公社这样的社会实践，染上了几分悲剧色彩。"[1]1958年1月16日，他在南宁会议的讲话中要求领导干部学点文学："古文、今文都可。一次读几遍，放起来，然后再看。"搞文学也应有重点，"光搞现实主义一面也不好，杜甫、白居易哭哭啼啼，我不愿看，李白、李贺、李商隐，搞点幻想。我们建党以来，几十年没正式研究过这问题"。他这时希望全党来研究的是"幻想"。

---

[1] 陈晋：《毛泽东与文艺传统》，中央文献出版社1992年版，第218—219页。

1959年庐山会议期间，他从另一个角度剖析了自己的性格，"提倡敢想敢干，确引起唯心主义。我这个人也有胡思乱想。"①这种喜欢幻想的性格，对于政治家也许是一种缺点，对于一个浪漫的诗人却未必不是优点。正是凭着喜欢幻想的性格，毛泽东写出了一些文情并茂的诗篇。作为一个浪漫的诗人，毛泽东拥有无与伦比的才气，雄视古今的气魄，革命理想和个人豪情相一致的完整人格，可以任"自我"尽情表现，幻想自由地驰骋，这一切使他信手拈出的诗词皆成绝唱。毛泽东诗词是浪漫主义文学的一朵奇葩，它的一枝独秀又反衬出新中国成立后浪漫主义文学一片萧瑟的状况。这恰恰表明浪漫主义有一个基本的前提：作者必须拥有知、情、意和谐统一的完整人格，必须具备有利于他表现"自我"的自由的创作心态，舍此则浪漫主义创作只会走上歧途。

综上所述，可以说新中国成立后不存在浪漫主义思潮的观点是不符合历史事实的。且不论新时期浪漫主义思潮的再度复兴，即使此前的革命浪漫主义也是一种有别于现实主义和现代主义的独特的浪漫主义形态，虽然它存在着诸多问题，少有经得起时间检验的佳作，后又蜕变为伪浪漫主义。但这种情形同时也说明浪漫主义思潮在中国没有充分发育成熟。它总是变来变去，时起时伏。在这种坎坷的命运背后，则是它始终难以摆脱的两难处境，即既要争取个性解放和心灵自由，又要承担社会革命的使命。当个性解放与社会革命能够统一时，它就有较好的发展势头；一旦两者不相适应，浪漫主义思潮的发展就会受到阻碍，甚至陷入

---

① 陈晋：《毛泽东与文艺传统》，中央文献出版社1992年版，第219页。

困境。

这种困难处境和奇特的命运反映了中国现代社会的复杂性，而且牵涉范围相当广泛的问题。与整个20世纪的背景相关的以下几个方面应特别引起注意：

第一，中国革命的主力军是农民，农民中蕴藏着巨大的革命潜力，可他们文化水平低，又有小生产者的种种弱点，因而教育农民，使他们掌握先进的思想是个重大的问题。这方面，文艺承担着重要的责任，因为文艺的形象性和寓教于乐的特点使它所包含的思想观念比起抽象的理论文章来更易为文化程度不高者所接受。强调革命文艺的宣传功能、教育功能和通俗化、大众化，要求革命文艺配合政治任务乃至某一项具体的政策，就因为革命文艺事实上承担着主要向农民群众宣传革命思想、激发其革命热情的使命。在这样的大格局中，"自我表现"的浪漫主义文学能起什么积极的作用呢？小资产阶级的"自我表现"，群众不喜欢看，浅吟低唱的调子会涣散革命的斗志，艺术上的高雅精致超过实用的限度，就成了精神贵族的奢侈品。总之，"自我表现"的浪漫主义文学永远难以做到通俗化、大众化，它的主情倾向和非理性的性质使它的主题呈现出模糊性，而且常逸出某种理论所认可的范围，因而对于宣传群众动员群众不仅无益，反而有害。这样，它的时运不济也就毫不足怪了。只有到全民的文化素质普遍提高，人们的思想观念的改变真正是一个自觉自主的过程，不必简单地仰仗文艺宣传的时代，文艺的宣传教育功能才会淡化，而它的审美功能和娱乐功能则相应地加强。这时，人们更看重的是美，是情感的真挚，是作家人格的高贵，是心与心的交流，因而主情的浪漫主义文学才有了存在和发展的群众基础。西方浪漫主义思潮在半个世纪的时间里席卷差不多整个欧洲，产生了许多经典之作，是跟它处于文化比较发达、文艺不必直接承担宣传使命的人文环境相关的，是跟它的"自我表现"、个性解放精神与社会革命的方向一致相关的。中国不具备这样的条件，而当后来历史提供了某种机遇时，又由于指导思想上的失误，没有让文艺的功能及时地从注重宣传教育向审美娱乐的方面调整，以致它长期充当阶级斗争的工具，所以浪漫主义不发达乃至被扭曲，是难以避免的。

　　第二，在20世纪的大部分时间里，中西文化的发展存在时代差异。西方浪漫主义是继启蒙运动之后以反对新古典主义的姿态出现的，它是西方社会内部矛盾运动的产物。随着各种矛盾的进一步发展和理性主义的重新抬头，它自然地被新起的批判现实主义文学思潮所取代。这样，各种文学思潮在西方呈现很明显的前后继承和彼此区别的阶段性。然而，中国的情况不同。中国现代浪漫主义思潮的兴起比西方落后了一个世纪，并且深受西方的影响。因而当中国现代浪漫主义思潮兴起之时，它要同时接受西方在这一百多年间所产生的各种文艺思潮的影响。不同的影响相互交叉、相互渗透，并与中国的传统结合在一起，使中国现代浪漫主义不如西方的那么"纯粹"。五四浪漫主义已掺杂了一些被称为"新浪漫主义"的现代派的因素。20年代后期，以成仿吾、王独清、穆木天为代表的创造社一部分成员在政治上向左转的同时，艺术上开始向现代派倾斜。当新时期初浪漫主义再次复兴，面临一个大好的发展机会时，又受现代主义思潮的影响，一开始就带上了现代派的色彩，而且它不久又整体性地消融在现代派的浪潮里了。由于浪漫主义与现代主义在艺术精神上有很深的亲缘关系，在现代主义的冲击下，它难以彻底地坚持自己独立的艺术个性，常常很不稳定，滑向现代派，这是造成中国现代浪漫主义命运不济的一个不容忽视的原因。

第三，30年代田园牧歌型的浪漫主义思潮向中国传统的佛道文化靠近，这起因于浪漫主义势单力薄、处境不妙，但反过来又使田园牧歌型的浪漫主义变得更为软弱无力。佛家出世，道家尚柔，作为人生哲学两者柔韧有余，刚烈不足。因而体现了佛道精神的田园浪漫主义在烽火连天的岁月，虽然留下了不少表现人性和美的优秀作品，却不可能以迎接挑战的姿态造成一个足以影响整个时代的文学潮流。

第四，"左"倾政治路线的干扰，是影响浪漫主义思潮发展的最为关键的因素。本来，文学多少与政治有关，但这不能作为"左"倾政治直接粗暴地干涉文学的借口。因为文学的政治倾向是基于文学家对人生和社会的基本观点自然地形成和表现出来的，当"左"倾政治向文学指手画脚，施加种种限制时，文学，尤其是浪漫主义文学就遭殃了。"左"倾政治对浪漫主义文学危害最大的是限制后者表达真情。它把个人的美好感情、人间的真情统统斥为资产阶级、小资产阶级的情调，留下来要文学表现的只有"阶级情"，而这阶级情又是由一些人根据政治的需要规定好了的。这就逼着文学家要么出卖自己的良心，要么写些应景的概念化的文章，一切不愿遵命而又不想自找麻烦的文学家只得搁笔。"左"倾教条主义者对真情的惧怕不是没有原因的。人的感情本来是人性中最为活跃的因素，它基于愉悦的原则随时随地准备突破理性的束缚，因而是冲击一切既定道德规范和社会秩序的内在力量。封建统治者用礼教规范人情，把"发乎情，止乎礼义"当作一种很高的道德境界；发展到宋明理学，进一步走向"存天理，灭人欲"的极端，就是因为"情"是最不可靠、最"危险"的因素。不过，用礼教限制了人情、束缚了人性，虽然社会得到了暂时的安定，但它的活力和发展前景也随之葬送了。极左政治以"革命"的名义所做的，实际上就是封建统治者一直在做的事情，即在整个思想领域建立起一个由绝对意志统领一切的局面，不允许有任何个人的观点、个人的情感、个人的表情达意的方式存在。而一旦没有了个人的观点、个人的情感和个人的表情达意的独特方式，浪漫主义文学也就寿终正寝了。

值得注意的还有在这种政治气候中形成的一些关于浪漫主义的观点，模糊了人们对浪漫主义的认识，也在相当程度上影响了浪漫主义思潮的发展。这些观点大致包括：浪漫主义的本质是表现理想，浪漫主义的根本特征是幻想性、抒情性、传奇性，等等。

浪漫主义的确表现理想，但这理想是朦胧的，没有具体规定性的一个彼岸，一般只作为美的象征鼓舞人们朝此不懈地追求。一旦浪漫主义的理想有了具体的内容，认为它可以在某个时候变成现实，如"大跃进"新民歌所歌咏的那种吃饭不用钱的理想，浪漫主义就庸俗化了，成了上文所指出的政治化的浪漫主义。

把浪漫主义等同于理想主义，其中有苏联文学思潮的影响在内。20年代后期，苏联有人借马克思、恩格斯批评过席勒等浪漫主义作家之事而大反浪漫主义。30年代初高尔基为了替浪漫主义争一席之地，提出社会主义现实主义创作方法中包含理想的因素，认为文艺家"一方面不要闭眼不看反面现象，另一方面却要强调指出正面的现象，从而把它们'浪漫主义化'"，而这样的浪漫主义，"是抱有信仰的人们的浪漫主义"，"他们善于站在现实之上，敢于把现实看成原料，从不好的材料中创造出合乎愿望的很好的东西来"。① 法捷耶夫也认为社会主义的文艺既不能离开现实的基础，又不能脱离先进理想的指导，否则"浪漫主义和现实主义原则的分裂，对两者皆不利：现实主义受到损害，浪漫主义也受到损害"②。高尔基等人的观点传入中国，中国左翼文艺界为浪漫主义部分地恢复了名誉。周扬最早介绍社会主义现实主义的那篇文章，题目就是《关于"社会主义现实主义和革命的浪漫主义"》。他将浪漫主义提到突出的位置，批驳了把浪漫主义看作哲学上的"观念论"的错误观点，认为现实主义和浪漫主义相互渗透有文学史的证据，因而真正的现实主义都不应排斥浪漫主义，社会主义现实主义更应包括革命的浪漫主义。周扬的这一观点成了他后来大力宣传毛泽东提出的"两结合"创作方法的思想准备。但很明显，高尔基等人为浪漫主义争取一点生存空间的努力，不可能突破社会主义现实主义的框框和当时教条主义者能够容忍的范围。高尔基将浪漫主义分成积极的和消极的两种：消极的浪漫主

---

① 高尔基致费·华·革拉特珂夫信(1925年8月23日)，《文学书简》下卷，人民文学出版社1965年版，第50—51页。
② 法捷耶夫：《论文学批评的任务》，《文学理论学习资料》下册，北京大学出版社1982年版，第380页。

义——它或者粉饰现实，使人和现实相妥协；或者使人逃避现实，堕入到自己内心世界的无益的深渊中去。这明显打上了苏联那个时代"左"的烙印。中国左翼文学界受高尔基等人的影响，为了适应中国革命的实际需要，自30年代初开始就倾向于把浪漫主义与理想主义等同起来，用种种教条化的理想限制作家个人感情的抒发，忽视了浪漫主义的内在要求和艺术创作的特殊规律，因而也就在随后相当长时期内助长了把浪漫主义庸俗化的倾向。

浪漫主义是主情、重主观的，但不能因此认为凡抒情的就是浪漫主义。关键是浪漫主义文学中的"情"直接地产生于主体内在的生命体验，是浪漫主义者个人和着血泪的感悟，是他们"命泉中流出来的 strain，心琴上弹出来的 melody，生底颤动，灵底喊叫"①，一句话，是赤子之心的自然表现。浪漫主义文学的魅力，主要是赤子之心所具有的魅力；浪漫主义文学的局限，很大程度上也就是赤子之心的局限。当然，任何较为成功的文学作品都包含作者个人的感情，但比较而言，现实主义作品中的作者个人的感情是执着于现实的，围绕现实人生问题而呈现喜怒哀乐的种种情状，浪漫主义文学中的作者个人的感情则具有超越现实的倾向，即作者要摆脱现实关系的束缚，实现主体精神的自由，而不那么斤斤计较于功利得失。这只要比较杜甫和李白、鲁迅和郁达夫、艾青和郭沫若的风格，就能一目了然。因此，说到底，浪漫主义是一种浪漫的情感姿态，它源于作家、诗人的浪漫气质，并不是任何抒情的作品都具有浪漫的性质，更不是哪一个人能通过

---

① 郭沫若等：《三叶集》，亚东图书馆1920年版，第6页。

模仿或学习达到浪漫主义的境界。至于紧跟形势酝酿政治豪情的作品，与浪漫主义更是南辕北辙。因为这种豪情没有真实的"自我"，它迎合的是风向，考虑的是"正确"，服从的是与个人得失密切相关的"理性"，它不是真正发自内心深处的歌声。这样的作品也许显得气势磅礴，但实际却是虚张声势、矫揉造作，不会有长久的生命。

浪漫主义常使用幻想、夸张的手法，但幻想和夸张须以情感的真切、浪漫为基础。撇开情感的真切浪漫与主体精神的自由，仅仅把幻想、夸张当作一种技巧，那么它就可能起相反的作用。"大跃进"新民歌幻想之奇特、夸张之大胆可谓空前，却没有美感，原因就是缺少真切的情感。比如，"一个谷穗不算长，黄河上面架桥梁，十辆汽车并排走，火车驰过不晃荡"，"一朵棉花打个包，压得卡车头儿翘；头儿翘，三尺高，好像一门高射炮"。它们所表达的农民渴望丰收的心理，是非常现实的、功利的，一点没有浪漫的意味。谷穗与黄河大桥无论如何也没有可比性，棉花装得再多也不至于把卡车压得翘起头来，翘起头来像门高射炮，这卡车又不知如何开法？这表明诗的情感是虚假的。这样的奇特幻想和大胆夸张其实是特定历史时期浮夸风的反映，与浪漫主义毫无干系。

"浪漫"这个词与传奇有关，它最早在 17 世纪的英国使用，来源于法文单词 romant，即"浪漫故事"。这是一种中世纪的传奇故事，用本地方言而不是用拉丁文叙述。不过，如果仅仅把传奇性理解为故事的奇特，或者是异域情调，而不考虑情感的自由和浪漫的性质，那么传奇性就不一定是浪漫主义的特征。通俗小说无奇不有，但迄今还没有谁因此把通俗小说看作浪漫主义文学。艾芜具有异域情调的流浪汉小说一般认为具有浪漫主义的特色，但倘若仔细考察，不难发现这些小说反映的都是底层民众极为严峻的现实人生，而不是作者自我的浪漫激情的表现，因而也很难说它们是浪漫主义的。许地山的带有异域情调的小说，情况正与艾芜的相同。这意味着，不考虑浪漫主义的基本性质，仅凭异域情调就判定一部作品属于浪漫主义，这至少不是稳妥的做法。其实，异域情调是一个相对的概念，在此处的人看来具有异域情调，由故事发生地的人看来就无新奇之感了，而"浪漫主义"则毫无疑问是一个超越了地域界线的一般概念和一种具有特殊规定性的创作方法。

总之，浪漫主义具有抒情性、幻想性、传奇性诸多特征，但它们都是以情感的自由和浪漫为基础的。放逐浪漫主义对现实的超越和超越过程中的主体精神的高扬，幻想性、传奇性等特征就不再具有浪漫主义的意义，不再是浪漫主义的特征。用这样一些阉割了浪漫主义精神的个别特征取代完整的浪漫主义概念，并且把它们当作新的清规戒律，那同样会把浪漫主义引向歧途。

主要参考书目

〔德〕费尔巴哈：《基督教的本质》，商务印书馆1995年版。

〔英〕罗素：《西方哲学史》，商务印书馆1996年版。

〔丹〕勃兰兑斯：《19世纪文学主流》（1—6卷），人民文学出版社1984年版。

〔法〕列维·布留尔：《原始思维》，商务印书馆1981年版。

〔美〕艾布拉姆斯：《镜与灯——浪漫主义文论及批评传统》，北京大学出版社1989年版。

〔美〕萨拉·柯耐尔：《西方美术风格演变史》，中国美术学院出版社1992年版。

〔美〕E. 希尔斯：《论传统》，上海人民出版社1991年版。

〔英〕艾略特：《艾略特文学论文集》，百花洲文艺出版社1994年版。

〔法〕夏尔·波德莱尔：《恶之花》，漓江出版社1992年版。

周辅成编：《西方伦理学名著选辑》上、下卷，商务印书馆

1996 年版。

中国社会科学院外国文学研究所外国文学研究资料丛刊编辑委员会编：《欧美古典作家论现实主义和浪漫主义》(一、二)，中国社会科学出版社 1981 年版。

朱光潜：《西方美学史》上、下卷，人民文学出版社 1982 年版。

宗白华：《艺境》，北京大学出版社 1987 年版。

李泽厚：《中国近代思想史论》《中国现代思想史论》，安徽文艺出版社 1994 年出版。

敏泽：《中国美学思想史》(1—3 卷)，齐鲁出版社 1989 年版。

庞朴：《文化的民族性与时代性》，中国和平出版社 1988 年版。

柳鸣九等：《法国文学史》，人民文学出版社 1979 年版。

王佐良：《英国文学论文集》，外国文学出版社 1980 年版。

陈鼓应：《易传与道家思想》，三联书店 1996 年版。

刘笑敢：《庄子哲学及其演变》，中国社会科学出版社 1993 年版。

杨曾文校写：《六祖坛经(敦煌新本)》，上海古籍出版社 1993 年版。

黄河涛：《禅与中国艺术精神的嬗变》，商务印书馆国际有限公司 1994 年版。

林毓生：《中国传统的创造性转化》，三联书店 1988 年版。

孙昌武：《佛教与中国文学》，上海文艺出版社 1988 年版。

严家炎：《中国现代小说流派史》，人民文学出版社1989年版。

陆耀东：《20年代中国各流派诗人论》，中国社会科学出版社1985年版。

孙党伯：《郭沫若评传》，人民文学出版社1987年版。

郭志刚、章无忌：《孙犁传》，北京十月文艺出版社1990年版。

王富仁：《反封建思想革命的一面镜子》，北京师范大学出版社1986年版。

杨义：《杨义文存》(《中国现代小说史》上、中、下)，人民出版社1998年版。

钱理群等：《中国现代文学三十年》，上海文艺出版社1988年版。

黄侯兴：《〈女神〉时期的郭沫若》，陕西人民出版社1992年版。

黄曼君：《中国现代文坛双子星座》，华中师范大学出版社1993年版。

刘纳：《论五四新文学》，浙江文艺出版社1987年版。

龙泉明：《中国现代作家审美意识论》，武汉出版社1993年版。

陈思和：《中国新文学整体观》，上海文艺出版社1987年版。

许子东：《郁达夫新论》，浙江文艺出版社1983年版。

罗成琰：《现代中国的浪漫文学思潮》，湖南教育出版社1992年版。

温儒敏：《新文学现实主义的流变》，北京大学出版社1988年版。

朱寿桐：《情绪：创造社的诗学宇宙》，上海文艺出版社 1991 年版。

凌宇：《从边城走向世界》，三联书店 1985 年版。

郭济访：《梦的真实与美——废名》，花山文艺出版社 1992 年版。

吴义勤：《漂泊的都市之魂——徐訏论》，苏州大学出版社 1993 年版。

天鹰：《1958 年中国民歌运动》，上海文艺出版社 1959 年版。

陈晋：《毛泽东与文艺传统》，中央文献出版社 1993 年版。

舒芜等编：《中国近代文论选》，人民文学出版社 1959 年版。

胡伟希编：《民声——辛亥时论选》，辽宁人民出版社 1994 年版。

张骏严编：《新潮——民初时论选》，辽宁人民出版社 1994 年版。

陆梅林等编：《新时期文艺论争辑要》上、下，重庆出版社 1991 年版。

陈平原、夏晓红编：《20 世纪中国小说理论资料》(第 1 卷)，北京大学出版社 1989 年版。

陈子善等编：《郁达夫研究资料》，三联书店香港分店 1986 年版。

鲁迅、郭沫若、郁达夫、蒋光慈、丁玲、沈从文、废名、萧红、徐訏、无名氏等相关作家的全集、文集或选集(略)。

附　录

初 版 序

易竹贤

　　浙江义乌的冯雪峰先生说，浙东人有一种硬脾性，鲁迅先生便是典型的例子。其实冯氏亦夫子自道，他自己也是这种硬脾性的一个典型。冯先生在人民文学出版社任社长多年，后被错划为"右派"，沉冤数十载。冯氏含冤期间的一位朋友陈早春君曾告我一件轶事：雪峰遭贬黜以后，当年主其事者正炙手可热，某日，忽然到出版社来看望他，雪峰竟当面唾之！陈君后来继冯先生、韦君宜先生之后，出任社长。他之所以与冯雪峰成为忘年交，大约也有脾性相近的原因。陈是湖南隆回人，湘人多蛮性，与浙东人的硬脾性庶几近之。我亦湘人，故对鲁迅先生的硬骨头精神，深为景仰，对雪峰也很敬重，并因此而对浙东人颇怀气味相投的亲近感。

　　陈国恩君生长于浙江鄞县，地属浙东。1994 年，他考入武汉大学攻读博士学位，竟以"同等学力"而名列前茅，大约也是浙东人脾性发扬的结果，并给我留下颇为良好的初步印象。国恩为人诚厚，经历过不少艰辛与拼搏，在高校从事中国现代文学的教学与研究十许年，颇有成绩。只因地处海隅，缺师友切磋砥砺之功，难以提升学术档次。故离家千里，从我问学。在珞珈山三载，涉猎中西理论，专攻现代文学，借电灯以继晷，偕书刊而穷年，广征博采，提要钩玄，孜孜矻矻，锲而不舍。果然，业精于勤，无论理论思维，学问识见，均大有进益，论说文字每有刊发，所撰博士学位论文，得许多同行专家的奖掖与称赞，在学术上确乎进入了一个新的境地。

在我看来，浙东人的硬脾性也好，湘人的蛮性也好，不仅表现在为人处世的刚正狷介方面，也表现为学问事功方面的勇于进取、不懈追求、坚韧不拔的奋斗精神。浙东的黄宗羲、万斯同，湖湘的王船山、曾涤生，以至现代的鲁迅、毛泽东，等等，无不多方面体现这种坚韧奋斗的精神，而取得非凡的成就。国恩亦秉承这种精神，为人为学都初见佳绩，继续发扬，当前景无可限量。

至于本书，专家们已有"新的探索与新的发现""新见迭出"等赞誉。我以为只是对国恩的鞭策，寄厚望于方来也。想国恩定会于学术上进一步攀登，更上新层楼，以回报人民的哺育和学界的期盼。是为序。

新世纪之前 5 日于珞珈山之资深楼寓

后　记

　　本书是我的博士学位论文。1997 年 5 月提交答辩时，有个别章节没有写完，少数章节写成后因经费不足没有打印。从武汉大学中文系毕业后回原单位宁波师范学院工作，后因为调动，一年中没有心思对论文进行修改和补写。1998 年 9 月来到武汉大学中文系，教学任务很重，但在师友的鞭策下，集中精力续写书稿，到 1999 年初才告完成。

　　我选择这个题目作为博士学位论文的题目，主要是因为觉得中国现代浪漫主义，还需要进一步的研究。长期以来，人们对中国现代浪漫主义持有偏见，不仅把它当作小资产阶级文学现象予以贬低，而且认定它在 20 世纪 20 年代末期就已经消亡。因而，对它的研究远不能跟现实主义文学所受到的重视程度相比。新时期初，由于反感"四人帮"提倡的伪浪漫主义，人们在致力于恢复现实主义传统的同时，大多依然对浪漫主义采取否定的态度，这实际上是误把浪漫主义混同于伪浪漫主义了。80 年代初，许子东率先廓清了郁达夫小说的浪漫主义性质，曾引起不小的反响。90年代初，朱寿桐、罗成琰分别出版了《情绪：创造社的诗学宇宙》和《现代中国的浪漫文学思潮》，把浪漫主义文学的研究推进了一步。但总体上看，对浪漫主义，尤其是对作为一种思潮的浪漫主义的研究仍然显得冷清，不能跟它在文学史上曾一度与现实主义平分秋色的重要地位相称。还必须注意的是，朱著主要是用"情绪"的范畴梳理创造社内部不同的创作倾向，实际上已经突破了"浪漫主义"的范围。罗著的立论则以五四至1949年的文学发展为限，功在建立现代浪漫主义的诗学体系，对浪漫主义思潮流变的梳理则显得相对薄弱。

我受惠于新时期以来上述学者对浪漫主义的研究成果，尤其赞同罗成琰先生突破五四浪漫主义的范围来研究中国现代浪漫主义思潮的基本立场，但又认为这一思潮事实上还可以追寻至20世纪末。因为在20世纪50年代后期，毛泽东提出了极具权威性的"两结合"创作方法，很长一段时期，文艺界事实上一直把革命浪漫主义奉为最重要的创作方法和创作原则。虽然这一口号是在"大跃进"浮夸风的背景下提出的，而且开启了通向伪浪漫主义的道路，但它毕竟举着"浪漫主义"的旗号。因此，理应把它放在浪漫主义思潮的范围里进行研究，深入思考其中的经验教训，而不能采取简单回避的态度。不仅如此，在经历了十年浩劫后，浪漫主义作为一种思潮在新时期又呈现回归之势。它后继乏力，可一度抬头却是事实。研究它的回归和最终消亡的机制，揭示其内在的规律，又是一个很重要的课题。即使是20世纪前50年的浪漫主义思潮发生、发展的过程，也还有许多问题需要继续探讨，比如五四浪漫主义思潮在20年代末衰落后是如何延续的，浪漫主义思潮在30年代、40年代的存在方式及各自的特点，等等。一旦把浪漫主义作为一个处于变动中的思潮来研究，这些问题就亟待回答。

要把一个世纪中错综复杂的浪漫主义文学现象整合起来，建立起它的逻辑结构，关键是找到一个相应的理论基础。我从浪漫主义运动的先驱的大量言论中受到启发，把现代浪漫主义理解为人类文明史上自由精神普遍深入到情感领域时的产物。自由精神在中国现实社会中的地位及其变化，制约着浪漫主义思潮的历史发展和形态转换，也决定了它的最后消亡。这其中，无疑反映了中国浪漫主义思潮的独特经历和命运。这些基本观点，在本书的绪论中有详细的论述，此处不赘。正是基于对浪漫主义本质属性的这一认识，我系统地考察了浪漫主义思潮在中国各阶段的具体形态、前后联系、内在动因，等等。这使一些复杂的文学现象得以融会贯通，显示出前后的有机联系，一些重要作家的创作风格和文学史地位得以重新评价，获得了新的意义。当然，这也就打破了长期以来习惯上把现当代文学分割开来的研究格局，凑巧与"20世纪文学"的概念相吻合了。我肯定受过这一概念的影响，但本意却不是简单地套用它：之所以冠以"20世纪"的命名，实乃中国现代浪漫主义文学思潮延续了整整一个世纪，恰恰是一个历史事实。

学位论文的撰写得到了博士生指导小组诸位先生的精心指导，他们是陆耀东教授、孙党伯教授、陈美兰教授、龙泉明教授、於可训教授、黎山尧教授，我在此向他们表示由衷的谢意。

我还要借此机会感谢中国社会科学院文学研究所研究员张炯先生、北京大学中文系教授钱理群先生、华中师范大学教授黄曼君先生、王先霈先生，他们审阅了我的论文，提出了许多宝贵的意见，张炯先生和黄曼君先生还主持了我的论文答辩。我要特别感谢我的导师易竹贤先生，他对我的论文写作倾注了大量心血，从论题的确定、提纲的编制到具体撰写和修改，帮我反复推敲。回忆这段紧张而充实的日子，最令我难忘的印象之一就是跑到先生的家里，就某个学术问题向他讨教，而在许多时候他总是宽容地让我随意表述自己的想法，或者散漫地谈些其他话题，及时从旁加以点拨，使我有所领悟。从这些密切的交往中，我不仅在治学上受到了锻炼，而且在做人方面也获得了许多有益的启示：要追求真理，要以诚待人。

　　书中的部分内容整理成文章先后发表于《文学评论》《外国文学评论》等刊物。现在有了出版的机会，得感谢丛书主编严家炎先生的奖掖提携，也要感谢责编万直纯先生，他付出了辛勤劳动，并给了我许多宝贵的帮助。我还要感谢当时宁波师范学院（现已合并到新宁波大学）的领导，他们给我到武汉大学攻读博士学位提供了条件。最后，我要向妻子李幼萍女士和我的孩子表示歉意：为了支持我读博士学位，她在我离家远行的三年中独自撑起了一片蓝天，那时刚读小学二年级的儿子也早早学会了背着书包去挤公共汽车上学。没有她俩的支持，就不会有这本普普通通的著作，当然也不会有后来举家远迁武汉的大动作。这本书酝酿的时间很久，实际写作一年余，又吸收了专家的意见加以修改，但由于个人学识有限，不尽人意处肯定不在少数，敬请识者指正。

是为后记。

作者记于珞珈山下博士公寓

1999 年 12 月 20 日

人、偶然性与文学经典
——重版后记与文学观问题

这是二十六年前写的学位论文，2000 年以《浪漫主义与 20 世纪中国文学》为书名，由安徽教育出版社出版，后来重印过几次。今天能够重版，要感谢陕西人民出版社的宝贵支持。

二十六年弹指一挥间，但对于一个人来说，二十六年却不能说短暂，其间发生了不少对我来说重要的事情。因此，我借重版的机会对文字做了一些修正，保留了初版的后记，并把初版时我的导师易竹贤先生所写的序作为附录放在书后。这些文字记录了当年我在武大从师学习的情景，今天回想起来仍然感到特别亲切。遗憾的是易先生于 2018 年 12 月去世，今天借重版的机会向他表达我的深切怀念。

1997 年，武汉大学现当代文学专业参加博士论文答辩的有三位。我以外，有刘川鄂和王毅，他们的论文选题，刘是中国现代自由主义文学，王是中国现代派诗歌，与我的"浪漫主义"选题合起来，后来被戏称为"三大思潮"。刘川鄂教授，骨子里崇奉自由主义。他后来曾戏称武汉大学中国现当代文学博士点的自由主义文学研究方向，就招他这一届，又只他这一个学生。这并非虚言，他的自由主义文学研究在同龄人中起步早，在学术界产生了重要影响，特别是张爱玲研究，可谓国内首屈一指。王毅教授呢，身上散发着诗性精神，他对穆旦诗八首的精彩解读，当年得到了刘纳教授的极力褒奖。他的学位论文出版时，其硕士导师、著名的诗学理论家吕进先生也写了序，吕先生写的第一句话是："这是一本我写不出来的书。"比较起来，我做"浪漫主义"的选题，就比较吃力，盖因我并非一个浪漫的人也。后来有友人说我人不浪漫，内心是浪漫的。这话我认了，只因为浪漫主义在20世纪80年代刚刚"恢复"名誉，我发现它在中国的曲折命运里隐藏着现代文学创作与研究的一些经验与教训。因此，我把中国现代浪漫主义文学的研究作为学位论文选题，想实现一个"浪漫"的心愿，即超越浪漫主义文学的现象，从浪漫主义文学发展、演变的曲折历程中，探索中国现代文学发展的一些经验，当然也包括某些教训。我在吸收前人思想成果的基础上，把这些想法提炼为一个观念：浪漫主义，是人类追求自由的精神借由启蒙主义思潮所开拓的文化空间发展起来，而又突破启蒙主义的理性束缚，从思想自由的层面广泛地深入情感领域，使个人情感的恣意张扬有了普遍可能性的那个时期的产物——它是人类自由精神的新象征。这样的理解，包含了我对中国现代文学历史经验的一种思考，也成了我描述中国现代浪漫主义文学思潮的一个逻辑框架。记得黄曼君先生在他给我写的一篇书评里，以他特有的诗性激情肯定了这一点。

今天回想起来，我的文学观念后来随着年龄增长有些变化。这些变化可以溯源到在武大读博时比较系统地研究浪漫主义与20世纪中国问题的那个时候。

研究中国现代文学的发生与发展，一个关键问题是把握文学与人的关系，而关键中的关键又是如何认识和理解"人"。高尔基说文学是人学，我越来越体会到它的重要性。文学是审美的，审美是自由的。对文学意义的发现，关键是你想从文学中发现什么，进而能不能发现什么？前者表明，文学的意义是向人生成的，向你生成，意义就在你的理解或解释之中，呈现为你愿意它呈现的样子。后者表明，你有没有相应的能力和手段去发现，让文学呈现为你所愿意它存在的样子。这非常地重要，它意味着作者或者批评家要拥有学识、手段和工具。当然，更重要的是你的生活，你对人生的信仰和理解。这一切，都与怎样理解"人"有关。只有理解了才会懂得。懂得历史，懂得社会，懂得人心，懂得自己，懂得文学。

应该说，偶然性不仅对个人的生命至关重要，而且对文学创作和文学研究特别地重要，是偶然性给了文学以生命。如果只关注必然，人生便没有色彩，文学便没有美感。一些作品写得毫无生气，一些批评陈词滥调，原因是多方面的，其中重要一条，就是作者侧重历史的必然性，而轻视人生的偶然性，或者说只是注重脱离了偶然性的必然，轻视包含了必然性的偶然。这是一个教训。

历史学家直接追求必然性，文学家则要迂回，依托于他对偶然性的把握和审美想象。比如《雷雨》中周朴园的第一个太太去哪儿了？曹禺没有交代，也不用交代。她去哪儿，死了还是被休弃，无关紧要，因为那都是可能的。我写过文章，意思是这个太太仅仅是曹禺要表现一个乱伦悲剧以宣泄当年二十三岁的他在那个夏天的郁闷心情的一个安排。他要写一个乱伦的悲剧，侍萍必须先离开周家，留下她的儿子周萍，这才可能发生他与年轻的后妈乱伦的事情。但怎么让作为丫头的侍萍离开周家呢？曹禺想到的是让周家迎娶一个富家姑娘，这就是周朴园的第一个太太。但是这个太太是在侍萍被赶出周家后被迎进门的，她的年龄与侍萍相仿，足可以当周萍的妈，曹禺再怎么异想天开也不好安排她与侍萍的儿子周萍乱伦。因此，这个太太又必须消失，换一个更年轻的与周萍年龄相近的蘩漪进来，才可能闹出乱伦的悲剧。原来这一切不过是曹禺的艺术盘算中的安排罢了——一切听命于曹禺，那个太太最后去哪儿了，反而无关紧要。曹禺把戏写得惊心动魄，观众陶醉于紧张的戏剧冲突中，谁也没有闲心去关注这个太太的去向。这说明《雷雨》不是先有这么一个真实的故事让曹禺碰上了，而仅仅是曹禺按照自己的艺术想象所做的虚构罢了。曹禺为了表现天地间的残忍，构想了这么一个故事，而他的才华又让他把这个故事写得非常真实，真实到让人感到害怕。这种真实性，包括曹禺对人类一般经验的认同和尊重，比如周朴园的第一个太太年龄与周萍的生母侍萍相仿，不可能与周萍发生乱伦，他就安排她不知所终，这其实也是对人类某种共识的尊重——当然，如果有一个作家非要写更为畸形的乱伦，那他就必须写出让人信服的依据，写出它的意义来，即透过这种人性的扭曲给读者一个有价值的启示。生活比想象更精彩,一切皆有可能,而艺术创作又充满太多的偶然性——如果曹禺当年没有动手写《雷雨》,那他即使后来写出,也肯定不是今天所见的《雷雨》了。然而一切偶然又带着某种必然,《雷雨》一经诞生,注定要成为一个经典。

还有曹禺的《原野》只是表现观念吗?《原野》一发表,一些著名的批评家就批评它表现的是作者的一个观念,意思是曹禺写得不真实。这些批评家认为,一个农民的复仇不可能弄得如此窝囊——按初版本,仇虎是在黑森林里迷路,最后精神崩溃,自杀了。这怎么可能?这些批评家的问题,就是只想到了必然性,只想到了一个农民在他们规定的情境下不可能自杀,也不可能精神崩溃,他们想到了种种可能性,比如斗争与反抗,独独不接受曹禺设想的可能性。其实,农民是各色各样的,世界上的人没有一个与别人一样,就像自然界的树叶没有两片会完全相同。每一个人都是独特的"这一个",批评家凭什么肯定仇虎一定会按他们所认定的那种标准和规范来行动?农民难道不会在某种极端情境下精神崩溃甚至自杀?

其实仇虎不是农民,而是一个地主。他家有几十亩良田,被焦阎王看中而遭到了陷害,被害得家破人亡。曹禺写的并非一个农民向地主的复仇,而是地主与地主——土财主与土财主围绕财产而展开的血腥冲突。一个失败了,一个虽得了手,最后还是遭了报应。曹禺要通过血腥的冲突,来表现人性的残忍、复杂和尖锐性。如果曹禺只是为了表现复仇的顺利,他完全可以为仇虎的复仇着想,比如可以让焦阎王不死,留着他让仇虎回来一刀杀了;他可以把大星写成一个子承父业的小恶霸,让仇虎杀起来毫无心理负担。一切只在曹禺的一念之间,他甚至可以把仇虎写得坏一点,无耻一点,让仇虎可以像流氓那样随便找个理由把大星及其襁褓中的儿子小黑子杀了。可是曹禺偏偏让焦阎王死掉,又把大星写得格外善良,让仇虎下不了手,仇虎又没坏到杀人不眨眼的程度。显而易见,曹禺是在刻意制造仇虎复仇的困境。仇虎找不到可以心安理得地复仇的对手与理由,可是不复仇又对不起死去的亲人。仇虎被逼得精神分裂,这才是曹禺所要的悲剧效果。它直逼人性,即使是今天的人也无法为仇虎找到解决这个困境的办法。一万年以后的观众,对仇虎的困境同样无能为力。我们从仇虎的绝望中,是不是感受到了人生的可怜、人性的残忍?像亚里士多德所说的那样,一种悲悯的心情油然而生?这才是不朽的文学经典!

当年一些著名的批评家有勇气说《原野》写得不真实,今天的人很难理解,但这是时代性的现象。《原野》里的人物其实个个真实,真实到你可能不敢直视他们的眼睛。哪怕是瞎眼的焦母,她的阴险也有非常充分和正当的伦理依据。她是一个母亲和祖母,理所当然要拼死保卫自己的太过善良的儿子和尚在襁褓中的孙子。这么真实的人事,到了一些批评家眼里,变得不真实了。我由此想到,一些人所谓的"真实"是先验地规定好的,今天的人感受到的真实与他规定的那种真实对不上号。那些批评家对曹禺的偏见或者误解,不过就是曹禺没有写出他们所悬想和要求的那种真实。他们有权要求曹禺写出他们所要求的比如富有反抗精神、信仰坚定的农民,但他们无权越过曹禺来代替曹禺对他笔下的人物做出真实与否的判断,因为他们对弄懂曹禺笔下的人物毫不在意，他们不懂仇虎、不懂金子、不懂大星。不是曹禺在表现"观念"，而是这些批评家从他们的"观念"出发在要求曹禺。他们的基于其"观念"所要求的人物，与曹禺创作时所想象的人物毫无关系。

人要有自知之明。在时间的永恒和宇宙的无限中，人的生命是极为有限的，人的活动空间也非常狭窄，只是地球的一个角落罢了。一个人不可能了解上下几千年、纵横几万里的一切人与事，所以作家要写自己熟悉的生活，必须深入生活，去熟悉对象，包括在深入生活中更好地了解自己。对批评者来说，则要格外谦虚地意识到自己作为一个人的局限，警惕仅凭个人有限的经验为文学经典下判断时可能出错。常识告诉我们，坚持用马克思主义的观点看问题，与真正用马克思主义的观点看问题是两回事，中间存在一个理论联系实际的巨大挑战。这提醒我们，联系实际学习和掌握马克思主义的理论，是一项艰巨的、长期的任务。而伟大的文学经典，包括经典里的人物，总是独一无二的，能够在任何时代为每一位读者提供惊心动魄的意外而读了后又会忽然会心并且一辈子铭心刻骨的经验。能被一眼看穿、一言道尽的作品，难成经典。从这个意义上说，经典等于延长了读者的生命，让他经历了他这一辈子绝无可能经历的人生，体验到了他自身经验之外的令人震惊的爱与恨、生与死，伟大的苦难和不舍的留恋，得以从有限的生命更清晰地看见谜样的人类本性的一角。

今天借这本书重版的机会，我就自己对人与历史、对文学和文学观的粗浅理解进行简单说明，只因为这些思考起源于这篇《浪漫主义与20世纪中国文学》的学位论文的写作过程。最后要特别说明的是，书中"闪光的流星"一章初版时共有两节，这次因故删除万余字的第二节。

  这本书的重版，是由责编晓雨和她的同事晏藜女士促成的。记得2021年7月的一天，晓雨和她的同事晏藜女士来武汉组稿，我们相约见面，谈的是编写一本闻一多论传统文化的书。因为晓雨是校友，我们谈好选题，聊到其他计划。我提到我的博士学位论文出版二十年了，与安徽教育出版社的协议已经期满，晏女士当即用手机上网查看情况，随后她们表示，这本书可以交给陕西人民出版社重版。因此，我要特别感谢她们两位，当然要先谢谢晓雨作为责编的辛苦付出。

陈国恩写于珞珈山麓居所

2024年7月16日凌晨3时